MW00913346

Esperanza de Vida
Hope of Life
Llano Verde, Guatemala

Bittersweet

Bittersweet

Melanie Rostock

Plataforma
Editorial

Primera edición en esta colección: febrero de 2016

© Melanie Rostock, 2016
© de la presente edición: Plataforma Editorial, 2016

Plataforma Editorial
c/ Muntaner, 269, entlo. 1ª – 08021 Barcelona
Tel.: (+34) 93 494 79 99 – Fax: (+34) 93 419 23 14
www.plataformaeditorial.com
info@plataformaeditorial.com

Depósito legal: B. 1074-2016
ISBN: 978-84-16620-34-0
IBIC: YF

Printed in Spain – Impreso en España

Diseño de cubierta:
Lola Rodríguez

Fotocomposición:
Grafime

El papel que se ha utilizado para imprimir este libro proviene
de explotaciones forestales controladas, donde se respetan
los valores ecológicos y sociales y el desarrollo sostenible del bosque.

Impresión:
Liberdúplex
Sant Llorenç d'Hortons (Barcelona)

El papel utilizado para la impresión de este libro
ha sido fabricado a partir de madera procedente
de bosques y plantaciones gestionados con los
más altas estándares ambientales.
Papel certificado por el Forest Stewardship Council ®

MIXTO
Papel procedente de
fuentes responsables
FSC   FSC® C109440

Para Laura, porque ha sido mucho más que una
fuente de inspiración para mí. Además de mi amiga
y musa particular, ha sido mi editora.

Para todas aquellas personas que han sufrido
o sufren acoso escolar. Que encuentren la fuerza y el apoyo
que necesitan para superarlo.

«Cuando la vida te presente motivos para llorar,
dale mil y una razones para reír.»

ANÓNIMO

1

«Por favor, que no diga mi nombre, por favor, por favor, por favor.»

–Bambi Peterson.

«¡Mierda!»

La clase se encoge y me aprieta tanto que casi no puedo respirar. Decenas de ojos me miran expectantes. Hay diversión en ellos porque el espectáculo está a punto de empezar, pero todos sabemos que no acabará con aplausos.

La profesora me apremia a salir, a exponerme delante de todos. La pizarra me parece una herramienta de tortura de la Edad Media. Solo que el dolor no es físico, es un tormento mental que me va debilitando poco a poco, y noto un vacío en mi interior.

Agarro la tiza. Mis manos están tan sudadas que temo que vaya a derretirse. Me quedo mirando el problema que hay escrito en la pizarra, pero se me nubla la vista y la concentración se dispersa por las risas que se me clavan como puñales en la espalda. Las pizarras no deberían existir, sobre todo si personas con nombres ridículos como el mío son llamadas a escribir en ellas.

No soy capaz de resolver este problema ahora. Quiero desaparecer, convertirme en una masa invisible y entrar en sus cerebros para exprimirlos y hacerles sufrir lo mismo. Cuando apoyo la mano izquierda en la superficie fría, se tiñe de un verde más oscuro. Risas, risas y más risas. «Tonta», «qué tonta es», «mira que es fácil», «sí, pero de donde no hay no se puede sacar». Risas, risas y más risas. La profesora los manda callar, pero hay tan poca autoridad en su voz que parece sentirse obligada a hacerlo, aunque en el fondo creo que piensa lo mismo que ellos.

Demostrada mi incapacidad, se acerca, intenta ayudarme torpemente haciéndome preguntas que en este momento no entiendo. Lo mejor sería que me mandara de nuevo a mi sitio, donde le lanzaría una mirada triste a Connie, y ella me devolvería otra cargada de comprensión. Pero en lugar de eso la profesora de Matemáticas intenta que lo resuelva y la frustración llama a las lágrimas. «No salgáis, malditas.» Odio las lágrimas casi tanto como a ellos, porque me hacen parecer débil y estúpida. Odio a mis padres por pensar que un nombre como Bambi podría traer algo bueno.

–¿Qué pasa, Bambi? ¿No enseñan mates en el bosque? –pregunta el gracioso de turno, Alec: guapo, malote y payaso; la combinación perfecta para volver locas a las chicas. No a mí, yo le deseo una muerte lenta y dolorosa desde que se burló del poema que le dejé en su pupitre cuando teníamos once años. Estaba convencida de que era mi príncipe azul. Vivía en otro mundo, un mundo lleno de fantasía que me hacía ser más infantil. Alec se lo enseñó a todos riéndose de mí, y yo me eché a llorar. Ese fue el momento en el que me pusieron la etiqueta: pava.

Qué poco conocía a Alec, estaba colada de la imagen que tenía de él en mi cabeza, pero al verdadero le encanta que los demás le rían las gracias a costa de otro. Hacer que mi vida y la de mi mejor amiga, Connie, sean miserables ha sido su *hobby* desde primaria. Y no solo el suyo, también el de su novia, Carol, y el de los amigos de Alec y los amigos de Carol. Es decir, más de la mitad de la clase.

–Bambi, a estas alturas este problema debería ser cosa de un minuto. –Está dando de comer a las bestias carroñeras que saborearán con gusto mis pedazos.

Estoy a punto de seguir el impulso y salir corriendo de la clase cuando suena el timbre. Cada vez que oigo ese sonido una sensación de alivio me recorre el cuerpo, como si hubiera estado sosteniendo una losa muy pesada durante una hora entera y el timbre la hiciera desaparecer de repente. La profesora me mira y comenta algo sobre entregarle el resultado del problema en la próxima clase, pero casi no la oigo por el ruido que hacen las sillas al arrastrarse hacia atrás y el parloteo de la gente. Asiento automáticamente y vuelvo a mi sitio, rehuyendo las miradas que tanto me duelen. Por suerte ya han salido, y Connie me espera en la puerta. Su sonrisa, brillante por la ortodoncia, me sirve una vez más de apoyo, me recuerda que no estoy sola.

–Venga, tía, que no quiero quedarme sin *muffins*.

Para llegar a la cafetería recorremos el pasillo de pequeñas baldosas que se comunica con el patio interior y, a través de los amplios ventanales de rejilla, echamos un vistazo al banco donde siempre nos sentamos.

–No hay nadie –confirma Connie, y, entusiasmada, me enseña su gran tesoro con One Direction en la portada. Leer el horóscopo y hacer el test es su parte favorita del día.

Pongo los ojos en blanco, pero sonrío al mismo tiempo.

–¿Cuál toca hoy?

Connie abre la revista murmurando que todavía no lo ha visto y giramos el recodo a la derecha para entrar en el comedor. Siempre hay un buen surtido de bollería por la mañana y un menú de lujo para el almuerzo. Visto así, parece una suerte, pero la verdad es que ningún lujo compensa nuestro martirio.

Los *muffins* de chocolate se han acabado, así que pedimos dos de mermelada de frambuesa y, a buen paso, nos dirigimos al patio.

–¡Oh! –dice Connie con la boca llena mirando la revista. Sus rechonchos mofletes se tiñen ligeramente de rojo.

–A ver –digo poco impresionada, mirando por encima de su hombro. El test está encabezado por la imagen de una pareja estirada en la cama. Él sin ropa de cintura para arriba y ella tapándose con la sábana. Niego con la cabeza y leo–: «¿Es el momento ideal?» –A dos pasos del banco, Connie cierra la revista a toda prisa. Nos sentamos en la parte superior del respaldo–. Bueno, ¿lo es o no?

–Voy a ver –contesta como si su vida dependiera de ello, y saca un boli del bolsillo de la americana azul marino, rozando desde dentro el bordado dorado del escudo del colegio.

–Y ¿si te sale que es tu momento ideal hoy mismo? ¿A quién te tirarías? –pregunto riéndome. Y, antes de que me conteste, añado–: Harías todo lo que te dijera esa revista, eso da miedo.

–No me distraigas, tía –responde, arqueando la espalda como si fuera a zambullirse dentro.

–Oye, pero léelas, cabrona, que yo también quiero saber si es mi momento ideal –me quejo mientras me rehago la coleta-moño en la coronilla, abandonando la mitad de la magdalena en la falda a cuadros grises del uniforme.

–¡Si tú ya lo has hecho! –Desvía un momento la vista de las preguntas para remarcar sus palabras con sus ojillos negros, y me da el papel arrugado de su *muffin*. No ha dejado ni una miga.

–Pero ¿dónde pone que sea para vírgenes? –protesto con las cejas levantadas–. También puede valer cuando lo haces por primera vez con un tío sin ser virgen.

–¡Chist! Que empiezo:

Cuál de estos sería tu caso:

A) Lleváis saliendo unos meses
B) Acabáis de conoceros
C) Sois amigos con derecho a roce
D) Es tu amor platónico

–No entiendo la D –digo–. Es tu amor platónico, ¿y vas a hacerlo platónicamente? Además, eso de lleváis saliendo meses… pues podrían ser semanas.

—No, porque si fuera semanas sería la B.

—La B es para el típico rollo de una noche.

—Pues no sé de qué te quejas, porque las dos tendríamos que elegir la D.

Nos miramos y soltamos una carcajada.

—Pues vaya mierda, tía —un mechón caoba se me escapa de detrás de la oreja y vuelvo a colocármelo—, paso de seguir.

—Pero ¿no quieres saber la respuesta?

—Sí, ya te la digo yo: lo tienes crudo.

Connie se ríe, mira con deseo el trozo de magdalena que me ha sobrado y se lo doy. Para comer tanto no está todo lo rellena que uno esperaría, pero sí mal proporcionada: pechos pequeños, cintura estrecha y ancha de caderas para abajo. Yo creo que podría sacarse partido si quisiera, pero nunca se arregla el pelo ni se depila y, si no fuéramos de uniforme, sus vestidos de vuelo por debajo de la rodilla estilo casa de la pradera no la ayudarían para nada. Es como si se hubiera quedado congelada en el cuerpo de aquella preadolescente que llegó al instituto con once años y que etiquetaron como «la fea» después del comentario de Alec: «Pues sí que es fea la nueva».

—Lee el horóscopo, a ver si tenemos más suerte.

—Vale. —Pasa las páginas hasta que lo encuentra—. Capricornio. Salud.

—No, dime el amor —la interrumpo, dándole mucha más importancia de la que realmente tiene.

—¡Anda! —Me dedica una sonrisa que me muestra casi cada *bracket* y saborea el momento añadiendo «vas a tener suerte» con la voz más aguda.

—Suéltalo ya.

—El chico de tus sueños puede darte una sorpresa pronto. Eres muy exigente en el amor, pon un poco de tu parte para que funcione.

Resoplo.

—Y ¡ahora el mío! Cáncer. Venus te aportará la confianza necesaria para que demuestres lo que vales. Deshazte de la vergüenza. Y ¿ya está? —dice, mirándome con incredulidad.

–Lo de Venus es una mierda, tía. Cuando dice lo de Venus y lo típico de la luna es que no se cumplirá ni de coña –contesto con una amplia sonrisa. No me gusta nada mi sonrisa porque se me ven demasiado los dientes frontales.

–Pero ¡si no dice nada que se tenga que cumplir! No dice que vaya a conocer a nadie. Yo creo que se han dejado algo, esto no tiene sentido. –Lanza la revista al banco, despechada.

Antes de que pueda contestar, Carol se acerca con su séquito lameculos y Connie la recupera rápidamente para enrollarla y guardarla debajo de la chaqueta, avergonzada por que la vean leyéndola.

–¿Qué has estado diciendo de Carol por ahí? –prorrumpe Erika, arrugando la nariz como si estuviera tratando con un bicho asqueroso. ¿Me habla a mí? No sé a qué se refiere.

Carol me observa con rabia. De verdad piensa que le he hecho algo. ¿Qué puede hacerle una abeja común a una reina?

–No he dicho nada de Carol –contesto, enfrentando su mirada con temblor en el cuerpo.

–Eso no es lo que me han dicho –interviene ella con un bufido. La tercera en discordia, Valerie, asegura que he estado hablando de Carol por ahí, llamándola zorra. Carol me mira con ojos de hielo y tuerce la boca en una sonrisa despiadada–. Zorra lo serás tú. Espera, no, las zorras suelen zorrear por ahí, pero tú no puedes, ¿verdad? Espantas a los tíos. Yo seré una zorra, pero tú les das asco.

–Dejadlo ya –me defiende Connie con la vista fija en el suelo y los hombros caídos.

–Ya salta la otra. La fea y la pava. –Las amigas ríen. Le tocan el pelo a Connie con repulsión, como si fueran algas viscosas. Connie se repeina los mechones ondulados sin apartar la vista del suelo.

–¿Te has mirado al espejo? –le pregunta Valerie–. No sé cómo puedes salir de casa con esa cara.

–Y ese culo gordo –se ensaña Erika.

La rabia me corroe por dentro, pero no tengo fuerzas para intervenir, hace tiempo que las perdí. No recuerdo si fue el día en que me metieron en la lista de las retrasadas de la página de Facebook «no oficial» del colegio, o cuando tiraron toda mi ropa al contenedor de la basura durante las colonias y después provocaron que me meara encima.

Se ríen de sus bromas hasta que advierten que los chicos han acabado de jugar el partido de fútbol, y entonces corren hacia ellos como moscas a la mierda.

–Idiotas –farfulla Connie cuando ya están lejos. No diría una palabrota peor que «imbécil» o «idiota» aunque la pensara; supongo que es por cómo la han educado. Su madre es de las que dicen: «Te lavaré la boca con jabón» y habla de sexo con metáforas.

–No les hagas caso –digo yo, pasándole un brazo alrededor de los hombros–. No te creas por un momento que eres fea, ¿me oyes? –Connie asiente sin mirarme. Sé que no está llorando porque nunca la he visto llorar, pero eso no significa que no le afecte; se lo guarda todo, no se lo ha contado a sus padres–. Además –sonrío–, a los tíos les mola que las tías tengan culo, para poder agarrarse bien.

–Anda ya –responde. Se sube el calcetín azul marino hasta la rodilla tapando los pelos que tantas veces le he dicho que se quite, pero ella no quiere desobedecer a su madre, que opina que todavía es muy joven para depilarse. Tiene quince años y yo acabo de cumplir los dieciséis.

–¡Te lo juro! Erika te tiene envidia porque no tiene culo.

Nos reímos. Así es como logramos seguir adelante. Un día por una y otro por la otra. No sé cómo conseguiría arreglármelas sin Connie.

Las llaves caen en la encimera con un sonido hueco, tan hueco como las tres plantas de mi casa. Este es el resultado del trabajo de un diseñador que se encargó de quitar un poco de personalidad por aquí y otro por allá para dejar algo que llamó «moderno», y se quedó tan pancho. Por supuesto, no le dejé tocar mi habitación. Ni papel pintado, ni muebles de revista, persiana con control remoto o hilo musical de hotel. Todo lo elegí yo. Lo que más me gusta es que está en la tercera planta, la más aislada, y que es muy grande. Se divide en dos ambientes: el dormitorio, donde están la cama, la cómoda de madera y el escritorio, y el vestidor, con un tocador rodeado de bombillas redondas como en los camerinos. El trozo de pared que se puede apreciar tras los pósteres de Arctic Monkeys, The Killers, Thirty Seconds to Mars, además de otros tantos de películas y actores, es de color berenjena, mi favorito.

Le doy al botón que hay detrás del iMac y lanzo la chaqueta del uniforme sobre la cama donde Berta me ha dejado la ropa planchada y doblada. Los viernes sale antes, pero siempre se asegura de dejarlo todo como una patena. Berta es sudamericana y tiene la mejor voz de blues de la historia. Aunque uno esperaría que la volviera loca la salsa, dice que le da dolor de cabeza y que con cincuenta y ocho años uno no aguanta el ruido. A veces, cuando necesito dejar de pensar un rato le pido que me cante *Baby won't you please come home?* Y funciona, me olvido del mundo.

Enciendo el iPod que hay encima de la cómoda y pongo Franz Ferdinand. Siguiendo el ritmo con golpes de cabeza cojo las medias y la ropa interior de encaje para guardarlas en el primer cajón del mueble. Doy media vuelta, alzando los brazos y cantando, y me planto frente a la mesita de noche en dos saltos. Con el resto de la ropa en el brazo –camisetas de grupos, vaqueros rotos y camisas a cuadros–, voy hacia el vestidor bailando.

Después me siento delante del ordenador y lo observo durante largo rato. Me gustaría tener una cuenta de Facebook para colgar fotos y hacer comentarios con mis amigos. Me gustaría tener un blog y publicar mis relatos. Pero no puedo, no puedo seguir tragando insultos. Niego con la cabeza para apartar esos pensamientos y abro un documento de Word. Antes de ponerme a escribir pienso en el título de la idea que tuve el otro día, pero todavía no lo he decidido. Escribo una palabra y las demás salen de corrido, como si ya estuvieran escritas y solo estuviera dándoles forma.

El cielo se había teñido de rojo sangre y, aunque Lamar nunca había creído en absurdas premoniciones, sintió que le faltaba el aire en los pulmones.

Hacía mucho que se preguntaba cuándo iba a suceder; después de todo, había mancillado el buen nombre de la heredera de la corte Espino. «Sangrarás por ella, muchacho. Más vale que te alejes de ese nido de serpientes antes de que te muerdan con sus dientes de oro», le había dicho el Moro, caballero y gran amigo. Pero él había decidido ignorar tan sabias palabras. Por entonces quería demostrar que era alguien, a pesar de no tener sangre noble. Él no era solo un bastardo o medio-hombre, como lo llamaban. Él era domador de bestias inmundas, tenía un don y era digno de yacer con la alta alcurnia como cualquier hombre de Riba Pantano.

El cielo se había teñido de rojo sangre, tal como había augurado la vieja gitana pordiosera que le había tomado la mano como si fuera dueña de su cuerpo.

La sangre se le congeló en las venas.

El rumor lejano de los cascos anunciaba la llegada de jinetes, y Lamar sabía que venían por él. Bajó la escalera a toda prisa y abrió la pesada puerta del sótano. «*Al fa yat*», murmuró con fingida calma, pero no engañó al Grifo. Con grandes ojos dorados y graznidos ensordecedores, el animal batía las alas derrumbando todo lo que había a su alrededor. Una de las patas estaba atada a un grillete fijado a una barra de hierro que salía del suelo, junto al desagüe. «*Umeati, umeati*», gritó Lamar intentando tranquilizarlo y aferrando la cadena para hacerlo bajar. Con una mano temblorosa sacó una pequeña llave de hierro del interior de su capa mientras con la otra hacía gestos circulares y decía «*Uvrarki se ikte fva. Eslora nevte si*», pero un golpe de viento originado por el furioso batir de alas la hizo caer. La llave rebotó contra la piedra y cayó entre las rendijas del desagüe. La maldición de Lamar quedó acallada por el inesperado descenso del animal, que chocó pesadamente contra su cuerpo y la cabeza de Lamar se golpeó contra la piedra.

En el piso de arriba se oyeron tres golpes de guante de hierro contra la endeble puerta de entrada. Pero ni las potentes voces que anunciaban que iban a forzar la entrada en nombre del conde ni los chillidos enloquecidos del animal consiguieron que Lamar recuperara la consciencia.

Suena el teléfono. Mis padres no están, qué novedad. Están trabajando, uno vendiendo *software* por el mundo y la otra gritando órdenes a las redactoras de una revista que compran mujeres muy preocupadas por el estúpido *trending*. ¿Qué se lleva esta temporada? Pantalones estrechísimos (que solo realzan la figura de mujeres esqueléticas) que dejan a la vista calcetines de media con detalles en negro, que se llevan con tacones y no sé qué mierdas más.

Solo estoy yo para atender al teléfono.

–¿Quién? –contesto, molesta porque hayan interrumpido mi inspiración.

–¿Cómo osas contestar al teléfono de esa manera apática y tan poco sexy? –preguntan al otro lado. Sonrío. Es el único que puede cortarme la inspiración sin que me enfade.

–Hola, Liam.

–¿Te he pillado en mal momento? ¿Te estabas tocando o algo así?

–Gilipollas.

Risas.

–He pensado que hoy, en lugar de escuchar el llanto desesperado de mi madre y los gritos embriagados de mi padre, podría salir a tomar algo con alguien interesante como tú.

–¿Por qué hablas como si estuvieras escribiendo? Es muy raro.

–Joder, Bambina, siempre me bajas el ego de una hostia. –Liam me llama Bambina, que es «niña» en italiano. Es una manera muy cariñosa de esconder un nombre ridículo. Ni siquiera tiene un diminutivo que quede bien: Bam suena a disparo, Bi es patético.

–Estaba escribiendo, y luego tengo que estudiar.

–Siendo tan santa no llegarás a ninguna parte en el mundo de las letras. Ser escritor es emborracharse todos los días de la semana.

–Hace un par de siglos, quizás. En la bohemia francesa.

–No seas palo, Bambina. Un copazo en el cielo y luego volveremos a nuestro infierno.

–Tengo un examen el lunes.

–¿Te ha salido algo bueno? –Este es Liam, centrándose en lo que realmente le interesa.

–He empezado una historia épica.

–¿No querías hacer algo delirante y oscuro?

–No consigo avanzar con eso.

–Hablémoslo con un cubata. Te espero en veinte minutos en Los Espejos.

2

Las sillas continúan del revés sobre la veintena de mesas que caben en el espacio de baldosas negras y blancas. La iluminación es tenue, como si fueran un puñado de velas las encargadas de hacer la función en vez de las bombillas. La barra es de madera maciza y la parte inferior, de un material acolchado verde botella adornado con espejos en forma de rombo. Al ser la planta baja, la luz de la calle no llega y en lugar de ventanas hay una inmensa pared repleta de espejos de todos los tamaños y estilos. En su conjunto, el aspecto del local es lúgubre, muy diferente de su gemelo de arriba, que luce moderno y elegante con lámparas de araña, sofás estilo francés y espejos con marcos ribeteados.

El humo del cigarrillo de Liam se retuerce hacia el techo; el joven lo sujeta entre los dedos índice y anular, y dedica la mano que le queda libre a escribir en un cuaderno. Una taza de café descansa a su izquierda y otra, vacía, está apartada unos centímetros más allá. Da una calada a intervalos de diez segundos arrugando la frente por la concentración. Con el pelo negro alborotado y el gesto continuamente pensativo representa el arquetipo de escritor, pero el modo insolente en el que está sentado, la chupa y los tejanos, estrechos de pernera y ligeramente anchos a la altura de la cadera, se alejan de esa imagen, asemejándolo más a un chico de barrio.

Cuando la puerta gime sobre sus bisagras, alza la cabeza lo justo para ver quién ha entrado y la decepción cruza su rostro.

—¿Vas a colocar las sillas o estás esperando a que se coloquen solas? —pregunta un hombre de anchas espaldas y barriga prominente.

—¿Qué? Mi turno no empieza hasta dentro de tres horas —responde, frunciendo el ceño.

—Dale las gracias al Chupapollas. No se ha presentado hoy. —El comentario le hace apretar la mandíbula—. Y ¡apaga esa mierda! —grita, haciendo aspavientos con la gran maza que es su brazo.

—Vale, joder, cómo estamos hoy. —Apaga el cigarro en la taza vacía y se levanta sin apartar la mirada del grandullón. Deja una silla en el suelo. Después rodea la mesa y hace lo mismo con la otra.

—Más brío, que no tenemos todo el día. —Echa un vistazo a su reloj de pulsera—. En una hora abrimos, así que espabila.

El hombre se dirige hacia la puerta en el momento justo en que esta se abre, y la hoja tropieza con su cuerpo, que la hace temblar como si hubiera chocado contra una roca. Una chica asoma por detrás y balbucea una disculpa mirando interrogante a Liam. Por un momento parece indecisa, no sabe si entrar o quedarse fuera. El gorila vuelve la cabeza rapada hacia atrás mirando a Liam con reprobación.

—Tengo una hora, ¿no? —pregunta con una sonrisa astuta, y le lanza una mueca despreocupada a la joven invitándola a pasar con un gesto.

Antes de salir hacia la planta de arriba, las pobladas cejas canosas del jefe se convierten en una a la vez que levanta el dedo índice para remarcar: una hora.

Ella cuelga el bolso del brazo de la silla donde Liam tiene sus cosas y lo ayuda a montar la sala.

—¿Para esto me has sacado de casa?

—Lo siento, Bambina. No estaba previsto, pero es un momento.

—Es mejor que estudiar Historia –conviene, satisfecha con la disculpa.

Durante un minuto Liam no responde y la observa sonriente.

—No me lo trago. Estoy seguro de que no has abierto el libro de Historia. Has estado escribiendo hasta ahora. –Espera a ver la reacción de Bambi para añadir–: Lo sabía.

—Es que es un coñazo, todavía ni me lo he mirado.

—Pero hacemos sesión de lectura el domingo, ¿no?

—Supongo. –Se encoge de hombros y el recogido, entre una coleta y un moño, se agita en consecuencia–. No me vendrá mal un descanso.

Cuando las sillas ya están colocadas, Liam se mete tras la barra.

—¿Qué quieres beber, pequeña? –El ruido de la puerta de la nevera se mezcla con su voz grave, segura.

Bambi sonríe al oír el apelativo «pequeña». A simple vista no se aprecia la diferencia de edad, pero la naturalidad con la que Liam se desenvuelve tras la barra hace suponer que tiene experiencia y lleva un tiempo trabajando.

—Una Coca-Cola. –Se deshace la coleta-moño y vuelve a recogerse el pelo dejándoselo prácticamente igual. Cruza las piernas y espera a que Liam vuelva, agitando la puntera blanca de las Converse.

—Yo también beberé lo mismo –anuncia acercándose con dos botellines de cristal en una mano y dos vasos de tubo con hielo en la otra. Bambi lo mira extrañada y sonríe con reconocimiento cuando Liam saca su petaca del interior del bolsillo de la chupa, colgada en el respaldo, y le echa un chorro de ron.

—Hay que traérselo de casa porque aquí lo tienen muy controlado –explica–. El tío es capaz de bajar dos minutos antes de abrir y comprobar que no falte ni un puto milímetro.

—¿Cuánto tiempo llevas currando aquí?

—Yo qué sé, me van llamando de vez en cuando. Estoy hasta las pelotas de los trabajos temporales.

—¿No te has planteado ir a la universidad?

–¿Con lo que tengo en casa? Ni de coña.

–Bueno, te preparaste para ir, ¿no? Aprobaste los exámenes de acceso.

–A duras penas. –Liam da un sorbo a su bebida dejando ver la cruz latina que tiene tatuada en el dorso de la mano–. ¿Cómo va en el instituto pijo? ¿La misma mierda de siempre?

Bambi asiente y el mechón, que le cae por el borde del labio, se revuelve cuando resopla.

–¿Por qué no me dejas partirle las piernas a alguien?

–Porque no es problema tuyo. Ya me las arreglo. –La inseguridad hace tambalear la respuesta.

–Ya veo, te las arreglas de puta madre. Parece que te hayan pasado dos camiones por encima.

–Gracias por el cumplido.

–No se merecen.

Bambi suelta una risilla amarga.

–Es igual. Solo me queda este año. Paso de seguir estudiando.

–¿Se lo has dicho ya a la marquesa y al duque? –Por cómo lo pregunta, no parece necesitar una respuesta, pero ella se la da igualmente, descruzando y volviendo a cruzar las piernas.

–Qué va. Ya se lo diré. En la lista de mi madre voy después de la manicura.

Las comisuras de los ojos de Liam se arrugan cuando sonríe.

–No te lo van a poner fácil. Y ¿de qué piensas currar?

–No tengo ni idea. Ojalá pudiera vivir de escribir.

–*Keep dreaming*, Bambina. –Bambi baja la vista, abatida, y Liam se apresura a añadir–: ¿Has presentado algo a concurso por lo menos?

–No tengo nada digno de concurso.

–¡Y una mierda! Me encanta aquel relato erótico y loco. Es como follar en el País de las Maravillas.

–¡Es una ida de olla!

–Te subestimas. –No agrega nada más, pero por su expresión se adivina que pensaba hacerlo.

—¿Me dejas leer lo que has escrito? —pregunta ella, alargando un brazo hacia el cuaderno con una mirada traviesa.

—No está acabado. —Liam pone ambos brazos encima del cuaderno modestamente. Después lo dobla por la mitad y lo mete en el bolsillo de la chaqueta.

—Déjame adivinar, ¿el protagonista se suicida? ¿Se hace el haraquiri con un cuchillo jamonero?

—Noto cierta burla en tu tono.

Bambi suelta una risotada que es prácticamente inaudible, salvo el pitido final, que contagia a Liam, convirtiendo su risa en un baile de notas graves.

—Perdona —dice entre pitido y pitido.

—Gracias. A mí también me parece de puta madre lo que escribes —ironiza él. Busca la mirada de Bambi y pregunta—: ¿Por qué casi siempre miras para abajo cuando te ríes?

—Porque no me gusta mi sonrisa, parezco el Joker, o más bien Bugs Bunny disfrazado de Joker.

—Pues a mí me gusta. Es diferente —comenta sin darle demasiada importancia—: El Joker mola mucho —añade. Los pómulos de Bambi se marcan y los dientes frontales quedan al descubierto—. Entonces te va la épica, ¿no? ¿Te van los elfos, los guerreros tatuados y los idiomas *frikis* en los que «follamos» se dice *akutká?*

Vuelve el pitido estridente.

—Eres un capullo integral.

—Yo también te quiero, Bambina. —Le lanza un beso con los labios mojados de ron.

—Te mando lo que tengo escrito para el domingo, ¿vale?

—Guay. A ver si me da tiempo de acabar el relato.

—¿De qué va? —Bambi se ríe e intenta recuperar la compostura sin éxito—. No, ahora en serio —lo consigue—, ¿de qué va?

—Ya lo verás.

—Qué misterioso eres siempre.

—Es parte de mi encanto. —Le guiña un ojo y apura la bebida—. Entonces... ¿cómo va el tema tíos?

Bambi se tapa la cara con las manos en una especie de tic nervioso.

—Fatal.

—Pero ¿te mola alguien?

Aunque ya no hay nada en el vaso, lo rodea con la mano, quizá buscando un punto de apoyo, y el grueso anillo del pulgar repiquetea contra el cristal. Su mirada es críptica.

—Sí —responde, risueña—. Hace tiempo. Se llama David.

—Cuéntamelo todo —la insta, gesticulando con los brazos. Un gesto más utilizado cuando le pides a alguien que se acerque para darle un abrazo.

—Bah. No hay nada que contar. Nos sentamos juntos en clase de Química, pero no tengo ninguna posibilidad.

—No lo sabes. Puede que esté esperando a que le digas algo.

—No. Tú no lo entiendes. No sabes cómo funcionan las cosas allí —responde, batiendo el rímel de sus pestañas.

—Oye, llámame siempre que lo necesites.

—Gracias.

—Yo siempre estoy a punto para una amiga —continúa—. Si necesitas desfogarte… —Deja la frase inacabada mirándola directamente a los ojos, y las comisuras de sus labios se extienden socarronamente.

—¡Siempre estás igual! —exclama ella, haciéndose la ofendida—. ¿Tienes alguna amiga a la que no te folles?

—La tengo delante.

—Pues vale —se deja caer en el respaldo—, así seguirá siendo.

—Bambina, no te cabrees. Yo solo digo que los amigos están para todo.

—Ya, mira tú qué listo.

El verde de sus ojos vuelve a clavarse en los de Bambi.

—Entonces, ¿juegas con los amigos del gordo?

—¿Cómo? ¿Quién?

—Mírate un momento la mano. —Bambi alza una ceja con desconfianza y Liam le señala la mano susurrando: «Venga». Ella le hace caso sin estar muy convencida.

—Y ¿ahora qué? Sigo sin pillarlo —dice, mirándose el dorso y luego la palma.

Liam la observa, divertido.

—¿Ves el dedo gordo?

—Te estás quedando conmigo —dice, mirándolo de soslayo.

—Pues los que hay al lado son sus amigos.

—¡Qué asqueroso eres! —Se levanta para darle un gancho de izquierda en el hombro—. ¿A ti qué te importa si juego o no con ellos?

—Solo te estaba dando conversación.

—Ja, ja —se burla ella.

Sigue un momento de silencio y Bambi, que continúa de pie, mira el reloj.

—Ya queda poco para las siete.

Liam suelta un quejido y golpea la cabeza contra la mesa, con derrotismo. Arrastra la silla hacia atrás para ponerse en marcha mientras Bambi se coloca el bolso en el hombro.

—Te escribo para quedar el domingo, ¿vale?

—Vale. —Liam agita la mano y la puerta se cierra tras ella.

El cielo está despejado y muchos han aprovechado que la lluvia ofrece una tregua para dar una vuelta por el parque. Incluso unos tímidos rayos de sol se filtran entre las nubes grisáceas, resaltando los colores de un paisaje primaveral con aspecto de campiña. El estanque está rodeado de bancos de madera, en su mayoría ocupados por mujeres con carrito o gente de la tercera edad, y los caminos que cruzan el parque como arterias están a rebosar de ciclistas, patinadores y corredores. A unos metros de Bambi, en el césped, hay un grupo practicando yoga, lo suficientemente cerca para observarlos, pero no para oír las indicaciones de la monitora.

En su posición, de piernas recogidas, Bambi tiene apoyadas unas hojas impresas y, por este orden, lee, desvía la vista con el extremo del lápiz en los labios, vuelve al texto y hace anotaciones en el margen. Tal es su concentración que no advierte la llegada de Liam, y éste, dando muestras de conocerla muy bien, se sienta a su lado sin decirle nada con la intención más que evidente de que se sobresalte.

—Ay, ¡Liam! —le da un manotazo—, qué susto me has pegado.

—Me encanta cuando te enfadas —contesta sonriendo, y se sienta frente a ella sin quitarse la chupa, al igual que Bambi, que todavía lleva puesto su abrigo rojo.

—Has llegado media hora tarde —lo mira inquisitiva—, ¿todo bien?

—Ya sabes, mi vida es cojonuda. Mi madre se ha encerrado en el baño cuatro horas y he tenido que mear en la calle. Llevo más de dos semanas sin verle el pelo a Mike, y mi padre volvió anoche con una cogorza que no se aguantaba de pie. Y esta mañana estaba de mala hostia porque no sabe dónde coño ha dejado el coche.

—¿Habéis probado a buscarlo en los aparcamientos de los puticlubs? —Al tono sarcástico le sigue una sonrisa de complicidad.

—Sí, esta vez no fue con esa clase de fulana. Debió de ser una gratuita, a saber dónde.

—Menudo cuadro.

—Ya ves. —Hace una pausa y señalando los papeles de Bambi dice—: Lee y dejémonos de mierdas poligoneras.

—Entonces, ¿has podido mirarte lo que te mandé?

Liam asiente.

—Te digo cuando acabes de leerme el capítulo.

—Vale. —Mira la hoja—. Empiezo, ¿eh? —dice Bambi, sonriendo nerviosamente.

—Que sí —contesta él agarrando su cuaderno. Pasa las páginas hasta encontrar una en blanco y pone a punto su bolígrafo, como un cirujano preparándose para operar.

Lamar despertó con un insufrible dolor de cabeza. Se tocó la coronilla y, a pesar de la poca luz, vio que los dedos estaban manchados de sangre. Fijó la vista en los gruesos barrotes de la celda y gritó con frustración.

—¡Cállate! —vociferó un hombre vestido de soldado.

—¿Dónde estoy? ¿De qué se me acusa? —gimió Lamar.

—¡He dicho que te calles, saco de mierda!

Lamar se palpó el cuerpo. Le habían cambiado de ropa, ahora no llevaba más que harapos que olían a orines.

—Tengo derecho a pedir un defensor –le dijo al hombre que parecía haberse movido a otra zona de los calabozos. Su voz rebotó por todas las estancias y se entremezcló con algunos quejidos moribundos.

—Estás aquí por haber metido tu verga en bragas de seda –se oyó una voz a pocos centímetros. Lamar se sobresaltó al no ver a nadie.

—¿Quién eres? Muéstrate –ordenó a la voz masculina.

—Aquí arriba, humano.

Lamar echó la cabeza hacia atrás y las palabras se le congelaron en la garganta. Dos ojos amarillentos y brillantes como dos llamas lo miraban directamente desde el techo. Bajo ellos se intuía un imponente y delgado pico y, extendidas, unas grandes alas de murciélago.

—No te asustes, llevo mucho tiempo sin beber sangre.

—Eres una Estirge –balbució Lamar.

—Sí, esa es mi condena. Estoy aquí por serlo –repuso la voz monocorde, y de un salto se plantó junto a Lamar, que arrastró su cuerpo dolorido hacia atrás, impresionado.

—Qué decepción, humano. Los que te trajeron aquí te llamaron «maldito domador de bestias». No pensaba que fueras a tener miedo de un simple murciélago –dijo arrastrando sus fibradas alas de un lado a otro. Sus patas eran de reptil.

—Nunca había visto una Estirge. Pensaba que os habíais extinguido –se defendió Lamar, no sin un temblor en la voz.

—Nadie nos quiere en sus tierras, eso es cierto. Pero podemos ser muy fieles si se confía en nosotros.

Lamar se dio cuenta de que la criatura no tenía boca que le permitiera hablar, solo un gran utensilio chupóptero que medía lo mismo que su pierna. Todo cuanto decía resonaba en la cabeza de Lamar, pero no en las paredes de la celda.

El pelo negro del cuello del ser se erizó y Lamar lo entendió como un signo de impaciencia, puesto que hacía más de dos minutos que no decía palabra.

—¿Por cuánto tiempo me han condenado, bestia? ¿Lo sabes?

—No hay letras en tu abecedario que puedan reproducir mi nombre, pero no me agrada que me llamen bestia.

Lamar inclinó la cabeza disculpándose y esperó a que su compañero de celda continuara.

—Soy insecto, murciélago y monstruo para los humanos, pero mato para sobrevivir. En ese sentido soy mucho menos monstruo que vosotros. Puedes llamarme Lamia.

—¿«Vampiro» en latín? —se extrañó Lamar.

—Me importan tan poco vuestras lenguas como tu vida, humano. Pero sí necesitaré tu ayuda para salir de aquí.

—¿Cuánto tiempo estaré aquí, Lamia?

Un sonido extraño salió de su pico; era una mezcla entre un graznido y un ronroneo agudo.

Los pelos de la nuca se le pusieron como escarpias. Lo único que había hecho era amar a una mujer. No merecía un final como aquel.

Lamia se acercó a él, tanto que su pico rozó su cuero cabelludo. Los segundos pasaron lentos, como si portaran pesadas cadenas.

—Hay una cosa que muchos no saben de nosotros. Déjame beber un poco de tu sangre y volverás siete meses atrás. Podrás cambiar todo lo que te llevó a este agujero. Solo tienes una oportunidad.

—Y ¿cómo sé que no me estás engañando para matarme? —Una risa amarga agudizó el dolor de cabeza de Lamar.

—Si hubiera querido, ya lo habría hecho. ¿Crees que te han metido aquí para cumplir condena, humano? Esta era tu sentencia. Estás aquí para que te chupe la sangre hasta tu muerte.

Lamar se quedó perplejo.

—Pero yo controlo a las bestias —dijo con un hilo de voz.

—¿Igual que controlaste al Grifo?

Lamar abrió mucho los ojos.

—¿Cómo sabes que no pude controlarlo?

—Porque sé que te han robado los poderes. Esa preciosidad a la que llamas Alliette succionó tu don.

–¿Qué sacas tú con esto? –preguntó después de unos instantes.

–Un poco de alimento y venganza. Toda mi estirpe ha sido sometida a los caprichos de los nobles. No somos más que burdos verdugos encerrados en sus pestilentes celdas.

–No veo en qué puedo cambiar yo eso. Hace siete meses no te conocía.

–Hace siete meses yo era libre y tú tenías poderes. Cuando mi pico te toque, dormirás. Pasarán unas horas, pero en tu mente serán siete meses. Recuerda, haz las cosas con cabeza y no te dejes llevar por la rabia. A pesar de su traición, Alliette es importante, no nos conviene que la mates.

–¿Cómo sabías...?

–Porque esa es la solución fácil. Pero ¿desde cuándo ha sido fácil la vida? Los humanos son desgraciados tanto si son plebeyos como nobles. Los plebeyos no tienen piezas de plata para vivir despreocupados, y los nobles, aunque sí tienen piezas de plata, tampoco pueden vivir despreocupados porque no pueden confiar ni en su propia sombra. Las criaturas, sin embargo, somos felices, a no ser que nos veamos mezcladas con vosotros.

El pico de Lamia quedó enterrado en el pelo moreno de Lamar y se hundió unos milímetros en su herida. La criatura tragó la sangre hasta que el hombre cerró los ojos. Con las patas delanteras, Lamia agarró su cuerpo inerte y lo llevó hasta la cama de paja. No había peligro, los guardas pensarían que ya estaba muerto.

Un sonido extraño salió del pico de Lamia, una suerte de risa.

Bambi aparta la vista de la hoja y, puesto que Liam no dice nada enseguida, lo escruta con la mirada buscando una respuesta en su expresión. El silencio se alarga y Bambi se echa hacia delante.

–Y ¿bien? –susurra–. Valoración, diagnóstico, veredicto... –Por la rapidez en la que suelta sinónimos se nota que está insegura.

—He apuntado algunas cosas —comenta, solemne—, pero por lo demás ¡está genial! —agrega con una gran sonrisa.

—¿En serio, te gusta?

—Mola mucho, Bambina. Es brutal cuando le dice que se ha metido en el lío por meter su verga en bragas de seda. —Bambi sonríe de pura satisfacción—. Me ha recordado a mí.

—La diferencia entre tú y él es que por lo menos Lamar se acuerda del nombre de la tía.

—Y mira lo bien que le ha ido.

La carcajada de Bambi es un sonido sin final aparente al que Liam no tarda en unirse.

—Las tías os preocupáis mucho por todo. ¿A quién le importa si me llamo Liam, si estudio o trabajo o si tengo hermanos?

—A quien quiera conocerte mejor —responde—. Es obvio para cualquiera menos para Míster Casanova —añade, poniendo los ojos en blanco.

—Son preguntas de manual. Un coñazo —resopla.

—Ya me dirás cómo se puede romper el hielo contigo.

—Si quieres, te lo enseño. —Le guiña un ojo.

—¿Alguna vez piensas en otra cosa?

—Hum —alza la mirada, pensativo—, no.

Bambi le da un ligero empujón y Liam se echa hacia atrás riéndose.

—No te desvíes del tema —le dice la chica—. No sé cómo siempre acabamos hablando de lo mismo.

—Vale, vale. Si en el fondo te gusta. —Bambi está a punto de contraatacar, pero Liam levanta un dedo—. Ah, ah, ah. Silencio. Voy a continuar con mi crítica literaria si no te importa; siempre interrumpiéndome por ese tema —hace una mueca—, menuda viciosa estás hecha.

—Serás cabrito. —Bambi enrolla las hojas y, escondiendo el labio inferior tras los dientes, lo ataca con el tubo de papel.

Se ríen durante un buen rato, pero Liam consigue recuperar la seriedad antes que ella y sigue con su discurso.

—A ver —recapitula, repasando sus apuntes—. Ah, sí. —Observa a Bambi metido en el papel, con aire profesional—. No me imagino cómo es la Estirge esa. Sería mejor inventarse un nombre más fácil de recordar, lo primero que te viene a la cabeza cuando intentas acordarte es Esfinge.

—Es que la Estirge existe. Es un ser de la mitología romana.

—Ah, vale. A ver qué más. —Vuelve la vista al cuaderno—. Me falta un poco de descripción del escenario, acotaciones y que se note que el tío está acojonado.

—Primera versión —se defiende.

—Vale. Pues en la revisión tenlo en cuenta. Y ahora, responde —la mira desafiante y ella entorna los ojos, imitándolo—: ¿tienes alguna idea de cómo va a seguir la historia?

—Ni puta idea.

Rompen a reír. Bambi se agarra el estómago y se dobla hacia delante.

—Pero ¡Bambina! Debes de ser la única que empieza una novela sin tener ni idea de qué va la historia. En plan, oye Bambi, ¿de qué va tu historia? —Hace la pausa correspondiente y pone voz afeminada—: Pues no sé, de un tío con poderes y de picha inquieta...

—Calla, calla —le pide Bambi entre carcajadas—, que me meo.

—... que va por ahí controlando a las bestias y entonces llega una esfinge...

—¡Estirge! —Casi no le sale la voz de la risa.

—Estirge y le dice: la has liado parda, tío, ahora viajas al pasado, pero sin cagarla, ¿eh?, que si no, la diña toda mi Estirge...

—¡Estirpe!

—Eso.

—Pues a ver lo que has escrito tú, que vas tan de listo.

—No está acabado —responde él, cerrando el cuaderno.

—No me vengas con esas. Lee lo que tengas —exige.

—Si te pones así... te leo un trozo —dice, buscando entre las páginas—. Se titula *La sonrisa del cuervo*.

—Guay. —Bambi apoya los codos en las rodillas, expectante.

Cuán sordos son los oídos de los hombres que habitan esta tierra creyendo dominar hasta sus confines. Si supieran interpretar mis potentes graznidos, sentirían el terror en sus orgullosos corazones. Comprenderían lo insignificante que es su vida desde el punto de vista del Universo. Su paso por el mundo es tan fugaz como el batir de mis alas. Si me escucharan de verdad, se volverían locos de atar. Andarían cabizbajos, mirando en todas direcciones por temor a ser avistados por un ave de plumaje negro; animal de mal agüero. «¡Nunca miren a un cuervo directamente!», rezongarían, «o recibirán un mal de ojo y aullidos de muerte», clamarían. Y con el paso de los siglos se les arquearía la espalda por el eterno intento de pasar desapercibidos. Empero, mi atención únicamente reciben cuando ya no son nada, solo pasto de gusanos; pues ahí comienza mi labor.

A kilómetros huelo la pestilencia que expide su cuerpo inerte mucho antes que el olfato humano. Tanto es así que puedo afirmar que ha empezado a enfriarse y hace un minuto estaba caliente. Volaré hasta toparme con sus restos colgados de la soga. Qué momento más dulce para cualquier ser de mi especie, observar esos ojos perdidos en el abismo, que ya no son foco de lo que los rodea, sino una proyección de lo que han visto durante toda su vida. Mas las imágenes que destilan solamente un cuervo puede contemplarlas y sonreír.

—Jo-der —dice Bambi tras un instante de silencio—. Podrías acabarlo ahí y sería igual de potente.

—Ya veré lo que hago. Tengo más ideas…

—Una cosa —lo interrumpe, como si acabara de caer en la cuenta—, dices que puede oler la peste del cuerpo, pero luego que hace un minuto estaba caliente, ¿no? —Liam asiente—. Al cadáver no le ha dado tiempo de pudrirse.

—Pero ya digo que lo detecta antes que un humano.

—Ya, pero aun así…

—Lo miraré. ¿Algo más? —pregunta mientras apunta el comentario en el borde de la hoja.

—Sí —continúa, implacable—. Primero: pones una voz demasiado sexy cuando lees, no sé a quién quieres impresionar.

—Pero es mi voz —contesta sin rastro de la seguridad que ha mostrado hasta el momento.

—Cambia cuando lees —se ríe–; bueno, eso no tiene nada que ver con el relato, pero me hace gracia.

—Vale, eso no lo apunto —ironiza.

—Segundo: me recuerda un poco al cuervo de *Juego de Tronos*.

—Al de... pero ¿por qué? El mío no tiene tres ojos –se queja.

—Por eso de que ve más allá.

—Lo apunto, pero no voy a cambiar al pajarraco por eso.

—Como quieras. Yo digo lo que pienso. –Se encoge de hombros.

—Vale, vale. ¿Qué más?

—Pues que el relato es flipante. Ya te lo he dicho mogollón de veces, pero me repito, tienes un rollo a lo Poe que mola mucho.

—Gracias, Bambina. Tú tampoco lo haces nada mal.

Se quedan mirándose un momento en silencio y Bambi añade:

—Cuando lo tengas acabado me lo mandas, o me lo lees la próxima vez, ¿no?

Liam se muestra de acuerdo. Se guarda el cuaderno y abre los ojos como si se acordara de algo.

—Se me olvidó dártelo el viernes –dice, sacando un carné del bolsillo de la chaqueta.

—¡El pase de Connie! –exclama con entusiasmo–. Eres la hostia, tío. ¿De dónde los sacas?

—Contactos –se limita a contestar.

—Ya... –Bambi abre la cartera con la intención de guardar el carné, repentinamente seria–. Espero que no te hayas metido en ningún lío por esto. Entre el mío y el de Connie...

—Qué va. En mi barrio es como ir a comprar el pan.

—Si tú lo dices... Entonces, con esto entrará en cualquier pub, ¿no? –pregunta sujetándolo en la mano y alzándolo a la altura de sus ojos.

Cuando está a punto de contestar se oye el timbre de un móbil, que sale del bolso de Bambi.

—Mierda, es mi madre.

—¿Qué pasa? –pregunta él.

—Pues que no he pensado ninguna excusa. —Deja el carné encima de la cartera y descuelga.

—Hola, mamá.

—(…)

—Estoy en casa de Connie estudiando. —Liam se ríe y ella le pide que se calle con un gesto.

—(…)

—No hace falta que vengas a buscarme. Ya me ha dicho el padre de Connie que me lleva a casa.

—(…)

—En un cuarto de hora.

—(…)

—Hasta luego.

—¿La marquesa se pregunta dónde está la niña de sus ojos?

—No te cachondees.

—¿Para cuándo la próxima?

—La semana que viene tengo exámenes. Ya te diré.

—Vale. Te acompaño al metro.

Guardan las cosas, se levantan y caminan hacia la salida del parque hablando y bromeando sobre la primera impresión que tuvieron cuando se conocieron en el curso de escritura. Liam pensó que era la típica niña pija con aires de grandeza y una creída rematada, y Bambi, que él estaba fuera de lugar, como si solo pasara por allí.

Se despiden con la mano en la boca del metro y, mientras Bambi baja por la escalera, Liam se queda de pie mirando hacia el interior de la estación con aire pensativo hasta mucho después de que ella haya desaparecido entre la multitud.

3

Siempre me han encantado los cuentos de hadas. Cuando era pequeña mi padre se sentaba al borde de mi cama para leerme todo tipo de historias. Desde los cuentos de Roald Dahl y Christian Andersen hasta los relatos originales de los Grimm, que eran los que más le gustaban a él. Opinaba que si los niños de la época escuchaban historias sobre nobles que se cortaban el dedo del pie para que les cupiera el zapato, y así casarse con el príncipe, ¿por qué no iban a poder soportarlo los de ahora, en plena era de la información? Mi madre no estaba de acuerdo y por eso se encargó de equilibrar la balanza comprándome todas las películas de Disney habidas y por haber. A pesar de que mis lecturas se complicaron más con la edad, seguí pidiéndole a mi padre que me leyera por las noches. Puede sonar ridículo, pero me gustaba mucho cómo leía, era nuestro momento especial. Cuando consiguió el trabajo de comercial fue imposible seguir con la tradición. Supongo que por eso me gusta tanto escribir y quedar con Liam para leer. En cuanto a él, es por influencia directa de su hermano mayor. Mike es un caso raro: teniendo unos padres sin inquietudes, se escudó en los libros y se graduó con matrícula de honor. Liam simplemente siguió el modelo de su hermano siendo todavía un crío, por eso sus relatos tienen ese nivelazo. Pero, a diferencia de Mike, sus colegas son lo peorcito de cada casa, y eso que no sé ni la mitad.

Un día, después de leerle uno de mis relatos a Berta, me dijo que tenía que apuntarme a un taller de escritura. Al principio me pareció una mala idea, solo me faltaba que me insultaran en otra clase. Pero Berta me convenció argumentando que conocería a gente más mayor y que no estarían por esas gilipolleces o *sandeses*, como dijo ella. Me decidí por un curso que pudiera pagarme con mi dinero para evitar dar demasiadas explicaciones a mi madre, y no me arrepiento, porque si me hubiera apuntado a uno más oficial, nunca habría conocido a Liam.

Era el más joven aparte de mí. De esos chicos que, sin ser un tío bueno, resultaba atractivo al primer vistazo: dos palmos más alto que yo, sonrisa interesante y una mirada atrevida que no dudaba en fijar en cualquier otra que se le cruzara. Cada vez que lo observaba y se daba cuenta, yo apartaba la vista temiendo que supiera lo que estaba pensando, y es que al principio me tenía loca. Pasamos de no hablar a ser inseparables en el plazo de dos semanas, y después de que acabara el curso seguimos quedando. Pero cuanto más lo conocía menos quería liarme con él. Ha estado con un montón de chicas, lo ha probado todo y casi nunca repite. Y yo voy por ahí con el corazón al aire, me destrozaría, estoy segura; de modo que me prohibí sentir algo por él. Por mucho que tontee conmigo, ya he aprendido que va con su carácter y en el fondo él también sabe que es mejor que sigamos siendo solo amigos.

Sonrío negando con la cabeza mientras avanzo por el pasillo del metro hacia la salida más cercana a casa. Hay que ser imbécil para fijarse en uno de los populares; de Liam a David. «Muy bien, Bambi, de imposible en imposible, seguro que llegas muy lejos. No tendrás novio ni en diez mil años.»

Abro la puerta de casa y mi madre me recibe en el salón con un beso rápido y pringoso en la mejilla. Me paso el dorso de la mano por la cara, ¿siempre tiene que llevar ese pintalabios rosa?

—¿Vas a cenar? Berta ha dejado preparado ceviche, está buenísimo.

—Qué va, estoy llena —miento, encaminándome hacia la escalera y escapando del interrogatorio que se avecina.

—Bueno, tampoco te vendrá mal perder algún kilo. —Ya estamos... estupendo, habla la defensora de la anorexia. Solo le falta agitar unos pompones y cantar: A-D-E-L-G-A-Z-A.

—¿Cómo ha ido el estudio? —Estoy ya con un pie en el primer escalón.

—Bien. Voy a seguir un poco más. —«Bambi, no has estudiado nada. Vas a catear fijo», me digo, impulsándome hacia el segundo peldaño.

—Bueno... —Me doy la vuelta. Ha puesto los brazos en jarras a la altura de la cintura de avispa que tiene gracias al machaque diario que se pega en el gimnasio—. ¿No vas a preguntarme qué tal me ha ido la tarde?

Acabo de decirle que me voy a estudiar, ¿no? Pero claro, ella no sabe que no he abierto el libro en todo el fin de semana.

—¿Cómo te ha ido la tarde? —pregunto, forzando una sonrisa. Entonces me doy cuenta de que llevo el bolso, y es de cajón que ahí no caben ni el libro ni la carpeta; unas hojas, quizás, el libro de Historia, ni de coña. Como puedo aparto el bolso del ángulo visual de mi madre mientras me cuenta que ha leído el artículo que ha redactado su asistente y que, aunque la chica es un auténtico desastre en general porque ni siquiera sabe todavía cómo quiere la agenda, es una *trend hunter* de primera; el artículo podría haberlo escrito ella misma. Luego rectifica, apartándose el flequillo rubio platino, y remarca que casi podría haberlo escrito ella misma. Estoy deseando subir a mi habitación. No tenemos nada en común, cero.

—Pues lleva tú misma la agenda, ¿no? —Mi madre me mira como si hubiera dicho una barbaridad.

—¿La directora de una revista gestionando su propia agenda? —pregunta, y después suelta una risita vanidosa. ¿Tengo algo a mano para poder atizarla? Pongo los ojos en blanco.

–Pues nada. Subo a empollar.

–Vale. –Llego a la planta de arriba y mi madre, alzando un poco la voz, añade–: No te acuestes muy tarde.

–No. Buenas noches.

Cuando me siento ante escritorio, abro el primer cajón y saco una caja de bombones. El de chocolate blanco y frambuesa me apetece.

El despertador ha sonado unas tres veces, pero no soy capaz de abrir los ojos. Ayer me quedé dormida encima del libro de Historia, no sé qué hora era, lo único que sé es que no quiero levantarme.

Alguien llama a la puerta, genial. Contesto con un gruñido y me doy la vuelta dando la espalda a la luz del pasillo que entra cuando abren. Por el modo de caminar, enérgico y alegre, reconozco a Berta.

–Arriba, *sielito* –canturrea, apisonando la moqueta con cada paso. Hundo la cabeza en la almohada–. Se ha hecho tarde, *mijita*. Perderá el autobús.

–Y ¿mi madre? –pregunto inútilmente. Si me ha dicho que tengo que ir en el autobús, es obvio que ya se ha ido a trabajar, pero las neuronas no están todas conmigo ahora mismo–. No me encuentro bien hoy.

De repente, en un movimiento rapidísimo, me quedo sin edredón, como si fuera uno de esos trucos de magia del mantel. El frío no tarda en calar, así que abro los ojos y levanto la cabeza.

–La vida no es justa –suspiro.

Desde los pies de la cama me llega su olor a cardamomo mezclado con incienso.

–Depende de cómo se mire. Usted siempre lo ve todo con gafas negras. –Sostiene el edredón con sus brazos regordetes del color del cacao–. Ahora córrase para allá, niña, y déjeme *haser* la cama.

El asunto de las gafas me deja pensando mientras me encamino hacia el vestidor para coger una muda limpia del uniforme y el chándal para Educación Física. Berta tararea un *swing* mientras quita el polvo de los muebles. Con el ritmo que lleva, el plumero bien podría convertirse en unas escobillas para los platillos de la batería.

–No es fácil ver con gafas rosas con la mierda de clase que tengo –digo, haciéndome oír desde la otra parte de la habitación.

Berta se queda en silencio durante un instante y su respuesta no tarda en llegar, tan clara como la luz del día.

–Si Nuestro Señor se hubiera quejado tantísimo creando el mundo, no estaríamos aquí hablando, flor.

Salgo de nuevo hacia la habitación ya vestida y, con la bolsa de deporte colgada al hombro, le dirijo una mueca escéptica.

–¿El mundo en siete días? –Berta, que ya ha hecho la cama y está estratégicamente colocada para abrir las ventanas, me mira con un: «ojo con lo que vas a decir»–. Pues debía de ir colocado de *speed* o algo –la chincho.

Nuestras opiniones completamente contrarias sobre religión me divierten.

–Un respeto a nuestro Creador –me riñe, amagando una sonrisa. Es muy creyente, pero por encima de todo tiene sentido del humor.

–Amén.

Desde el pasillo la oigo decir «Santa Madre de Dios, perdónela» y me río por lo bajo. Aunque no la veo, me la imagino tocando el rosario que guarda en el bolsillo del delantal mientras reza moviendo los labios.

Solo tengo ojos para la pelota naranja que se acerca botando en la pista descubierta de baloncesto. Mi equipo va perdiendo, pero no por mucha diferencia. Me concentro en el balón e intento avanzarme al próximo movimiento de Alec, que está rodeado; pronto buscará a un compañero. Ya me sé su táctica: mira a alguien para que pienses que se la va a lanzar y luego la manda en dirección contraria. Me arde la cara por todo lo que he corrido durante el partido. No soy muy buena en otros deportes, pero el baloncesto no se me da mal en comparación con las otras chicas de clase. Es el único espacio del instituto donde me siento parte de un grupo y apreciada. La competitividad parece hacerles olvidar todo lo demás. Alec mira a uno de los más altos de clase e inmediatamente busco a otra persona que nadie esté defendiendo. Bingo. Corro hacia el delgaducho que sé que va a recibirla justo en el momento en que la lanza. La agarro al vuelo con una sonrisa satisfecha. Boto tres veces, viene alguien, la hago desaparecer entre las piernas, de delante hacia atrás. Me doy la vuelta, busco, pero no veo a nadie libre. Mierda. Alec está encima de mí, va a quitármela. Entonces veo a Connie sola, al borde de la línea. No está por el partido porque ya se ha acostumbrado a que nadie se la pase. Le doy un codazo a Alec para que me deje respirar.

–Chicos, chicos, tranquilos –oigo la potente voz de la profesora de Educación Física–. Alec, afloja o te pito falta –agrega con la misma fuerza que la gomina que se echa en el flequillo que hace que parezca la cresta de un gallo.

Logro deshacerme del bloqueo de Alec y esquivo a Erika sin esfuerzo, porque cuando llega se queda parada sin saber qué hacer. Alec corre detrás de mí como un poseso. Me gusta que le cueste tanto quitarme la pelota, es una dulce venganza. Alguien viene hacia mí, este me la ha quitado más de una vez. Vuelvo a mirar a Connie y decido confiar en que por lo menos podrá cogerla.

–¡Connie! –grito al tiempo que se la lanzo.

Con cara de susto, Connie alza los brazos, pero parece no saber qué diámetro tiene el balón, porque los abre demasiado y le da de lleno en la cara.

–Joder. –Jadeo, corriendo hacia ella. Me agacho para ponerme a su altura, arrodillada con las manos tapándose la cara. Las carcajadas sustituyen al sonido de la pelota contra el hormigón–. ¿Estás bien? –La profesora, también en la misma postura, la toma de las manos para apartárselas y comprobar el daño.

–Si ya era fea, imagínate ahora –se burla Alec.

La risa prepotente de Carol es una de las que más se oyen.

–¡Se ha acabado el partido! –grita la profesora con rigidez–. A los vestuarios, ¡andando! –Ordena apretando los dientes. Se parece a la teniente O'Neil, pero con el pelo un poquito más largo.

Connie aparta las manos al fin. Le sale sangre por la nariz.

–Llevémosla a la enfermería. –La profesora le pasa un brazo alrededor de los hombros, y Connie apoya el peso en ella con los ojos cargados de lágrimas por el dolor.

–¿Se le ha roto? –pregunto, sintiéndome culpable.

–No. Se pondrá bien. Solo hay que parar la hemorragia.

Eso no me hace sentir mejor.

El olor a desinfectante de la enfermería se me mete en la nariz y es tan intenso que me veo oliéndolo hasta mañana. Nunca había estado aquí, pero me lo imaginaba más como un espacio frío y sencillo, no como la consulta de un médico privado, incluso con alfombra debajo del escritorio.

Connie está sentada en la camilla. Vestida con el chándal del instituto y con la nariz sangrándole, parece sacada de una pelea de quinquis. Con manos expertas, la profesora le limpia la sangre y le tapona la nariz con algodones, recordándole con un guiño que no se olvide de respirar por la boca. Después pregunta si puede dejarnos solas y se marcha.

–Lo siento, tía. –Odio haber sido la causante de que se rieran de ella.

–No te rayes. Si ya no me duele. –Dice que ya no le duele y me lo creo, pero hay algo que le duele, algo que no es físico, lo veo en sus ojos. Está mucho más triste de lo habitual.

–¿Seguro?

–Que sí, que sí. –Baja de la camilla de un salto–. Vámonos de aquí. –Me agarra del brazo y dejamos atrás el agobiante olor.

De camino al vestuario hablamos del examen de Historia. Connie no lo lleva mejor que yo. Le cuesta mucho concentrarse y se distrae continuamente con vídeos de YouTube, principalmente de videoclips o gatitos. Solo una imagen de *Grumpy Cat* puede subirle el ánimo. A veces lo imito para hacerla reír.

Cuando llegamos al vestuario nos miramos con alivio. Está desierto. No tenemos que hacer cola en las duchas para entrar las últimas o aguantar que nos miren riéndose. Yo no tendré un cuerpo diez, de vientre plano ni piernas estilizadas, pero tengo las tetas bien puestas y unas curvas que hacen volver la cabeza a más de uno por la calle. En realidad no debería envidiar a ninguna de mi clase, pero sentirme observada por ellas y oírlas cuchichear cuando estoy en ropa interior hace que me sienta tan pequeña que podría desaparecer.

Mientras estamos duchándonos, Connie se pone a cantar. Su voz es de una suavidad tan dulce que por fuerza te hace sonreír. El tono pausado y la delicadeza con la que arrastra las sílabas para encajarlas en la melodía son relajantes. *Down by the Riverside*, canta al final del estribillo.

–¿Es para la audición? –la interrumpo, enjabonándome en la ducha de al lado. Connie asiste a clases de canto en una de las academias de música más reconocidas de la ciudad, y están preparando un concierto para la fiesta de Pascua.

–Sí, la elegí yo. La cantaré tocando el piano –explica como si tal cosa. A mí me alucina que alguien pueda cantar y tocar un instrumento al mismo tiempo.

–La canción es bonita, nunca la había oído –digo mientras me aclaro el champú del pelo–. Conociéndote pensaba que cantarías a Adele o Taylor Swift.

–Ya, es para cambiar un poco. –El agua deja de salir de su ducha y oigo la mampara abrirse–. La encontré por Internet.

Cierro el agua, estiro la toalla que he dejado en la parte de arriba de la mampara y me seco.

–Mola. ¿Cuándo es?

–El veintiocho. Creo que es viernes, antes de vacaciones –contesta, alejándose a la parte de las taquillas donde están también los lavamanos y los secadores. La sigo.

Abro el neceser y saco el peine. Deshacer estos enredos puede llevarme un cuarto de hora, mínimo.

–Joder, no sé cuánto llevamos aquí, pero nos hemos perdido media clase, por lo menos.

–Ya. ¿Qué tocaba? –Se peina la melena con la toalla enrollada al cuerpo. Me sorprende bastante que le dé tan poca importancia, pues de las dos ella es la responsable: Pepita Grillo. La miro frunciendo el ceño.

–Oye, Connie, ¿te pasa algo? –Su expresión hace que me olvide por completo de mis enredos. Le tiembla la barbilla. ¿Connie va a llorar? No la he visto llorar desde que nos conocemos, cinco años sin derramar una sola lágrima. Yo he llorado suficiente por las dos.

Pongo una mano en su hombro y la vuelvo hacia mí, y automáticamente mira hacia el suelo como avergonzada. La abrazo y eso la hace llorar todavía más. No hace falta que me cuente lo que le pasa, ya lo sé. Le acaricio el pelo húmedo.

–Desahógate, es mejor.

Nos quedamos un rato así y no la suelto. Cuando veo el momento le digo que tiene que decírselo a sus padres en lugar de aislarse en su habitación. Siempre que su madre pregunta, se inventa cualquier excusa para no contárselo. Además, a ella la sigue hasta casa porque se empeña en tener cuenta de Facebook, Twitter y colgar vídeos de sus ensayos en YouTube. A saber qué comentarios le han hecho últimamente. Yo ya le he dicho que cierre las cuentas y pase de las redes, pero ella me dice que tiene tanto derecho como cualquiera a publicar sus cosas. El problema es que nosotras no somos como otros. Creo que es mejor alejarse de lo que te hace daño, por lo menos si puedes hacerlo, porque, por desgracia, en el instituto no hay más remedio que aguantarlo.

Me aparto para mirarla a los ojos intentando no contagiarme.

–Prométeme que se lo dirás a tu madre.

–Vale –contesta un poco más tranquila, y nos acercamos a los bancos que se alinean entre las taquillas para vestirnos.

–Y ¿tú? –me pregunta con la cabeza medio metida en el polo blanco.

–¿Yo?

–A los tuyos. ¿Se lo dirás también?

–Ya lo saben, pero se la suda. –Me encojo de hombros.

–Por lo menos no se meten en tus cosas –bufa ella–. En cuanto se entere mi madre, vendrá aquí con una bazuca.

–¡Qué bestia! –me río.

–Ya ves –dice con una sonrisa, débil porque acaba de llorar.

–Pero eso mola, ¿no? –Al ver que no contesta, continúo–: quiero decir que mola que se preocupe.

–No te creas, tía –masculla mientras se ata los cordones de los zapatos–. A veces no sé dónde acaba ella y dónde empiezo yo.

–Ya, no sé.

–Se lo digo si también se lo dices tú.

–Bueno… ya te he dicho que lo saben…

–Ya, pero ¿les insistirás? –Me quedo callada y agrega–: No soporto verte sufrir.

–Vale, se lo diré.

Decido que ya es hora de hablar de cosas alegres y me deshago de los pensamientos negativos. Con una sonrisa a lo Goofy, saco el carné del bolsillo exterior de la mochila y se lo pongo delante de las narices.

–¡¿Qué es esto?! –exclama al ver su foto. Me mira con los ojos muy abiertos, sin cogerlo, como si fuera un carné radiactivo o algo así.

–Es tu entrada al alcohol –comento con total naturalidad–. Tómalo, tía, que no te va a comer.

Connie lo acepta y lo observa de cerca sin salir de su asombro.

–Está muy bien hecho –opina quedándose con la boca abierta–, ¿de dónde lo has sacado?

–Liam –me limito a contestar.

–Ah.

–¿Cuándo vamos a estrenarlo?

–No sé, tía. Si me pillan mis padres, me matan.

Suena el timbre y las dos resoplamos a la vez. Hemos faltado a una clase, pero el examen no nos lo podemos saltar.

Salimos del vestuario arrastrando los pies.

–Te quedas a dormir en mi casa y así no se enteran.

—Ahora estamos de exámenes.

—Hasta la semana que viene. Pero luego… ¡somos libres!

—Tengo que ensayar.

Pongo los ojos en blanco.

—Cuántas excusas.

Llegamos a clase, y el profesor de Historia, que ya está repartiendo los exámenes, nos mira a nosotras y después a las bolsas de deporte. Si no fuera el señor Roberts, nos caería una buena bronca, pero con él no va a pasar; solo suspira en nuestra dirección y con un movimiento de cabeza nos pide que nos sentemos. A estas alturas ya sabe que ponernos en evidencia delante de todos no es la mejor idea. Ha intentado hablar del tema con Connie y conmigo muchas veces, pero siempre nos negamos a dar explicaciones, no queremos empeorar las cosas chivándonos. Ahora que Connie va a contárselo a su madre no habrá más remedio que señalar a los más cabrones, y ella removerá cielo y tierra para que el instituto tome medidas. Quizá sea lo mejor, yo qué sé.

Me quedo mirando el examen durante un rato. Ayer apenas aguanté una hora. Se me nublan las letras y no entiendo las preguntas. Lo que quiero es escribir sobre tierras perdidas y razas extrañas, esa es la historia que me interesa, el resto no me importa.

Levanto la cabeza hacia el reloj y me encuentro con una hora imposible. Abro los ojos por la sorpresa, no sé cómo ha podido pasar tanto tiempo. Solo he escrito mi nombre. Qué irónico. Soy un objetivo fácil, un cervatillo en un valle.

Vuelvo a leer la primera pregunta. «Piensa un poco, Bambi.» Pero no tengo respuestas para este examen, no tengo respuestas para nada.

Miro a un lado y mi compañero se gira y tapa su examen para que no me copie. No pensaba hacerlo, solo quería ver cómo se siente uno al estar seguro de algo.

—Quince minutos —anuncia el señor Roberts.

Me quedo mirándolo con curiosidad. Lleva gafas gruesas y marrones, y viste como si todavía le comprara la ropa su madre. Lo observa todo con aburrimiento, da la impresión de que se siente incómodo en la época que le ha tocado vivir. Estoy segura de que le encantaría viajar en el tiempo como a Lamar, para descubrir a Tutankamón, o ir por el mundo con su perro estilo Tintín; se le nota en la respiración, es tan pausada que le cuesta respirar. Suspira de frustración, es esa clase de suspirador. Pero en mi mundo sería miembro del senado, un senado como el de la era clásica, serviría a un emperador glotón y viviría emociones fuertes en el harén. Se tiraría a escondidas a la preferida del emperador. Sí. En mi historia ya no sería esa clase de suspirador, sería un suspirador poscoital.

La gente empieza a levantarse para entregar el examen, y yo dejo de fantasear para confirmar que voy a suspender. Este examen y el siguiente y el de más allá, hasta que llamen a mis padres y se acerquen con su BMW clase familiar y hablen sobre los problemas de una adolescente que se niega a escucharlos. Mi madre soltará una de esas risas falsas que joden las terminaciones nerviosas y mi padre endurecerá su mandíbula pringada de *after shave* y dirá por enésima vez que no entiende lo que hacen mal. «Le damos todo lo que cualquier chaval de su edad podría desear. Lo tiene todo a su alcance.» Error. Todo es material.

Me levanto y avanzo en dirección a la mesa del profesor, resignada. Él me mira, agarra el examen, le echa un vistazo y, por supuesto, suspira.

–Podrías llegar muy lejos si te lo propusieras, Bambi.

«Podría llegar a la vuelta de la esquina si me lo propongo», pienso. «Más allá es un sueño imposible.»

En cuanto veo que su expresión se vuelve compasiva y va a soltar algo que me hará llorar, me vuelvo a mi sitio y espero a que acabe Connie, que todavía está escribiendo. Por lo menos ella ha contestado alguna pregunta.

Las dos llevamos mochilas Herschel, yo el modelo negro y ella el multicolor. Nos las pedimos para Navidad. Las primeras que pasamos en casa sin el abuelo. Sacudo la cabeza, no es momento de ponerse sentimental.

Cuando llegamos a las taquillas, nos cruzamos con el grupo de Carol y nada más vernos empiezan a meterse con nosotras.

–¡Una pava y un bicho! ¿Alguien ha llamado a los fumigadores? –Las risas se suceden, intensificándose cada vez que alguien más se une a la pulla. Van detrás de nosotras, así que caminamos más rápido y al girar la esquina no me da tiempo a esquivar a alguien y me doy de morros. Mierda, ¡mierda! Es David. Me llevo una mano a la cara y lo miro muerta de vergüenza. Joder, ¡qué ridículo! Hoy es el día de los golpes. La voz preocupada de Connie me llega por un lado y las carcajadas del resto por otro.

–¿Estás bien? –pregunta David tomándome por los hombros. Ha conseguido que el dolor se esfume. Me he puesto como un tomate.

–Sí –respondo atropelladamente.

–¿Segura? –Sus manos siguen ahí y su calor me está derritiendo. ¡Es tan guapo y atento!

–No, da igual. Estoy bien –digo, asintiendo mientras me agarro del brazo de Connie y me dejo llevar.

Vuelvo la cabeza y nos miramos una última vez. Me está sonriendo, pero de una manera especial, de esa forma seductora que suele reservarles a las populares. A mí, me está sonriendo así a mí.

Cojo el móvil, abro el WhatsApp y busco el nombre de Liam. Su estado: Discordia silenciosa. Sonrío. Debe de ser uno de sus relatos oscuros.

Bambi:
Q haces el viernes?

Liam:
mmm, creo q he quedado con 1 morenaza... o = era rubia

Seria 1 detalle q te acordaras x lo - d como es. Ya no digo nada del nombre!

Seria 1 detalle para quien? 😂 Son necesidades fisiologicas, si los tios no usamos los huevos, duelen mucho

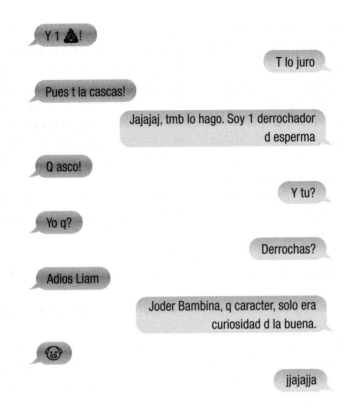

Y 1 💩!

T lo juro

Pues t la cascas!

Jajajaj, tmb lo hago. Soy 1 derrochador d esperma

Q asco!

Y tu?

Yo q?

Derrochas?

Adios Liam

Joder Bambina, q caracter, solo era curiosidad d la buena.

jjajajja

Son las once de la noche. Cierro el pestillo de la habitación por si acaso a mis padres se les ocurre entrar. Enciendo el iPod con el volumen casi al mínimo. Busco Massive Attack y le doy a escuchar todas.

Me meto en la cama. Cierro los ojos y visualizo a David.

Su pelo castaño que se peina de punta, su mandíbula cuadrada, me pierdo en sus ojos azules cuando me mira. La primera vez que muestra algo de interés y lo único que he hecho ha sido tartamudear. Pero me ha sonreído, eso es lo importante.

Estamos en clase los dos solos. Me pregunta algo sobre un ejercicio, yo le contesto acercándome mucho a él, más que nunca. Nuestras caras a pocos centímetros.

Mientras lo pienso ya me estoy acariciando; la música de fondo, tranquila, pausada, ambiental, hace que el momento sea sublime.

51

Entonces me besa. Yo me sorprendo al principio, casi no puedo creérmelo, pero no tardo mucho en abrir los labios y meter mi lengua en su boca.

Ya tengo la mano dentro de las braguitas, los pantalones del pijama están en el suelo.

Él gime, yo gimo. El beso es dulce al principio, pero se vuelve mucho más ardiente después. Estamos de pie, cuerpo contra cuerpo, solos en clase, cualquier cosa es posible. Me pego a su cuerpo mientras lo beso con pasión. Me quita la camiseta, el sujetador, me coge un pezón y lo retuerce suavemente. Noto el movimiento debajo de sus pantalones. Estoy muy húmeda. Me levanta la falda del uniforme y yo desabrocho el botón de sus pantalones. Mete la mano por dentro de mis braguitas. El dedo.

Describo círculos con los dedos índice y corazón en ese músculo que tanto quisiera que David me tocara, y en mi mente lo está haciendo en este mismo momento. Me imagino los sonidos que salen de su boca, me imagino cómo me mira con deseo mientras me froto. Después me imagino su miembro dentro de mí y me meto los dedos. Los gemidos que en mi mente hago nuestros son solo míos. Intento que no se oigan mucho. Estoy al borde del éxtasis. Me vibra todo el cuerpo, es una sensación increíble. Entonces llega, tiemblo, tiemblo, me vuelvo hacia la almohada y ahogo el grito de placer.

Me relajo, suena *Tear Drop*, y me parece que el colchón es más blando, que me abraza el cuerpo. Me gustaría que David estuviera aquí, pero él nunca querrá estar conmigo.

4

En uno de los cinco edificios de trece plantas que hay junto al polígono industrial, no muy lejos del vertedero municipal, los gritos atraviesan las paredes como si estuvieran hechas de papel. Se diría que lo construyeron deprisa y corriendo, como quien no quiere malgastar fuerzas en algo mediocre si sabe que puede hacer algo mucho mejor después.

La novena planta es un corredor de quince puertas que se asemeja al de un motel de mala muerte, con el suelo de linóleo siempre pegajoso por todo cuanto se acumula allí. No es un lugar que alguien elija para vivir por su propia voluntad.

Las voces provienen de la puerta quince de esa misma planta, el número está grabado en una placa desvencijada.

—No me toques más los cojones, joder. ¡Maldita zorra! Deja de lloriquear. Me dan ganas de vomitar solo de verte.

Llanto, sollozo, sorbo. La señora Tucker intenta articular palabras sin éxito. Su aspecto es desolador. Agarra la camisa de su marido, el gemido entrecortado que sale de su garganta le pide que se quede, que deje de abandonarla, que le haga caso; pero él aparta con repulsión la mano que lo retiene, como si fuera un muerto viviente que tratara de alimentarse de él. La empuja con saña en el hueco del sofá, cruzándole los brazos sobre el pecho. Le recuerda que es una inútil, que no sirve para nada, que lo deje vivir y que no quiere saber nada más de ella. Se lo dice entre dientes, al oído, para que le quede bien claro. Un minuto después, agarra el pomo de la puerta y la cierra tras de sí, ignorando los lamentos de su mujer.

Tras el portazo, ella encaja su cuerpo en el hueco lentamente, resignada. Saca un cigarro del paquete que hay encima de la mesa, al lado de un blíster de Diazepam, y lo enciende con la mirada perdida. La bata celeste se pega a ella como si fuera una segunda piel, piel que amarillea en la parte del pulgar donde apoya el filtro del cigarro. Uno más de los incontables que también han tintado el papel de las paredes.

La estancia cuadrada y minúscula cuenta con una cama individual, una mesa de camping que hace las veces de escritorio, una silla de despacho que parece haber sido recuperada de la calle y una barra de metal encaramada a una estructura con ruedas de donde cuelgan perchas con escaso vestuario. El humo del tabaco se esparce como tentáculos fantasmales, rozando la bombilla solitaria que cuelga del techo. La música de Marilyn Manson queda amortiguada por unos auriculares baratos, y la cabeza del color del azabache se mueve de arriba abajo, sus ojos vivaces están atentos a lo que escribe la mano derecha en un cuaderno doblado doscientas veces. Una chaqueta de cuero cuelga del respaldo de la silla y un pie calzado con deportivas de mercadillo marca el compás en el suelo.

El mundo parece haberse detenido, allí solo conviven las ideas de un chico con aspecto atormentado. Ideas que se convierten en palabras escritas sin prisa, sin complejos ni ataduras, al desnudo. Liam alza un instante la mirada y fija la vista en un punto indefinido, tuerce la comisura de los labios, reflexiona, mira de nuevo el papel y continúa escribiendo.

La turbia sombra que crecía en mi interior afectaba el espíritu de mi casta desde tiempos inmemoriales. Harían falta todos los árboles del bosque más extenso para hacer el recuento genealógico de su origen.

Es difícil encontrar las palabras adecuadas para que este humilde aprendiz de la palabra llegue a transmitir el horror de esta maldición familiar. No obstante, un esfuerzo dedicará si es que la curiosidad del lector continúa expectante. Esperando no decepcionar con la humilde verborrea de este filósofo caído en desgracia, que nunca tuvo oportunidad de filosofar en voz alta.

Toda identidad se ve marcada por la genealogía que a su vez hilvanan los caprichosos dioses. Debió de ser un error de aquella exigente costura, imagina este pobre diablo, lo que provocó la desgracia de los que habitarían la mansión del más rico de los indigentes.

No ha habido miembro de esta familia que no haya convivido con el aura de los lamentos, un tormento que acaba por destruir la más férrea de las corduras. No ha habido miembro de esta familia que haya tenido una muerte digna, pues las paredes de su morada son un falso cobijo y terminan por asfixiar al que creía respirar con pulmones ambiciosos.

Soy el último rayo gris que completa esta cadena del horror y con consternación contemplo ese germen destructivo que nace en la boca del estómago y se expande como la cólera. Mis sentidos son como los rescoldos de un hogar marchito, y los capítulos de esta miserable vida serán prontamente un grato acompañante del olvido.

Cierra el cuaderno, observa de nuevo ese punto indefinido, se levanta y avanza cuatro pasos hasta la puerta. Abre y cruza el pasillo en dos zancadas, con los cascos todavía puestos. Llega al comedor y echa un vistazo al sofá, donde hay un bulto que se sacude. Suspira y se pasa una mano por la cara. Se dirige a la nevera, la abre y suelta una retahíla de palabrotas. Está vacía, salvo por un trozo de pizza que, a juzgar por su aspecto, lleva en ese plato un mes. Liam agarra el plato que contiene esa porción nauseabunda y lo tira a la basura, vajilla incluida. Abre un armario y se encuentra una lata de garbanzos. Arruga la nariz y cierra el armario de golpe mientras maldice. Los dos fogones están cubiertos por restos de comida, y el fregadero está abarrotado de platos sucios. Niega con la cabeza, saca el móvil del bolsillo y teclea.

–¿Liam? –Un hilo de voz se escapa bajo la manta, pero él no la oye, lleva los cascos como si fueran un escudo contra el dolor.

Una cabeza de enferma asoma bajo la manta de lana hecha de ganchillo, pero él no la mira. La señora Tucker incorpora el cuerpo con un gruñido y Liam sigue tecleando.

La mujer pone los pies en el suelo, se recoloca la bata y camina en dirección a Liam, arrastrando los pies como si su pena fuera terminal y le quedaran dos días de vida.

Liam, que se ha puesto a lavar los platos, se asusta cuando le agarra del brazo. Se quita los cascos.

–¿Qué?

–Ve a buscar a tu padre, cielo, por favor –suplica, tan intensamente que parece que esté pidiéndole que le perdone la vida.

–No hay comida en esta puta casa. Está todo lleno de mierda –dice, sin embargo, con impotencia.

Ella gime.

–No puedo, yo... no me veo capaz ni de levantarme por la mañana.

Liam le pasa un brazo por los hombros y la lleva de vuelta al sofá. La arropa. Coge el cenicero rebosante y tira su contenido a la basura.

–Mamá, no pienso decirte lo de siempre, porque te lo he dicho un millón de veces –se lamenta desde la cocina, que está a tres metros del comedor–. Descansa, ya vendrá –añade, volviendo al salón para besarla en la frente.

–¿Tú también te vas? –pregunta, y él la observa con angustia. Tarda un instante en contestar.

–No me lo digas así, mamá. Como si te estuviera abandonando. Voy a ir a cenar con unos colegas. ¿Te traigo algo?

–Tabaco.

–Me refería a algo de comer. –Su tono es tajante.

–No tengo hambre.

–Algún día tendrás que comer algo.

—¿Crees que tu padre vendrá hoy? ¿Crees que pasará la noche aquí?

Liam se sienta y la abraza.

—Es viernes, ya sabes cómo es. No pienses en él, ¿vale? Yo cuidaré de ti.

—Gracias, cariño —responde, tan ausente que parece que hayan programado la respuesta.

El chico le pasa una mano por el pelo largo y encrespado, consolándola.

—He conseguido un trabajo, mamá.

—Eso está muy bien, hijo. Estoy orgullosa de ti.

—Ganaré mucho y podremos tener una vida mejor.

Se separan y Lilian acaricia el rostro de su hijo. Cabría esperar que preguntara de qué clase de trabajo se trata, pero en lugar de hacerlo le anuncia que se lo dirá a su padre y se pondrá muy contento. Liam asiente, observándola con pena.

—Compraré unas cuantas cosas en el 7 Eleven.

Desanda los pasos hasta su habitación y se pone la cazadora. Mira el móvil y en la pantalla del WhatsApp lee que Jordan ya está abajo, así que se apresura hacia la salida.

Cuando sale a la calle, un chico alto y fuerte de veintipocos, pelo rizado y piel color café se da la vuelta. Podría ser jugador de baloncesto profesional.

—¿Nos piramos? —le dice a modo de saludo.

—Joder, sí.

Se alejan del bloque de pisos andando sin levantar mucho la suela del zapato, con el cuerpo ligeramente echado hacia delante, los hombros de lado a lado y pose chulesca. Van fumando, y la voz de Liam adquiere un tono desganado, propio de a quien nada le importa lo suficiente.

—Es con Abel y Búfalo, ¿no?

—Sí. En la hamburguesería de Stucky. Tienes farla, ¿no? —pregunta Jordan con voz queda.

Liam asiente.

—Este finde la encalomo.

Se quedan un instante en silencio, caminando y fumando. Jordan lo mira de reojo y sus gruesos labios se abren.

–¿Aún curras en aquel garito?

–A veces –responde sin mirarlo.

–Allí conociste a la pija cachonda, ¿no? –pregunta, guiñándole un ojo. La risa de Liam confirma que así fue–. ¿Lara, se llama?

–Sí.

–Los melones de Lara, joder. –Pone las manos al lado de la cabeza, con el cigarro todavía agarrado, haciendo ver que son los pechos, y sacude la cabeza como si estuviera entre ellos. Liam suelta una carcajada–. Eso sí que son unas buenas berzas. –Le da otra calada a su cigarro–. No sé cómo coño lo hiciste.

–A Lara le molan los muertos de hambre, y si son camellos, mejor.

–Dirás lo que quieras, tío, pero yo me acerco a menos de dos metros de una tía así, y me corta la polla.

Se ríen un buen rato y poco después Liam le pregunta si es buena idea seguir currando en el pub, porque podría ser un riesgo para la banda. Jordan se para y Liam avanza unos pasos hasta que se da cuenta. Se vuelve y alza la cabeza frunciendo el ceño.

–¿Estás seguro de esto, tío? Luego no te puedes rajar. –Jordan lanza el cigarro lejos–. Quien se mete en esta mierda no puede salir, ¿me entiendes?

–Necesito la pasta, tío.

Las duras facciones de Jordan se ablandan mientras avanza hacia su amigo. Lo mira muy serio en toda su altura.

–No hay que necesitar solo la guita para hacer esta mierda, tío. –Desvía un momento la mirada para volver a posarla en los ojos verdes de Liam–. No tienes ni puta idea de lo que hay metido ahí dentro. Hay que tener pelotas y sangre fría.

–No me falta de eso, ¿vale? –replica apretando los labios, ofendido porque haya dudado de él.

–No sabes lo que dices. –Hace una pausa y la frente se le arruga–. Podrías palmarla. Acabar en chirona es lo de menos, podrían arrancarte la puta cabeza –dice, haciendo un aspaviento con un brazo.

–¿A quién cojones le va a importar si la palmo?

–A mí, por ejemplo.

–Me doy por avisado. ¿Vamos? –pregunta con un gesto.

Jordan cierra los ojos y vuelve a abrirlos sacudiendo la cabeza.

–Yo lo hago por mis hermanos, si no estaríamos en la puta calle, pero los de la banda no lo saben. Ni que tú y yo somos amigos, porque entonces sabrían cómo hacerme daño, ¿lo entiendes? Son chungos, Liam, y tú no tienes por qué entrar.

–Hemos mamado esto desde críos. –Abarca su alrededor con los brazos.

–Y una mierda. Tienes un hermano que va a la universidad. ¿Qué es esa gilipollez de que lo has mamado?

Liam aprieta los puños.

–Y tú ¿qué sabes de mi vida y de lo que necesito?

–Sé que nadie querría esto por gusto.

–Jordan, ya está decidido –concluye, iniciando de nuevo la marcha. Jordan lo sigue momentos después; no añade nada más.

Los bancos son de plástico contrachapado de color granate, y las mesas, blancas. El letrero que hay encima del mostrador ofrece catorce tipos diferentes de hamburguesa y está enmarcado con cuadros blancos y rojos. Todo parece sacado de los años cincuenta. La chica que está en la caja lleva una cofia y un delantal a juego. Atiende mascando chicle, los enormes aros rosas se balancean cuando contonea la cabeza para preguntar qué quieren. El local está vacío, salvo una solitaria mesa donde hay una figura de espaldas y un chico con gorra que les hace una señal para que se acerquen.

–Una hamburguesa completa –pide Jordan.

–Dime el número. –La manera de hablar denota una total falta de educación.

–¿Número?

–El puto número –repite señalando el cartel con las uñas pintadas de rosa chillón.

–La hamburguesa catorce.

–Catorce. –Lo apunta en la pantalla y desvía la cabeza hacia Liam con la misma falta de paciencia, como si estuviera harta de atender a tanta clientela.

–La tres.

Les dice el precio con apatía y cuando devuelve el cambio comenta que lo llevará ella misma y, al parecer, es lo que menos le apetece hacer en ese momento.

–Creo que le gusto –bromea Jordan de camino a la única mesa ocupada. Liam se ríe con nerviosismo y se queda detrás de Jordan cuando llegan junto a los comensales.

–Liam, este es Búfalo. –Dos dientes de oro asoman tras su sonrisa taimada. Dos destellos que describen su condición macarra. Búfalo levanta ligeramente la barbilla y lo observa achicando los ojos rasgados.

–Jordan nos ha dicho que te interesa nuestro negocio. –La voz es gutural e intimidante–. Siéntate, chico. –Liam obedece y se sienta en el espacio libre que acaba de dejarle. Tiene los músculos de la cara rígidos.

–Soy Abel –se presenta, dándole la mano, el chaval de la gorra. Los ojos saltones del chico, de un azul cristalino, se abren todavía más y lo hacen parecer un loco. Liam le estrecha la mano lechosa con un asentimiento de cabeza.

Búfalo se vuelve hacia Liam y el dorado de los dientes se hace notar, más amenazador que solícito.

–Llevas algún tiempo vendiendo, ¿no?

–Unos meses –responde, mirándolo de soslayo.

Búfalo rodea los hombros de Liam con su ancho bíceps, y Liam hace lo posible para que no se le note su inquietud.

–Lo ha hecho bien el chaval, ¿eh, Abel? –Con tres patatas en la boca, el susodicho contesta con un «gi» que pretende ser un sí–. Ahora irás a lo grande, ¿verdad? –continúa, y lo acerca a él agarrándolo con más firmeza, palmeándole la cara.

Liam no responde, pero no puede ocultar su incomodidad, y Jordan se mantiene en silencio. Abel, por su parte, sigue comiendo como si nada.

–¿Creéis que tiene cojones? –Búfalo lo coge por los huevos y Liam se sobresalta.

–Que lo demuestre –dice Abel.

La expresión hermética de Jordan parece indicar que no le preocupa lo más mínimo lo que hagan con Liam.

Búfalo despliega una sonrisa macabra a medida que aprieta, y la respiración de Liam se vuelve afanosa. Cierra los ojos y sus facciones se contraen, los ojos se le ponen rojos y acalla un par de gritos, pero no ruega que lo suelte.

–Tiene que hacer algo, no va a entrar así como así –confirma Abel.

–Las mariconadas, fuera del local –les recrimina la camarera. Solo cuando Búfalo suelta a Liam, se digna servir los platos. Liam pone una mano en sus partes y con la voz aquejada pregunta:

–¿Qué tengo que hacer?

El silencio se alarga y la tensión va en aumento. Búfalo mira a los demás miembros de la banda, pero a cada uno le transmite algo diferente. A Jordan le dedica una mueca de desagrado, de Abel parece esperar que tome la iniciativa y por Liam siente curiosidad.

Abel decide comprender el mensaje cuando se vuelve peligrosamente insistente.

–Un tío nos está jodiendo el territorio. No está metido en ninguna banda, va por libre, pero está bien organizado el cabrón. –Hace una pausa para acabarse la cerveza de un trago y suelta un eructo más grande de lo que parecía que podría soportar su cuerpo–. Nos han dado un chivatazo y sabemos dónde estará el próximo sábado –concluye. Búfalo no añade nada más, pero tampoco abandona su lenguaje visual y, después de lanzarle una de sus miradas a Jordan, este da muestras de haber entendido qué es exactamente lo que hay que hacer.

Liam carga cuatro bolsas de plástico del 7 Eleven que llevan una indicación de que son biodegradables y se descompondrán por proceso natural. Deja atrás el vertedero y continúa en dirección sur. Su expresión es una mezcla de intranquilidad y decepción. Resopla y niega con la cabeza, como haría alguien que está enfadado consigo mismo. Entonces suena el móvil. Se detiene en la acera resquebrajada y deja las bolsas en el suelo para consultar la pantalla. Contra todo pronóstico, sonríe.

Bambi:
Espero q la cita con la rubia-morena haya ido bien y no te duelan los huevos.

Se queda un instante mirando la pantalla, repasando esa ironía involuntaria sin decidirse a contestar. Entonces Bambi sigue escribiendo.

Bambi:
Quedamos este domingo? No me has enviado nada.

Liam:
No puedo, Bambina. T lo mando x mail, ok?

Ok, ya hablamos 😙

😙

Cruza el portal del edificio hacia el ascensor, pero cuando lo llama se da cuenta de que no funciona.

–¡Joder!

Sube por la escalera, los músculos de los brazos se le marcan al cargar con las bolsas. Cuando llega al número quince de la novena planta no abre la puerta enseguida, antes suelta un largo y hondo suspiro.

5

Es miércoles, solo quedan dos días más de exámenes, una semana de clases y ¡vacaciones! Tengo tantas ganas de perderlos a todos de vista que ni siquiera voy a ir a la excursión de final de trimestre. Normalmente Connie y yo nunca nos apuntamos a ninguna, pero en este caso dudé porque la han organizado profesores de institutos diferentes y habrá gente de otros centros. Van al parque de atracciones dentro de dos sábados. Connie y yo estuvimos valorándolo, pero al final decidimos que no íbamos a perder un día de vacaciones para ir a un sitio al que seguramente irían Carol y los demás.

Entro en clase de Química, encantada de que el profesor Lambert vaya tan a su bola y en lugar de un examen nos haya puesto un trabajo. Menos mal que Liam no pudo quedar, porque no me habría dado tiempo de acabarlo. Me he pasado todo el fin de semana con él. No es que haya sido fácil, pero la verdad es que tener un examen menos es un descanso.

Las mesas son alargadas y están llenas de probetas, pipetas, tubos de ensayo, decantadores y otras cosas cuyo nombre no recuerdo. Junto a la pizarra cuelga la tabla de elementos químicos, que no entra en mi cabeza ni a patadas.

Soy casi la primera en llegar, el resto debe de estar acabando el examen de Inglés. Creo que, de momento, es el único que me ha ido bien.

Me siento en la tercera fila y saco los apuntes de la clase pasada para repasarlos. Trato de descifrar los elementos que hay en la hoja sin necesidad de mirar en la tabla, pero no lo consigo. No tengo ni idea de para qué sirven todos estos números y letras. Es un sinsentido.

–Hola –dice alguien a mi lado.

Levanto la cabeza y millones de mariposas se instalan en mi estómago. Le contesto con la voz tan baja que ni el oído más fino del mundo habría podido oírme.

La clase se va llenando rápidamente, pero no reparo en los demás. Todavía no me puedo creer que David haya vuelto a sonreírme de esa manera.

El profesor Lambert entra con paso decidido, siempre con la prisa de quien está a punto de perder un vuelo. Empieza la lección sin rodeos, como si en su cabeza una hora fuera en realidad un minuto y estuviera convencido de que explicarlo todo en un minuto es difícil. Sobre todo si es algo que no viene en el libro, no sé ni para qué lo tenemos.

–Hoy hablaremos de la ley de las presiones parciales formulada en 1801 por nuestro estimado químico John Dalton.

Me río por dentro por lo de «estimado»; será él quien le tiene cariño al señor Dalton, yo en cambio preferiría que se hubiera dedicado a otra cosa, como a limpiar zapatos, para no amargarles la existencia a los jóvenes del futuro. Con su mente de genio, los zapatos en 1800 hubieran lucido bien brillantes, y todos contentos.

–Esta ley, que también puede llamarse ley Dalton –y escribe «ley Dalton» en la pizarra; lo subraya–, establece que la presión de una mezcla de gases, que no reaccionan químicamente, es igual a la suma –apunta una serie de operaciones extrañas en la pizarra a medida que dice–: de las presiones parciales que ejercería cada uno de ellos si solo uno ocupase todo el volumen de la mezcla, sin variar la temperatura.

Ahora entiendo lo que le pasó al señor Dalton. Un día se despertó y expulsó una sucesión de gases, unos eran sonoros y otros no, eso ya llamó su atención. El olor era cosa de los biólogos, él se centró en el gas en sí. Pensó que podría medir la presión de esos gases porque algo tenía que hacer con esa genialidad numérica que rondaba por su cabeza. Así que se dispuso a formular una ley, pero nunca le comentó a nadie que surgió de un pedo descomunal.

De repente, un trozo de papel arrugado aparece sobre mis apuntes. Frunzo el ceño, confundida; diría que ha llegado volando desde la izquierda. Desvío la vista hacia David y lo descubro mirándome de reojo. ¡Me ha escrito una nota! Esto es más de lo que nunca habría imaginado. Cuando se lo explique a Berta me dirá que las velas que le ha puesto a no sé qué santo del amor han dado resultado.

Esta clase es un rollo

Creo que lo he leído cinco veces seguidas, como si esperara descubrir algo malo por alguna parte y no comprendiera por qué no lo encuentro. No me lo puedo creer, la ha escrito él, para mí. No es una declaración de amor, pero significa que quiere hablar ¡conmigo!

Y ¿qué clase no lo es?

Vuelvo a arrugar el papel y lo lanzo con cuidado para que no se caiga de la mesa. El señor Lambert no se ha dado cuenta, está muy distraído con su amado Dalton. Yo hace mucho que he desconectado, creo que al minuto cinco del comienzo de la clase. Lo que está pasando ahora mismo es mi definición de química. Es como si estuviéramos hechos de materias completamente diferentes, pero saliera algo muy bueno mezclándonos. Entonces me doy cuenta de los pensamientos que corretean por mi mente, alocados, exageradísimos. «Joder, solo me ha escrito una nota porque se aburre, ¿cómo va a ser eso química, idiota?»

Jajaja. Todas las clases lo son, sí. ¿Has hecho el trabajo?

Y aquí está lo que ya esperaba desde el principio, lo anterior solo ha sido un preámbulo. Se hace el simpático porque quiere copiar mi trabajo. Aunque no me acaba de cuadrar, porque soy nefasta en Química, no hay otra explicación; es

David, tiene al alcance a cualquiera de las chicas más populares y guapas del curso. No va a perder el tiempo con alguien como yo.

Sí. Hay que entregarlo a final de la clase.
No creo que te dé tiempo a mirarte el mío.

Sorprendentemente, mi respuesta le hace arrugar el ceño. Se apresura a contestar humedeciéndose los labios. Y a mí no me cuesta demasiado volver a poner los pies en nubes esponjosas, sonreír como una tonta, soñar que quizá pueda interesarle algo de mí. Me acuerdo de mis citas nocturnas imaginarias y me pongo roja como un tomate.

Te lo preguntaba x si querías mirarte el mío.
Es lo – que podía hacer después de haber estado
a punto de matarte.

Vale, así no me van a bajar los colores. Sonrío, mordiéndome el labio inferior. ¿Qué está pasando? Llevamos desde principio de curso sentándonos juntos en clase y nunca me ha hecho ni puto caso. ¿Me estoy perdiendo algo?

XD Gracias

Le paso la nota y me arrepiento enseguida. Es muy soso lo que le he puesto, «¡imbécil!», podría haberle dicho algo más. Así no estoy dando conversación. Después de mortificarme durante cinco largos minutos, la bolita de papel vuelve a volar hacia mi sitio.

¿Vas a la excursión?

Otro cosquilleo en la barriga. Le sonrío tímidamente y me parece que el movimiento de su boca es una declaración de intenciones. No voy a ninguna excursión desde el episodio de «te has meado encima». Por un momento desconfío, ¿será todo esto parte de una estratagema de Alec y Carol? A lo mejor se me nota mucho que me gusta David y pretenden gastarme la broma del siglo, en la que el chico perfecto finge estar interesado por el bicho raro, se ofrece a sentarse con ella en el autobús, se interesa por pasar el día con ella, hasta que aparecen todos y la meten en un contenedor. O simplemente se ríen por el hecho de que la pobre se lo haya tragado todo, ¿quién iba a querer estar conmigo conscientemente? El grupo de Facebook que tienen en común ardería de comentarios después.

Tardo demasiado en contestar, no sé si hacerlo. Tengo un mal presentimiento, como un marinero que presagia una tormenta en mitad del océano y sabe que su barco no va a poder soportarlo y que la única consecuencia es el naufragio. No quiero ser náufraga del amor.

Mi indecisión dura lo que faltaba para el final de la clase. Suena el timbre y, como siempre, el profesor Lambert mira el reloj con sorpresa y dice que no le ha dado tiempo a acabar lo que pensaba dar de la lección. Y eso solo significa una cosa: deberes. Los alumnos se levantan y van dejándole el trabajo encima de la mesa.

—Entonces, ¿vas a ir? —Ahora tengo que mirarlo a los ojos y sé que voy a quedarme paralizada y las palabras saldrán enredadas.

—No creo —contesto mientras guardo los apuntes mirando la carpeta.

—¿Por qué? —Ladea la cabeza, como apremiándome a que lo mire.

Lo hago. Su expresión es agradable, su mirada azul parece sincera. Me sonríe.

—No… —Joder, no sé qué decir. ¿Que no quiero que me gasten una broma pesada? ¿Que tengo miedo de mis compañeros de clase?

—Perdona —levanta los brazos como si alguien estuviera apuntándole con una pistola—, no es asunto mío.

Recoge las cosas y se despide con la mano. Yo me quedo ahí petrificada, las hormigas marchan por todo mi cuerpo, el calor me abrasa. Analizo la situación sin buscarle doble sentido y está claro: ¡David quiere que vaya a la excursión con él! Mis labios se extienden tanto que creo que van a desaparecer, nunca había sido tan feliz en mi vida. Esto no es ningún plan macabro, creo en sus ojos.

Estoy tan distraída por lo que acaba de pasar con David que no oigo al profesor Roberts llamarme en el pasillo. Tampoco veo venir a Valerie, que camina directa hacia mí fulminándome con la mirada. Con ella va la fiel y lameculos Erika, más conocida como Ojos de Gato por el extraño color ambarino del iris y, quizá también, por la manera que tiene de maullarles a los tíos reclamando atención. El hecho es que no las veo hasta que las tengo encima.

–¿Qué coño estás haciendo con David? –Valerie escupe la pregunta mirándome con rabia. Yo desvío la mirada a Erika y lo entiendo todo. Nos ha visto en clase de Química.

–No hago nada. –Intento imitar el tono de desprecio, pero el que me sale es bastante inconsistente.

–David va a pedirle salir a Valerie. Todo el mundo lo sabe –dice Erika con retintín.

–Así que ni te acerques, pava –acaba Valerie. La manera en que se sincronizan me parece de parvulario.

–Yo no… –Vale, yo no tengo a nadie que acabe por mí lo que quería decir. Creo que es incluso peor.

Las pocas pecas que Valerie tiene alrededor de la nariz se unen cuando la arruga. Busco alguna respuesta en mi mente, pero no puedo porque no dejo de pensar en lo que ha dicho Erika de que David quiere salir con Valerie. Parezco una idiota aquí plantada sin hacer nada.

–Ahora viene cuando llora –le dice a Erika, levantando la barbilla con prepotencia–, cinco, cuatro, tres…

«No llores, no les des esa satisfacción», pero las ilusiones de hace un momento me han hecho subir tan alto que ahora la caída es más grande y resulta que la cuenta atrás va a tener el efecto deseado.

De repente, alguien me agarra del brazo con suavidad, oigo un «ya basta» y se me lleva con delicadeza, como quien tiene una mariposa en la mano y teme que se le rompan las alas, y luego se queda todo ese polvillo en la piel y parece que la mariposa vuela peor porque te has quedado parte de su magia, le has robado algo. El historiador tiene polvillos en su mano, es polvo negro, polvo de soledad y de tristeza. Y ya no tengo fuerzas, me muevo por inercia a través del pasillo, junto a las taquillas, hacia una sala. No me importa adónde me lleve mientras sea lejos de aquí.

La sala de profesores es un espacio rectangular con armarios funcionales, una mesa ovalada y larga rodeada de sillas viejas, una tetera eléctrica en una mesa auxiliar y distintos mapas del mundo colgados en una pared de un sucio color crema. Es la parte del instituto que no renovaron; este despacho debe de tener por lo menos cincuenta años.

El profesor Roberts me ofrece té y yo niego con la cabeza porque ahora mismo lo que me apetece es el ron de Liam.

–El acoso escolar es algo muy serio, Bambi.

–Ya –respondo monótonamente–, pero ya le dije que no quería hablar de eso.

–Hablar no. Creo que va siendo hora de hacer algo. ¿Lo saben tus padres?

Asiento lentamente, escéptica. No se puede hacer nada.

–He oído lo que pasó en clase de Educación Física. Estoy al tanto de lo que os ocurre a Connie y a ti. Por eso me he reunido con la directora esta mañana. –Espera mi reacción, pero ni mi expresión ni mi ánimo han cambiado, así que continúa hablando–: Creemos que llegados a este punto lo mejor es que llamemos nosotros a vuestros padres y les traslademos la gravedad del asunto.

–Y entonces ¿qué? –pregunto con pesimismo; la voz se me rompe porque en el fondo sé que no hay solución. El señor Roberts acerca una caja con pañuelos, por si la necesito. Se recoloca las gafas.

–Primero queremos saber cuál es su postura. Sobre eso decidiremos, pero quiero que sepas que hay muchas opciones.

–Yo puedo decirle lo que piensan: «Eso ha pasado toda la vida, hay que tener carácter, ser fuerte» –cito a mi madre, notando cómo las malditas lágrimas empiezan a inundar mis ojos.

–De acuerdo, pero cuando hablemos con ellos lo verán de otra forma.

–Si usted lo dice...

–También estamos valorando programar charlas y actividades de concienciación. Es como una especie de campaña *antibullying*. –Sonríe satisfecho. Yo se lo agradezco, pero no van a conseguir que esos capullos sean conscientes de nada.

–Gracias. Supongo –contesto con inseguridad.

El señor Roberts me pone una mano en el hombro y me aprieta para darme fuerzas.

–¿Cuándo crees que les vendrá bien a tus padres? –pregunta, tomando un bolígrafo del portalápices.

Una lágrima cae por mi mejilla y me la seco con la mano.

–Con mi padre es chungo porque nunca está –me paro al ver que no lo ha entendido y le aclaro–: casi siempre está fuera trabajando. –El suspirador asiente–. Y mi madre... es mejor que la llame y le pregunte usted mismo.

El profesor apunta «llamar a madre de Bambi» en una libreta y luego la cierra.

–¿Puedo irme ya? –Apoyo las palmas de las manos en la mesa para levantarme.

El señor Roberts añade:

–A pesar de todo, tienes que intentar aplicarte un poco más. No contestaste a ninguna pregunta del examen. No escribiste nada.

«No puedo estudiar, no me concentro. Me cuesta mucho levantarme por las mañanas. Usted no lo entiende.»

–Ya, vale. Hago lo que puedo –digo, sin embargo, mirándome las manos.

–No querrás repetir curso, ¿verdad?

La alarma me hace levantar la mirada.

–¿Repetir?

–Eso mismo. Tienes que esforzarte más, ¿de acuerdo? Ya sé que en tus circunstancias es un esfuerzo mucho mayor que para el resto. Lo comprendo, pero al final es por tu futuro.

Asiento con los ojos todavía húmedos y me levanto.

–Cuando acaben los exámenes llamaré a tu madre –anuncia cuando ya tengo la mano sobre el mango de la puerta.

–Vale.

Salgo y me encuentro a Connie sentada en una silla junto a la entrada.

–¿Me estás esperando?

–No –responde, señalando hacia el interior de la sala.

–¿Te ha llamado?

Asiente.

Ahora sí que estoy alucinando. Es el único profesor que le ha dado tanta importancia. Quizá también le pasó a él.

–¿Todo bien? –pregunta.

–Sí. Buena suerte. Después me cuentas, ¿vale? –Nos abrazamos y reparo en que estaba blanca porque después del abrazo el color le ha vuelto a la cara.

> **Bambi:**
> ¿Sabes q los caballeros q salvan a damiselas en apuros existen?

Doble *check*. Miro la última vez que Liam se ha conectado, hace diez minutos. La pantalla cambia por escribiendo...

> **Liam:**
> No jodas, y yo q pensaba q ahora se llevaban los vampiros buenorros.

Sonrío y sigo escribiendo, tecleando como si no hubiera mañana.

> D buenorro no tiene nada, es un 40tón q quiere arreglarme la vida 😆

> Arreglartela, como?

> Ha dicho q me dejara d chorradas d buying y lo hicieramos encima d la mesa d la sala d profes.

> Jajajaj. Con que te van los maduritos eh? 😂😂

> Q va!

> Jajajaj. Ahora en serio. Q queria?

Hablar con mis padres d la mierda esta del buying, como si yo solita no pudiera defenderme, sabes?

Puedes?

Escribiendo… En línea… Escribiendo…

Cambiemos d tema

Lo has sacado tu

Ya tienes acabado el relato?

T lo estaba enviando antes d q me escribieras

T he leido la mente!

Enviado! esta semana toca quedar no?

Podemos quedar en mi casa. Mis padres no estan

Es 1 oferta peligrosa. Sabes con quien estas hablando?

Antes con Liam, ahora con fornicador Liam.

Ok, a la misma hora d siempre.

Ok.

Sabes q? David me ha hablado hoy

😃 que te ha dicho?

Me ha preguntado si ire a la excursion. Es dentro d semana en el parque d atracciones

Iras?

Creo q si

Si t hace daño, lo mato.

Puede ser curiosidad.

Nosotros no tenemos d eso. Si hablamos con 1 tia, es pq hacemos caso d nuestra polla.

Pq sois tan cerdos? Dond queda el romanticismo?

En realidad nunca ha habido d eso. Los tios hemos pensado = siempre, desde la prehistoria hasta ahora. Cuanto daño ha hecho Jane Austen, joder.

Jajajajaj. Tu si q sabes lo que 1 chica quiere oir.

😋 Cuentame como avanza con este, no me fio.

Acabara en nada, me he enterado q va a pedirle salir a 1 d las populares.

Quien t lo ha dicho?

Ella, a la q le va a pedir salir

No t lo creas. T tiene envidia

Tu crees?

N se. Yo n me creeria nada d esa perra

Jjajaja. Es verdad

Te dejo Bambina.

Hasta el find!

Me quedo un rato pensando en lo que me ha dicho Liam. Tiene sentido, Valerie se ha puesto celosa porque David me ha hablado. De momento no sale con ella y a quien le ha preguntado si va a ir a la excursión es a mí. Sonrío ampliamente. «Gracias, Liam. Eres el mejor.»

Media hora después de haberle escrito a Connie, por fin da señales de vida.

Bambi:

Donde te has metido? T estoy buscando x todas partes

Escribiendo...

Luego t llamo y t cuento, estoy con mi madre

Ok 😘

–¡Berta! –grito nada más entrar en casa.

Dejo la mochila en el recibidor, en uno de los colgadores del mueble *vintage*, y voy derecha hacia la cocina. Sé que Berta está ahí porque me llega el aroma a especias. Entro, sonriente.

–Hola, *amorsito* –me saluda Berta con el trapo de cocina colgado del hombro y el delantal a rayas puesto–. ¿Cómo ha ido el día?

Me deslizo por la estancia como si bailara y me entra la risa fácil.

–¡No te lo vas a creer! –exclamo, rodeando su ancha cintura con los brazos.

El resplandor de mi rostro se refleja en el suyo. Sonríe mostrando sus dientes grisáceos por una medicina que tomó de pequeña.

–Dígame qué pasó –se interesa ella, colocándome un mechón de pelo cobrizo tras la oreja.

–¿Te acuerdas de David?

–Ay, sí. El buen *moso* del que habla usted siempre. ¿Qué pasó con él? –Se le agrandan los ojos de curiosidad. Remueve la salsa con la cuchara mientras escucha, pero su atención nunca se dispersa.

–¡Me ha hablado! Pero no solo eso, ¡me ha preguntado si voy a ir a la excursión!

–Qué bueno, cariño. Me alegro mucho. Y ¿qué le dijo usted? –pregunta mientras voltea el mando del fogón para bajar el fuego.

–Pues que… no me salieron las palabras. –Explicado así parezco imbécil. Berta me mira con el rabillo del ojo–. Bueno, la clase ya había acabado y se quedó ahí en el aire.

–Pues es importante que se lo diga pronto. Así no perderán el contacto. –Me guiña un ojo.

–¿Crees que me lo ha preguntado para quedar bien o está interesado de verdad?

–No lo sé, niña. Tendrá que averiguarlo en los próximos días.

–Ya no queda nada para la excursión y ni siquiera le he dado a mis padres el papel para que lo firmen. Además, si se enteran de que he cateado unas cuantas, no me van a dejar ir. Sobre todo mi madre.

–Debe usted intentar llevarse mejor con su mamá, se preocupa mucho por usted.

–Pues no lo parece. ¿La convencerás, Bertita?

–Siempre que su mamá se *aserca*, usted se aparta. Esta juventud...

Debería intentar llevarme mejor con ella, pero es difícil cuando noto que su interés en mi día a día no es del todo sincero. Cada vez que me pregunta algo suena forzado y ya nada sale de manera natural. Será difícil que me deje ir al parque, porque no hemos parado de discutir las últimas semanas, no le gustan las excursiones de ocio sino las culturales, y además le extrañará que de repente quiera ir a una excursión. No puedo contarle la verdad. Nunca le hablaría a mi madre de chicos.

Berta me empuja suavemente, quejándose de que solo la quiero para lo que me interesa, pero lo dice bromeando porque se ríe. Luego me recrimina que no le he preguntado nada sobre el famoso amigo que conoció por Internet, con el que tenía la primera cita ayer. Me llevo las manos a la cabeza y la miro con culpabilidad.

–Lo siento, lo siento, Bertita mía –me disculpo, apartándola de los fogones con un abrazo–. Cuéntame, ¿cómo es?

–Pues don Martín es un hombre *divorsiado* por segunda *ves* que está a la *casa* del amor.

No puedo evitar reírme.

–Suena muy bien. –Mis mofletes son los de Minnie Mouse.

–Tiene sesenta años, una barriguita entrañable y un humor muy picantón.

–¿Picantón? –repito con sorna.

–Sí, muy suelto para ser la primera *sita*.

–Pero ¿te gustó?

Esta vez para el fuego por completo y coloca la olla en un fogón frío, reprimiendo una carcajada.

–Sí me gustó.

–¡Qué bien! ¿Volverás a verlo?

–No sé, bonita. A Miguelito no le gusta que ande con hombres.

Miguelito es su hijo; a pesar del diminutivo, tiene ya treinta y cinco años, pero es el típico soltero, de esos que se quedarán siempre con su madre.

–Miguelito tendría que abandonar el nido, que hace tiempo que tiene pelos en los bajos –bromeo.

–¡Ay, qué cosas tiene usted! Por mí puede quedarse toda la vida que me queda. Es un amor. Me ayuda mucho en la casa. –Hace un gesto para decirme que no quiere aburrirme más con el asunto y agrega–: Si su madre no la deja ir, trataré de *convenserla*, *sielito*.

Sonrío de oreja a oreja, le doy miles de besos por toda la cara y me voy corriendo a buscar la autorización para que Berta la tenga a mano cuando hable con mi madre, porque no creo que yo consiga la firma esta noche. Cuando la saco de la carpeta, me doy cuenta de que la luz del móvil está parpadeando. Lo desbloqueo y abro el WhatsApp.

Connie:
> Mi madre va mañana al insti. Lo sabía, la va a liar 😡😡😡

Estoy a punto de darle a la tecla de llamada para hablar con ella cuando oigo el sonido de la cerradura. Sé que es mi padre porque tiene dos llaves muy parecidas y casi siempre mete la que no es primero, y es lo que acaba de pasar, por eso chasquea la lengua y el manojo tintinea. Le ahorro el fastidio y abro la puerta, lanzándome a sus brazos.

–Hola, mi niña. –Me devuelve el abrazo con ternura.

–No sabía que volvías hoy –digo.

–Se lo he dicho a mamá hace un momento.

Cojo la maleta de ruedas mientras él cuelga el abrigo y deja las llaves. Me parece muy pequeña para llevar todo lo necesario para dos semanas, pero claro, yo me llevaría dos para tres días, así que no puedo juzgarlo.

–¿Cómo ha ido el viaje? –pregunto, animada, mientras entramos en el salón cogidos del brazo, como si fuéramos dos ancianitos que salen a pasear un domingo.

–Estupendamente. He cerrado cuatro ventas –dice. Acto seguido, se deja caer en el sillón y se quita los zapatos. Su sonrisa es la de siempre, pero sus ojos no sonríen. Supongo que estará cansado, son muchos años viajando, pasando noches fuera de casa.

–¡Felicidades! –exclamo, dejando la maleta a un lado del sofá–. ¿Eso quiere decir que podrás quedarte el resto del mes en casa? –Es una súplica disfrazada de pregunta.

–No lo creo, hija. –Su dentadura es perfecta para un comercial–. ¿Me traes una cerveza? Me muero de sed. –Acerca el reposapiés para ponerse más cómodo.

–¡Vale!

Estoy tan contenta que, por un momento, me he olvidado de Connie. Cojo el móvil y respondo diciéndole que lo hablamos mañana. Quiero pasar más rato con mi padre. Él tampoco ha hecho mucho caso a lo del instituto, pero el motivo es más que evidente: todo lo que diga mi madre va a misa. Y si mi madre dice que eso es normal en la edad del pavo, Laurence Peterson también lo cree. A veces me desespera lo cobarde que es. Tiene una apariencia imponente, es alto, de espalda ancha, como un nadador profesional o un *quarterback* retirado, pero delante de mamá se vuelve pequeño. Nunca le lleva la contraria, intenta compensar su ausencia comprándole regalos caros y llevándola a restaurantes selectos y luego ella se lo paga tratándolo fatal. Cuando discuten, muchas veces ella le recuerda que si no hubiera sido por su contacto del golf, no tendría trabajo, y si no fuera por mis abuelos, ni siquiera una vivienda. Porque la familia de mi padre es humilde, pero mi madre es hija de terratenientes y por eso se cree superior a los demás. Estoy segura de que era la popular de su clase, la típica que se metía con gente como yo.

En la cocina, Berta me dice que se le ha hecho tarde y tiene que hacerle la cena a su Miguelito. Yo comento que su hijo debería saber hacerse la cena, pero ella me devuelve el golpe recordándome quién se encarga de cocinar en nuestra casa. Salimos juntas de la cocina y se despide de nosotros con la mano. Mi padre le da las gracias, que es prácticamente lo que siempre le dice cuando la ve, y se marcha con el abrigo de cuello de borrego y el paraguas estilo *Mary Poppins*. No me sorprendería que algún día entrara por la ventana volando. Siendo Berta, diría que ha sido un milagro del Señor y, en lugar de cantar *Supercalifragilisticoespialidoso*, cantaría *bip bap bop bop I lost my yellow basket di da di da*, a ritmo de jazz.

Vuelvo la vista a mi padre con una mueca a lo *Grumpy Cat,* y al tiempo que le acerco la cerveza le pregunto:

—¿Por qué no cambias de trabajo? Estoy harta de que estés siempre fuera. —Me siento en el brazo del sillón como hacía de pequeña, apoyando la cabeza en su hombro.

—Porque lo necesito para pagar todo lo que tenemos.

—No me importa el lujo, ¿sabes? Podría vivir en cualquier parte, aunque fuera un piso minúsculo.

—Lo sé —suspira, acariciándome el pelo—. Pero ya sabes cómo es tu madre.

Su voz es tan agradable como su sonrisa. Parece uno de esos modelos que vienen con los marcos de las fotos, en un campo verde junto a una familia de catálogo. Lástima que su realidad no se le parezca. Tampoco la mía.

—Ya...

—Por cierto, ¿te ha dicho cuándo va a llegar?

—No, no he hablado con ella hoy. —Levanto la vista y añado—: Prefiero que nos quedemos un rato solos.

—Es verdad, no pasamos mucho tiempo juntos —responde tomando un trago de cerveza—. ¿Me he perdido algo importante?

—No demasiado. Yo estoy de exámenes, ya es la última semana, y mamá lleva un mes y medio preparando el número especial para vacaciones. Ya sabes, recomendaciones de viajes, restaurantes y ocio para mujeres menopáusicas.

—Bambi —me recrimina, dibujando una sonrisa—, no seas cruel. La revista de mamá también la leen las treintañeras.

—Era una broma. —Pongo una mueca y me adelanto a la pregunta que sé que me va a hacer—: Algunos exámenes me han ido bien y otros no tanto.

—Tendrás que apretar más en mates y ciencias. Ya sé que no es tu fuerte, pero este curso es muy importante. Tienes que aprobarlas todas para empezar a decidir qué carrera vas a estudiar.

—Es que... —Levanto un poco la cabeza para mirarlo, no muy segura de querer decírselo, pero si no lo hablamos en algún momento, después será peor—. No creo que quiera seguir estudiando.

Mi padre me mira muy serio. No está enfadado, pero le ha sorprendido. Supongo que siempre ha pensado que su hijita iría a la universidad.

—Tampoco sé a qué quiero dedicarme.

—A tu edad yo tampoco tenía ni idea, pero todavía te queda tiempo para decidirlo. Piensa que siempre ganarás más si tienes estudios universitarios que si te pones a trabajar a esta edad.

—Ya, pero a mí no me importa ganar mucho mientras me llegue para vivir.

—Eso lo dices porque todavía no te has independizado y no sabes los gastos que hay cada mes.

—Hum. Pero si sigo, no quiero ir más a este instituto —digo con contundencia.

—Ya lo hablaremos con tu madre. Déjame la botella ahí.

Alargo el brazo para dejarla en la mesa de centro y cuando me vuelvo frunzo los labios.

—No seguiré en este instituto y no es negociable. —Es una fiel imitación de mi madre.

—Qué mala eres —se ríe él—. ¿Todavía tienes problemas en clase? —Está sorprendido y no entiendo el porqué, que yo sepa nunca le he dicho que hubiera mejorado.

Asiento y rehúyo su mirada.

—Pensaba que ya erais mayorcitos para esas cosas.

No puedo decir que me guste mucho su respuesta, pero no quiero enfadarme, nos vemos muy poco.

—Los profes pensaban llamaros para poneros al día. La madre de Connie irá al instituto mañana a hablarlo con la directora, y por lo que me ha dicho Connie, la va a liar bastante.

—Lo hablamos en la cena, cuando esté mamá. —¿Podría tener una opinión sin necesidad de consultárselo a ella?

—Podríamos echar una partida al billar —propongo después de un largo silencio.

—Antes... —Deja la frase en suspenso y me mira con esa cara de felicidad que pone cada vez que va a darme una sorpresa. Me incorporo mientras aparta el reposapiés.

—¿Me has traído algo?

Vuelvo a tener seis años. Los ojos me brillan de emoción.

Mi padre se acerca a la maleta y saca una bolsita de la cremallera del bolsillo frontal. Lo sigo dando saltitos de alegría y cojo la bolsa.

—Redoble de tambores —digo. Mi padre imita el sonido y nos reímos.

Saco un paquete envuelto y arranco el papel de regalo con ansia.

—¡Una Polaroid! —chillo en modo niña mimada. Le doy un sonoro beso.

—Esta es la que querías, ¿no?

—Sí. Gracias, papá. —La saco de la caja—. Vamos a probarla.

Meto papel de foto, le doy la vuelta y enfoco el objetivo en nuestra dirección para hacernos una *selfie*.

—Oye, pero ¿no tiene temporizador? Si sale mal se imprimirá igualmente —dice, pero ya es demasiado tarde, he apretado el botón, riéndome porque seguro que ha salido hablando—. No malgastes papel, que sale caro —agrega, observando con curiosidad cómo se imprime la foto. La cojo y la agito.

—¡¡Qué guay!! —exclamo—. Tiene que secarse —comento al ver que la imagen todavía no está bien definida.

—Ahora ya podemos ir al billar –dice, y parece menos cansado.

Los tacones resuenan en la escalera y cruzamos las miradas, intuyendo lo que nos espera. A mi madre no le hará ninguna gracia que hayamos dejado cosas por hacer para bajar a jugar. Tenemos el taco entre las manos y ambos miramos en dirección a la puerta de cristal que está a punto de abrirse.

Mi padre apoya el taco en la pared y va hacia la puerta en el momento en que esta se abre y aparece mi madre con cara de pocos amigos.

—Hola, ya podía buscaros.

—Estamos echando una partida –se excusa mi padre.

—Acabas de llegar y ¿lo único que se te ocurre es ponerte a jugar al billar? –Por supuesto, eso frena el beso que mi padre tenía intención de darle.

—Hemos puesto la mesa –se defiende torpemente. Se acerca a sus labios y ella le pone la mejilla.

—No me refiero a eso, ¿qué hay de la maleta? Está tirada en medio del salón, podrías haber puesto la ropa sucia a lavar. Berta se ha ido y ahora tendré que hacerlo yo, pero resulta que son las nueve de la noche y no me apetece nada, como es lógico –protesta. Su voz es un látigo.

—Quería pasar un rato con mi hija, si eso es posible.

—Ya la pongo yo. Joder, qué nervios hay en esta casa –resoplo subiendo la escalera en dirección al cuartito de la lavadora.

Cuando compruebo que está en marcha, salgo y, a medida que me acerco al comedor, el silencio hace que el nudo en el estómago sea más grande. Mi padre lleva fuera muchos días, me parece increíble que no tengan nada que decirse.

Los cubiertos tintinean en los platos mientras mi madre se queja de que hace mucho que no van al club de golf, que mi padre siempre responde con evasivas y que sus amigas tienen la mala costumbre de chismorrear solo en la cafetería del club, que si no va, nunca se entera de nada. No la llaman o escriben y cree que va a quedarse fuera del grupo.

—Este fin de semana me gustaría descansar un poco, pero si quieres, podemos ir el siguiente –concluye mi padre, aunque no parece muy convencido.

—No tienes que venir, puedo ir yo sola. Han pasado más de tres meses.

Menuda gilipollez de discusión.

—Como quieras, pero creo que pensarán que estamos en crisis. Nunca hemos ido separados.

Mi madre aprieta los labios con fastidio. Asiente.

—Es verdad, no quiero ser yo el objetivo de sus cotilleos. Pero el próximo fin de semana sin falta, y no es negociable.

Mi padre y yo nos dirigimos una mirada de complicidad.

—Si no sale algo de trabajo, iremos.

—Si sale algo de trabajo, ¡que vaya Roger! –le espeta ella, aporreando los cubiertos encima de la mesa–. Te debe varios favores, ¿cuántas veces le has cambiado el turno?

Mi padre abre la boca para responder, pero la cierra y mirando fijamente el plato murmura un «de acuerdo».

—¿Cómo han ido los exámenes? –Ahora soy yo el saco de boxeo. ¡Genial!

—Bien –me limito a contestar. Mi padre me da un toque con el pie debajo de la mesa–. Algunos –agrego sin concretar.

—Más vale que te pongas las pilas, Bambi. No quiero ver ni un suspenso más.

Supongo que no es el mejor momento para sacar el tema de la excursión.

—Lo tengo claro –contesto, como si no me molestara la manera que tiene de presionar a todo el mundo para que haga lo que ella pide. Como si trabajáramos para ella.

—Bambi ha comentado algo sobre que nos va a llamar no sé qué profesor.

Hay mucho eco en esta casa. Eso la hace parecer mucho más vacía y la sensación me angustia.

—Espero que no sea sobre las notas, ¿cuándo te las darán?

—Después de la excursión –miento, aprovechando el momento para mencionarla.

—¿Excursión?

–Sí, al parque de atracciones.

–Infórmate bien porque eso no me cuadra. Tendría que ver las notas antes de dejarte ir, y seguro que no soy la única –apunta, levantando el tenedor.

Nunca pensé que mi madre tuviera un pelo de tonta.

–Déjala ir, Marlene. Se ha esforzado mucho en los estudios. Se merece un descanso –opina mi padre. Espero la respuesta de la jefa, que se toma su tiempo, masticando doscientas veces un trozo de pescado, ¡pescado!

–Por su actitud de los últimos días no debería dejarla ir.

–Su expresión es inescrutable, debe de ser culpa del *lifting*. Mi padre me mira como diciéndome que está desarmado. ¡Mierda!

–Si me dejas ir, prometo portarme mucho mejor de ahora en adelante. –Mi tono es el de la hija modélica que siempre ha deseado tener. Aprovecho que todavía no me ha dicho que no para seguir insistiendo–: Reclamaré las notas mañana, pero, por favor, confía en mí, mamá, y fírmame el papel, que está a punto de pasar el límite de entrega de la autorización –miento–. Si tardo más, me quedaré sin sitio –añado, mirándola suplicante.

–No sé por qué tienes tantas ganas de ir al parque. Ya hemos estado más de una vez.

–Ya, pero no es lo mismo. Porfi, porfa. –Pongo morritos. Mi madre extiende los labios color rosa palo y se le escapa la risa cuando ve a mi padre poner morritos y llorar como un cachorro.

–Si tienes deberes, ponte a ello y déjame que me lo piense. Creo que la hemos convencido. ¡Bien! Ya veré lo que hago cuando se entere de las notas.

6

Cuatro líneas blancas perfectas en una mesa de cristal de un salón ostentoso. Sillones de corte clásico, alfombra con bordados dorados, cuadros de coleccionista, chimenea señorial, piano de cola, sirvientes de vacaciones, dueños de vacaciones, adolescente en ropa interior con un billete de cien enrollado en una mano de manicura francesa. Matt Bellamy rasgando el aire, *Apocalypse Please* sonando alto, muy alto.

La joven se introduce el billete en la fosa nasal derecha, se acerca a un extremo de nieve, inspira con fuerza y la barre de derecha a izquierda. Repite la operación introduciendo la segunda raya por el túnel que estaba libre. Se rasca la nariz mientras inspira, le han quedado restos de polvo. Observa a su acompañante con una mirada ardiente y se pasa la lengua por los labios con intención de provocarlo. Enrolla otro billete entre risas espitosas.

Él bebe un sorbo de su ron cola, acepta el tubito de papel e imita a su anfitriona. También se ríe, pero no es una risa alegre, es una risa que anhela olvidar. Solo lleva puestos los boxers, que le marcan la erección.

La chica se acerca y le mete la lengua en la oreja mientras le acaricia el miembro sobre la tela elástica. Él responde quitándole el sujetador, metiéndose un seno en la boca, chupándolo con fruición. Ella gime en su oído y le dice que la folle, que haga con su cuerpo lo que le apetezca. Él recorre su estómago con la lengua a la vez que le quita el tanga, sigue chupando ahora la parte baja del vientre, luego la ingle, después introduce la lengua entre los labios vaginales. La joven de pelo rubio, largo, ondulado en peluquería, suelta un grito de placer. A medida que lame, la humedad que hay entre sus piernas se intensifica. Le introduce dos dedos mientras continúa lamiendo. Varios gritos seguidos.

—Métemela —le pide—. Quiero sentirla, Liam.

Liam libera el pene y se incorpora un poco, de manera que tiene una rodilla apoyada en el sillón y el pie descalzo en la alfombra. Entra dentro de ella. La joven lo besa con pasión, él cierra los ojos, empuja, deja de besarla, mira hacia otro lado, se sacude dentro de ella, gime.

—¡Dios! ¡Sí! —grita la rubia—. Dame más.

Los altavoces braman *Hysteria*.

Liam no dice nada, solo actúa. Se mueve con los ojos muy abiertos mirando hacia otra parte. La chica se acerca a su rostro y lo coge entre las manos, obligándolo a que la mire. Él la saca, le da la vuelta a la chica, que se pone de rodillas, él se sube al sofá y vuelve a meterla.

—Me encanta que me folles como un animal —jadea ella.

Liam no contesta, sigue con energía, inagotable por la coca. Después de largo rato, ella le pide que pare un momento. Él obedece y la deja tomar el control. Lo agarra del brazo y lo lleva a la alfombra; la joven guía su miembro de nuevo a su interior poniéndose encima, ahora sí la mira. El baile se alarga por el efecto de la droga, pero al parecer su plan era disfrutar el máximo tiempo posible.

—Joder, Lara, la alfombra —dice Liam entre gemidos.

—¡Cállate! —Le tapa la boca con la mano, le mete los dedos para que se los chupe sin dejar de cabalgarlo.

Se acerca a la cara de Liam, le mete la lengua en la boca y lo besa como si fuera la última vez. Se mueve con soltura, con experiencia, los gemidos de Liam mueren en su boca. Liam cierra los ojos. Lara levanta la cabeza, la echa hacia atrás, le pone la mano en el pecho y mueve las caderas, incansable.

Sus movimientos son cada vez más rápidos.

—Me voy a correr —anuncia Liam, pero Lara sigue encima—. ¡Que me corro!

Continúa moviéndose sobre él.

La toma por los hombros y se la quita de encima con violencia. El líquido caliente cae en la alfombra, tiñendo el granate y el oro de blanco.

—¡Joder! —se queja Lara, apartándose el pelo de la cara.

—Si quieres hacerlo a pelo, tienes que quitarte de encima, ¿qué coño te pasa? —grita Liam.

—Hostia, qué manera de cortarme el rollo, tío. Por si no te has dado cuenta, ¡yo no me he corrido!

Liam suspira, se acerca y apoya la palma de la mano en el rostro de Lara y la besa volviendo a meterle los dedos.

Una hoja en blanco en la mesa de camping de la habitación de Liam. El reloj marca las dos y cuarto de la madrugada. No puede dormir. Observa el móvil con el bolígrafo apoyado en la primera línea del cuaderno. Cierra los ojos, vuelve a abrirlos, suelta el boli, entierra el rostro en las manos. Se mesa el pelo del color del azabache. Da un golpe fuerte en la mesa con el puño.

—¡Gilipollas! —se dice a sí mismo.

Aferra el bolígrafo con fuerza, lo arrastra por la hoja, de arriba hacia abajo, de izquierda a derecha, con los ojos muy abiertos, casi saliéndose de las órbitas. El garabato que ha hecho rompe el papel. Parte el bolígrafo por la mitad con ambas manos, reprimiendo un grito. Culpándose de todo el dolor que reflejan sus facciones.

Solo el punto indefinido que cuelga de la pared le devuelve la calma. Lo observa durante unos instantes y lo ayuda a sosegarse.

El móvil suena y, aunque duda un momento, descuelga.

—Mi Bambina despierta un jueves de madrugada —se sorprende, con ironía—. Eso solo puede ser debido a, uno: has follado; dos: estás escribiendo.

—Qué va —se ríe—. Ya me gustaría. Es la segunda.

—Me lo temía. La ausencia de sexo en tu vida es casi tan increíble como insólita.

—Joder, Liam. Háblame normal, parece que te hayas tragado un diccionario.

—Vale, vale. Es que contigo me sale la vena de escritor. ¿Qué me cuentas, pequeña?

—Ayer fue un día genial porque David me preguntó si iba a la excursión, ya te lo conté, pero hoy ha sido bastante mierda.

—Y ¿eso?

—Nada, por Connie. Ya sabes, Connie.

—Sí, Connie. Le hice un pase falso, ¿recuerdas? —dice con sarcasmo.

—Eso. Sí. Pues ayer les contó a sus padres lo del *bullying* porque no sabían nada, y su madre ha venido esta mañana al instituto y la ha liado que te cagas.

—Pero ¿qué ha hecho? ¿Se ha presentado con un hacha? ¿Se ha ventilado a todo dios a lo Carrie?

Los pitidos que culminan las carcajadas de Bambi hacen que las de Liam cubran la estancia, tragándose su lamentable aspecto.

—Bambina, para ya —le dice cuando parece que las carcajadas no acabarán.

—No, pero —responde aún entre risas— le ha montado un pollo a la directora de la hostia, porque, claro, esto pasa desde hace un huevo de tiempo, y por muchos discursitos y programas antiacoso que estén preparando se la ha sudado, y ha dicho que quería ver expulsiones o denunciaría al instituto y a los alumnos implicados.

—No jodas.

—Como te digo. Esta misma tarde han expulsado a Carol y a Alec una semana entera. La semana que viene, a casita.

—Qué *heavy*. Eso está bien, ¿no?

—¿Bien? Como si no te hubiera dicho que Alec es un psicópata.

—Tendré que romperle la cara a ese chaval.

87

–Calla, calla. A Carol le ha sentado como un tiro y se ve que se ha puesto a llorar, y Alec, que es su novio, se ha cabreado y en el comedor nos ha escupido en el plato de patatas. Te juro que pensaba que nos daba de hostias allí mismo.

–Hijo de puta. Lo mato, yo lo mato.

–Pero es que al tío le da igual que lo expulsen o lo denuncien. Yo flipo.

–Eso es que no tiene nada que perder. Es un mierda.

–Y que lo digas. Pero Connie se ha quedado hecha polvo. Me sabe mal.

–Y ¿tú?

–No sé, no me lo he tomado tan mal como ella porque es como si en parte se hubiera hecho justicia, ¿sabes?

–Ya tocaba.

–Sí. Pero Connie no quería contárselo a su madre porque sabía que se le iría la pinza, y tenía razón; visto cómo se ha puesto Alec, creo que se van a cebar más con ella en las redes.

–Vaya mierda. Pobrecilla.

–Bueno, por lo menos se me ha ocurrido una idea que creo que le ha alegrado un poco el día.

–¿Ah, sí? ¿El qué?

–Pues mi padre volvió ayer de viaje y me trajo una Polaroid.

–Niña pija de papá.

–Eso es.

Liam sonríe.

–Pero ¿las Polaroid no habían muerto ya?

–No, han vuelto. Y bueno, se me ha ocurrido montar un álbum con fotos nuestras de la Polaroid y así a lo mejor se olvida un poco del Facebook.

–Es buena idea. Eres cojonuda, Bambina.

–Eso mismo creo yo.

–No tienes abuela, ¿eh?

–Alguna me queda. He pensado que podemos estrenarla en el concierto, porque canta el viernes, mañana no, el otro; y luego la convenceré para salir.

–¿Adónde? Venid a verme.

–Sí, eso pensaba. Nos pasaremos por Los Espejos.

–Guay. Así la animamos. Puedo presentarle a algún colega.

–Ni de coña.

–Eh, son buena gente, como yo.

–Ya me sé yo lo que hacen tus amigos.

–Eso son historietas puntuales, no van enchufados todo el día. Ni van por ahí pegándose con la gente.

–Mejor se lo busco yo.

–Nosotros también podríamos hacernos un álbum de Polaroid, ¿no? –Se acoda en la mesa y la picardía se refleja en su expresión, como si supiera exactamente lo que va a contestar y tuviera muchas ganas de escucharlo.

–Ya. No te daría una foto mía desnuda en un millón de años, cerdo.

Liam suelta una carcajada.

–Bueno, tenía que intentarlo.

–Hasta el domingo.

–Que tengas sueños húmedos.

–Pf.

Los gritos entran por el resquicio de la puerta y se oyen con una claridad abrumadora. Son gritos del señor Tucker, que llega borracho de algún club. Insultos, vejaciones, humillación. Pero ahora no son solo eso, ahora también van seguidos de golpes por todas partes, puñetazos y patadas a la pared extrafina, y se mezclan con los lamentos de su madre, que le ruega a su marido que se calme. Liam se tapa los oídos con las manos y cierra los ojos muy fuerte. Pero la puerta de entrada se cierra con tal estruendo que es imposible no oírlo. Instantes después, el silencio vuelve a reinar en el piso. Suena un mensaje. Son las tres de la madrugada.

Lara:

Podrias habrt quedado. Tngo ganas d ti. Estoy tan cachonda q hasta he pensado en ir a tu casa.

Liam:

Seguro k tienes un consolador con 20 velocidades.

> Gilipollas!

> Me equivoco?

> Prefiero tu polla. Aunque tmb tengo otros tíos.

> Q te pareceria hacerlo en un lugar publico?

> Joder! Me pone mucho!!!

> Media hora. Parque Laramie. Traete la botella de ron.

> Vale! Eres una maquina tío. Me pones a 100!

Liam se saca un fajo de billetes del bolsillo trasero, se acerca a la estantería, coge el libro *Guerra y paz* y reparte los billetes entre las páginas. Acto seguido, se pone la chaqueta de cuero y sale de la habitación con las deportivas en la mano. Camina de puntillas por el pasillo y comprueba que no hay nadie. Se apresura a llegar a la puerta de entrada, la abre con cuidado y sale al rellano. Se calza y se ata los cordones todavía con los ojos muy abiertos. Ya en la calle, observa la pantalla del móvil durante exactamente diez segundos. Se rasca la nariz, echa una mirada hacia el portal mientras avanza por el pavimento y desaparece en una esquina.

La estrecha escalera de cinco peldaños con barandilla de hierro, la última de las veinte que hay en esa misma calle, pretende imitar al modelo que hay en el centro, pero no es más que un engaño a ojos de cualquiera que conozca el barrio. Una promoción de ensueño en una manzana podrida.

Se está haciendo de noche y empieza a chispear. Liam observa el cielo dándole una calada al cigarro medio consumido, sujetando un vaso de plástico por la parte de arriba con las yemas de los dedos. Jordan está sentado a su lado, y otros dos se apoyan en la barandilla bebiendo directamente de una lata de cerveza que se van turnando. El que lleva un sombrero gris, estilo gánster, está contando una anécdota sobre la hija de los dueños de una casa que estaban reformando. Cuenta que se la veía modosita, recatada, con un colgante de la Virgen. Cuando acabaron la obra, la chica lo invitó a su habitación y se la trincó, pero de repente su padre llamó a la puerta diciendo que le había parecido oír un grito. Suelta una sonora risa; después continúa explicando que la chica le dijo que se escondiera debajo de la cama y desde ahí vio al padre de la chica entrar en la habitación. El viejo volvió a hacer la misma pregunta y su hija contestó que sólo había tenido una pesadilla, con la leche cayéndole por la cara.

El del labio leporino es el que se ríe más, Jordan esboza una sonrisa y hace un comentario, Liam, en cambio, sigue serio, inmerso en sus pensamientos.

–¿Qué coño te pasa, colega? –le pregunta, cogiendo el ala del sombrero para echárselo un poco hacia atrás.

–Yo también tengo una historia –contesta Liam–. Hoy me tocaba turno de mañana en el pub. Siempre pillo el metro, son unas cuantas paradas, y cuando voy por la mitad me doy cuenta de que me he dejado las llaves de la persiana. –El modo en que lo cuenta hace que parezca un chiste, por eso los demás se ríen, aunque no sepan el final–. Estoy jodido, porque si vuelvo a casa, mi jefe llegará antes y se enterará, así que solo me queda ir a pedírselas a mi compañero, que no vive muy lejos.

–Me espero lo peor –interviene Jordan, divertido.

–Ya ves. ¿Te lo encontraste follándose a su perro? –se adelanta el del sombrero.

–A tu madre –replica Liam, a la vez que apaga el cigarro con la suela de las deportivas. El del labio leporino repite «a tu madre» con una risita irritable, palmeándose las piernas.

–Cállate. –Gánster le arranca la lata de las manos y da un trago.

–¿Qué pasó, tío? El pavo es maricón, ¿no? –pregunta con un reguero de cerveza metiéndosele en el hoyuelo de la barbilla.

Liam asiente y con un gesto anuncia que lo mejor está por llegar.

–Llego al piso y la puerta está abierta, así que entro y ya oigo las voces, gozando como perras.

–Putos maricones –se ríe Gánster, sin dejar de beber de la lata como si fuera agua. Labio Leporino repite lo mismo como un loro.

–A mí me suda la polla porque tengo que abrir el pub, ya han pasado veinte minutos y no paro de pensar que el cabrón de mi jefe me va a pegar la patada si llega antes. Pero –hace una pausa, sacándose el paquete de tabaco del bolsillo– era imposible que mi jefe llegara antes. –Levanta una ceja a la vez que se enciende el cigarro.

–¡No jodas, tío! –La voz de Jordan alcanza la octava.

–Le habrás pedido que te suba el sueldo, ¿no? –Gánster lo da por hecho.

–Se me han caído los huevos al suelo, joder.

–No se han cubierto mucho el culo dejando la puerta abierta –opina Labio Leporino.

–No, el culo lo tenían al aire –añade Jordan entre risas.

–Yo qué sé, la puerta no cerraba bien, el pavo es tacaño de cojones. Tendríais que verlo rapiñando la propina.

–Me imagino la cara del gordo de tu jefe. –Jordan se pone la capucha de la sudadera, la lluvia está arreciando.

–No te lo imaginas, tío. Como si hubiera visto a un puto fantasma.

–Y ¿qué has hecho? –inquiere Gánster.

–Lo que cualquier cabrón haría. Les he hecho una foto con el móvil y le he dicho a mi jefe que no me toque más los cojones. Le he pedido las llaves al agarrado y me he pirado de allí. A mí me da igual que quieran darse por el culo, pero los hipócritas me tocan los huevos. Mi jefe está insultándolo todo el día porque al pavo le mola chupar pollas.

–A mí nunca me pasan esas mierdas –comenta Jordan.

–A mí tampoco –agrega Labio Leporino.

–Tus historias son de padre, Jordan. De las monadas que hacen tus hermanos –le dice Liam.

–Pues no te lo cambiaba, tío.

Se ríen.

—Oye, va a diluviar, vámonos al bar de Joe. —Gánster aplasta la lata de cerveza con las manos y la chuta a un rincón.

—Id vosotros, estamos esperando a alguien —se excusa Jordan señalando a Liam con la cabeza.

—¿Aquí? —se sorprende el del sombrero.

La mirada de su amigo se lo afirma.

—Vamos, tío —le dice a Labio Leporino.

Descienden los escalones, Gánster a la cabeza. Labio Leporino pega un salto cuando llega al último escalón y aterriza en un charco, mojando el dobladillo de los pantalones de franela del otro, que suelta una palabrota y le pega una colleja.

Los amigos se quedan un rato en silencio, Jordan lo rompe momentos después para decirle que, si entra en la banda, Búfalo quiere que deje de vender en el pub y lleve la zona del parque. Le pregunta si está bien y, por la tensión en las facciones de Liam, es evidente que algo importante está a punto de pasar. Algunas gotas de lluvia resbalan por su cara, pero no parece molestarle, está concentrado en otra cosa. Pasan dos minutos y Liam apaga el tercer cigarro, quiere saber si se le tiene que ir de las manos o solo tiene que mandarlo al hospital. Jordan esconde la cabeza entre las piernas, cagándose en Dios.

—Es para mandar un mensaje, no un fiambre. Hostia puta, Liam. ¿De dónde has salido, de *El Padrino*?

Llega un coche blanco, se baja la ventanilla y lo único que queda al descubierto es el pequeño círculo anaranjado del cigarro y la forma de una gorra.

Se ponen de pie y, con sus andares de extrarradio, se meten en el coche. El motor trucado ruge y acelera quemando el tubo de escape.

La alegre voz de Bambi sale del interfono, preguntando si está a punto de abrir a fornicador Liam o solo a Liam. Este se pasa una mano por el lateral de la cabeza, con el pelo más corto que en la parte del centro, y comenta que, obviamente, elegirá la segunda opción para que le abra la puerta y cuando entre en su casa no sabe en qué Liam va a convertirse. Las risas de ella salen distorsionadas por el aparato, dice que parece que esté abriendo al lobo. El susodicho muestra sus fauces, sonriendo, y la puerta se abre.

Cuando entra en el recibidor, Bambi lo mira preocupada.

—¿Qué te ha pasado? —Liam tiene un tajo en el pómulo y un morado alrededor. Bambi lo mira esperando una explicación.

—Me caí por la escalera —contesta, quitándole importancia.

—No ha sido tu padre, ¿verdad? —Liam cierra los ojos por el dolor cuando Bambi le roza el morado con la yema del dedo—. Lo siento. —Baja la vista y repara en las magulladuras de los nudillos. Se cruza de brazos—. ¿Te has metido en una pelea?

—No importa, Bambina. Vamos a tu habitación, anda.

Liam sigue a Bambi hasta la escalera, que ya parece conocer bien, porque no se fija en nada de lo que lo rodea.

Cuando entran en la gran habitación, Bambi le deja la silla del escritorio a Liam y ella se quita las Converse y se sube a la cama, sentándose sobre las piernas cruzadas. Por su expresión, parece más dispuesta a que Liam le explique por qué tiene esas heridas que a leer.

—Nunca me cuentas nada.

—No me preguntes por esto, Bambina, por favor.

—Si ha sido tu padre, deberías plantearte seriamente hablar con la policía.

—No ha sido mi padre.

Bambi suspira, seguramente por lo difícil que le resulta hacer hablar a su amigo.

—¿Algún tío? ¿Ha sido en el pub?

—¿Leemos algo?

—¡Liam! —protesta, golpeándose las piernas con la palma de las manos en señal de frustración—. ¿Por qué no quieres decírmelo?

—Porque no tiene importancia, en serio.

Ella lo mira con total incredulidad.

—Soy tu amiga y me preocupo por ti. Podrías dejar que te ayude, al menos.

—¿Por qué te cabreas?

—No me cabreo. Me jode que no confíes en mí —confiesa, bajando el tono.

Liam se acerca y se sienta en la cama, a su lado. Le sonríe dulcemente.

—Eres mi mejor amiga —su mano cubre la de ella—, pero yo soy más de escuchar. Me gusta que me cuentes tus cosas y aconsejarte, pero no soy de ir explicando por ahí lo mío. ¿Me explico?

Bambi asiente, Liam le rodea la cabeza con el brazo y se la lleva al pecho. Él no parece notarlo, pero la respiración de ella se ha acelerado. Un momento después está de nuevo rondando el escritorio y pregunta dónde está el texto. Bambi le señala la impresora y Liam coge las hojas.

—Lo leo yo —dice.

Lamar sintió un cosquilleo eléctrico cuando se vio en su propio cuerpo siete meses atrás, como una especie de espíritu futuro poseyendo a su yo pasado. Por un momento pensó si habría sido todo un sueño, pero cuando vio entrar al ayudante del conde con la misma expresión impaciente en el rostro, los mismos gestos condescendientes y exactamente las mismas palabras que dijo el primer día que Lamar pisó el noble castillo de Espino, supo que todo era real.

Los nervios que lo habían azotado entonces ya no eran ahora por la inminente representación que debía ofrecer a la corte, sino por pensar en si ahora debía hacer algo diferente para salvarse. Repasó mentalmente todo cuanto hizo ese día, pero no conseguía recordar los detalles. Había pasado más de medio año y el vino que tomó aquella noche se había encargado del resto.

Cuando salió a la sala oval, iluminada por tres grandes lámparas de candelabros, tragó saliva; había más de doscientas personas contemplándolo, todas ataviadas con lujosos trajes de noche y joyas.

A ambos lados de Lamar los rugidos de las bestias quedaban amortiguados por telas que cubrían sus jaulas. En la primera hilera de espectadores, el conde, su mujer e hijos esperaban pacientes a que empezara. Lamar clavó sus ojos oscuros en la mirada parda de Alliette. Sus labios rosados se curvaron por la curiosidad. Conocía perfectamente ese gesto. Lo había amado y, sin embargo, ahora lo detestaba.

–Damas y caballeros –le pareció que había tardado más en pronunciar esas palabras que la primera vez–, me es grato presentarles ¡el baile de las bestias!

Lamar dio una palmada y las telas resbalaron por ambas jaulas, como si de repente fueran de mantequilla. Entre cientos de aplausos solo escuchó el de Alliette, que le produjo escozor en la base del estómago.

Con la palma de las manos hacia arriba, Lamar elevó los brazos, y el mozo que se encontraba a un lado accionó la manivela que subía las cadenas sujetas al aro superior de las jaulas, dejando a las bestias libres. Varios gritos ahogados llenaron la sala. El público parecía haber movido sus asientos tres pasos atrás. Pero no Alliette, ella se mostraba imperturbable, como quien no tiene miedo a la muerte.

Lamar sonrió en su dirección y un segundo después se castigó por ello, se dijo que ese había sido un signo de interés que tendría que haberse ahorrado. Ella respondió con una mirada sugerente.

Lamar se sacó una batuta del bolsillo y le dio la espalda al público. Al ritmo de una música imaginaria orquestó los movimientos del basilisco y del hipogrifo, que, tanto por tierra como por aire, danzaron en gráciles piruetas. Las exclamaciones de sorpresa se sucedieron a la vez que la criatura alada bailaba sobre sus cabezas. De repente apareció un músico con un laúd; esa era una de las sorpresas que Lamar tenía preparadas para crear un *in crescendo* en el espectáculo. La segunda sorpresa no se hizo esperar: las notas suaves dieron paso a graves acordes que convirtieron el baile en una repentina lucha entre especies. Los nobles aplaudían excitados mientras el hipogrifo cargaba con sus garras contra el basilisco, que lanzaba dentelladas al aire. Más exclamaciones de admiración entre el público, y la batuta de Lamar iba de un lado a otro, ordenando todos y cada uno de los movimientos. La última nota de la animada melodía subrayó el clímax de la pelea, cuando ambas criaturas utilizaron sus más feroces ataques, y perdió intensidad cuando la garra del hipogrifo se cerró en el cuello de su oponente, dejándolo indefenso. Y así permanecieron mientras Lamar agradecía la atención de su público. Las bestias quedaron petrificadas a pesar de los fervientes aplausos que siguieron, y como estatuas mientras Lamar se doblaba reverenciando a sus espectadores. Finalmente, chasqueando los dedos, las bestias marcharon mansas al interior de sus jaulas. El sonido de estas al cerrarse fue el fin de la función. Lamar notó la pícara mirada de Alliette en su nuca y recordó el dulce sabor de sus labios, su piel suave y el contorno de su cuerpo, pero enseguida recobró la razón.

Lamar le dio instrucciones al mozo para que transportara a los animales al refugio, y se dio la vuelta hacia la sirvienta que ya sabía que vendría con una nota. Se la entregó con una inclinación de cabeza y salió de la sala como alma que lleva el diablo.

Enhorabuena por tan mágica representación. No puedo esperar a saber cuál es vuestro secreto. Temo que podáis controlarme de la misma forma, pero a la vez siento una infinita curiosidad. Os espero en el salón que hay frente a mis aposentos. Alliette.

Esa nota ya no surtió el mismo efecto en él. En su lugar, sintió una gran inquietud. Sabía que esa noche había pasado algo, pero no lograba recordarlo. ¿Debía ir al encuentro? Su ausencia alteraría, sin duda, el futuro, pero Lamia había dicho que Alliette era importante. Quizá debía ir con una estrategia, pero ¿cuál? Ni siquiera sabía a qué se había referido la Estrige cuando le había hecho esa advertencia. ¿Sería esa la noche en la que cambiaría el curso de las cosas para siempre?

–Pedazo de *cliffhanger* ahí. ¡Esa es mi chica! –la felicita Liam.

–¿Sí? Entonces, ¿está todo bien? –Liam deja las hojas encima del escritorio y la mira con las manos entrelazadas, apoyándolas en las rodillas.

–Para no tener ni puta idea de lo que va a pasar, de momento lo llevas muy bien.

–Menos mal, no estaba nada segura...

–Pero –interrumpe, Liam.

–Pero. Siempre hay un pero.

–Yo te aconsejaría que pararas aquí y...

Bambi lo abuchea.

–Ponerme con la estructura ahora me va a cortar la inspiración.

–Pero, Bambina, los viajes en el tiempo complican mucho la estructura. Si sigues a tu bola, llegarás a un callejón sin salida porque no te cuadrará, ¿entonces qué? Tendrás que volver a empezar.

–Me arriesgaré –concluye. Se suelta el pelo para volver a hacerse la coleta-moño y la camiseta de tirantes sube, dejando a la vista el ombligo. Liam aparta la mirada soltando aire por la boca.

–Qué cabezota eres. Luego no me vengas llorando, ¿eh? –señala, arqueando las cejas. La camiseta vuelve a la posición normal.

–Tu relato tampoco está nada mal. Pero al final no cambiaste eso del olor.

–Ya, es que me parecía que podía quitarle al cuerpo... cuervo la magia.

–No, yo creo que es porque te cuesta un cojón cambiar las cosas. Casi nunca me haces caso.

–Bueno –levanta la palma de las manos–, todo son sugerencias. Luego uno las cambia o no, según le parece.

–En el taller tampoco hacías caso.

–Algunas cosas las cambio.

–Muy pocas.

–Las que me parece que lo mejorarán.

Bambi se deja caer hacia atrás soltando un bufido, como quien no ve manera de hacer entrar en razón a otra persona. Liam se queda en la misma posición, con las manos todavía entrelazadas entre las piernas. La observa tumbada en la cama y mira hacia abajo moviendo los labios, musitando algo inaudible.

—Oye, ¿al final vas a ir a la excursión esa?

—¡Sí! —exclama entusiasmada—. No puedo creerme que convenciera a mi madre.

—Menos mal que no están por aquí, tengo la impresión de que no les gusto mucho —comenta con sarcasmo.

—A ver, te vieron los tatuajes.

—¿Esto? —Liam señala el cuervo que lleva en la parte interior del antebrazo—. ¿Este? —Ahora apunta a la cruz latina que tiene entre los dedos pulgar e índice—. No es como si tuviera tatuajes por todo el cuerpo.

—Son así, yo qué sé. Relacionan los tatuajes con la delincuencia y la cárcel.

—Si soy la mar de majo. —Bambi se ríe—. Conmigo se puede hablar de lo que sea.

—¿Ah, sí? ¿Aparte de sexo, quieres decir?

Liam se incorpora en la silla, desafiante.

—Soy polifacético, y ahora no hablo de sexo. —Sueltan una risa—. En serio, pregúntame cualquier cosa.

—¿Cualquier cosa?

—Sí.

Bambi piensa un momento, y cuando se le ocurre una, sus pómulos se marcan por la sonrisa y sus ojos adquieren un brillo alegre.

—Si tuvieras que elegir entre sentir mucho dolor sabiendo que habrá momentos dulces o no sentir nada en absoluto para no sufrir, ¿con qué te quedarías?

—Una pregunta interesante —contesta, arrugando el ceño, concentrado—. ¿Te refieres a dolor físico?

Bambi niega con la cabeza.

—Ajá. Suponiendo que hubiera alguna fórmula que te hiciera no sentir, creo que contestaría una cosa o la otra depende del día.

–Y ¿qué elegirías hoy?

La respuesta tarda en llegar. Se miran en silencio, como si estuvieran tratando de adivinar lo que piensa el otro antes de que responda.

–Hoy elegiría no sentir –responde, pero sin el tono jovial de siempre la frase suena hueca.

–Pues pensaba que elegirías lo mismo que yo. ¿No crees que si no viviéramos momentos amargos, no sabríamos cómo saben los dulces? No habría ese contraste, como los bombones. Si no supiera cómo sabe el chocolate negro, o aún peor, el chocolate negro con licor, el blanco no me sabría tan bien.

Liam se queda un momento callado dejando espacio para la reflexión, pero en realidad, por su mirada, parece que su interés se centre en algo menos abstracto.

–Pura poesía, Bambina. Qué gran filósofa.

–¿Te estás cachondeando? –pregunta, amagando una sonrisa.

–¡Que no! Me has dejado de piedra.

–Es lo que pienso. La vida puede ser una mierda, y en muchos casos lo es, pero si no lo fuera, no sabríamos valorar los buenos momentos.

–Estoy contigo –dice, tan seguro como el que habla por experiencia–. Mucha gente que tiene la vida solucionada es infeliz.

–Sí. Con el dinero pasa lo mismo. Hay muchos casos en mi familia. Por ejemplo, tengo una prima que siempre ha tenido todo lo que ha querido. Si crees que este apartamento es un lujo, tendrías que ver su casa, es un palacio. Para que me entiendas, cuando a mí me regalaban un *kit* completo de Barbie, a ella le regalaban un poni.

Liam se ríe.

–¡Qué fuerte!

–Sí. Pues el primer novio serio que tuvo la dejó, y entró en una depresión de caballo y nunca se ha recuperado del todo. Tiene problemas de bulimia, ataques de ansiedad, de todo.

–Claro, nunca la habían privado de nada. Alguien así no sabe lo que es sentirse abandonado.

–Supongo que es eso.

–Pero es mucho peor lo contrario, que te corten la luz y el agua cada dos por tres, que vayas al súper con lo justo y que no te llegue ni para el metro. Eso es un puto infierno.

–Todos los extremos son una mierda.

–Y que lo digas. –Suspira mirando al suelo.

–Pero vosotros llegáis a pagar, ¿no? –De nuevo hay preocupación en su voz.

–Sí, sí. Hubo un tiempo que fue muy jodido, pero desde que Mike y yo traemos dinero a casa las cosas han mejorado.

–Lástima que no podáis cambiar a tu padre.

Él se encoge de hombros y se quedan en silencio unos instantes. Entonces, Liam levanta la vista.

–Oye, y ¿si existiera la posibilidad de saber lo que pasará los próximos veinte días? ¿Querrías saberlo?

–Estaría tentada, la verdad.

–Ponte en la situación. –Liam gesticula, como si estuviera dibujando la imagen que tiene en su cabeza en el aire–: Han descubierto un nuevo planeta, ¿vale? Está como en otra dimensión.

–Oh, esto me gusta –dice Bambi, echándose hacia delante.

–Resulta que allí viven nuestros dobles, pero veinte días después, y podemos comunicarnos por, yo qué sé, por WhatsApp.

–WhatsApp galáctico.

Se ríen.

–Se lo preguntarías fijo. ¿Voy a aprobar el examen? ¿Me besará David?

–Tú también lo harías.

–¿Te imaginas que no estuvieras en el otro lado?

–Qué horror.

–Sabrías que en los próximos veinte días vas a palmarla, pero no sabrías si mañana o pasado.

–Eso ya no me mola. Yo creo que si se diera el caso, debería haber una ley en el otro planeta que prohibiera contarlo, para evitar el caos.

–Pero piensa cuántas cosas buenas podrían hacerse. Se podrían evitar accidentes, yo qué sé, mil cosas.

–Alterarías el futuro, y eso no puede ser bueno.

–Tenemos que escribirlo, Bambina. ¡Esto huele a *best seller*!

–El tema no es nuevo.

–No seas aguafiestas. Tendrá nuestro toque personal, yo le pongo un poco de oscuridad y tú la fantasía; quedará un novelón.

–Vale. Nos guardamos la idea y cuando acabe la mía nos ponemos.

–Es justo.

Liam se palmea los muslos impulsándose para levantarse.

–Ya es hora de que me pire.

–Pero si hace poco que has llegado… Mis padres no vuelven hasta tarde –aclara–. Podemos ver una peli o hacer algo.

Liam se rasca la mandíbula.

–Tengo que ayudar a Mike en una cosa.

–Vale. Como quieras. –Bambi se baja de la cama–. Te acompaño a la puerta.

–No, no, tranquila. Avísame si salís el viernes, ¿vale?

–Vale.

–Escribe mucho.

–Y tú más –le dice ella entre risas.

Liam camina hacia la escalera, pero cuando baja el primer peldaño se detiene. Bambi, por su parte, tiene la mano en el pomo de la puerta de su habitación y no se decide a abrirla para seguirlo. Liam hace ademán de darse la vuelta, pero se lo piensa mejor y desciende la escalera rápidamente. La puerta de la habitación de Bambi se abre instantes después, pero la de la entrada ya se ha cerrado.

7

Bambi:

Estas bien? N t he visto n clase

Connie:

Estare toda la semana n casa, tengo gripe 😫

Aj vaya! Espero q estes bien para el concierto

Yo tmb

Entonces no vendras a la excursion seguro, n?

Nop

Bueno, ya te contare

Ok

Nos vemos el viernes n?

Sip

Quieres q t diga las notas? T paso los deberes?

Escribiendo… En línea… Escribiendo… En línea… Escribiendo… En línea…

N hace falta.

Ok!

103

Por un momento pienso en insistir, porque no me creo que tenga gripe. La semana pasada no tenía ningún síntoma más que el de estar deprimida porque todo ha empeorado. Me contó que en su muro no paran de colgarle mierdas y en YouTube le hacen todo tipo de comentarios de lo mal que canta, le dicen que lo deje y se dedique a otra cosa, como beberse un bote de lejía y morirse. Se me heló la sangre, ¿cómo puede alguien ser tan cruel? Le pregunté si sabía quién era, si podía denunciarlo, pero me dijo que podría haber sido cualquiera, el nombre era algo raro como xxMGY_dragon. De momento ha decidido no colgar más vídeos y se ha prohibido mirar las redes hasta que la cosa se haya calmado un poco. En su casa los nervios están a flor de piel porque su madre está tan indignada que se iría al fin del mundo con su hija para que nadie le hiciera daño, pero su padre la culpa por haberla sobreprotegido siempre y querer seguir haciéndolo. Su situación es horrible. Por lo menos descansará un poco cuando se vayan a ver a sus tíos a la costa durante las vacaciones. Allí es donde vivían antes y, por lo que sé, tiene muy buenos recuerdos y le gustaría no haberse mudado nunca. La entiendo, nadie soportaría haber tenido una infancia feliz rodeada de amigos y de repente ser totalmente despreciada por todos.

Tengo ganas de que llegue la excursión del sábado para estar en un ambiente nuevo, quizás incluso pueda ser yo misma. No me gusta nada la persona que soy con la gente de clase, la persona que ellos creen que soy. Me pongo tan nerviosa que me resulta imposible ser yo misma. No sé si tiene algún sentido, pero así es como me siento.

Al final del corredor veo el corcho con las notas. Respiro muy hondo mientras avanzo, me hago un hueco entre la gente que comenta sus resultados y busco mi nombre. Justo lo que me imaginaba. He suspendido tres asignaturas, ¡tres! Mates, Historia y Biología. Pero he sacado notables y excelentes en Literatura, Lengua, Filosofía y Arte. Ojalá hubiera un colegio donde solo enseñaran asignaturas de letras. Lo de Historia ha sido por una falta absoluta de concentración que se define como: cualquier cosa, puede ser incluso el polvo iluminado por los rayos del sol, que es culpable de desviar la concentración de una persona. Pero lo de los números ¡es imposible! ¡Qué manera de desperdiciar un cerebro inútil para los números! Mi madre ya ha firmado la autorización, no hay necesidad de decirle nada todavía. Mejor me espero hasta volver del parque de atracciones. Confío en tener motivos para ser feliz en el momento en que se lo diga, así su bronca será menos dolorosa.

Busco Clark, Connie en las listas. No le ha ido tan mal, solo ha suspendido Matemáticas. Dudo en si mandarle un mensaje, me extraña que me haya dicho que no hacía falta que le dijera las notas. A punto de escribir, observo el nombre de Connie en la pantalla del WhatsApp, pero cambio de opinión y la dejo descansar.

El pasillo está atestado de gente. Las voces, los chasquidos metálicos de las taquillas, los gritos y las risas me envuelven como un rumor lejano mientras avanzo sumida en mis pensamientos. Mi taquilla es la penúltima de la parte izquierda, la que está cerca de la fuente de agua.

Entonces, como un regalo del destino, veo a David. Su taquilla está tan solo a tres pasos de la mía. Siempre que he pasado por su lado he mirado al suelo, asegurándome de que me quedaba un ángulo de visión si miraba de reojo. Liam me dijo una vez que solo las mujeres tienen la capacidad de mirar con el rabillo del ojo sin que se note; los hombres, por su parte, tienen una visión periférica nula. «Si miramos, miramos de frente, y muchas veces directamente a las tetas. Pero siempre lo notáis, claro», expuso. Dice que las tías somos camaleones y los tíos caballos, con anteojos.

Ahora tengo que reunir las fuerzas de donde sea para decirle algo. Esta vez no puedo pasar de largo, sintiendo esas cosquillas en la barriga. Debo pararme y decirle lo que he ensayado trescientas cuarenta y cuatro veces.

Por lo menos, al ser la última semana antes de vacaciones, no hay que ir en uniforme. Me he puesto unos tejanos cortos rotos con medias muy finas negras, camisa a cuadros y las Converse. Huelo a Kenzo. Berta me ha hecho una trenza de espiga esta mañana, que llevo a un lado. Me he puesto lápiz de ojos negro y volumen en las pestañas. Cuando me he visto en el espejo he sonreído satisfecha y he pensado que era mejor no pintarse los labios para no parecerme todavía más al Joker. Estoy muy nerviosa, intento ordenar las palabras en mi mente para que no salgan atropelladas, como siempre. Me quedan unos cinco pasos hasta llegar a él y reproduzco la hipotética conversación en mi mente, ¡otra vez! El estómago está pegando tantos saltos que tengo miedo de marearme. «Solo es un tío. No es como si fuera Jared Leto, joder.»

–¡Eh! –digo para llamar su atención, y enseguida pienso que ha sido una manera muy imbécil de saludar. No me imagino a Carol diciendo «¡Eh!».

David se vuelve y, cuando me ve plantada junto a él, me sonríe. Se le marcan hoyuelos y yo siento que me derrito.

–¿Cómo han ido las notas? –me pregunta. Mira alrededor como si buscara a alguien, pero enseguida vuelve la atención en mí.

–De pena.

Gesticula para que lo acompañe y caminamos en dirección al gimnasio. Todavía quedan seis minutos para que empiece la clase.

–Vaya, ¿qué ha sido? –Recito las asignaturas que me han quedado–. No te van los números ¿eh? –Niego con la cabeza–. Pues a mí es de lo que mejor se me da. Podría darte un repaso. –Creo que en mi cabeza suena mucho peor. Me he puesto roja.

–No sé… bueno…

Estamos en el exterior bajando la escalera que va al gimnasio.

–Si quieres, claro. –Se ha dado cuenta de cómo lo he interpretado y me muero de vergüenza porque no quería que se me notara tanto.

–Iré a la excursión –me apresuro a decir cuando entramos en el gimnasio.

No reparo en que estamos en la puerta del vestuario hasta que un grupo de chicos sale de ahí y noto que las manos me tiemblan. ¿Qué puedo hacer con ellas? No sé dónde meterlas. Tras la espalda es muy raro, cruzar los brazos tampoco es la mejor postura, entrelazarlas es lo que haría el profesor suspirador o cualquiera de avanzada edad, en la cintura es muy de vacilona. Al final las dejo al lado del cuerpo, es la única postura que me parece adecuada, aunque sosa. Tengo muy claro dónde me gustaría tenerlas, acariciando su mandíbula cuadrada.

Evito su mirada azul para poder seguir la conversación sin tartamudear como si fuera idiota.

–Me alegro. ¿Nos vemos el sábado en el bus?

Levanto la mirada, sus dientes a la vista, todos ellos, uno de los colmillos está un poco montado. Con esa sonrisa podría conquistar hasta a la mujer más inmune al amor. Asiento mirándolo como una boba. Me despido, doy media vuelta y camino hacia clase, despacio, saboreando cada palabra suya. La escena se representa una y otra vez en mi cabeza, lo que pasa es que en mi imaginación le añado algunos detalles que han sido cortados de la realidad, son como los extras de un DVD. En mi mente, pasa esto:

«Iré a la excursión», le digo, y lo seduzco con la mirada, como una modelo en un anuncio de perfume. Él me devuelve una mirada hambrienta. Me dice «me alegro» como si la palabra escondiera un «te deseo» y sigue con «¿Nos vemos el sábado en el bus?» como una invitación a su cama. Yo respondo acorde con lo que pide la situación, apoyo las manos a los lados de su rostro y lo beso. Él me rodea la cintura con los brazos, me acaricia la espalda mientras jugamos con nuestras lenguas. No hay nadie en el gimnasio, así que entramos en el vestuario y…

–¡Quítate de en medio! –exclama Valerie, que me empuja, seguida de las risas de Erika; Carol no está, la expulsaron. He entrado en clase por inercia, hechizada por la fuerza de los pensamientos, y me he parado en la fila de pupitres, obstaculizando el paso.

–Lo siento –musito.

–Pfff –dice Valerie, y se ríe. Tengo que dejar de disculparme constantemente, es de perdedora total–. ¿Eres tonta o qué? Parece que te vayas a morir. Siempre haciéndote la víctima.

—Sí, ¡dan ganas de potar! —la secunda Erika.

—Yo creo que va caliente como un animal en celo. Vaya a donde vaya deja un rastro —agrega Valerie, y se echan a reír a carcajadas. Yo me quedo muda de la impresión. Y ellas continúan hablando como si no estuviera ahí mismo.

—Sí, va detrás de David como un perrito, solo le falta un cartel que diga: fóllame —dice Erika.

Más risas.

Noto un nudo en el estómago que va haciéndose más grande y pesado. Como si se hubiera convertido en un yunque. ¿Tan transparente soy? Me doy asco. Miro el libro de texto ordenando de nuevo a las malditas y traicioneras lágrimas que se echen atrás.

—Pues que se olvide, le gustas tú, Valerie —recuerda Erika, alzando deliberadamente la voz como si no pudiera oírla con total claridad.

Intento hacer oídos sordos, pero no lo consigo. Pienso en lo que me dijo Liam, pero ni yo misma me lo creo. Valerie tiene cuerpo de noventa, sesenta, noventa, es inteligente, mordaz, popular, objeto de deseo de los populares. Si Alec no estuviera con Carol, la reina, su segunda opción sería Valerie. La tercera, Ojos de Gato Erika.

Solo las hace callar la voz estridente del profesor Dremond, quien deja descansar su movimiento amanerado en la silla. Coge una estilográfica y apunta algo en su libreta. Me encanta el profesor Dremond. Prácticamente todas las lecciones esconden un orgullo gay encantador.

Ha dicho algo al principio de la clase, pero no lo he oído, estaba muy ocupada pensando en que a lo mejor David también le ha preguntado a Valerie si irá a la excursión. A lo mejor a ella sí que la ha besado.

El auditorio se está llenando poco a poco de familiares y amigos. Veo a los padres de Connie y les hago una señal. Connie es la viva imagen de su padre, tiene la cara regordeta, es de estatura bajita y aspecto afable. Su madre, en cambio, es alta, está como un palillo y su mirada me pone nerviosa. Cuando habla te mira fijamente con esos ojillos negros y no sabes lo que está pasando por su cabeza. Connie tiene los mismos ojos que su madre, pero por suerte su mirada es normal. En todo lo demás es igual a su padre.

Por lo visto, su madre tuvo muchos problemas para quedarse embarazada y después de varios abortos concibieron a Connie. A ella le habría gustado tener hermanos, pero sus padres no quisieron volver a pasar por ese calvario.

–¿Cómo estás, cariño? –me pregunta la señora Clark. Aparto la vista y digo que bien, pensando en lo que debió de sufrir la directora del instituto cuando tuvo que enfrentarse a la peor de sus miradas–. Ya me contó Connie que también te acosan. Iba a llamar a tu madre para ir juntas al instituto, pero luego pensé que sería mejor quedar para tomar un té y hablarlo en persona. –Creo que me he encogido un poco, esta mujer tiene una capacidad de rebasar el espacio personal increíble.

–Cielo. –El padre de Connie la agarra del brazo, obligándola a retroceder un poco–. No creo que sea el momento ni el lugar. –Su expresión es de pura sensatez.

–Sí, tienes razón –se disculpa, mirándolo con un «lo he vuelto a hacer» muy gracioso.

–Hemos reservado los asientos de delante –explica el señor Clark. Nos ponemos en marcha y avanzamos por el pasillo central hasta la primera fila.

–Connie dice que esta será su actuación magistral –comenta la señora Clark con orgullo.

–La canción es muy bonita –opino.

–Me habría gustado algo más alegre –interviene el padre de Connie. Luego añade en tono resignado–: pero ella insistió.

Nos sentamos, abro el bolso y les enseño la Polaroid, explicándoles el plan del álbum. La madre de Connie está tan encantada que me la imagino comprándose una nada más salir de la actuación. El señor Clark, que es más parco en palabras, solo dice que le parece una muy buena idea.

–Desde aquí la foto saldrá genial –digo, mirando por el objetivo.

–Espero que no bajen mucho los focos, no sé cómo será el flash –comenta la madre de Connie escrutando la cámara.

–Pues no lo sé, porque casi no he hecho fotos –explico–. ¿Cuándo sale?

–Creo que es la segunda –responde el señor Clark, sacando una videocámara de su funda.

De repente, los focos disminuyen su intensidad y se encienden unas luces de colores que iluminan el escenario. Desde las bambalinas aparece una mujer enfundada en un vestido de fiesta negro, que se acerca al micrófono que hay en el centro. Saluda al público con energía y nos pregunta si queremos pasar un buen rato. Gritamos que sí, pero a ella le parece que no es lo suficientemente potente, así que vuelve a preguntarlo todavía más alto y repetimos el sí con mucha más fuerza. «Así me gusta», se ríe. Entonces presenta la primera actuación: un grupo de jóvenes que se creó en la misma academia, explica, tocarán un estilo *rock* pop que satisfará a todos los paladares. Versionarán la popular canción *Wonderwall*, de Oasis, dice que con un toque personal muy especial. «Tendrá que ser especial –pienso– porque la canción está muy sobada.»

Salen cuatro, un chico con una guitarra, el otro con un bajo, el tercero se sienta ante la batería que hay en una esquina del escenario y, para mi sorpresa, una chica que debe de tener mi edad se pone delante del micro. Empieza la canción y ya me parece que suena diferente, no sé por qué, no entiendo de música, pero cuando la chica canta se aprecia mucho el cambio, no solo porque sea una chica, sino porque tiene una voz muy *indie*, como Lana del Rey. Me gusta mucho más que la original. A la chica se le va la voz en una ocasión, seguramente por los nervios, pero no le da importancia. «Buena puesta en escena», me digo, asintiendo. Dos minutos más tarde los aplausos llenan el espacio y los chicos se acercan al borde del escenario, se cogen de las manos y se inclinan hacia delante para dar las gracias a su público. Salen del escenario y yo cojo aire aferrando la Polaroid muy fuerte. Sufro por ella, por que se equivoque, lo pasa muy mal cuando se equivoca, es demasiado dura consigo misma. Esta vez no sale la presentadora, sino Connie directamente. Lleva uno de sus vestidos que le llegan por debajo de las rodillas, de mariposas, le encantan las mariposas. No le hace una buena figura porque es demasiado recto. Lleva medias blancas y bailarinas. Tendremos que pasar por casa para que se cambie, no puede ir a Los Espejos así.

Se acerca al micro y dice que va a cantar *Riverside*. No entiendo el nombre de la cantante, porque está hablando muy bajito y casi no se oye.

–Está nerviosa –murmura su madre.

–Lo hará muy bien –interviene el señor Clark, que ya está grabándola.

Connie inclina la cabeza para saludar y camina en dirección al piano, que está colocado en el lado contrario a la batería. En el momento en que se sienta, sale otra chica al escenario, coge el micro y lo acerca al piano. Imagino que será el coro, porque Connie tiene otro que se sujeta al piano con una pinza. Lo coloca en la posición que le conviene antes de empezar. Está de perfil al público, espero que la foto salga bien. Con un asentimiento de cabeza, Connie le indica a su compañera que va a empezar. Acto seguido, sus dedos tocan las teclas del piano lentamente y juro que las notas me llegan al alma. La parte instrumental da paso a la voz, y lágrimas de emoción me recorren las mejillas.

Down by the river by the boats
Where everybody goes to be alone
Where you won't see any rising sun
Down to the river we will run

El estribillo llega y la voz de la chica del coro acompaña a la de Connie. Yo tengo la foto en una mano secándose y el pañuelo que me ha dado el señor Clark en la nariz. La madre de Connie también está llorando. Es cierto, la canción es bonita, pero triste. Es una especie de metáfora, pero no sé qué significado darle.

Oh my God, I see how everything is torn in the river deep
And I don't know why I go the way
Down by the riverside

Cuando acaba, parece que el público ha estado conteniendo la respiración. Hay más gente que se ha emocionado, y eso que no la conoce de nada. Lo ha hecho muy bien. Es genial el efecto que ha tenido en la gente. El aplauso es atronador, mucho más que en la actuación de antes. Connie y la otra chica saludan dos veces y algunos espectadores se levantan del sitio para aplaudir. Nosotros hacemos lo mismo. Connie se lleva una mano al corazón y sonríe, los aparatos brillan, antes de abandonar el escenario.

—Lo has grabado, cariño, lo tienes todo, ¿no? —pregunta ansiosa la madre de Connie.

—Sí, sí —responde él, reproduciendo el vídeo en la pequeña pantalla—. Se oirá mucho mejor en la tele —añade, por si acaso su mujer se queja del sonido.

—¿Me la enseñas? —me pide la madre de Connie, refiriéndose a la foto. He hecho dos y han salido muy bien.

—Quédate una —le digo, con una sonrisa complaciente.

—Muchas gracias, cariño.

—¿La dejaréis venir a mi casa? Queríamos salir a tomar algo —aprovecho para preguntar; me parece el momento ideal.

La señora Clark mira a su marido y le dice que estos días ha estado algo desanimada y que quizá le vendría bien descansar un poco, pero el padre de Connie opina que justamente lo mejor es que se divierta. Después de pensarlo un instante, ella se muestra de acuerdo. Objetivo conseguido.

Pulp corretea por las paredes de mi habitación.

He conseguido convencer a Connie de ir a Los Espejos y estamos en el vestidor eligiendo la ropa. Muchas chicas me envidiarían por tener todo lo que tengo, pero en realidad preferiría a unos padres como los de Connie, que se preocupan por lo que es importante.

—Oye, aún no me has preguntado por las notas. No estabas enferma, ¿verdad?

Connie baja un momento la mirada, negando con la cabeza.

—No podía soportarlo más, ¿sabes? Me cambio de instituto.

—¡¿Qué?! —exclamo con los ojos muy abiertos. Me alegro mucho por ella, seguro que le irá mejor, pero para mí será una mierda no tener su apoyo—. ¿Se puede hacer a mitad de curso? —digo, buscando en las estanterías, para que no vea que estoy a punto de llorar.

—No es fácil, pero mi madre no ha parado hasta que lo ha conseguido —dice con el mismo tono desanimado.

—Pero eso está muy bien, tía —contesto, lamentando no poder ofrecerle una sonrisa más amplia.

—No te creas.

—¿Por qué? Ya me gustaría a mí que mis padres hicieran algo para ayudarme. ¿Te parecen bien estos *leggins*?

—Supongo que me entrarán.

—No digas chorradas, si son elásticos.

—El profesor Roberts iba a llamar a tu madre, ¿no? —Espera a que conteste antes de probarse los *leggins*.

—Sí. Que yo sepa, no ha llamado, pero el otro día mi padre dijo que pensaba que ya éramos mayorcitos para estas tonterías.

—Vaya. No tienen ni idea de cómo es.

—Pues no. Pero en serio, Connie, te veo muy mal y son muy buenas noticias —insisto, apretándole cariñosamente la mano.

—Ya, no sé… El lunes toqué fondo, ¿sabes? Mis padres creían que no me levantaría de la cama.

—¿Tan depre estás? —Se encoge de hombros—. Date de baja de las redes, que eso te persigue por todas partes, ya te lo dije. Va, pruébatelos.

Se quita el vestido y se arremanga los *leggins* para que le entren más fácilmente.

—Bueno, es que ya no nos veremos.

—No nos veremos tanto, pero claro que quedaremos. —Es un consuelo también para mí, todavía no sé cómo voy a sobrevivir sin ella. De todos modos, lo más importante ahora es que ella se sienta bien—. No pensemos más en eso. Hoy es tu noche. Hay que celebrar que has hecho una actuación increíble.

Connie sonríe, halagada. Está en sujetador y *leggins*.

—No sé cómo me he dejado convencer, si me pillan... —Se interrumpe y abre los ojos, como acordándose de algo—. Cuéntame lo de David —dice, con la misma voz que pone cuando le gusta lo que le dice el horóscopo.

—Hemos quedado en el bus.

—¡Qué guay, tía! Ya verás como habrá tema. —Me da con el codo—. ¿Qué me pongo con esto?

—Bueno, dicen que le mola Valerie. —Le acerco varias faldas—. A saber si no se habrá enrollado ya con ella.

—¿Valerie? —pregunta, frunciendo el ceño. Se prueba una, pero no le cierra y lo intenta con otra.

—¿Por qué te sorprende tanto?

—Nunca los he visto hablar. Además, ¿qué interés tiene Valerie? Solo entiende de ropa y color de uñas.

Me río.

—No creo que los tíos valoren mucho la conversación, ¿sabes?

—Supongo. Qué sabré yo, ¿no? —No lo dice ofendida.

Se prueba una falda negra.

—Esta es perfecta. —Levanto el dedo pulgar.

—No creo que a David le guste Valerie.

—Si tan segura estás...

Revisamos camisetas.

—Me gustaría ir contigo al parque, pero es que últimamente no me apetece hacer nada. Soy como un vegetal.

—Eso es porque estás rayada, pero cuando estés en el colegio nuevo y hagas amigos estarás mucho mejor.

−¿Cómo estás tan segura? Ha sido todo tan rápido que ni siquiera he tenido tiempo de hacerme a la idea. No sé si eso es lo que quiero.

−¿Es eso lo que te asusta? ¿No hacer amigos?

Tarda un momento en contestar.

−Hasta ahora no he tenido muchos amigos aquí. Por ahora eres la única.

Me levanto, me pongo detrás de ella, le rodeo el cuello con los brazos y pego mi mejilla a la suya.

−Piensa que nos lo vamos a pasar genial esta noche.

Las dos vamos con *leggins*, yo unos de cuero con un entramado de flores negras y ella con unos brillantes. Su falda se ajusta a la cintura y cae como si fuera una flor con un bajo de tul. Le he dejado una camiseta granate que le hace un escote muy bonito. En el centro tiene como unas chorreras que le disimulan un poco los michelines. Lleva unas botas de tacón que le realzan la forma de las piernas y le he hecho un moño alto como si fuera una bailarina porque ayuda a afinar un poco la cara. La he maquillado tan bien que parece que haya salido de un salón de belleza. Ahora tiene los ojos cerrados, como le he pedido, y todavía no se ha mirado al espejo. Estoy enfrascada en los retoques. Le he puesto unos pendientes largos con piedras también granates y brillo en los labios. Está guapísima.

−Cuando te diga, abre los ojos, ¿vale?

−Vale. Estoy impaciente.

Le pongo una pulsera con colgantes de bolas de colores. Le echo perfume Ultraviolet y mueve los párpados por el inesperado contacto húmedo.

−Primero mírate aquí −digo, señalando el espejo del tocador. Pero enseguida me doy cuenta de que no está viendo adónde señalo porque aún tiene los ojos cerrados. Me río−. Y luego en el espejo entero.

−¿Abro ya?

−Sí.

Connie abre los ojos y se mira como si no conociera a la persona del reflejo. Los ojos se le agrandan, abre la boca por la sorpresa y suelta un grito de alegría. Sonríe como nunca la había visto sonreír. Se levanta y pega otro chillido, que recorre la habitación como un tornado. Yo chillo con ella, nos abrazamos y saltamos por todo el vestidor sin parar. Parecemos fans de un cantante que acaba de tocarnos o firmar un autógrafo.

—Bambi, eres como mi hada madrina —me dice frente al espejo entero cuando, cinco minutos después, nos separamos.

—Si fuera un tío, no dudaría en liarme contigo —le digo—. ¡Espera! Te saco una foto. —Corro a buscar la Polaroid y poso como una modelo. Después nos hacemos unas cuantas *selfies*.

—Tenemos que comprar un álbum —digo, guardando las fotos en el primer cajón del escritorio—. Me la llevo, ¿no?

—Sí, sí, llévatela —dice con entusiasmo, así nos acordaremos siempre de esta noche—. Nos reímos como locas.

El *eyeliner* negro marca más el color avellana de sus ojos, el colorete muestra unos pómulos que antes parecían ser inexistentes, y el cabello recogido realza su cuello. Está despampanante.

—Algo me dice que esta noche va a ser genial —augura.

—Pues, como Cenicienta, a las doce tendremos que abandonar el castillo.

—Gracias. Vuelve a abrazarme.

—No he hecho nada. Tú has hecho la mayor parte. Eres muy guapa, Connie, lo que pasa es que no lo aprovechas como deberías. —Le guiño un ojo.

—De verdad, Bambi, esto ha sido una idea genial.

Le sonrío. Quiero a mi amiga, a mi mejor amiga. Ella y Liam son las personas más importantes de mi vida, como de mi familia, o incluso más que eso.

—Bueno, ahora quedo yo —digo, encaminándome de nuevo al vestidor a buscar una camiseta.

Common People nos regala los oídos. Connie pregunta si puede subir el volumen. Le doy el visto bueno con un enérgico «pues claro», y lo sube tanto que la música vibra en mis venas. Ella se pone a bailar, cuidando de no mover demasiado el moño, yo salgo del vestidor y hago como si estuviera tocando la guitarra. Brinco de un lado a otro, todavía sin camiseta. Me subo a la cama, salto y canto a la vez mientras Connie me vitorea desde abajo como si fuera un concierto.

Le digo nuestros nombres al portero del pub y Connie me aprieta la mano con fuerza, me vuelvo y la miro con severidad, diciéndole con la mirada que no se ponga tan nerviosa o se va a notar. El portero mira alternativamente los carnés y a nosotras con los ojos entrecerrados. Sería la primera vez que no me dejan entrar, pero claro, Connie parece más niña. Cuando empiezo a pensar que no va a colar, el portero nos devuelve los carnés con un asentimiento de cabeza. El alivio me recorre el cuerpo.

–Tía, cálmate, es solo un local con música, no te va a comer –le digo riéndome.

–Es que imagínate que nos pilla –contesta cuando ya estamos lejos de la puerta de entrada.

Planeamos la noche mientras avanzamos hacia el guardarropa.

–Vamos directamente a la barra y te presento a Liam –digo.

–¿También nos invitará a las bebidas?

–¡Pues claro! Ya te he dicho que es un chollo venir aquí.

–Suena un poco a reproche. Connie asiente y echa un vistazo a la cola.

–Y ¿luego?

–Pues a bailar hasta que den las doce y la carroza se convierta en una calabaza.

–¡Ah! –Ríe–. Espero no perder un zapato.

–Si eso significa que después irá a buscarte un príncipe, ¿por qué no?

Nuestras risas son alegres.

El grupo de delante coge sus tiques y por fin nos toca. Dejamos las chaquetas, saco un par de billetes por si acaso y me los meto en el escote.

–Será un poco palo llevar la cámara, pero le diré a Liam que me la guarde.

—¿Llevo dinero? —me pregunta Connie con indecisión.

—¡Qué va! No necesitamos nada. Yo lo llevo por si le echan bronca a Liam y tenemos que espabilarnos con los cubatas.

—¿Cubata? ¡Yo con un sorbo me emborracho!

—¡Hala! Qué exagerada —exclamo.

Connie me imita y se guarda el tique del guardarropa en el escote. Avanzamos hacia las puertas, una junto a la otra, y cada una abre un lado, como si entráramos en un *saloon* del oeste. Me siento poderosa, ya no estoy pensando en David. Entro con seguridad, como si no necesitara nada más que la música para ser feliz.

—Ten los ojos bien abiertos, Connie. —Sabe a lo que me refiero. El siguiente paso del plan es encontrar un ligue, y es mucho más importante que lo encuentre ella, porque sería su primer rollo.

Pongo los ojos en blanco al oír a David Guetta. Este pub debería decidirse por un estilo de música en lugar de dejarlo a la elección de un DJ con mal gusto. *Sexy Bitch* golpea las paredes del pub como si estuviera ansiando salir.

Tal como hemos dicho, vamos a la parte lateral del pub y nos encaminamos hacia la barra.

—¿Ese es Liam? —pregunta Connie con un gritito, aferrándose a mi brazo como quien acaba de perder el equilibrio.

—Sí —respondo.

Se ha engominado el pelo, que brilla bajo la luz ultravioleta que rodea la barra. Las gruesas cejas negras forman un marco perfecto sobre sus ojos color esmeralda.

—Y ¿tú te fijas en David? —pregunta cuando ya casi estamos delante.

—Connie, este chico tiene muchos problemas. Créeme, aunque alguna de nosotras pudiera, no nos convendría estar con él.

—A mí nada me impediría estar con él.

Yo niego con la cabeza. No sabe todo lo que yo sé, así que es inútil insistir.

Liam está atendiendo a unas chicas, que no paran de coquetear. Él les sigue el rollo, cómo no. Les sirve el cubata y la más bajita de las dos, morena con labios carnosos, le da un trocito de papel. Su número. No puedo ni imaginar la cantidad de números de teléfono que debe de coleccionar.

Cuando se vuelve en nuestra dirección, sonríe y los ojos se le hacen más pequeños. Parece cansado; por lo menos, eso quiere decir que no se ha metido nada.

–¿Qué hacen unas bellezas como vosotras en un lugar como este? –pregunta, con su habitual labia, impropia en un camarero de noche.

Connie suelta una risita tímida.

–Lo mismo que un mafioso en una misión en África –contesta mi lengua afilada. Connie me mira entre divertida y sorprendida. En clase nunca estoy tan suelta, pero con Liam siempre ha sido diferente.

Le presento a Connie y la noto nerviosa.

–¿Qué tomaréis, preciosas?

–Una Coca-Cola con un extra de lo que me pongas –respondo, y miro a Connie, que no parece estar muy convencida.

–Lo mismo –dice finalmente.

–Vuestros deseos son órdenes para mí –contesta sin dejar de lado la galantería. Coge las botellas de Coca-Cola y hace malabares con ellas mientras nos mira, sonriendo. Connie se ha encorvado tanto que parece que se esté deshaciendo, si sigue así, no va a ligarse a nadie. Le toco la espalda y me pongo recta como un palo para que entienda lo que quiero decirle.

–Oye, Bambi –dice Connie–, dame la cámara, que os hago una foto.

–Guay –respondo.

Aviso a Liam, que se muestra encantado de posar, y le digo a Connie que nos saque dos, una haciendo de monstruos y la otra normal, como siempre hacemos. Luego le pedimos a él que nos saque una a nosotras.

–¡Qué pasada! –comenta, cuando la foto sale por la ranura.

–Han quedado bastante bien –digo.

–¡Vaya caras! –se ríe Connie, señalando la foto en la que hacemos de monstruos. Yo con los labios como un pez y achicando los ojos y Liam con las comisuras de los labios hacia abajo y hundiendo el cuello. Me recuerda a la sesión del fotomatón que nos hicimos cuando acabó el taller de escritura.

—Somos auténticos profesionales —observa Liam, aprobando el resultado con un asentimiento—. Por cierto, ¿qué te pido? —pregunta, refiriéndose a la música.

—Lo de siempre: Fatboy Slim, Arctic Monkeys —me mira con una sonrisa—, Strokes, Placebo… ya sabes lo que me gusta, Liam —le digo cuando me doy cuenta de que me está tomando el pelo.

—Lo mismo para Jake, entonces —confirma, señalando la cabina del DJ.

Le pido que me guarde la cámara y nos vamos hacia la pista. Arrugo la nariz cuando suena *Blurred Lines*. No me gustan las canciones que no significan nada; bueno, sí, significan algo: las tías son putos objetos que están ahí para contonear las caderas y abrirse de piernas. No entiendo cómo a Connie puede gustarle esta música tan machista. Está como pez en el agua. Ha dejado el cubata en un posavasos a toda velocidad para lanzarse como un rayo a la pista. Mueve las caderas como si estuviera haciendo la danza del vientre y repite la letra: *Good girl, I know you want it, I know you want it, I know you want it.* Yo la observo con la boca abierta. No parece la misma chica tímida que conozco, es como si ese ritmo estúpido activara un mecanismo de su cuerpo que a la vez se encargara de desactivar la inhibición y los complejos.

Yo me mantengo al margen a un lado de la pista, no pienso mover un músculo con esta música cutre, y mi amiga no parece necesitarme, porque se le ha acercado un chico que tiene pinta de ser extranjero. Están bailando muy juntos. Él no sabe seguirle el ritmo, pero la mira embobado. Connie acaba de descubrir sus encantos y sabe explotarlos. Parece Beyoncé, pero con aparatos. Hasta el tono violeta de la luz hace que su piel sea más morena.

Ahora que está acompañada, aprovecho para acercarme a la barra. Mientras espero a que Liam acabe de atender a dos chicos, suena Pitbull. Yo, que continúo con el cubata, sorbo como si no hubiera mañana. ¿Quién se pone ese nombre? Madre mía. Una tía canta: *It's going down, I'm yelling timber. You better move, you better dance.*

El chico de la derecha se mete algo en el bolsillo trasero del pantalón, no me ha dado tiempo de verlo, pero no parecía un billete. Por un momento se me ocurre la horrible posibilidad de que Liam acabe de venderle algo más que un cubata, pero niego con la cabeza. Debe de haber sido la luz; una cosa es que se meta de vez en cuando y otra muy diferente que venda.

–Tenías razón –dice Liam cuando me acerco.

–¿Sobre qué? –Ya me ha puesto otro chorro de ron. Bebo.

–Tu amiga no necesita mi ayuda.

–Parece que yo sí.

–Y ¿qué hay de David?

Me estoy bebiendo el cubata como si fuera agua y noto que las palabras tardan unas milésimas de segundo más en formarse.

–¿Cuándo piensa Jake poner buena música?

–Más tarde. Ya sabes que lo alternativo le da urticaria –contesta con sorna.

–Ese no sabría distinguir una buena canción ni aunque le fuera la vida en ello.

–Estamos de acuerdo, pero no cambies de tema, Bambina mía. Estábamos hablando de David, ¿te ha dicho algo más?

–Sí, me dijo que nos veríamos en el autobús –contesto, pero le quito importancia diciendo que eso no significa nada.

–Pues si no es este, ya habrá otro.

–Sí, tampoco estoy tan colada.

–Se te nota mucho cuando mientes. –Lo dice dándome un golpecito en la nariz, como para enfatizar las palabras.

–Si no quiere nada, dejará de importarme pronto.

–Bambina, no sufras por ningún tío, disfruta de la vida. El sexo es diversión, no hay que darle tanta importancia; ahora no hace falta casarse. ¡Eso sí que era una putada! –exclama–. Jodidos curas.

Me río con ganas.

—Es verdad, pero te has dejado un detalle —comento—. Algo minúsculo —añado con los dedos índice y pulgar casi tocándose—. Eso depende de la personalidad de cada uno.

—Mierda, ¿es que ahora hacen tests psicotécnicos para follar?

—No seas gilipollas. Me refiero a que no todo el mundo lo ve como tú. Hay gente que tiene que sentir algo por la otra persona antes de hacerlo.

—Y por «gente» te refieres a ti, ¿no?

—Pues sí, por ejemplo. Mi primera vez fue con un tío que ni me iba ni me venía, y no me gustó nada. Me dejó como un vacío, ¿sabes?

Liam se queda callado dos segundos y su mirada adquiere un tinte misterioso. Imposible de leer.

—Y ¿ahora vas a dejar que te crezcan telarañas hasta encontrar el amor?

—Eres un capullo, Liam, de verdad. No se puede hablar en serio contigo.

—Espero que por lo menos lleves un mantenimiento.

—¿Mantenimiento? ¿De qué coño estás hablando?

—Del tuyo, claro.

No puedo evitar estallar en carcajadas. Claramente me ha subido el alcohol.

—No pienso seguir con esta conversación ni muerta.

—¿Ah, no? ¿Prefieres volver a la pista y regalarte los oídos con will.i.am?

—*Touchée*.

Volvemos a reír.

Está a punto de añadir algo cuando se oye una protesta a mi lado; una pareja está esperando a que acabemos de hablar. Yo le insto a que los atienda y me doy la vuelta en el taburete para mirar a la pista.

Connie y el guiri ya están liándose. Ahora mi sonrisa es triste: me alegro mucho por ella, pero me gustaría estar en su lugar, no por el chico, sino por la sensación. Esa montaña rusa en el estómago, ese calor que te recorre todo el cuerpo y enciende esos puntos estratégicos que quieres que toquen, pero que no lo permites para ponerle más emoción y que no sea tan fácil.

—Yo creo que lo que te falta es vocabulario seductor.

Me doy la vuelta con un interrogante en la mirada.

—¿Vocabulario seductor? ¿Qué quieres decir? —Mis palabras ya se arrastran un poco.

—Lo que oyes, Bambina. Las mujeres que tienen labia pueden ponerlo a uno muy cachondo.

—Yo no busco poner cachondo a nadie, sino que me quieran tal como soy.

—Una cosa no quita a la otra, pequeña. —Se apoya en la barra y se acerca—. El lenguaje es muy importante en el sexo, tanto en los preliminares como durante. Para encender la llama hay que seducir. Vamos a practicar.

—¡Ni de coña! —Niego efusivamente con la cabeza. Él apoya las manos en ambos lados de mi cara y me mira fijamente.

—Es un entrenamiento necesario. —Me suelta cuando ve que estoy atenta a lo que dice, pero no se echa hacia atrás. Está a un palmo de distancia—. Eres lo más bonito que se ha dejado caer en este rincón.

Me entra la risa, pero su seriedad me hace recomponer la compostura. Me siento muy ridícula haciendo esto.

—Y tú eres... eres... —No me viene nada a la cabeza—. El camarero más guapo que me ha servido nunca.

—Vale, eso ha sido un puto desastre. —Se ríe de un modo cariñoso.

—Joder, ya te he dicho que no quiero hacer esto.

—Ya verás como te sale. Prueba otra vez.

Me tomo un momento para pensar poniendo como excusa mi borrachera.

—¿Se lo dices a todas las que pasan por aquí? —pregunto con un tono impostado, digno de una auténtica actriz porno.

—¡Muy bien! Ahí has estado fina. ¿Ves? —dice apartándose.

—Pues contesta, venga —digo gesticulando para que vuelva a su papel. De nuevo a un palmo.

–Solo a las que consiguen que se me dispare el corazón, y de momento has sido tú.

Siento calor en las mejillas.

–¿Puedo comprobarlo? –Arqueo una ceja.

–Claro –contesta. Me coge la mano con delicadeza y se la acerca al pecho con sus ojos verdes clavados en los míos. Yo me quedo sin palabras, parece todo tan real... pero Liam me suelta la mano a medio camino y el hechizo se rompe.

–¡Has estado de matrícula de honor! ¿Quién lo hubiera dicho?

Tardo unos segundos más de la cuenta en contestar con un balbuceo.

–Siempre hablamos de mí. ¿Qué hay de ti?

–Un segundo –dice acercándose a un grupo de personas que esperan para pedir. El momento perfecto para escabullirse de un interrogatorio.

Echo un vistazo a la pista, Connie y el chico están en un lado, no se desenganchan. Miro el reloj.

–¡Mierda!

No quiero cortarle el rollo a Connie, pero solo quedan treinta minutos para las doce. Tenemos que irnos ya si no quiero que mi madre ponga el grito en el cielo y me castigue sin excursión.

Cuando estoy a punto de tocar el hombro de mi amiga, ocurre lo imposible: *Are you gonna be my girl?* suena por fin. La borrachera me nubla el juicio. Le dedico una sonrisa feliz a Liam, que mueve la cabeza de arriba abajo siguiendo el ritmo, y salto a la pista, mi cuerpo temblando de excitación. Me muevo tan violentamente que el pelo se enmaraña de mala manera y me olvido de todos mis problemas en cuatro notas. Me imagino a David mirándome desde una esquina y me muevo como si estuviera seduciéndolo desde la distancia.

Cuando acaba, le doy las malas noticias a Connie, que le sientan como si la hubiera abofeteado, y, resignada, me pide que por lo menos les haga una foto para quedarse con el recuerdo. Dice que no quiere olvidarse de cómo es. Accedo, con una sonrisa, y les hago un par de fotos. Connie se despide de su chico con un beso largo y húmedo y se intercambian los emails. Después le decimos adiós a Liam, que me desea buena suerte para mañana.

Salimos, y esta vez nos cuesta un poco más sincronizarnos para abrir la puerta doble.

–¡Este es el mejor día de toda mi vida! –exclama–. Te quiero, te quiero –dice Connie abrazándome frente al guardarropa.

–Yo también te quiero –contesto riendo–. Repetiremos pronto. –El brillo en sus ojos dice que tendría que haberme hecho caso antes y que esta será la primera vez de muchas.

No me doy cuenta de que la luz azul del móvil parpadea hasta que estoy metida en la cama. Antes de entrar por la puerta me he comido tres caramelos de menta y he procurado mantener la mínima interacción con mi madre. Le he dicho que estaba cansada y he subido a la habitación.

Miro la pantalla. Es un WhatsApp de un número que no conozco:

> Estaré al final del autobús. *David

Un subidón de adrenalina me envuelve todo el cuerpo. No sé quién le ha dado mi número, pero no me importa porque ¡me ha escrito! ¡Le gusto! ¡Le intereso! ¡Pasa de Valerie!

Me levanto, enciendo el iPod y pongo *Tear Drop* en bucle.

8

No logro explicar qué fuerza ha logrado que los engranajes que forman las entrañas de este escritor sin nombre vuelvan a funcionar. La carcoma de la maldición había acabado por vencerme. Mi alma había sucumbido al inminente beso de la eternidad. Soy el más ignorante de los hombres y por esa razón no pido que el lector me crea cuando digo que los milagros existen.

Fueron las mejillas sonrosadas de Genevieve. Desde que apareció ese ángel no he podido hacer otra cosa que emborracharme de su belleza. He renacido para venerarla hasta que se me arrugue la piel y, sin embargo, la oscuridad que mancha mi estirpe me lo impide. La maldición sigue corriendo por mis venas y pretende asfixiarme de nuevo, pero ella es mi oxígeno y, cada vez que necesito que el aire vuelva a mis pulmones, rememoro su pálido rostro: mi dulce Genevieve, siempre Genevieve.

Una llamada interrumpe la concentración de Liam. Cierra el cuaderno, lo dobla y lo deja a un lado de la mesa de camping. Mira la pantalla frunciendo el ceño y atiende.

–¿Diga?

–(...)

–¿Quién te ha dado mi número? –Su voz suena seca, dura. La respuesta le hace apretar la mandíbula.

–No tengo nada.

–(…)

–¡He dicho que no tengo, tío!

Cuelga el teléfono y lo aporrea contra la mesa.

–¡Joder! ¡Mierda!

Vuelve a mirar la pantalla del teléfono, teclea y se lo pone en la oreja. Salta el buzón de voz.

–¡Joder! –grita Liam aún más fuerte, y empieza a dar vueltas en la pequeña habitación como un animal enjaulado.

Diez minutos después suena el teléfono. Liam descuelga.

–Me cago en la puta, ¡Lara!

–(…)

–Te dije que me avisaras si le pasabas mi contacto a alguien. No puedo arriesgarme a que me pillen. –Todos los músculos de su cara están contraídos por la rabia.

–(…)

–Ya estoy bastante jodido, solo me falta que por un puto pijo de mierda me metan en el talego.

–(…)

–¿Cómo lo sabes? No tienes ni puta idea de cómo funciona esto.

–(…)

–Pues te lo explico. Resulta que el padre de este amigo tuyo se entera de que su hijo se mete pastillas, porque es tan gilipollas que llega enchufado a casa, y, como el tío es un abogado con muy mala hostia, lo obliga a que le dé el nombre de quien se lo ha vendido. ¿Lo pillas ahora? Pero yo soy un muerto de hambre y a los maderos no les intereso, pero sí que les gustaría saber quiénes son mis jefes y me hacen la vida imposible para que colabore y entonces mis jefes se enteran y de repente ya solo soy un puto grano en el culo para ellos.

–(…)

–No, tranquila. –La expresión de Liam se ablanda–. Estoy bien, no me harán nada. No te pongas así.

–(…)

–Vale, sí…

–(…)

–Siento haberte gritado, pero no vuelvas a hacérmelo, ¿vale?

–(…)

–Si quieres, te lo paso y se lo revendes.

–(…)

–Vale. Después de comer.

Una concurrida pizzería aparece al doblar la esquina, Liam entra y busca a alguien con la mirada. La poca luz del local le da un aspecto decadente, pero acogedor. El ambiente recuerda al de un restaurante napolitano alejado de la zona turística. Estanterías con botellas cubiertas de polvo, una barra llena de chorretones, vasos sucios, platos acumulados, órdenes en italiano escapándose de la cocina, manteles a cuadros amarillos y rojos.

Una mano se alza al fondo y Liam avanza en dirección a una joven pareja. El chico, de pelo largo y negro, se aparta el flequillo que, encima de los ojos, acentúa su aire roquero. Los brazos escuálidos cubiertos de tatuajes de calaveras, rosas y una serpiente enroscada, están apoyados en la mesa y las manos alrededor de la pinta de cerveza. A su izquierda, la delgada figura de su novia, que extiende sus labios rojos hacia Liam en una sonrisa.

Liam se sienta frente al chico, en la silla que toca con la pared, y saluda con una inclinación de cabeza. Él se acerca a Liam y curvando los labios finos en una sonrisa apoya las manos en sus hombros.

–¡Hermano! ¡Cuesta más quedar contigo que con la reina de Inglaterra! A ver si vamos a tener que pedirte audiencia. –Le revuelve el pelo y se acomoda en la silla de madera, que cruje.

–Lo mismo digo.

–Hace tres semanas que no te vemos el pelo –contesta la chica, recolocándose las gafas de pasta.

–Estaba ocupado.

–¿Haciendo qué exactamente? –pregunta su hermano, y a Liam se le marca la mandíbula.

–Joder, Mike, como si no supieras cómo es estar en casa. ¿Ya te has mudado definitivamente? –pregunta con resentimiento–. Me vendría bien tu ayuda –añade con la boca pequeña.

La novia de Michael descruza las piernas y se muerde el aro del labio. Está a punto de responder, pero su novio la hace callar con un gesto. Ella frunce el ceño y espira fuertemente por la nariz, a través del *piercieng* que lleva en el lóbulo.

–Liam, tenemos que decirte algo. –Michael vuelve la vista a su novia y ella le responde con una mirada de apoyo. Liam espera, mostrando total entereza–. Vamos a irnos a vivir juntos. –Michael lo dice con suavidad, como si fuera la peor de las noticias.

–No cambia nada. Hace mucho que no duermes en casa y es bastante egoísta por tu parte dejarme con toda esa mierda, ¿sabes?

–No puedes hacer nada para cambiarlo, Liam. Yo también lo he intentado, pero es un círculo vicioso, una dinámica que solo se romperá cuando uno de los dos la palme –dice hablando de sus padres, sin rastro de sentimiento en sus palabras. Liam lo observa con rabia.

–¿Esa es tu solución? Hostia, eso sí que no me lo esperaba.

–Vamos a tener la fiesta en paz –interviene la chica–. ¿Es que no podemos estar ni cinco minutos sin discutir?

Ellos no responden, se aguantan la mirada durante un momento hasta que Liam la desvía hacia la carta.

–Solo intento ayudarlo, Abigail, pero es que es tozudo como una mula –se defiende Michael.

–Tiene diecinueve años, ya es mayorcito. Si hubiera querido, ya se habría ido.

–No habléis como si no estuviera en la mesa, joder –dice Liam alzando la mirada de nuevo.

–No. Hablamos de esto justamente porque estás en la mesa –contesta Michael, intentando mantener la calma en su voz–. Son adultos, no tienen una enfermedad grave ni minusvalía. No tienes que cargar con sus problemas y hacerlos tuyos. A ver si te metes eso en la cabeza. Vive tu vida.

–Ya estamos otra vez. –Abigail entierra el rostro en las manos y el pelo castaño con mechas de color berenjena cae hacia delante. La cavidad ocular de la calavera que tiene en el antebrazo mira directamente a Liam con su monóculo.

–Déjalo, no quiero volver a hablar de esto –dice Michael.

–Eres el mayor. Los hermanos están para apoyarse –le recrimina Liam.

–¿Sabes lo que me jode?

–¿Lo que te jode a ti? Eres un puto egocéntrico.

–¡Vete a la mierda, Liam! Me culpas porque he sido más listo que tú.

–Ah, muy bien, ahora vamos a comparar. –Liam se pone a enumerar, visiblemente irritado–: Eres más listo que yo, estás en el proyecto de final de carrera y tienes un trabajo decente, tienes novia, vas a independizarte…

–No pienso seguir por este camino. Búscate un psiquiatra.

Liam da un golpe en la mesa con la palma de la mano y arrastra la silla hacia atrás con las rodillas flexionadas, a punto de levantarse.

–*Ciao, ragazzi!* –exclama el camarero. Liam vuelve a colocarse bien en la silla y coge la carta, hinchando las fosas nasales–. ¿Qué va a ser? –pregunta con acento italiano.

–Para mí espaguetis a la boloñesa –contesta Abigail con una sonrisa forzada.

–Yo una pizza cuatro quesos y una botella de vino de la casa –le sigue Michael.

–Una diávola –dice Liam con un gruñido.

–Marchando.

Cuando se va, el silencio se alarga durante unos instantes.

–Bueno. Y ¿qué estás escribiendo ahora, Liam? –se interesa Abigail.

–Nada digno de mención.

–Estoy segura de que eso no es verdad.

El camarero trae la botella de vino, pone las copas con una sonrisa permanente que deja entrever los dientes manchados de tabaco, y sirve el vino sin molestarse en que nadie lo pruebe. Después de un sorbo, Liam destensa la mandíbula y relaja más la postura en el asiento.

–Deberías dejar de escribir cosas tan deprimentes, tío. Me asustas, parece que vayas a suicidarte en cualquier momento –dice Michael.

–Los temas alegres no van conmigo –se limita a contestar.

–¿Lo has probado alguna vez? –pregunta Abigail. Liam niega con la cabeza–. Eso es porque nunca te has enamorado –suelta, y Michael se ríe.

–Típico error de quien no sabe de literatura –contesta Liam en tono guasón–. El estilo no tiene nada que ver con eso.

–¿Has pensado en buscarte un agente? –pregunta Michael.

–No. He pensado en buscarme a un cantante que se le dé como el culo escribir canciones para hacérselas yo –contesta Liam con media sonrisa. Michael suelta una palabrota y Abigail una carcajada.

–Cariño, no te molestes. Eres informático y tu mente no está hecha para las letras, reconócelo.

–Pero tampoco es que se me den como el culo, ¿no?

Abigail y Liam intercambian una mirada de complicidad y rompen a reír. Michael bebe de la copa de vino, y con el orgullo herido dice:

–El vino está bueno.

Las risas se intensifican, y antes de perder fuelle, Liam anuncia a bombo y platillo que se acuerda de una de las letras de la última canción del grupo Rough. Abigail se frota las manos.

–*I dunno how to describe it. Girl, you blow my mind. You are my boiling ice.*

–*Boiling ice?* –repite Abigail con sorna. Ambos se ríen de nuevo y la expresión de Michael se vuelve como la de un niño malcriado al que no le han comprado el juguete que quería.

–¡Sí! *Boiling ice, cold inside, but you burn my skin, you...* –sigue Liam.

–Vale, vale –lo interrumpe Michael gesticulando con la mano–. Me ha quedado claro, es una mierda, ¿qué propones, hermanito?

–Si quieres, puedo echarte un cable y preparamos un *hit*. ¿Cómo lo ves?

–Sí, seguro que tú nos sacarás de pobres –se burla.

–Yo no lo dudo –comenta Abigail con restos de vino en las comisuras–. Es el más creativo de la familia.

Liam sonríe.

–¿Cómo va la carrera, Abigail?

–Cerrando las prácticas –contesta, mirando a Michael. Se muerde los carrillos y el pendiente de la mejilla se hunde más en la piel.

Llega la comida y a todos se les ilumina la cara.

–¡Qué buena pinta! Me encanta este sitio –dice Michael–. Podría comer aquí cada día.

–Claro, con tal de no comerte lo que yo cocino –responde Abigail con retintín.

–Seamos honestos, tu comida se puede comer, pero... –empieza a decir Michael.

–¿Que se puede comer? –dice, escandalizada, y mira a Liam. Este levanta las manos a modo de defensa, pero Abigail no aparta la vista de él, esperando su respuesta. Liam desvía la mirada a la golondrina que sale del escote.

–Digamos que tu comida es como las canciones de Mike –confiesa mientras mastica un gran trozo de pizza.

–Ajá –se ríe Michael señalándola con el dedo índice–, has probado tu propia medicina, ¿eh?

–Que os den –suelta fingiendo estar ofendida, pero con un brillo divertido en la mirada. Coge el cuchillo dispuesta a cortar los espaguetis.

–Sabes que ya no tienes seis años, ¿no? –le pregunta Michael, y se echa a reír con Liam.

–Ahora me toca a mí, ¿verdad? Vale, muy bien, meteos todo lo que queráis, no me avergüenzo de comer los espaguetis así. –Abigail sigue hablando mientras Mike la imita haciendo *playback* y muecas–. Prefiero eso a mancharme de tomate porque son muy largos... –Entonces se da cuenta de que su novio se está riendo de ella y le pega un codazo. Él se queja.

—Oye, Liam —dice Michael cuando llevan un rato sin hablar. Liam levanta la mirada con un trozo de pizza en la mano—. ¿Vais bien de pasta en casa?

—Sí, me las apaño.

—¿Con el dinero del pub? —pregunta, sorprendido. Abigail le da una patada por debajo de la mesa.

—¿Qué? —se queja en voz baja.

—No vuelvas a sacar el temita —responde ella entre dientes—. Y ¿qué tal en el terreno amoroso? —pregunta con interés.

—Mi hermano nunca ha tenido problemas en eso, ¿verdad? Aprendiste del mejor. —Guiña un ojo.

—No soy de relaciones largas. A mí todo eso de la media naranja me parece una gilipollez.

—A mí también —responde Michael.

—Ah, muchas gracias —lo reprende Abigail, dándole un golpecito suave en el hombro, a lo que él le responde acercando los labios suplicante.

—Cariño, no seas cursi, que no te pega. No existe eso del alma gemela. Nosotros nos conocimos, conectamos, nos llevamos de puta madre y ya está.

—¿Cómo que ya está? ¿Qué quieres decir con ya está? ¿Es que no hay más cosas? Nos llevamos de puta madre y ya está.

—Vaya, la he jodido —le dice Liam a su hermano, que le devuelve una mirada de apuro—. Pero vosotros sois la mejor pareja que he conocido. Si tuviera una relación, me gustaría que se pareciera a la vuestra.

—¡Muchas gracias, Liam! —Abigail le dedica una mirada fulminante a Michael—. A ver si maduras un poco. Él no cree en las medias naranjas, pero por lo menos sabe qué decir en el momento adecuado.

—Esta noche te recompenso —bromea Michael.

—Ni lo sueñes.

Con el plato vacío, Liam mira el reloj y levanta las cejas.

—Mierda, se me ha hecho tarde. He quedado.

—Ah, ¿con quién, Don Juan? —pregunta Abigail.

—¿Con Lara? —lo interpela Michael.

—¿Lara? ¿Quién es Lara? —dice Abigail abriendo mucho los ojos.

—Nadie, no es nadie —se apresura a contestar mientras se pone la chupa, y sale a toda prisa.

Los cafés llegan a la mesa, Abigail mira de reojo a Michael.

—No lo digas.

—Lo siento, Mike, pero tiene que saberlo.

—Ya lo sé, pero no he podido. ¿Qué quieres, que me tire la silla por la cabeza?

—Cuanto más esperes, peor será.

—Tengo que encontrar el momento.

—Y ¿cuándo crees que llegará?

—No tengo ni idea. ¿Entiendes que quiera retrasar al máximo el momento en que mi hermano me odie?

—No puede odiarte, tú no tienes la culpa de nada.

Michael esconde la cabeza entre los brazos y Abigail se acerca a él con suavidad.

—Soy el mayor, debería... —Se le rompe la voz.

—Cariño, sobrevivirá, ¿vale? Como ha hecho hasta ahora.

Una terraza en una cafetería del centro de la ciudad. Mesas y sillas de madera pintadas de blanco junto a una cristalera con letras de vinilo, y en la mesa más alejada de la entrada Liam espera con un café solo. Se enciende un cigarro con la vista fija en la salida del metro. El cielo eternamente gris ofrece una tregua y deja pasar algunos rayos de sol que muchos de los clientes agradecen con una sonrisa. Pero el aire triste de Liam se ha perpetuado en su expresión. Las largas caladas denotan que está tranquilo a pesar del movimiento frenético de la pierna izquierda. Aparta la mirada un momento para consultar la pantalla del móvil; gruñe. Cuando vuelve a alzar la vista, una señal de reconocimiento aparece en su mirada. Inclina la cabeza a modo de saludo. Una chica de pelo rubio y liso hasta los hombros lo saluda con palabras mojadas de *gloss*. Los tejanos blancos moldean su figura, un ligero brillo dorado en los bolsillos rodea la marca Diesel. Se sienta en la silla de enfrente y, sin decir palabra, abre el bolso y saca una pieza redondeada con brillantes que hace arrugar la frente de Liam, pero en lugar de preguntar se enciende otro cigarro. Lara desenrosca la pieza, que se convierte en un gancho, y lo coloca a un lado de la mesa. Acto seguido, cuelga el bolso de Prada, y solo entonces hace caso a su amigo.

–¿Algún ritual más? –pregunta Liam con sorna–. ¿También traes algo para que el iPhone no toque esta mesa llena de gérmenes?

–No, traigo algo para atarte la polla a la pata de la mesa, es de Swarovski –responde. Liam esboza una sonrisa.

–¿Quién era el que me ha llamado?

–Estoy muy bien, muchas gracias por preguntar –contesta, malhumorada.

–Es verdad, qué mala educación la mía. No estoy acostumbrado a los modos del centro. ¿Qué tal ha ido la semana, querida? –dice Liam, impostando un acento pijo.

–Los exámenes han sido una mierda, no sé en qué momento se me pasó por la cabeza estudiar ADE.

–Lo tuyo es el escenario, y lo sabes.

–Díselo a mi padre. Soy hija única y tengo que llevar la empresa.

–Una empresa constructora, ¡guau! Eso es lo que cualquier chica rica soñaría con hacer.

–¿Podemos hablar de otra cosa?

–Claro… A ver, déjame pensar. –Liam se coloca los dedos en la sien teatralmente–. ¿Crees que el Gobierno da suficientes ayudas a la sociedad?

–Creo que eres la persona con la que menos he hablado de cosas serias y, sorprendentemente, con quien más he follado.

Ríen al mismo tiempo en que llega la camarera, y Lara pide un chocolate caliente. Después, vuelve a abrir el bolso y saca un paquete de tabaco muy estrecho, coge un cigarro blanco y fino y se lo enciende con el mechero de propaganda de Liam.

–Entonces, ¿vas a explicarme por qué has perdido los papeles esta mañana? –pregunta, clavándole sus ojos aguamarina.

–Los tíos para los que trabajo no son monjitas precisamente.

–Ya, he visto muchas películas, pero creo que estabas exagerando un poco. Solo intentaba ayudarte buscando clientes. Era de fiar, ¿sabes?

Liam mira el blanco de la mesa durante unos instantes en señal de disculpa.

–Este en concreto es mi primo. Esta noche es su cumpleaños y quiere hacer una megafiesta. –Se acerca a Liam y le alza la barbilla–. Me has asustado, ¿sabes? Si esos tíos son muy chungos, búscate otra cosa. Puedo ayudarte. –Lo besa, pero él se aparta.

–Joder, si quieres enrollarte conmigo, no te pongas esa mierda pegajosa –contesta, limpiándose los labios con la manga.

–No dices lo mismo cuando te la chupo –responde, lanzándole un beso. Después, da una calada al cigarro, mojando el filtro con el pintalabios.

–Gracias, pero me va bastante bien económicamente. Soy bueno haciendo esto y, además, el riesgo me pone.

La camarera deja la taza de chocolate caliente coronada por una montaña de nata. Lara hunde el dedo en la nata, se lo mete en la boca y mira a Liam de forma sensual.

–A mí me pone que te ponga –dice con la misma voz que utiliza cuando están en la cama–. Ganarás una buena pasta si vienes a la fiesta esta noche y repartes caramelos.

–La verdad es que no tengo planes –responde él, dedicándole la misma mirada fiera. Lara se la devuelve mientras bebe de la taza, pero, antes de que pueda contestar, un teléfono suena en el interior de la chaqueta. Liam saca del bolsillo un móvil plateado, de concha. No es el mismo con el que suele hablar con Lara, pero ella no hace preguntas. Cuando Liam ve el número de la pantalla, su expresión se vuelve extremadamente seria.

–Tengo que contestar.

Se va a la esquina de la cafetería y se mete en un callejón. Lara se encoge de hombros, abre el bolso y saca el iPhone con carcasa de brillantes. Consulta un rato su muro de Facebook, pone «me gusta» en algunas de las publicaciones de sus amigos. Actualiza su estado diciendo: «Tomándome un chocolate caliente con Liam Tucker» y lo etiqueta. Enseguida se aburre, mira en dirección hacia donde se ha ido Liam, pero no lo ve. Vuelve la vista hacia la silla y repara en que algo sobresale del bolsillo interior de la chaqueta de cuero, que está colgada en el respaldo. Una sonrisa traviesa aparece en su rostro, mira de reojo y, como todavía no lo ve, se acerca y saca el viejo cuaderno. Curiosea la última página y la sonrisa se le congela en el rostro. Lee palabra tras palabra, con los ojos muy abiertos por la sorpresa. Entonces se da cuenta de que ya lleva un rato leyendo y rápidamente levanta la vista hacia la esquina. Liam ha vuelto, pero sigue mirando el móvil. Lara deja el cuaderno en su sitio y se sienta con cierto aire incómodo.

—¿Quién era? —le pregunta.

—Temas de trabajo. —Se guarda el móvil en el bolsillo del pantalón—. Bueno, ahora que ya hemos roto el hielo, hablemos de esta noche.

Ella lo mira durante largo rato sin decir nada. La curiosidad no se aleja de su expresión, y tampoco esa sensación incómoda, como si algo en el asiento estuviera pinchándola.

—Liam, si no te lo pregunto, exploto.

Liam la mira con desconcierto.

—Lo que quieras, preciosa.

—¿Quién es Genevieve?

9

Mi cuerpo es un cúmulo de nervios andante. No puedo creer que justo hoy me haya bajado la regla, siempre tan oportuna. Encima, al ser el primer día, tendré que estar pendiente de cambiarme cada tres horas, como mínimo. Menuda mierda.

—Ya me contarás qué tal te va hoy —dice mi madre desde el asiento del conductor. Ha estado muy callada esta mañana.

—Vale.

A medida que nos acercamos al punto de encuentro, mi estómago reacciona como si ya se hubiera subido a la montaña rusa. Mi mente no deja de lanzarme advertencias: no tartamudees, no tiembles, que no se te note tanto, actúa como si estuvieras con Liam, no digas que sí a todo... Pienso, a toda velocidad, en posibles temas de conversación: habla de los exámenes... no, de eso ya hablamos. ¿Del repaso? No, de eso tampoco. ¿De qué? ¡Mierda! ¡Estoy en blanco!

—Ayer me llamó el profesor Roberts —suelta mi madre como una bomba, sin apartar la vista de la carretera. No puedo evitar pensar que ha esperado a que estuviéramos en el coche para que no hubiera tiempo de profundizar demasiado.

—Ah. Y ¿qué te ha dicho?

—Que sufres acoso. —Me mira un momento, arrugando el ceño antes de girar la curva—. ¿Es verdad?

—Mamá, lo sabes de sobra. Ya te he hablado de Carol más de una vez.

—Sí, me dijiste que se metía contigo y yo te dije que la mejor estrategia es hacerse amiga suya.

—Pfff. Claro, me dice de todo y yo le voy detrás rogándole que se haga mi amiga. Gracias por el consejo.

—Esto no es nuevo, Bambi. También pasaba cuando yo iba al instituto, y te seguirá pasando más adelante, en otro escenario y con adultos. —Se para en un semáforo y yo me hundo en el asiento, incómoda por su modo de enfocarlo. Exactamente como esperaba—. En la vida hay que saber cómo ganarse a la gente por tu propio interés.

—No soy tan falsa.

—Mírame un momento. —Obedezco. Noto una pequeña arruga de preocupación, casi me sorprende—. No es cuestión de ser falso, sino una manera de sobrevivir socialmente. ¿Te crees que todos mis jefes me han caído bien? En este caso, ser hipócrita es una virtud.

—No es lo mismo.

Se oye un claxon detrás de nosotras. El semáforo está en verde y mi madre da gas, pasándose de revoluciones.

—Sí que lo es, pero dentro de un ambiente más adulto. En una empresa, los jefes y los compañeros de trabajo pueden amargarte la vida. Hay que saber ganárselos.

—Es igual —resoplo—. ¿Qué le has dicho a Roberts?

—Lo que pienso. Esto es solo un aprendizaje más que te ayudará a ser más fuerte. Te preparará para el futuro, porque nada es un camino de rosas.

Estoy a punto de preguntarle qué opinó de eso el profesor Roberts, pero me lo ahorro. Sabía que no iba a cambiar su punto de vista. Tampoco le cuento lo de Connie, porque no servirá de nada, a mí no van a cambiarme de colegio; lo ha dejado bastante claro.

—Pues yo creo que te equivocas.

Las calles por las que pasamos en coche son como una cuenta atrás. Dentro de siete llegamos al autobús, dentro de seis, cinco, cuatro…

–Ahora no lo ves, pero ya verás como en unos años me das la razón.

No me molesto en contestar. Dos calles, una... Veo el autobús. El corazón cabalga desbocado.

–¿A qué hora vuelvo para recogerte?

–Ya te lo diré por WhatsApp.

–No comas porquerías.

–Vale, mamá. Hasta luego. –Le doy un beso en la mejilla antes de que haya parado el motor y me apeo sin darle tiempo a añadir nada más. Cierro la puerta del coche y le digo adiós con la mano.

Salgo del aparcamiento en dirección al grupo de personas que esperan en la parada de autobús. De momento no reconozco a nadie, eso está bien; por fin un día sin torturas.

No paro de dar vueltas a posibles conversaciones con David, quizás él saque el tema, pero, por si acaso, tengo que prepararme algo. Estoy a unos metros del grupo y, de repente, recuerdo algo que le gusta mucho a David. Sonrío triunfante.

Una profesora de unos treinta y tantos, con el pelo castaño atado en una cola de caballo y rostro afable, está pasando lista. Me coloco tras un grupo de chicos de otro colegio que charlan sobre algún partido de fútbol. Esta mañana he madrugado para arreglarme con tiempo. Me he puesto las extensiones rojas, una capa disimulada de maquillaje y lápiz de ojos negro. Llevo unos tejanos claros con Converse negras, una camiseta negra corta que me llega justo hasta el ombligo y una camisa a cuadros. Encima, una chaqueta también negra y unos pendientes que atraviesan mis orejas como si fueran las espinas de una rosa.

Miro entre la gente, pero no veo a David. ¿Será esta la broma? A lo mejor todos se ríen de mí por haberme creído que querría ir conmigo a la excursión. ¿Me ha dejado plantada? Una vez, Alec me dibujó en la pizarra con cuerpo de ciervo y cabeza humana; encima de mí había una nube, como en los cómics, donde había escrito: «Bambi, pava. Especie en peligro de extinción». Ese día, como tantos otros, no pude contener las lágrimas. Tuve que correr hacia el lavabo para acallar los sollozos.

Miro el móvil esperando no encontrarme con un WhatsApp desagradable. A lo mejor ese no era el número de David, sino el de alguien de clase tomándome el pelo. Siento una punzada de inquietud ante esa posibilidad. Con el corazón en un puño, miro la pantalla, pero no tengo ningún mensaje. Seguro que el suspiro lo han oído hasta los que ya están en el autobús. Levanto la vista como si necesitara comprobarlo y el estómago me da un vuelco: David me saluda desde la ventana con la mano. Yo le devuelvo el saludo con la cabeza. Esbozo una sonrisa mientras pienso en lo dramática que soy a veces.

Cuando quiero darme cuenta, estoy delante de la profesora, que pregunta mi nombre.

–Bambi Peterson –le digo.

Ella busca en la lista y asiente. Escribe en la hoja y me indica con un gesto que pase al autobús.

Subo los escalones. El conductor, un hombre barrigudo vestido con uniforme marrón, espera comiéndose una chocolatina. Estoy frente al pasillo, observo a la gente sin moverme. Nadie repara en mí, están distraídos escuchando música, hablando con el de al lado y el de atrás, jugando con el móvil. De momento no veo a nadie más de clase, aparte de los tres chicos del grupo de *frikis*. Jugar a rol no se considera algo guay, te catapulta directamente a la lista de los raritos. ¡No están ni Alec ni la reina con su séquito! Sonrío.

Avanzo por el corredor hasta que veo a David en la penúltima fila. Se guarda el móvil en la mochila que tiene a su izquierda y la aparta para que me siente. ¿Me ha guardado el sitio? Presiento que este va a ser un gran día.

–Hola –digo, sentándome.

–Hola.

Su sonrisa se traga mis palabras. No sé hablar, no me viene nada a la mente. «Bambi, aparta la mirada del asiento de delante, va a pensar que eres rara», me digo. Vuelvo la cabeza en su dirección y lo sorprendo mirándome con curiosidad.

–¿Ya sabes a qué atracciones quieres subirte? –«Vaya pregunta más estúpida, Bambi.»

–Sí.

Me mira de arriba abajo y me pregunto si esa es su respuesta, pero desecho la idea. No me está repasando de manera lasciva, ha sido simple coincidencia. Aun así, el rubor me sube a las mejillas.

–No voy a perderme la caída libre, ni el pasaje del terror, ni las atracciones de agua.

–Vale, me apunto a todo –contesto.

Primer *strike*, le he dicho a todo que sí. Sosa, sosa, sosa.

–Genial.

El silencio me agarra de la garganta y aprieta, obligándome a decir algo. Cualquier cosa. Espero que el tema que he preparado dure un rato, porque no hay nada más incómodo que estar callados.

El autobús se pone en marcha.

–He oído que haces carreras de motos. –Me alegro al ver el diente montado, esa es la extensión correcta de sonrisa. Le gusta hablar de ello.

–Sí, hace más de tres años. Es un subidón de adrenalina que ni te imaginas. El fin de semana pasado hubo un campeonato, pero quedé último.

–Y ¿eso?

–Me caí. –Se toca la parte trasera de la cabeza como excusándose.

–¡Ah, vaya! –No sé qué más añadir. Solo tengo unas milésimas de segundo para contestar, mi mente trabaja a toda velocidad–. Bueno, pero volviste a levantarte, ¿no? –pregunto, buscando desesperadamente halagarlo con algo.

–¡Pues claro! No iba a quedarme toda la carrera en el suelo.

Miro de nuevo la parte de atrás del asiento delantero. Me daría golpes contra él porque acabo de quedar como la pava que todo el mundo dice que soy. Con el rabillo del ojo veo que David contempla el paisaje por la ventana, debe de estar arrepintiéndose de haberse sentado conmigo. Él creía que no era tonta cuando me pidió que nos sentáramos juntos, pero ahora ha llegado a la misma conclusión que los demás.

Antes de que pueda enmendar la estupidez que acabo de decir, la cabeza de una chica rubia aparece en el asiento que está enfrente de David. No la conozco.

—¡Eh! ¿Te apuntas al cohete de fuego cuando entremos?

No sé quién es, no la conozco del colegio, pero le habla con mucha confianza. Una punzada de celos me golpea. No es que sea especialmente guapa. Tiene la boca muy grande y debería corregirse la dentadura con aparatos, pero en conjunto, con la nariz romana y los ojos negros grandes, es atractiva. Por no hablar de la gran delantera que ha apoyado en la parte superior de la cabecera del asiento. Sabe que es uno de sus puntos fuertes, por eso lleva un top escotado que muestra el canalillo.

—Pues claro. Esa era mi primera parada. Luego nos vamos directos a la caída libre.

—¡Eh, tú! —La chica llama la atención de su compañero de asiento, luego me mira—. Hola. Stacey —se presenta, dándome la mano. Su sonrisa es sincera. Le devuelvo el apretón, incómoda por lo mojadas que están las mías por el sudor, y digo mi nombre con un ligero temblor en la voz.

—¿Bambi? —dice un chico asiático, asomándose junto a Stacey—. Qué original, pero una jugada también.

—Sí, ya ves, mis padres son unos cachondos.

Se ríen. Miro a David. La alegría y el calor cubren cada uno de los poros de mi piel. Quiero besarlo, estoy preparada para besarlo.

—Oye, tío, a ver cuándo te pasas por el local —lo reprende el chico—. Con las carreras ya no te vemos el pelo.

—Sí, es verdad. Pero tengo que entrenar o tampoco ganaré el próximo campeonato. Y con los estudios y todo, Dios, no tengo tiempo para nada.

—El otro día te lo perdiste, tío. Vino James y trajo un ukelele —cuenta Stacey entre risas—. ¡Un puñetero ukelele! El tío está zumbado. Nos partimos de risa con él.

—Hostia, ¡eso se avisa, Simon!

–Apareció de repente. El plan era jugar a la Wii –se defiende el tal Simon.

No formo parte de este círculo y me siento un poco fuera de lugar. No sé qué decir.

–Bueno, y aparte de entrenar y los estudios, veo que no pierdes el tiempo, ¿eh? –comenta Simon apuntándome con la mirada. Yo noto que me suben los colores. Estoy a punto de decir que no estamos juntos, pero la respuesta de David me deja anonadada.

–Ya ves.

Se apoya en mi hombro y su cabeza toca la mía. Me arde el cuerpo. Creo que ahora mismo mi cara es un poema. Intento relajarme para seguir el rollo. No parece que a Stacey le haya gustado mucho esa muestra de afecto, porque enseguida se da la vuelta murmurando un: «A ver si paso de una vez este nivel del *Candy Crush*». Simon no tarda en imitarla y nos quedamos de nuevo solos.

Vuelvo la cabeza hacia la derecha y me encuentro con la nariz de David muy cerca de la mía. Mi cuerpo está experimentando sensaciones que nunca había tenido, todo late al mismo tiempo que mi corazón, todo. Me está enviando un mensaje muy claro, pero no soy capaz de reaccionar en consecuencia.

–Háblame de ti. ¿Qué te gusta hacer? –Se separa un poco y yo muero porque vuelva a acercarse, muero porque su aliento me roce la piel.

–Escribir –respondo con toda la naturalidad que me permite el nudo de nervios de mi estómago.

–Ah, ¿y qué escribes?, ¿poesía?

–No, más bien novela.

–Qué guay, ¿y de qué va?

–De momento está muy verde, es épica medieval, de fantasía.

–¿Como *El señor de los anillos*?

–Bueno, algo así, pero más violento y con puntos un poco realistas, como en la Edad Media.

–Ya me la dejarás leer cuando la acabes.

—Vale. —La voz me ha salido más chillona de lo que pretendía.

De verdad que soy de todo menos interesante en este momento.

—¿Puedo preguntarte una cosa? —digo, después de otro incómodo silencio.

—Claro. —Vuelve a mirarme con curiosidad.

—¿Por qué te has sentado conmigo?

La pregunta no se la esperaba, porque tarda en contestar.

—Y ¿por qué no?

—Ya sabes, todo el mundo dice que soy pava —miro al suelo del autobús—, no veo por qué querrías ir conmigo al parque.

—No me importa lo que digan.

Aunque no lo sepa, es lo más bonito que me han dicho nunca. Ahora mismo me lanzaría a sus brazos y lo besaría por todas partes. Me ha dejado muda de asombro.

—Gracias —consigo articular.

Una hora después, el autobús apaga el motor y todos salen en masa por la puerta trasera y delantera. Stacey explica algo sobre que en una de las atracciones un hombre salió despedido por un fallo de seguridad.

—¡Qué horror! —digo.

—Ya te vale, Stacey, ¿siempre tienes que ser tan morbosa? —se queja David.

Ella le dirige una mirada pícara acercando su delantera, que llega a la mitad del torso de David, y le dice:

—Sí, me gusta el morbo. ¿Algún problema? —Suelta una risita.

Yo aparto la mirada, irritada. No tengo derecho a ponerme celosa, David no es mi novio y puede hacer lo que le dé la gana. Pero me sorprende que le hable así cuando «aparentemente» salimos juntos.

Estamos en el aparcamiento del parque, a tan solo unos metros de la puerta de entrada, cuando la profesora llama nuestra atención para darnos instrucciones. Formamos una especie de corrillo.

–Vamos a dividirnos en grupos y necesitaré como mínimo el número de móvil de una persona de cada grupo, ¿de acuerdo? A las cinco y media nos encontraremos aquí. Quien llegue más de diez minutos tarde se queda sin transporte, ¿está claro?

Se oye un sí al unísono.

–Los que tengan coche van por su cuenta, pero avisadme cuando os marchéis para teneros controlados, ¿vale? –dice levantando la cabeza para dirigirse a alguien que se encuentra a mis espaldas. Cuando sigo la dirección de su mirada, se me cae el alma a los pies. Son Alec, Carol, Erika, Valerie y alguien más mayor que no consigo ubicar.

Mi terror se refleja con tanta claridad que hasta Stacey se ha dado cuenta y mira en la misma dirección, sin comprender.

–¿Estás bien?

–Sí. –Aparto la vista del coche–. No importa, olvídalo. –Miro a nuestro alrededor–. ¿Dónde están David y Simon?

–Creo que han ido a hacer cola a la taquilla. ¿Vamos?

–Sí, sí –respondo, distraída.

Pienso que con suerte los esquivaremos, que vamos en diferentes grupos y el parque es muy grande, pero la inquietud se ha instalado en mi estómago y no soy capaz de relajarme. Su sola presencia hace que la hipótesis de la broma pesada vuelva a estar encima de la mesa. No soportaría que David estuviera delante cuando me hagan una de las suyas.

–¿Estás saliendo con David? –me pregunta Stacey sin rodeos. El morro con el que lo suelta me pilla desprevenida y al mismo tiempo admiro su seguridad, que no creo poder llegar a tener nunca.

–No. Solo somos amigos –me oigo decir, y al instante sé que ha sido un error, lo mejor habría sido mentir. Al fin y al cabo, él lo ha dejado caer cuando estábamos en el autobús.

Los vemos en una de las taquillas y nos acercamos a ellos.

–Lo conozco desde que éramos críos. Él, Simon y yo crecimos juntos. Nuestros padres son amigos desde hace años.

«Estupendo, una amiga de la infancia. Romance clásico.»

–Ah. Ya decía yo que no os había visto en nuestro instituto.

–Nosotros vamos al público –explica cuando los alcanzamos.

Simon nos enseña el plano del parque.

–La primera atracción es la caída libre –dice David, señalándola en el mapa.

–Pero justamente por eso es adonde irá todo el mundo, ¿no? –digo–. Podríamos ir más tarde y empezar por otra –propongo, y me enorgullezco por haber tomado la iniciativa; por lo menos me hace menos insulsa.

–Tengo muchas ganas de subirme a esa, pero creo que tienes razón –dice David. Colmillo a la vista. Me siento flotar–. ¿A vosotros qué os parece?

–¿Cuál es la siguiente? –pregunta Stacey.

–Río bravo –comenta Simon.

–¡Me encantan las atracciones de agua! –exclama Stacey con una sonrisa radiante que le dedica únicamente a David. Le metería un gancho con el puño derecho.

–Pues vamos allá. –David se pone en marcha y lo seguimos.

Miro a mis espaldas, pero no veo a Carol ni a los otros y deseo haberlos perdido de vista para el resto del día.

La espera en la atracción de agua es interminable y Stacey no ha tardado ni dos minutos en quitarse la camiseta y quedarse con la parte de arriba del bikini. No hace tanto calor para ir así, pero a ella no parece afectarle para nada la temperatura ambiente, y creo que David tiene mucho que ver con eso. Pero, aunque lleva un rato hablando con ella, no ha dejado de lanzarme miradas furtivas. Y cuando respondo, con evidente adoración, las palabras de Simon me llegan intermitentes. Sorda a intervalos cortos y expectante el resto del tiempo. ¿A qué estoy esperando? La vida real no es como en las películas, está cargada de detalles. Cada gesto, cada mirada esconde una intención que hay que saber interpretar, y lo hago, el problema es que no me lo creo. Quizá deba dar yo el paso y decírselo, pero solo de pensarlo me tiemblan hasta las pestañas.

La vocecita que tantas veces me hace sufrir dice que le caigo bien, nada más. Me persigue todo el rato diciéndome que a David le interesa alguien más como Stacey, con carácter, personalidad y tetas. Simon interrumpe de vez en cuando a la hiriente voz con algún comentario sobre la cantidad de cola que queda para que luego la atracción dure un suspiro. También dice algo sobre si valdrá la pena comprar una fotografía a la salida y le comento que nunca salgo favorecida en ellas. El silencio se incorpora a la cola y, al comprobar que a Stacey todavía le queda lengua para un buen rato, decido sincerarme con Simon. ¿Qué daño puede hacer? A estas alturas están más que claros mis sentimientos.

–¿Tienen algo esos dos?

–¡¿Ellos?! –se sorprende Simon, y al ver que lo miro seria, contesta–: ¡Qué va! David la ve como una hermana, casi de la familia.

–No parece que ella lo vea de la misma manera –respondo, observándolos. Stacey le da un golpecito amistoso con el puño en el hombro y se ríen.

–Bueno, para ella siempre ha sido y será un amor platónico.

Su respuesta me alegra, aunque también siento un poco de pena por ella. Años deseando a alguien y que esté siempre fuera de tu alcance, tan cerca que duele y tan lejos que mata. Lo sé por experiencia.

–¿Por qué lo preguntas? –inquiere, mostrándome unos dientes delanteros muy separados entre sí.

–Curiosidad.

–Ya, claro. Mira, Bambi –se coloca de espaldas a ellos y con voz queda me dice–: David está colado por ti. Ayer no hablaba de otra cosa. –Eso son palabras claras y enteras, que pasan a través de mis oídos con la suavidad de quien anhela escucharlas; son un bálsamo que relaja todos los músculos de mi cuerpo–. Estoy seguro de que ahora mismo se está cagando en Stacey por no dejarlo estar contigo.

Lo miro embobada. Parece que acabe de decirme que ha visto un ovni surcar el cielo. Tardo un siglo en contestar, en un balbuceo patético.

–No lo sabía.

–Está clarísimo. Anda, voy a echarte una mano, que no te veo muy lanzada –dice, dándome una palmada en la espalda.

Simon se da media vuelta y con total desparpajo suelta:

–Un niño le pregunta a su abuela: ¿qué haces enfrente del ordenador con los ojos cerrados?

El chiste de Simon interrumpe la conversación y Stacey pone los ojos en blanco. David, en cambio, espera con aire divertido, y yo no puedo dejar de sonreír.

–Nada, hijo, es que Windows me ha dicho que cerrara las pestañas.

David, Simon y yo nos echamos a reír y aprovecho para acercarme a él mientras oigo a Stacey decir que es malísimo.

–¿Qué tal estás? –me pregunta, apoyándome una mano en el hombro. Esa zona quema bajo su tacto.

–Bien. Un poco harta de esperar.

–Ya, es la peor parte. –Mira hacia el suelo de tierra y luego fija la vista en mí–. Aunque, si lo piensas bien, así tenemos tiempo de conocernos más.

Asentir es lo único que me permito hacer, no quiero romper el momento con palabras atropelladas.

–Lo típico sería preguntarte qué música te gusta, si prefieres mar o montaña, cuál es tu color favorito y qué tres cosas te llevarías a una isla desierta, pero ¿te parece bien si nos saltamos todo eso?

Las voces de Stacey y Simon quedan a nuestra espalda, pero no estoy pendiente de lo que dicen.

–Claro. Parecen preguntas de revista.

–Sí, justo las que vienen antes de la sección del horóscopo, ¿no?

–Sí, sí. Aunque el horóscopo sí me lo creo, ¿eh? –digo, adoptando una expresión seria. Él pone cara de haber metido la pata–. Lo digo de coña, tonto –añado, riéndome a la vez que acerco mi mano para darle un empujoncito cariñoso, pero él la sostiene a medio camino, colmillo a la vista, y la coloca entre los dos, sin soltármela.

–Muy graciosa.

Me hormiguea la mano. Le pido a mi cuerpo que no desprenda sudor en ese punto, no puedo permitirme que le dé asco cogerme la mano, no ahora que todo va tan bien.

–Me extraña que pases tan desapercibida en el instituto.

Arrugo el entrecejo.

–¿Por qué lo dices?

–No sé, eres muy guapa y simpática –se limita a responder, dirigiéndome una sonrisa cautivadora.

–Gracias.

–No te lo crees, ¿verdad? –me dice, cogiéndome de la barbilla. Cosquillas por todas partes. Todo palpita. No soy capaz de mirarlo a los ojos.

–Me cuesta. Ya sabes, en el instituto no, nadie. –¡Mierda! Maldita tartamuda.

–Da igual, ¿qué sabrán ellos? –contesta volviendo a mirar al frente.

–La verdad es que tengo mucho éxito con los hombres en cualquier otra parte –bromeo.

–No me extrañaría nada. –Una pausa–. ¿Qué sueles hacer el fin de semana?

–Hum, normalmente escribir. Muchas veces quedo con Connie y vamos al mercadillo retro o al Alternative Street Music.

–¡Me encanta el ASM! Sobre todo la parte en que todos se tiran a la fuente borrachos.

–Sí, es bastante entretenido –contesto entre risas–. Lo mejor, el espectáculo de...

–¡*The Gay & Stoned Band*!

–¿Los conoces?

–¿Que si los conozco? Son lo más. Versionar en modo gay a los de *Flight of the Conchords** es muy grande.

–¡Eso mismo creo yo! Deberían hacerles un altar.

–Pues sí. Además, cantan superbién.

---

* Dueto cómico neozelandés formado por Bret McEnzie y Jemaine Clement, cuya serie *Flight of the Conchords* les valió la fama internacional.

–En YouTube tienen más de un millón de visitas.

–Creo que llegarán lejos, solo hace falta que un represen-tante con ojo los lance.

–Espero que no sea como el *manager* de la serie.

Se ríe a carcajadas

–No, por su propio bien. ¿Cuál es tu favorita del grupo?

–Hum, buena pregunta. –Me quedo un rato pensando mientras me enrollo un mechón en el dedo índice–. Creo que *The most beautiful tranny in the street.**

–¡Es muy buena!

–Y ¿la tuya?

–Sin duda, *Too many butts on the dance floor.***

Nos reímos un buen rato.

Después de un largo silencio dice:

–Hace días que no veo a Connie en clase. –El comentario me sorprende mucho porque no pensaba que reparara en al-guien como ella. Eso demuestra que es diferente del resto de los chicos, que solo tienen ojos para las más populares.

–Está enferma. Bueno, la verdad es que va a cambiarse de instituto.

–¿En serio?

–Sí, lo pasa muy mal en clase, ¿sabes?

David asiente, apenado.

–Alec puede ser un cabrón cuando se pone, pero en rea-lidad es buen tío.

«Lo dudo mucho.»

–Me cuesta creerlo.

–Todo lo que hace es para llamar la atención, es bastante triste. Lo conozco desde que éramos críos y su padre es muy duro con él.

–Ni Connie ni yo tenemos la culpa de eso.

---

* «El travesti más guapo de la calle.» Original: *The most beautiful girl in the room.*

** «Demasiados culos en la pista de baile.» Original: *Too many dicks on the dance floor.*

–Es verdad. –Entrecierra los ojos, escrutando mi expresión compungida–. Lo siento, soy un idiota por haber sacado este tema.

–No, no te preocupes.

–Ya solo quedan cinco personas antes que nosotros –apunta Simon.

–¡Por fin! Bieeeen –dice Stacey subiendo los brazos.

–Vas a mojarte la camiseta, ¿no llevas bikini? –me pregunta David con fingido disimulo.

Le suelto la mano, lo miro durante un instante sonriéndole con toda la sensualidad de que soy capaz y, sintiendo el calor de su mirada por todo el cuerpo, me la quito. David se toma su tiempo observando la tela violeta y elástica que se ciñe a mis pechos, considerablemente más pequeños que los de Stacey. No me enorgullezco de no tener un vientre plano, pero por su reacción no parece importarle demasiado.

–¡Uau! Te queda genial –observa David. Simon lo secunda y Stacey se concentra en su pantalla de móvil.

Cuando los que nos preceden suben a las barcas, nos preparamos para la siguiente. Bajamos la escalera hasta la plataforma giratoria, David se me adelanta y con galantería me cede el paso, ofreciéndome su mano para ayudarme a subir. Yo la acepto dándoles las gracias a él y al mundo entero por este día.

Ocupamos la primera fila, nos damos la vuelta y retamos a Simon y Stacey a que suban los brazos en las bajadas.

–Me juego una cena a que no te atreves –le dice Simon a Stacey.

–Pues ya puedes preparar la pasta.

–Va, Stacey, no te hagas la chula, ya sabemos que en las bajadas te cagas encima –se burla David.

–Ya, mira quién habla, el señorito «me dan miedo las pelis de Chucky».

–¡Ese muñeco da muy mal rollo! –exclama con ímpetu.

Yo no puedo evitar echarme a reír.

–¿Miedo de Chucky? ¿Lo dices en serio? –pregunto, incrédula.

—Lo ha poseído un puñetero demonio, no tiene piedad, no me digas que podrías ver la película sola en casa —se defiende.

—Sí, podría porque no tiene diez años —contesta Stacey.

—Esa sangre es claramente kétchup —añade Simon.

Las carcajadas duran lo que tarda la barca en llegar a la primera bajada. Los rayos de sol nos dan de lleno, no hace demasiado calor, pero sí el suficiente para disfrutar de la atracción. Sonrío a David y juro que veo deseo en sus ojos azules.

—Levanta las manos, va —me dice, pero yo me aferro fuerte a la barra, negando con la cabeza. Él insiste intentando soltarme mientras dice que la adrenalina será más fuerte si le hago caso. Entonces llega la bajada, David sube los brazos, mi estómago da un vuelco de la impresión, pero me mantengo firme a la barra. Mis gritos se mezclan con los de Stacey, que son mucho más estridentes. La barca rompe contra el agua y nos moja de arriba abajo.

—¡Oh, Dios! ¡Me he puesto perdida! —digo, arreglándome el pelo.

—Se me han mojado hasta los calzoncillos —se queja Simon.

—Tengo las zapatillas chorreando —comenta David.

—Pues todavía queda una, la mejor —añade Stacey.

Como era de esperar, la siguiente bajada acaba de emparnos.

En la salida nos paramos en el puesto de fotos y nos buscamos en las pantallas.

—Mirad, allí. —Simon señala una de ellas sin poder contener la risa.

—Bambi, parece que hayas visto a Chucky —apunta Stacey.

Me río de la cara de susto de la foto. David, por otro lado, está guapísimo con los hoyuelos marcados, la cara iluminada y los ojos muy abiertos de la diversión.

—Pues voy a comprármela —anuncio.

—Bien hecho —contesta Simon.

—Si los billetes no se han deshecho, claro —agrego.

—Si quieres, yo puedo dejarte algo —se ofrece David mientras saco el monedero de los Rolling Stones.

–No, tranquilo, los billetes están secos –contesto, sonriente. Le doy el dinero a la chica de la caseta y, mientras imprime la fotografía, David vuelve a tomarme de la mano. Me giro y sus ojos azules me inundan.

–Bambi, sé que parece que Stacey y yo tengamos algo, pero la verdad es que me gustas tú –me dice, sin mirarme directamente.

Todo a mi alrededor se funde, solo estamos él y yo. Hasta Simon y Stacey han desaparecido sin que me haya dado cuenta. Al final me lo ha dicho, es mucho mejor de lo que esperaba, no pensaba que fuera a ser tan rápido. Antes de que pueda responderle, la chica vuelve de la pequeña habitación, donde la impresora trabaja a toda máquina, y me da una cartulina con la imagen del parque y la foto incrustada dentro.

–He salido fatal –le digo, y me siento imbécil por haber cambiado de tema.

–Qué va –me dice en voz baja. Me mira muy serio y con súbita seguridad me guía hasta la salida de la atracción de agua. El cuerpo me tiembla de excitación. No pregunto adónde vamos, no me importa, solo quiero perderme con él.

Llegamos a una pequeña zona de césped y nos sentamos bajo un enorme avellano. Me parece que estoy soñando y que dentro de nada me despertará Berta, riñéndome porque llego tarde al instituto. David entierra mis manos en las suyas y me mira, resuelto. Toma aire, como armándose de valor, y mi corazón está a punto de sufrir un colapso.

–Hace tiempo que quería decírtelo, pero la verdad es que no me atrevía a hablarte en clase de Química.

–No me pareces tímido.

–Para esto lo soy bastante. Me costó mucho escribirte la nota aquella y mucho más decirte que fueras conmigo en el autobús. Tenía miedo de que me dijeras que no.

–¿Es que no se me nota un montón que también me gustas? –pregunto. El cuerpo me arde.

David no contesta, me mira con intensidad y se acerca despacio. Cierro los ojos y cuando sus labios tocan los míos siento un cosquilleo por todo el cuerpo. Le devuelvo el beso con suavidad al principio, pero, cuando noto su lengua caliente en mi boca, se vuelve mucho más apasionado, tanto que me corta la respiración. Sus manos juegan con los mechones de mi pelo y yo tengo las mías apoyadas en su torso. Podría estar besándolo indefinidamente, pero debo frenarme. Y ¿si solo me quiere para un rato y luego me ignora en el instituto? No sería tan raro. La vocecita otra vez. No me deja disfrutar de este momento y me aparto porque creo que algo de razón tiene. Debo ser un poco más precavida.

–Creo que deberíamos volver –digo.

David se muestra sorprendido por mi reacción.

–Ah, bueno. Pensaba quedarme un rato hablando.

Ya he visto cuánto quería hablar. No me trago eso de que sea tímido. En realidad le importa que los demás lo vean hablar conmigo y ha aprovechado ahora que no nos ven. ¿Sabía que Carol y las demás no iban en el autobús? No puedo preguntárselo porque sonará recriminatorio.

–¿Crees en el destino, o en que las cosas pasan por casualidad? –La pregunta me desconcierta y tardo un instante en contestar. Estamos sentados uno junto al otro sin tocarnos. Ahora parece que seamos simples colegas.

–Hum, creo que no hay nada escrito, nosotros somos los dueños de nuestras decisiones.

–¿Crees que fue una casualidad que nós sentaran juntos en clase de Química?

–Sí, creo más en las casualidades. No sé, soy muy realista, supongo.

–Entonces yo soy más romántico.

Me aprieta la mano a la vez que me mira sonriendo, muy cerca de mí. Quiere volver a besarme, pero yo no puedo seguir sin preguntárselo antes.

–¿Qué es lo que quieres conmigo, exactamente? –Sé que esta es la pregunta mortal, la que nunca se debe hacer para no agobiar, pero debo valorarme un poco. No estoy dispuesta a ser el rollo de nadie, y menos de alguien que me gusta tanto. Llevaba esperando este momento más de un año. No quiero que sea algo efímero.

—Estar contigo.

—¿Salir conmigo? —pregunto, levantando una ceja.

—¿Qué diferencia hay?

—Una muy grande. Una cosa es salir con alguien y la otra es enrollarse con alguien. —Estoy asustándolo, mi voz suena un tanto amenazadora y él no ha hecho nada. Lo estoy estropeando.

—Bambi —vuelve a cogerme de la barbilla y me derrito con ese gesto; los hoyuelos se le marcan—, vayamos poco a poco. Ahora hay vacaciones, no habrá día que no vaya a buscarte a casa, ¿me oyes? Quiero estar contigo.

Nos besamos. Nunca había sido tan feliz.

10

Un gruñido iracundo se escapa de la garganta de Liam a medida que va pasando las páginas de *Guerra y paz* sin encontrar ni rastro de los billetes. Sale de la habitación y cierra la puerta con tanta violencia que las paredes parecen vibrar de miedo. Sus pasos van dejando la huella de la cólera, que alcanza cotas máximas cuando llega al comedor. Lilian observa, con la mirada perdida, las colillas del cenicero que se han desbordado y están esparcidas por la mesita de centro, cerca de los antidepresivos. Su madre está tan concentrada en las colillas que ni siquiera se inmuta cuando Liam abre cajones, armarios y lo remueve todo, llenando la estancia de un ruido atronador. Parece como si el hecho de mirarlas resultara de algún modo un alivio para su prolongado estado depresivo.

–¿Dónde está? –grita Liam, pero su madre no contesta, así que da media vuelta y llama su atención propinando un golpe en la mesa–. Lo ha cogido, ¿no? Ahora tengo que cerrar mi habitación con llave para que mi propio padre no me robe.

–Ha salido pronto hoy, ¿te ha dicho cuándo volverá?

–Esto es increíble. ¿Lo has visto cogiéndolo? Si lo has visto, dímelo. Lo necesito, ¿entiendes?

–No lo sé, no lo sé, Liam, cariño. No te enfades. –Las palabras salen de su boca como si fuera un mensaje robótico de atención al cliente.

–¡No me digas que no lo sabes! No haces más que seguirlo a todas partes cuando está en casa. Tienes que haber visto algo.

–Yo, no lo sé… de verdad. No te lo tomes así.

Liam abre mucho los ojos.

–¿Que no me lo tome así? ¡Es mi dinero! Mi padre me roba y mi madre dice que no me lo tome mal. Esto no se puede aguantar. Me voy a ir mamá, me iré de esta puta casa de locos como ha hecho Michael.

Lilian reacciona y lo mira con los ojos vidriosos, se levanta del sofá dejando caer la manta y se acerca a él como un alma en pena.

–Por favor, no me dejes, Liam.

–Yo no soy papá, no me ruegues así, joder –dice, pero la voz se tambalea. Sale sin fuerza por su boca, trastabilla y cae perdiendo intensidad.

Su madre lo abraza y él se queda tieso como el palo de una escoba, pero en su expresión se lee sufrimiento.

–Necesito dinero. ¿Tienes algo? Es muy importante –le pide, doblando las rodillas para poder mirarla directamente a los ojos.

–Busca en mi bolso –contesta señalando de forma vaga la silla coja del comedor.

Liam llega en dos zancadas. Se oye un sonido de cremallera, el ruido del monedero abriéndose, el tintineo apenas audible de monedas. No pesan demasiado, son calderilla.

–Aquí no hay ni para chicles. Mierda, ¡mierda!

–¿Por qué lo necesitas ahora mismo?

–¿Te queda algo en la tarjeta? –le pregunta Liam, desesperado, con el plástico rectangular en la mano.

–No lo sé, yo no controlo la cuenta.

–Tiene una copia, ¿verdad?

–¿Qué? ¿Quién?

–Tu marido tiene una copia de esta tarjeta, ¿no? –Su voz azota como un látigo.

–Eso creo.

Liam no se molesta en volver a poner la tarjeta en su sitio. Lo deja todo encima de la mesa, coge una bolsa de deporte que cuelga de una de las sillas y sale por la puerta sin despedirse.

La mujer se queda un rato mirando una parte del suelo para después arrastrarse al sofá de nuevo. Una vez ahí, abre el paquete de tabaco. Está vacío. Rebusca en el cenicero, manchándose los dedos de gris, y coge la colilla menos apurada. La parte blanca está amarillenta por el paso de los días. Se lo enciende, tose en la primera calada, carraspea, y sigue fumando con una expresión tan derrotada que parece no formar ya parte de los vivos.

Un solar desértico con algunos matojos descoloridos; botellas de plástico, latas y bolsas esparcidas por la tierra infecunda. Es el basurero donde los drogadictos calman sus adicciones. Liam sortea latas y alguna jeringuilla mientras se abre paso hacia la balanceante furgoneta blanca, aparcada junto a una valla metálica. Su expresión indica que no está conforme con el lugar del encuentro, pero no dice nada cuando saluda a los dos chicos que conversan sentados en dos taburetes improvisados con cubos, al lado de la chatarra que es el automóvil.

Liam saluda a Jordan chocando el puño y con la cabeza al de la gorra. El mismo que estuvo en la hamburguesería y el que fue a buscarlos cuando tuvo que demostrar sus agallas para entrar en la banda.

–¿Cómo va por allá abajo? –le pregunta Abel, observándolo con sus ojos saltones.

–Los chavales lo tienen todo bastante controlado. De momento tranquilo, no ha habido pasma, ni mierdas con otras bandas.

–Traes la pasta, ¿no?

Liam alza la bolsa de deporte a modo de respuesta y Abel golpea el cristal tintado de la furgoneta con la palma de la mano.

–¿Vosotros cómo vais? –le dice Liam a Jordan.

–Metieron el otro día a un par de los nuestros en chirona, pero la jodieron mucho porque los pillaron haciendo intercambio, y eso es una cagada.

–Sí, yo agarro la pasta y uno de los chavalines le da lo otro. Para que los maderos no te pillen con las dos cosas.

–Aprendes rápido –dice Jordan en un tono mucho más distante que de costumbre.

De pronto, se abre la puerta corredera y tras un potente gruñido aparece Búfalo, completamente desnudo con una mujer montada encima. Una risa de dientes podridos acompaña el movimiento acompasado de la prostituta, que cabalga encima de él. En el asiento de delante, otra, el cuerpo castigado por la mala vida, duerme sobrepasada por el chute.

–¿Qué coño quieres?

–Liam está aquí –le dice el chico de la gorra.

–Eso ya lo veo. –Con un violento empujón, Búfalo se quita de encima a la mujer, que cae hacia un lado con un quejido resignado–. Joder, estas putas me dan tanto asco que no puedo ni correrme –comenta con naturalidad, como si alguno de los presentes pudiera comprender su calvario.

Liam no aparta la vista de los ojos rasgados del traficante, que se pone solo los pantalones.

–Traigo la pasta –anuncia–. Y necesito material para esta noche. –Búfalo achica sus ojos todo lo posible, mostrando desconfianza.

Liam abre la bolsa de deporte y saca el fajo de billetes. La figura de metro ochenta de Búfalo, tan musculado como aséptico en sus rasgos, los cuenta con esmero. Acto seguido, se lo entrega a Abel, y cruza los brazos en toda su anchura: un armario de metal bronceado.

–El material llegará a tu zona por la vía de siempre. Tú no pones las reglas aquí.

–La necesito esta noche. Hay una fiesta de pijos. Será como echarles migas a las putas palomas –se apresura a decir Liam.

–Podríamos sacar una buena pasta –comenta Jordan en tono imparcial.

Búfalo se vuelve un instante para mirar a Abel. Las opiniones de ambos parecen ser igual de válidas para él.

—Lo veo arriesgado, jefe —dice Abel—. Me parece que este pavo va de listo. —Lo mira con escepticismo—. Y ¿si lo vende por el doble y se queda la pasta?

—Ven a la fiesta, tío. Si no te fías, ven a la fiesta —responde Liam, a la defensiva—. Me dejé romper la cara para entrar en la banda, no soy tan gilipollas.

—Yo digo que probemos —concluye Jordan.

Búfalo se va a la furgoneta para coger una navaja, que no duda en acercar amenazadoramente a la mejilla de Liam.

—Yo decido cuánto y a qué coste.

Liam asiente, tragando saliva.

—Decido dónde y cuándo me vas a dar exactamente la cantidad que te diga Abel. Ni un puto céntimo menos o te rajo la cara. —Lo dice dibujando el recorrido con la navaja, más allá de las comisuras: la sonrisa del payaso.

—Entendido —contesta él, sin poder evitar el temblor en la voz.

Búfalo lleva a un lado a Abel y a Jordan para darles instrucciones. A continuación, se mete en la furgoneta y cierra la puerta corredera. Momentos después, se oyen unos quejidos amortiguados y la furgoneta se mueve por el forcejeo, un grito y el virulento gemido de la gran mole que es Búfalo.

Abel abre la puerta del maletero y la escena se hace visible desde la parte trasera. Liam fija la vista en el suelo, turbado, mientras Abel cuenta cartones de tabaco y los mete en la bolsa de deporte.

En el asiento de delante, la mujer continúa en un sueño profundo. Los labios y la piel pálidos, la sangre cayéndole por la nariz. No parece que vaya a despertar.

Abel le deja claro cuánta cantidad hay y cuánto tiene que devolverle, y Liam asiente musitando un «nos vemos» con la voz engolada.

Liam se aleja dos bloques y se apoya en la pared de ladrillos de un edificio a medio construir, hiperventilando. Le flojean las rodillas, y se agacha, deslizando las manos por la superficie. Cuando la respiración ya se ha normalizado, vomita.

Pasan veinte minutos hasta que está lo suficientemente calmado para coger su móvil.

Lara, tengo q compensarte x lo de la pasta. Dime q quieres, hare lo q sea.

En Línea. Escribiendo...

Lara:

Absoluta sumision. Eso me gusta. Supongo q te refieres a algo aparte d devolverme lo q t he prestado n?

Liam:

Claro, me refiero a los intereses.

Deja q me lo piense. No acabo de tragarme q esa Genevieve tuya sea 1 personaje inventado. Dime quien es

Vuelvo a repetir. Es 1 mierda de relato, nada más. Nos vemos esta noche en la fiesta? Tengo q hablar contigo.

No irás a proponerme ser tu novia, verdad, Romeo?

Ni se acerca.

Despues de leer ese cuaderno quien sabe.

Era privado, arpía.

Me ha gustado descubrir tu vena sensible, me pone muy cachonda. Esta noche yo sere Genevieve, dime como tengo k disfrazarme.

Peluca negra, colorete fucsia, falda, sin bragas.

Joder, eres el follamigo + molon k tengo. Los d+ no tienen imaginacion, solo algunas posturas memorizadas. Tu d q vendras?

Vendre empalmado.

Jajaj, crees k con eso es suficiente? Gilipollas.

Hasta luego.

Liam guarda su móvil y saca el plateado, de concha. Lo abre y observa la pantalla, sin color. Un solo mensaje. MAÑANA. DESGUACE, 4 P.M. Cierra la tapa, apretando la mandíbula. Se lo mete en el bolsillo interior y en un suspiro tembloroso baja la escalera del metro.

Soy una mancha negra y grasienta que pretende pervertir las límpidas aguas de un lago azul. Un veneno mortal que anhela recorrer la ramificación celeste que se adivina bajo tu nívea piel. Soy el amor corrupto, mis besos son besos de sangre. Tocarme es buscar la muerte.

La maldición finalmente ha ganado la batalla porque la mugre siempre es mugre, aunque la toquen los dedos más preciosos. Genevieve, mi ángel rosado, no te acerques a este escritor que habita en el fondo del pozo; hasta las palabras que salen de la punta de su pluma conspiran contra él. Aléjate, mas los pétalos no sobreviven a una tormenta.

Nunca he matado, así de cobarde es este endemoniado aprendiz de la palabra, y ahora ¿he de matar tu recuerdo? Genevieve, ¿qué has hecho conmigo? Aléjate, ninfa de los bosques, soy calamidad, enfermedad y desgracia. Adiós, Genevieve.

11

Hace rato que debería haberme cambiado y tengo miedo de haberme manchado los pantalones. Stacey y yo entramos en el baño, y cuando veo que todos están ocupados, chasqueo la lengua, frustrada. Solo hay tres. ¿Es que de todo el parque hemos tenido que ir a parar al lavabo más pequeño?

–Me estoy meando –se queja Stacey.

–Yo también. –Frunzo el ceño con preocupación al no encontrar ningún tampón en el bolso. He gastado todos los que tenía en lo que va de día. Solo llevo compresas–. ¡Mierda! No tendrás por casualidad tampones, ¿no? –le pregunto a Stacey, esperanzada.

–Pues no. No me tiene que venir hasta dentro de dos semanas. –Tuerzo la boca con fastidio. Se me han acabado las atracciones de agua.

El chasquido de uno de los pestillos casi me devuelve la sonrisa hasta que veo quién sale, con aire de suficiencia. Dos segundos después se abren las de al lado y mi peor pesadilla toma forma en un espacio de tres por cuatro.

–¿No vas a entrar? –me pregunta Stacey, sin comprender el porqué de la cara de susto que se me ha puesto. No me da tiempo a contestar, y menos a pararle los pies cuando, asintiendo, Stacey se acerca a Carol–. ¿Alguna de vosotras tiene un tampón? La pobre solo lleva compresas, y con el agua y eso, es una faena.

Veo la sonrisa irónica de Carol extenderse en el espejo mientras se lava las manos. Lanza una de esas horribles miradas a sus amigas, de esas que anuncian que ha tenido una idea.

–¿Es verdad que estás con David en el parque? –me pregunta Valerie con disgusto. Yo me quedo muda, y Stacey pasea la mirada de ellas a mí, primero sorprendida por que nos conozcamos y después extrañada, seguramente por tanta hostilidad.

–Los animales suelen lamerse la sangre, Bambi. Mi perra lo hace –dice Erika rehaciéndose la coleta.

–¡Eh! –exclama Stacey–. No le hables así.

Erika se da la vuelta y se coloca las manos en la cintura, alzando la barbilla.

–Y ¿qué se supone que vas a hacer? –Las otras dos cruzan los brazos y adoptan la misma pose chulesca.

–Vamos, entra –me dice Stacey, ignorándolas.

Cerramos el pestillo a la vez. El tampón ya no aguantaba ni dos minutos más. Me lo saco y, lamentando mi mala suerte, veo que se me han manchado un poco las braguitas. Intento descifrar los murmullos que hay al otro lado, pero no comprendo lo que dicen. Están tramando algo y estoy segura de que yo soy la víctima, pero no puedo quedarme toda la tarde aquí dentro para evitarlas. Me esfuerzo por no hacerles caso y, a pesar de que hace rato que me estoy aguantando, no consigo soltar una gota.

El ruido del secador hace más indescifrables sus palabras y, después de lo que parece una eternidad, el silencio me permite destensar el cuerpo y descargar la vejiga. Llaman a mi puerta.

–Bambi, ¿estás bien? –me pregunta Stacey–. Les he dicho cuatro cosas –añade. Eso prueba que por mucho que haya intentado fastidiarme tonteando con David es buena persona. No tenía por qué defenderme y lo ha hecho sin pensárselo dos veces.

Abro la puerta.

–¿Qué les has dicho?

–Que ya se pueden ir olvidando de David porque estáis saliendo, y que él tiene muy mal genio cuando se pone, y como no te dejen en paz tendrán problemas. –Sonríe, triunfante.

–No tenías por qué hacerlo. Muchas gracias –farfullo mientras abro el grifo.

–Si quieres, podemos ver si encontramos una tienda por aquí, quizá tengan tampones –me sugiere.

–No importa. Queda solo una hora hasta que nos vayamos, podré aguantar con la compresa.

–Pues vámonos, que los chicos están esperándonos en la zona de las piscinas.

–Yo no puedo bañarme –comento, poniendo el secador en marcha. Stacey sube un poco la voz para hacerse oír.

–No vamos ahí, pero nos queda de camino para ir a la zona de juegos. –Alza el dedo pulgar–. Está todo controlado.

–Te lo agradezco mucho, de verdad.

–Nada. No te preocupes.

Cuando salimos del baño, miro en todas direcciones con el corazón encogido. No las veo por ninguna parte, pero aun así no puedo evitar que los nervios se me enquisten en la parte baja del estómago. En la Edad Media utilizaban un método de tortura que consistía en colocar una rata encerrada en un recipiente de hierro sobre el abdomen del condenado. Mientras los verdugos la hacían rabiar con palos ardiendo, la rata no tenía otra que buscar una salida y, a mordiscos, abría un túnel en las tripas de la víctima. Ahora siento como si algo invisible se abriera paso por mis entrañas, me ocurre constantemente en clase, y la primera imagen que me viene a la cabeza es la de la rata. Una vez, incluso, tuve que ir al baño porque me venían arcadas. Pienso en mi novela: nada más empezar, condenan al protagonista por traición, pero en realidad es inocente. Su único error ha sido enamorarse de la persona equivocada. ¿Me espera a mí lo mismo? ¿Un largo trimestre de torturas por haberme fijado en la persona que no debía?

–Estás muy callada –observa Stacey, sacándome de mi ensimismamiento.

–Sí, perdona. Estaba pensando en… No importa –balbuceo.

–No se merecen que les dediques ni un pensamiento. Son unas zorras –constata, muy seria.

—Ya, no estaba pensando en eso —respondo con una media sonrisa.

—Eres una tía legal, Bambi. No sé qué habría hecho con David si fueras como una de esas. —Le sonrío, agradecida por sus palabras—. Supongo que pegarle una buena tunda. —Nos reímos con ganas.

Caminamos unos diez minutos más en los que Stacey me cuenta cómo se conocieron Simon, David y ella. Es una historia entrañable, porque sus padres vivían en el mismo vecindario y se conocen desde que eran jóvenes. Han sido dos generaciones muy unidas y entiendo que David la considere como de la familia. En realidad los envidio, a mí también me habría gustado tener más relación con mi familia.

Cuando llegamos a las piscinas me doy cuenta de que la conversación con Stacey me ha tranquilizado mucho, y la felicidad que muestra David al verme no hace más que mejorarlo. Nos acercamos a ellos hablando sobre lo que haremos en el tiempo que queda y no puedo apartar los ojos de sus hoyuelos. A medida que avanzo hacia él, me parece como si todo a mi alrededor se moviera a cámara lenta. La rata ha sido sustituida por alegres mariposas que revolotean en mi interior. Si esto fuera una película, ahora mismo sonaría *Baby I'm Yours*, de Arctic Monkeys. Casi la oigo en la lejanía.

Como si me despertara de un sueño, me sobresalto cuando alguien me empuja desde atrás. Ha sido leve, pero suficiente para ponerme alerta. Me vuelvo rápidamente y, con el terror reflejado en el rostro, enmudezco. Desvío un momento la mirada hacia Stacey, pero ella sigue caminando en dirección a los chicos. No sé si es porque no se ha dado cuenta, o todo esto estaba orquestado desde que me senté con ellos en el autocar.

—¿De qué vas robándole el novio a Valerie? —Carol es la que me ha empujado y ahora espera que responda.

—No sabía que estaban saliendo —contesto. Pretendía que sonase sarcástico, pero ha sonado como una disculpa.

—Todavía no, pero estaba a punto, así que no te metas en medio de nuestra relación —bufa Valerie.

Quiero girarme para ver si David está al tanto de lo que está pasando, pero no me atrevo; si está metido en esto, no podré soportarlo. Los lagrimales empiezan a arder.

–Cómo me gustan las peleas de gatas –interviene Alec.

–Yo creo que se merece un buen chapuzón, ¿verdad, Valerie? –comenta Carol sonriendo ampliamente, presa del entusiasmo.

Me falta el aire, alguien se ha tragado todo el oxígeno en un segundo. Lo han estado planeando todo desde el baño. Las articulaciones no responden, estoy clavada en el sitio. El cielo se ha abierto, es un agujero negro que ha succionado todo mi ser dejando una carcasa vacía en su lugar, un cuerpo que se mantiene en pie por inercia. «Date la vuelta ahora mismo y corre hacia David», me digo; porque no ha podido engañarme, ¿verdad? Sonaba muy real. Parecía real.

–No, por favor, dejadme –digo con un hilo de voz.

–Vamos, tonta, que será divertido –dice Carol, rodeándome el cuello con el brazo. Mi espalda se arquea en respuesta, derrotada.

Un no ahogado sale de mi garganta cuando Alec me coge en volandas. Se me cae el bolso. Las carcajadas del séquito duelen como el filo de una hoja entre los dedos. Grito y durante el forcejeo alcanzo a ver a Simon, Stacey y David. No me da tiempo a averiguar si me alivia el hecho de que los tres se muestren confundidos porque Alec corre hacia la piscina en un férreo abrazo. Le golpeo la espalda con los puños, chillando que me suelte, y llamo la atención de todo el mundo. En la poca distancia que recorre mi verdugo veo a algunos espectadores observar la escena con una sonrisa. Creen que todo es un juego, ¿es que no se han fijado en mi cara de sufrimiento? Antes de caer irremediablemente al agua, araño el hombro de Alec, que arruga el ceño, molesto.

Me hundo en el agua y abro los ojos observando la sonrisa borrosa de Alec. A su lado aparecen Carol y las demás, señalándome. También Stacey, que me mira con la boca abierta. Soy un puto espectáculo de circo. No sé si molestarme en salir. Nado hacia la superficie y veo cómo la sangre empieza a tintar, ligeramente, el agua de rojo. Mis lágrimas se mezclan con el cloro. Salgo y no soy capaz de contar las cabezas que están mirándome. Algunos, asqueados al comprender de dónde viene la sangre; otros, sorprendidos y abochornados. Solo el grupito se ríe. En la piscina, los pocos que se han atrevido a bañarse, desafiando lo poco que calienta el sol, han huido como si pudiera atraer a algún tiburón. No localizo a David, pero ya no me importa, lo único que quiero es salir de aquí ahora mismo. Los labios me tiemblan y no solo por el frío, estoy llorando como una posesa. En mi vida lo había pasado tan mal. Nado hacia la escalera, donde alguien con dos dedos de frente me ayuda a subir, preguntándome si estoy bien. Otra alma caritativa me presta una toalla y me abro paso entre la gente, sin rumbo, entre sollozos.

Mi madre sale del coche y corre hacia mí, desconcertada. Estoy completamente envuelta en la toalla y mi cabeza es una maraña de pelo mojado sobre un rostro rojo y desencajado por el llanto.

Stacey se ha pasado más de una hora sentada a mi lado en un banco dándome conversación, intentando por todos los medios hacerme pensar en otra cosa. Pero, entre el resumen entusiasta que ha hecho sobre la película *Olvídate de mí* y la confesión de su adicción a Twitter, la imagen de la piscina ha irrumpido en mi mente en varias ocasiones. Después he vuelto a prestarle atención, mientras divagaba sobre la importancia de capturar una vida en imágenes y vídeo.

Ahora lo único que quiero es llegar a casa, ducharme y echarme en la cama. Actuaré como si nada hubiera pasado, ni siquiera lo de David. Tendría que ser él quien me acompañara en este momento.

—¿Cómo ha pasado? No he entendido casi nada de lo que me has dicho por teléfono, cariño —dice mi madre, acariciándome el pelo mojado como si fuera un caniche asustado. En vista de que no contesto, desvía la mirada hacia Stacey.

—La han tirado a la piscina a propósito.

–¿A propósito? Estarían bromeando, ¿cómo iban a saber que la pobre tenía la regla?

–Vámonos –gruño, cubriéndome fuertemente con la toalla–. Adiós, Stacey. Gracias por haber esperado conmigo.

–De nada. Descansa –contesta, dándome el bolso con una sonrisa lastimera, de esas que se le dedican a alguien por quien se siente mucha pena.

Mi madre me acompaña al coche apoyando una mano en mi espalda.

–Cámbiate en el coche, te he traído una muda –me dice.

Miro el cielo, el sol ya está poniéndose y eso es lo único que parece calmarme. Cerramos las puertas, arranca y la voz quebrada de Rod Steward se escapa por los altavoces. Antes de que pueda decir *and you think I'm sexy*, vuelve a preguntar:

–¿Cómo ha sido, Bambi?

Silencio. Lágrimas. Se queda callada un momento y conduce hacia la salida del parque. Cuando dejamos la puerta de entrada de los coches atrás, me parece que estoy huyendo con el rabo entre las piernas. ¿Cuándo seré capaz de defenderme?

–¿Quiénes eran? –inquiere.

–Los mismos de siempre, mamá –digo, con la respiración entrecortada y la nariz moqueando.

–Lo siento, hija. –Aleja la mano del volante para acariciarme el pelo. Una muestra de cariño, debe de sentirse obligada por mi estado. No respondo. No sé qué decir–. Reconozco que esto se pasa de castaño oscuro, pero solo tú puedes salir de este problema. Por mucho que hable con el profesor Roberts o la directora del colegio, ellos no pueden controlar lo que esos chicos hagan fuera del instituto.

–Muy bien –digo, entre dientes.

–¿Qué quieres que haga? Dímelo, Bambi, porque estoy perdida en este asunto.

Ni siquiera yo sé qué se puede hacer.

–A Connie la han cambiado de instituto –explico–. Su madre se la lio a la directora y expulsaron a Carol y a Alec.

—Pero no han escarmentado —contesta, como para confirmar su teoría de que solo uno mismo puede resolverlo.

—Pues ya es algo. Es mejor que nada.

—No vas a cambiarte a mitad de curso, aguanta por lo menos hasta que acabe. Sé fuerte.

La piel me hierve de rabia. No quiero esperar a que se acabe, no quiero volver a pisar el suelo del instituto nunca más, y nadie va a obligarme.

—Quiero que sepas que puedes contarme tus cosas. Aunque a veces no te lo parezca, eres lo más importante que tengo, ¿vale? Ya sé que no somos las mejores amigas, que no pensamos igual ni compartimos gustos ni aficiones. Sé que te molesta que no esté pendiente de lo que escribes, pero en ningún momento pienses que por eso te quiero menos.

No consigo decir palabra, solo llorar más. Conozco a mi madre y le cuesta mucho hablar sobre sus sentimientos. Lo que acaba de decir le ha supuesto un gran esfuerzo. Pienso en lo que me dijo Berta, que siempre que quiere acercarse a mí yo me alejo, dándole más importancia a todo lo que me molesta de ella, sin valorar todo lo que admiro.

—Vale —me limito a decir. Algún día lograré acercarme a ella.

Es la segunda vez que llamo a Liam, pero no contesta al teléfono. Ahora lo necesito más que nunca, porque es el único que puede devolverme a mi estado normal después de un bochorno como este. Considero la posibilidad de contárselo a Connie, pero sé que no ayudará. Sufrirá tanto por mí que será casi como si se lo hubieran hecho a ella y, además, ¿qué consejo puede darme la pobre? Al fin y al cabo, ha tenido que dejar el instituto para perderlos de vista. En cambio, Liam me dirá algo con propiedad, y aunque no sea capaz de hacerle caso, sé que me hará sentir mucho mejor. Conociéndolo, seguro que me dice que le meta compresas usadas en la mochila a Carol con una nota que diga: «Esto solo es el principio». Nunca lo haría, pero pensarlo me alivia.

Me quito la toalla que llevo enrollada a la cabeza y me peino frente al tocador. La ducha ha ayudado a relajarme, porque cuando he llegado parecía que fuera a darme un ataque. Ahora que ya no quedan más lágrimas, estoy furiosa. Tengo ganas de hacer una locura, cualquier cosa que me aleje del despojo indefenso que soy para ellos. Tengo que cambiar, obligarme a ser diferente, dejar de pensar en qué es lo mejor para los demás y empezar a pensar en qué es lo mejor para mí. Si debo ser una zorra sin escrúpulos para ser apreciada entre esos cabrones, que así sea. Mientras pienso en qué podría hacer para que nunca más se les pase por la cabeza meterse conmigo, suena la melodía de *Pulp Fiction*. Alargo el brazo y echo un vistazo a la pantalla del móvil. Observo mi expresión encolerizada en el espejo mientras valoro la posibilidad de descolgar. El sonido de la guitarra se prolonga durante unos instantes más y decido contestar, por la insistencia.

–Qué quieres.

–Hola, Bambi –dice la voz de David.

–Ya era hora –espeto–, solo has tardado –miro el reloj y cuento el tiempo que ha pasado desde que me han tirado a la piscina– tres horas y media en dar señales de vida.

Silencio al otro lado.

–¿Para qué me llamas ahora, para decirme que vas a salir con Valerie?

–¿Con Valerie? No sé de qué me hablas.

–Ya, claro, no lo sabes. Pues me tiraron a la piscina porque, según Valerie, le estaba quitando al novio.

–Eso es mentira –contesta malhumorado–. Llamaba para decirte que lo siento. No sabía qué hacer –añade con suavidad.

–Estar conmigo después de eso habría estado bien.

–Ya lo sé, lo siento mucho. Mandé a Stacey porque pensaba que estarías más cómoda con una chica, por eso de, bueno, ya sabes.

Me quedo callada. Ha sido todo tan rápido y humillante que no he pensado en cómo debía de sentirse él. Los chicos siempre se muestran incómodos con el tema del periodo. No lo entienden.

—De todas maneras, podrías haberme llamado enseguida —respondo, con menos dureza.

—Pensaba que era mejor esperar a que se te pasara el disgusto —suspira—, pero lo he hecho todo mal. Lo siento, de verdad.

—Ya, bueno, ahora ya está —digo, aceptando así sus disculpas.

—Déjame que te lo recompense esta noche.

—¿Qué? —contesto, sorprendida. No sé a qué se refiere, pero estoy volviendo a enfadarme.

—Me han invitado a una fiesta de cumpleaños y puedo llevar acompañante. ¿Qué me dices?

Vuelvo a respirar.

—Ah, hum, no sé. No estoy de humor para fiestas.

—Venga, Bambi. No habrá nadie de clase. Te prometo que te lo pasarás muy bien.

—Estoy muy cansada y ahora mismo parezco un adefesio.

—Eso es imposible. Vamos, no te hagas de rogar, no será lo mismo si no vienes.

—¿Dónde es?

—Cerca del centro. Se puede llegar en metro sin problemas. Será la mejor manera de olvidarse de lo de esta tarde, ¿no?

El espejo refleja una intención de sonrisa. Ya basta de ser la Bambi responsable, la que nunca arriesga. ¿No quería hacer alguna locura? La oportunidad se me ha presentado en bandeja, no puedo desaprovecharla.

—Vale —contesto, alargando la a—. ¿A qué hora quedamos?

12

–Liam Tucker –le dice con parsimonia a una chica, que comprueba su nombre en una lista considerablemente larga.

Repite su apellido mientras la joven desliza el dedo índice por la hoja. Después de unos instantes, Liam añade que lo ha invitado Lara Vangessen, y la chica asiente, explicando que su nombre está reflejado como acompañante de Lara y de ahí que no lo encontrara. Después le echa una mirada poco disimulada a su vestuario. No va precisamente vestido de etiqueta. Lleva unos pantalones negros desgastados, una camisa blanca mal planchada y la misma chaqueta de cuero que nunca se quita, además de una mochila de universitario que cuelga del hombro. Con un «gracias» poco entusiasta, atraviesa la valla de madera recién barnizada, y sigue un camino de piedras adoquinadas que llevan a la puerta de entrada de una mansión de cuatro plantas. Es de estilo moderno y cuadrado, con ventanales tan altos que para limpiar la parte superior habría que hacerse con una escalera.

La puerta está abierta, así que entra sin pensárselo mucho. La estancia es enorme y está atestada de gente que baila, eufórica, música electrónica. El que pincha está junto a la chimenea, manipulando una tabla de mezclas. En un rincón se extiende un sofá de piel beige donde algunos ya están pegándose el lote. En el centro de la sala hay una barra de bar que da la vuelta formando un óvalo, y Liam se dirige hacia allí con decisión. Un camarero sirve en la zona sur, que es la de la pista, y el otro, en la zona norte, donde están jugando al billar y a los dardos. La gran sala da a un patio al que se accede a través de las cristaleras, ahora abiertas de par en par.

Liam espera su turno en la barra mientras luces color lima y violeta le ensombrecen el rostro. Contempla la sala con el ceño fruncido, buscando a alguien. Se recoloca la tira de la bolsa. Con una mueca impaciente, vuelve la vista hacia el barman. Pide lo de siempre y espera.

Los hielos tintinean cuando el vaso de tubo golpea la barra. Le da un buen trago sin dejar de arrugar el entrecejo, irritado. Tamborilea con los dedos sobre el mármol y contempla la zona de juegos. Chasquea la lengua, molesto.

La música machacona continúa agujereando los altavoces, y las risas, los gritos y los cristales rotos son señal de que los invitados están pasándolo en grande. De repente, el DJ baja el volumen y Liam lo agradece, formando la palabra gracias con sus labios. Pero no tarda en lamentarlo, poniendo los ojos en blanco ante la típica canción desafinada de cumpleaños. Todos se unen al grupo cantando y dando palmas. Liam alza la cabeza para ver al homenajeado y, con una mirada de reconocimiento, levanta una mano e intenta llamar la atención de la chica que está entre el grupo, felicitando al anfitrión.

Cuando Lara lo ve, brinda con él desde la distancia levantando un copazo de vino tinto. Liam la imita y ambos beben. Ella arquea una ceja escondida tras el flequillo estilo Cleopatra y, con una de esas sonrisas que le gusta imitar, se pasa la lengua por los labios mientras camina hacia él. Fiel a la lista que le envió, lleva una peluca lisa morena, un exagerado colorete fucsia y un vestido negro muy corto y ajustado. Los tacones de aguja moldean sus imponentes piernas.

—Hace más de media hora que te estoy buscando —se queja Liam.

Ella, por su parte, apoya la copa en la barra, se acerca a su oreja, se la lame y le dice en un susurro:

—A veces es el macho el que tiene que buscar a la hembra. ¿No has visto los bailes que se marcan algunos pájaros, hinchando las plumas del pecho para llamar la atención de las pájaras? —Se ríe.

—Yo no bailo ni borracho —contesta, divertido.

—Hoy no me he pintado los labios, así la mamada te parecerá menos pringosa —gorjea, pegándose a él. Se besan como si fueran a arrancarse los labios.

—¿No deberíamos hablar de negocios antes? —pregunta Liam con un gemido.

—No me he disfrazado de Genevieve para hablar de negocios —contesta, agarrándole el paquete. Liam responde metiendo una mano por debajo de la falda.

—Joder, te lo tomas todo al pie de la letra.

—Llévame a una habitación ahora.

En la planta de arriba hay un comedor, una cocina y una extensa terraza. Siguen subiendo, sorteando parejas que se meten mano y algún que otro borracho que no ha sido capaz de volver de los lavabos. La bolsa de Liam roza las paredes blancas y deja una marca mientras sube los escalones en pos de Lara, cuyos glúteos asoman bajo la tela negra. Se los aprieta con las manos y le da un cachete.

—No sé si son tus pintas de macarra, pero cada vez que te veo solo pienso en follar —confiesa Lara cuando llegan a una salita con butacas y un piano de cola. Lara lo señala—: ¿Qué me dices si componemos una canción con nuestros genitales?

Liam suelta una carcajada.

—A veces pienso que eres mi alma gemela. —Dicho esto, alza el dedo índice y abre la bolsa—. Lo primero es lo primero. —Saca una bolsita de plástico con polvo blanco. Señala la mesa de centro que hay entre las butacas y se acomodan en el tapizado borgoña.

—Espera un momento —le pide Lara con la peluca torcida—. Mira esto. —Mueve una de las butacas y la coloca frente a Liam, calculando la distancia con los ojos entrecerrados. Asiente satisfecha y se sienta con las piernas cruzadas. Liam sonríe imaginándose lo que va a hacer. Lara las descruza y separa mucho las piernas dejando a la vista los labios vaginales durante unos segundos para volver a cruzarlas después al otro lado.

—Lo has clavado, tía.

Liam prepara dos rayas y enrolla un billete. Esnifa y fija la vista en el techo, frotándose la nariz. Lara hace lo propio y se lanza sobre él, besándolo con pasión. No le da tiempo ni a eliminar la evidencia de la mesa, porque ya le ha metido la mano dentro del pantalón.

—Vamos a una habitación, Lara —dice, cuando encuentra una oportunidad entre morreo y morreo.

—No seas clásico, házmelo encima del piano. —Agacha la cabeza hacia su entrepierna, pero él la frena con una mano.

—Ya sé que te pone cachonda que la gente nos mire, pero yo no quiero ser el centro de atención de la fiesta —protesta.

—Pero ¡si no hay nadie aquí arriba!

—Hasta que aparezca alguien, quizá tu primo.

—Me importa una mierda mi primo. También me lo he follado.

Liam la mira con sorpresa y se ríe.

—¡No jodas! ¿Eso no es incesto o algo?

—Estábamos experimentando con nuestras cositas —explica con sorna—. Perdí la virginidad con mi jodido primo —dice, y rompe a reír.

—Hostia puta, Lara. ¿Hay alguien a quien no te hayas tirado?

Lara se queda un momento pensativa, reprimiendo una sonrisa.

—A mi padre —suelta.

El efecto de la droga provoca que sus risas sean mucho más exageradas y aceleradas.

—¿A qué esperas, entonces? Búscame una habitación —ordena, extendiendo la palma de la mano en dirección al pasillo, muy similar al de un hotel de lujo.

Liam comprueba que no hay nadie pegando la oreja a la puerta de la habitación y grita el nombre de Lara cuando se asegura de que está vacía.

Hay una cama de dosel, un jacuzzi y un rincón de lectura con un amplio mueble lleno de libros. Liam se acerca y le echa un vistazo.

–Oye, empollón, deja eso y follemos de una vez.

La ropa y el calzado desperdigados por el suelo, Liam gimiendo dentro de Lara mientras la música llega desde abajo, amortiguada, con el mismo ritmo mecánico y desapasionado que se observa en los movimientos de Liam. A juzgar por los chillidos extasiados de Lara, sus embates son todo lo efectivos que cabría esperar, pero carecen de sentimiento, son el reflejo exacto de un tema de música electrónica, sin cantante, sin alma.

Cuando entramos por la puerta, me parece que estoy en el set de una película estadounidense, casi espero que salga alguien de *American Pie* a recibirnos.

Mis padres tienen dinero, pero esto es un mundo aparte. Nunca había visto una casa tan gigantesca.

–¿De qué lo conoces? –le pregunto a David, gritando para hacerme oír sobre la música electrónica.

–De las motos. Los dos hemos competido en carreras –me dice dándose la vuelta. Voy un paso tras él y me coge de la mano mientras nos movemos a través de la marea de gente.

–Ajá.

–El tío es buenísimo, no te extrañe que sea famoso dentro de poco –agrega, con esa sonrisa perfecta que me hace estremecer.

Llevo el vestido que me compró mi madre para una fiesta de la revista. Es de color turquesa y escote palabra de honor con un entramado cruzado en la parte del pecho. Me he puesto un collar de piedras de colores y unos pendientes del tono del mar. David me ha dicho que se había quedado literalmente sin respiración cuando me ha visto. Él tampoco está nada mal, lleva unos pantalones oscuros, una camiseta blanca de pico y una americana gris. Se ha puesto gomina dándose forma en una especie de tupé. Parecemos dos actores caminando por la alfombra roja.

No me ha costado mucho convencer a mi madre de que me dejara ir a la fiesta, solo he tenido que contarle lo de David. Hacía tanto que no le explicaba nada de mi vida que me la he ganado. Ella habría preferido ver algún programa de decoración conmigo, pero esta es mi noche. Pensar en mí: un punto; pensar en los demás: cero. Voy aprendiendo.

Cuando llegamos junto a los sofás, la música baja unos decibelios para dar paso a la canción de cumpleaños.

–Mira, ese es –me indica David, señalando a un chico alto de pelo rizado y castaño. Lleva una camisa azul cielo abierta tres botones más de lo necesario. En una mano sujeta un vaso ancho y hondo, que balancea al son de la melodía cumpleañera, mientras con la otra rodea a una chica de rasgos asiáticos. Tiene cercos de sudor bajo las axilas.

–¡Unas palabras! –grita alguien del grupo que se amontona a su alrededor. David me mira riendo y yo río con él a pesar de que este tipo de fiesta no va mucho conmigo, ni la música ni la gente.

–¡Muchas gracias por haber venido a mis veinte! –dice el chico alzando el tubo, más apropiado para un granizado–. Bebed, bañaos, bailad y follad mucho –concluye, dando un largo trago. Después, besa a la chica asiática y uno a uno van acercándose para felicitarlo.

David y yo conseguimos dar un par de pasos, pero hay demasiada gente y me falta el aire. A mi izquierda, una chica, que es la única que está mirando en dirección contraria al resto, alza una copa de vino y me da un codazo.

–¡Ay! –me quejo, pero no me hace ni caso y se aleja del grupo. Me quedo mirándola con la nariz arrugada, ¿de qué va con ese pelo falso?

–Me parece que no vamos a llegar a tiempo –comenta David cuando ve que Rizos se encamina hacia el porche.

–Es normal, hay demasiada gente. No vamos a felicitarlo todos –contesto con un deje de apatía.

–¿Estás bien? –me pregunta, cogiéndome de la barbilla.

–No pensaba que habría tanta gente y la música no me gusta nada.

David frunce los labios y me doy cuenta de que he sido muy seca. Rectifico al instante.

–¿Qué te parece si pedimos algo? –propongo.

–Buena idea.

David me lleva en la misma dirección adonde iba la chica que me ha dado el codazo. Ya veo la barra. Espero que la bebida me ayude a soportar un poco la música. Necesitaré bastante alcohol para lograrlo. «Bambi: haz alguna locura», me recuerdo. Observo la ancha espalda de David mordiéndome el labio. Si no tuviera la regla, aprovecharía el momento, pero, aunque no lo hagamos, eso no me impide estar un buen rato a solas con él. Al tiempo que aprieto su mano para sugerirle que vayamos a tomar la bebida a un sitio menos concurrido, veo a la chica de antes con un chico moreno que lleva la misma chupa de cuero de Liam; pero no consigo verle la cara porque está mirando hacia abajo. Entonces la chica le toca la entrepierna y lo veo.

–¡Liam!

–¿Cómo dices? –pregunta David, y me vuelvo hacia él.

–He visto a un amigo.

–¿Ah, sí?

–Sí, está…

Cuando vuelvo a mirar no los encuentro. Han desaparecido en un abrir y cerrar de ojos. Ahora tiro yo de David, buscándolo entre la multitud de la barra. Damos la vuelta, a duras penas, pero sigo sin verlo. Observo a los que están en la zona de los billares y los dardos. Nada. Escruto de nuevo la barra por si se me ha pasado alguna parte, pues hay muchísima gente.

–¿Cómo ha podido esfumarse como si nada? –digo, distraída.

–¿Tan importante es? –pregunta David, clavándome sus ojazos azules–. Cualquiera diría que te mola.

–¿Liam? ¡Qué va! Solo somos amigos, colegas de escritura, ¿sabes?

–¿Escribís algo juntos? –pregunta con recelo.

–No, pero nos mandamos nuestros textos y opinamos sobre el del otro. A veces quedamos para leer –explico.

—Se te ilumina la cara cuando lo cuentas —contesta, un poco molesto.

—Siempre me pasa cuando hablo de escribir. —Sonrío. Él asiente y me besa. El primer beso de la noche. Me coge de la cintura y me aprieta contra él. Mete la lengua en mi boca y la mueve con soltura. Se me enciende el cuerpo, pongo los brazos alrededor de su cuello. Un momento después, David se despega y se acerca a mi oído.

—Pidamos y luego nos vamos al jardín, ¿vale?

—Vale.

El alcohol ya empieza a desatarme la lengua. Estamos sentados en un banco de piedra del jardín y el vestido me llega por la parte alta de los muslos. Me lo he subido yo sin ser plenamente consciente. Cuando David apoya su mano caliente en la pierna, me doy cuenta de a qué altura lo llevo, pero no me importa.

—Siento mucho lo que ha pasado esta tarde. Cuando me necesites, ahí estaré.

—Más te vale —advierto—, tienes dos semanas para compensármelo —añado con una sonrisa pícara.

—Ah, ya veo. ¿Me dirás cuáles son las normas del juego? —pregunta, acercando sus labios. Niego con la cabeza.

—Tendrás que espabilarte.

Nos besamos acaloradamente. David me coge un pecho y un estremecimiento escala por mi espalda.

—Eres tan guapa, Bambi...

—Gracias —gimo—. David, acuérdate de que tengo la regla.

Se separa un poco y me coge la cara con las manos.

—Tranqui, ya lo sé. No llegaremos a tanto.

—No es porque no quiera —aclaro.

—Es bueno saberlo —me contesta.

Tomo su mano y se la meto dentro del sujetador, sonriéndole.

—Oh. ¡Me vuelves loco! —dice, y vuelve a besarme.

—¡Eh, vosotros! Parejita —exclaman unos chicos.

Nos giramos y vemos a un grupo de chicos tirándose por el césped, peleándose entre sí, insultándose en broma y gritando. Los dos que nos han hablado van en cabeza. David me coge el hombro derecho rodeándome con el brazo para protegerme. Tienen los ojos desorbitados y les tiembla ligeramente la mandíbula. El que tiene el pelo rojizo se acerca excesivamente y pregunta:

—¿Podemos mirar?

El otro se dobla de la risa. Chocan las manos.

—Cómo mola esto, tío. Me siento como si pudiera hacer lo que fuera, tío, lo que fuera.

—Están pasados de pastillas —me susurra David.

—¡Eh! Lo que tengas que decirme me lo dices a la cara —le espeta el pelirrojo—. Como me vaciles, te parto la cara. —Abre más los ojos, si es que eso es posible.

David me coge de la mano, nos levantamos y mientras murmura que lo ignoremos, volvemos sobre nuestros pasos hacia la casa. Tengo la garganta seca. No estoy segura de que vayan a dejarnos marchar así como así, pero no soy capaz de mirar atrás para comprobarlo. Un minuto después, ya estamos en la piscina; casi hemos venido corriendo.

—¿Nos quedamos aquí o vamos dentro? —me pregunta.

—Pues estoy un poco… no sé. Ese tío me ha cortado el rollo.

—Te entiendo. ¿Quieres volver a casa?

—Creo que será lo mejor.

La piscina está en un nivel superior del patio y tenemos que bajar por una escalera para volver a entrar en la pista de baile y llegar a la puerta de entrada. Descendemos en silencio. Yo clavo la vista en mis zapatos pensando que la noche no ha ido del todo bien, cuando oigo unas voces y levanto la vista. Lo primero que hago es sonreír de oreja a oreja al encontrarme a Liam de frente.

—¡Sabía que te había visto antes! —exclamo.

—Bambina. —Abre los ojos con sorpresa—. ¿Cómo tú por aquí?

—Mira, te presento a David. Vamos juntos a clase de Química. —Liam le da un apretón de manos.

—Y estamos juntos, también —aclara David, con una sonrisa forzada.

—Vale, tío —responde Liam, demostrando que lo ha entendido. Está diferente, hiperactivo. No tardo en llegar a la conclusión de que se ha tomado algo–. Tienes suerte, Bambi es una entre un millón –añade, y me guiña un ojo.

Un carraspeo junto a Liam le recuerda que no va solo. Es la misma chica de antes, pero ahora lleva el pelo rubio y largo. Entonces sí que era una peluca. Va vestida de furcia, pienso. De modo que es así como le gustan a él.

–Os presento a Lara. –La chica se pega a él con una sonrisa de dientes perfectos.

–Encantada de conoceros. Ahora íbamos a tomarnos unas copas en la barra de la piscina. ¿Os apuntáis?

Con ella no me apetece mucho estar, pero tengo ganas de hablar un rato con Liam, si es que puedo.

–Ya nos íbamos –se excusa David.

–Creo que no me vendrá mal tomar un poco de agua. Tengo sed.

–Bambina mía, el agua es para los peces –responde Liam con su habitual tono despreocupado–. Deja que te pida algo especial, ya verás como te gusta –me dice con voz queda, rodeándome con un brazo mientras subimos la escalera. Lara y David se quedan atrás, pero pocos segundos después oigo sus pasos a nuestras espaldas–. ¿Cómo te trata el pijolis ese? ¿Tengo que darle una paliza o no?

–Bien. Estoy segura de que no tan bien como Lara. ¿Te ha dado ella las drogas?

–No he tomado nada –contesta, levantando las manos en señal de inocencia.

–Joder, no me chupo el dedo, capullo.

–Vale. Solo he tomado un poquito de blanco. ¿Quién iba a aguantar esta mierda de música si no?

Con un gesto, me muestro de acuerdo con lo de la música.

–Podrías haberte pirado.

–No me eches la bronca, Bambina, que al final siempre hablamos de lo mismo.

Llegamos a la barra y me doy un momento la vuelta. Lara y David están hablando animadamente. Noto un pinchazo de celos.

–¿Cómo va la novela? –me pregunta Liam.

–No he podido escribir nada más desde que nos vimos.

–Veo que la excursión ha ido bien –añade, señalando a David con la cabeza.

–Ha empezado bien, pero… es igual, prefiero no hablar de ello. –«Si no, me pondré a llorar», es lo que me callo.

–¿Seguro? –dice, levantando ambas cejas para enfatizar sus palabras. Acto seguido, llama al camarero y le pide un ron cola y una *caipirosca* de fresa.

–¿Qué me has pedido?

–Confía en mí –contesta con una sonrisa. Sus ojos verdes se clavan un instante en los míos sin decir nada, como si intentara retomar el hilo, pero se hubiera quedado en blanco–. Oye, lo de la novela no lo dejes mucho, ¿eh? Que luego te costará arrancar. Lo bueno es que casi no tienes que cambiar nada de lo que llevas escrito, y eso tiene mucho mérito.

–Gracias.

–Tienes un don para los secundarios, pero los protagonistas siempre cojean un poco.

–¿Qué le pasa a Lamar?

–Pues que no sé quién es Lamar. Es como si te diera palo dar más información, o como si ni siquiera tú supieras quién es. Es la impresión que me da. Con los secundarios no te pasa, porque no se necesita saber tanto de ellos. Supongo que hacer fichas de personajes es pedir demasiado, ¿no?

–Ya me conoces. Para mí la hoja en blanco es como… –hago una pausa para pensar la mejor manera de describirlo– como un sinfín de posibilidades.

–Eso está genial. Tú no te atascas tanto como yo, vale, pero una cosa no quita a la otra, preciosa.

Nos sirven las bebidas y estoy a punto de contestar cuando me doy cuenta de que no sé dónde se ha metido David. Me vuelvo hacia la derecha y veo a Lara dándome la espalda, David está a su lado, hablando. Se me hinchan las fosas nasales. Le toco el hombro con el dedo índice para que se gire.

–¿De qué habláis? –pregunto, haciendo lo posible por sonreír.

—De mi primo —contesta Lara, con otra copa de vino en la mano. ¿Se piensa que es más sofisticada por beber vino, o qué?—. Resulta que ya nos habíamos visto una vez, David y yo.

La sangre me hierve en las venas.

—¿Ah, sí? —Lo miro y no logro fingir indiferencia.

—Sí, en una carrera. Vino a ver a su primo y nos presentaron —explica él con ingenuidad.

—Bambina, aquí tienes —me dice Liam dándome un vaso con hielo picado y trocitos de fresa nadando en la parte superior. Me vuelvo hacia él.

—Gracias. ¿Estás saliendo con ella? —le pregunto de sopetón, para quedarme tranquila.

—¿Lara? Ella no es de nadie.

Vale, eso ha sido mucho peor.

—No te preocupes por eso, le gustan más creciditos —asegura, dando un trago a su ron.

—Ya, no sé. A mí me parece que está tonteando con él.

—Qué va. Ella es así con todos, hasta con el tío más feo que puedas echarte a la cara.

—Y ¿eso te da igual? Yo no podría vivir de los celos.

—Yo tampoco soy de nadie —argumenta.

—Ah, claro. Se me había olvidado. Eres el Dios del amor.

—¿El Dios del amor, yo? —Se ríe—. Me tienes sobrevalorado.

—Y tú ¿qué?

—¿Qué de qué?

—¿Cuándo piensas mandarme algo? Desde aquel relato del cuervo no me has enviado nada más, y de eso hace ya bastante.

Se queda un rato observando con interés los hielos del vaso. Yo sorbo por la pajita, pero una fresa se queda atascada. Saco la pajita y soplo. La imagen me recuerda a cuando tiraban bolitas de papel mojadas de saliva por el plástico del boli en clase. Una vez se juntaron todos para atacarme con ellas en un rincón. Fue horrible y asqueroso.

—No he tenido tiempo —dice finalmente, en tono melancólico.

—No pasa nada. Tampoco voy a matarte, ¿eh?

—Ya, ya. —Esboza una débil sonrisa.

—Oye, ¿te pasa algo? —Le toco el brazo con la mano y lo acaricio, preocupada—. ¿Es por tu madre?

—Por eso y otras mierdas.

—¿Por qué no quedamos mañana y me lo cuentas con calma?

—No —contesta, brusco de repente. Yo frunzo el ceño sin comprender—. Mañana no puedo.

Permanecemos un momento en silencio, cada uno bebiendo de su vaso.

—En casa la mierda cada vez es más grande. Mi madre se queda grogui cada noche con los antidepresivos. No se mueve del sofá. Y cuanto más pendiente está de mi padre, peor la trata él.

—Lo siento.

—No importa. No elegimos a nuestros padres, ¿no? —Me mira fugazmente. ¿Qué le pasa? Me está contando algo muy personal, pero a la vez es incapaz de mirarme. No entiendo por qué está tan distante—. No puedo creerme que hagas un examen para sacarte el puto carné de conducir, pero para tener hijos, venga, ¡con la polla! Y ya está.

—Ya, bueno, sería muy difícil controlarlo.

—Cuando quieres adoptar, te hacen un huevo de entrevistas y no sé qué cojones más. Debería ser lo mismo.

—Pero no es así.

—Algunos se merecen la castración química.

—Joder, eso es un poco exagerado. ¿Ahora eres Hitler?

Se ríe amargamente.

—Es verdad. Vaya mierda de conversación. —Me mira, por fin. Veo un brillo en sus ojos y me pregunto si, como yo hace un momento, está a punto de llorar.

—¿Qué vas a hacer para las vacaciones? —le pregunto.

—No tengo vacaciones, curraré en el pub. Pero por las mañanas pienso rascarme las pelotas con las dos manos.

—Puaj, vaya imagen.

—Eso es porque no las has visto —bromea.

Suelto una carcajada.

–Cállate, que no quiero imaginármelo. Debe de ser lo más feo que tenéis.

–Mis huevos son otra cosa, Bambina. ¿Quieres verlos? –señala la casa con la mirada. Le pego en el brazo riendo.

–¡Eres un cerdo!

–Bueno, tú te lo pierdes.

–¡Eh, chicos! –dice Lara–. David me ha propuesto hacer un intercambio de pareja –se ríe, y David la acompaña, dando palmadas en la barra. Están muy borrachos. Lara da un paso hacia atrás y con la mano me indica que me ponga en su lugar. Yo accedo con un asentimiento y me acerco a David, fulminándolo con la mirada.

–¿Qué pasa? Quiero estar un rato contigo. Desde que ha aparecido ese tío has pasado de mí como de la mierda –se queja, juntando las manos tras mi cintura.

–No parecías estar pasándolo mal –le suelto, a la defensiva.

–No seas tonta. Dame un beso –me pide.

Obedezco. Su lengua de nuevo en mi boca. Aunque me gusta, me siento incómoda, como si algo no encajara. Quizás es que no me gusta que me bese cuando está así de borracho.

Continúo bebiendo, pero de repente me siento un poco mareada y dejo el vaso rápidamente en la barra.

–No me encuentro muy bien –le digo–. ¿Podemos irnos a casa?

–Claro. Ahora mismo pido un taxi.

Me despido de Lara con la mano y de Liam diciéndole que me escriba para quedar o que me mande un relato. De nuevo esa mirada perdida. Hay algo en ese tema que le toca una fibra sensible; estoy intrigada.

13

Me he convertido en un marinero dominado por tus encantos de sirena. Oh, sí, me tiraría a la mar, Genevieve. Haría cuanto fuera necesario para sentir tu aliento en mi piel. ¿Por qué no sigues el consejo de este escritor maldito? Aléjate, dije, y sin embargo, el endiablado y obstinado destino prosigue en su afán de labrarme un tortuoso camino. ¿Quién soy yo sino la más oscura de las desdichas?

En mi interior se libra una lucha que dura ya demasiado, sería tuyo sin dudarlo, pero ¿qué hay de la maldición? Jamás me perdonaría ser tu enfermedad.

Liam cruza los brazos encima del cuaderno y deja caer la cabeza. Se queda un buen rato así mientras los alaridos de su padre atraviesan las finas paredes. «¡Eres un puto cadáver! ¡No te acerques! Yo no me follo a los muertos.» El llanto desesperado de Lilian lo obliga a taparse los oídos, como haría un niño. Aprieta muy fuerte los ojos. Entierra el rostro en las manos y, entre los dedos, observa ese punto indefinido. Cuando deja la cara al descubierto, sonríe débilmente. Solo es una tira fotográfica hecha en un fotomatón, pero es lo único que parece sacarlo de su angustia. En la primera, aparece él con los dientes de abajo sobresaliendo hacia delante como un muerto viviente, y, junto a él, Bambi saca la lengua a un lado, como un dibujo animado ahogándose con una corbata. En la siguiente, Liam levanta la barbilla como una especie de Conde Drácula y Bambi utiliza las manos para arrastrar la piel de la cara hacia abajo y, así, sus ojos y su boca parecen los de un monstruo con labios morcillones. En la siguiente están partiéndose de risa y, en la última, están en una pose normal, pero muy feliz. Liam toca la fotografía con la yema del dedo, delicadamente, con un profundo anhelo en sus ojos.

De repente, se oye un golpe y salta de su asiento. Abre la puerta y sale de la habitación como un vendaval. Por la escena, no hay lugar a dudas, su madre está en el suelo tapándose un pómulo y su padre observa su mano con cierta sorpresa.

–¡Maldito hijo de puta! –grita Liam, y con el rostro desencajado de la rabia se abalanza sobre él–. ¡No te atrevas a tocarla, borracho de mierda! –Su padre se tapa la cabeza con los brazos para que los puñetazos de Liam no le den en la cara.

–¡Liam, déjalo! –aúlla su madre, aferrándole los tejanos desde el suelo–. Por favor, no le pegues –ruega entre lágrimas. Liam le da tal empujón que lo empotra contra la puerta.

–Lárgate o llamaré a la policía –lo amenaza. Su padre baja los brazos lentamente y mira a Lilian con arrepentimiento.

–Nena, yo...

–Cállate –brama Liam–. Si vuelves a tocarla, te mato. ¿Me oyes?

–No sé qué me ha pasado, lo siento –le dice a su mujer–. No quería hacerte daño.

–No lo escuches –dice Liam entre dientes.

–Ya lo sé, mi amor. Ha sido culpa mía –responde ella, sin tener en cuenta el comentario de su hijo. Como puede, Lilian se pone en pie.

–Mamá, por favor, no me hagas esto –dice con voz suplicante, cerrándole el paso con un brazo. Pero Lilian lo aparta y se lanza a los brazos de su marido. Liam endurece la mandíbula ante el beso que se dan.

–Esto es enfermizo, joder. Estáis como una puta cabra. ¡Los dos!

–Liam, cielo. Tu padre lo ha hecho sin querer.

–¡No me hables, yonqui de mierda! –grita, limpiándose las lágrimas.

Vuelve a la habitación y coge un sobre grueso de un falso fondo del cajón de la ropa interior. Se lo mete en la chaqueta y sale del dormitorio, colocando un candado en una anilla que sobresale de una placa metálica instalada con poca pericia. Se seca los ojos y arruga la nariz cuando ve el magreo que se están dando sus padres en el sofá. Suelta una palabrota y sale del apartamento sin molestarse en cerrar la puerta.

Abre el grupo de WhatsApp: «Hermanos y otras acopladas. Mike, Abigail y tú».

Liam:
Alguien x ahí?

Abigail:
Sip

Mike?

Abigail:
Durmiendo

Pq no despiertas al vago d tu novio?

Abigail:
Ayer salimos. Tengo un poco de compasión.

Le ha pegado

Abigail:
Qué dices? 😱 Cómo está? No me digas que estáis en el hospital.

N, n ha sido tan grave. Iba a echarlo d casa pero ella se ha levantado dl suelo para abrazarlo y decir gilipolleces como k n era culpa suya. Y ahora se lo estan montando, joder, q puto asco.

Abigail:
Lo despierto.

No, dejalo. Nos vemos pronto?

Abigail:
Una cena en casa?

Ok.

Abigail:
Puedes traerte a Lara si quieres 😍😍

jajajaj no es como piensas

Abigail:
No? Tu hermano me ha contado que os veis mucho.

Joder, como para contarle un secreto a este.

Abigail:
No hay secretos entre parejas.

Y 1 💩!

Abigail:
Ah! Mira está saliendo de la ducha.

Dile k todo bien.

Abigail:
No, todo bien, no.

Mike:
Esta mujer me obliga a escribir en cueros.

Abigail:
Es importante, Mike!

Mike:
Denunciemos.

No es tan fácil. Mamá nos va a odiar.

Abigail:
Pero es lo mejor para ella!

A estas alturas n le importa lo k es mejor para ella, sino para él.

Mike:
Cómo está?

> Mamá está bien, dentro d su espiral d mierda, pero bien.

Mike:
> Quieres pasar la noche aqui?

> Q va, no quiero dejarla sola esta noche.

Mike:
> Necesitas q vaya?

> Como quieras.

Abigail:
> Sí, nos vemos esta noche.

Mike:
> Voy a pillar un resfriado, esto también es maltrato 🥶

Abigail:
> Qué quejica es tu hermano, de verdad, qué cruz.

> Jajajaj ya. Yo soy el fuerte, él solo ha heredado una melena envidiable.

Abigail:
> Jajajaj por eso estoy con él, no creas. Si se corta el pelo, lo dejo.

Mike:
> Capullos.

Abigail:
> Jujujuju

> 😏

Liam llama al timbre de una de las muchas casas prefabricadas que hay en el barrio, y un sonido muy molesto revela su presencia, como si los timbres más melodiosos estuvieran reservados para los que tienen más clase. Liam empuja la verja cuando detecta que han abierto y cruza el patio. Hay latas por el suelo, un sofá al que se le ve el esqueleto en el porche y hierbajos que sobresalen de entre las baldosas de jardín. Cuando llega a la puerta, una niña de unos ocho años está esperándolo. Tiene la cabeza llena de diminutos moños que solo un pelo fuerte y espeso podría soportar.

–Hola, Aline.

–¿Has visto lo que me ha hecho Jana? –le dice rápidamente, señalándose la cabeza.

–Ha quedado superbién –contesta Liam, sonriente.

–A todos les ha gustado mucho en el cole. Jordan dice que parezco otra, pero no sé qué quiere decir, solo es un peinado.

–¿Está Jordan?

–Sí, y Jana también –añade, aunque no se lo haya preguntado.

Liam entra en la estancia, de iluminación escasa, siguiendo a la saltarina Aline. Cuando Liam entra en la cocina, que parece sacada de una caravana abandonada, Aline sale despedida por el pasillo.

Desde el fregadero, Jordan lo saluda, estropajo en mano y un cigarro colgando de los labios. La música es un estruendo hip hopero que recorre toda la casa. Casi parece imposible que alguien haya oído el timbre.

Liam baja la música que sale de un radiocasete, de esos que algunos solían llevar subidos al hombro por la calle, y no tarda en hacerle saber lo bien que se vendió todo la noche anterior. Le da el sobre a Jordan para demostrarlo. Se sientan en unas sillas de bar viejas, bajo un tablón de madera mal cortado que está sujeto a la pared, haciendo las veces de barra.

–¿Está todo? –pregunta, empezando a contar.

Liam asiente.

–Lo has contado bien, ¿no? Ya sabes que a Abel no le hacía gracia esto, no puede faltar nada.

–Es bastante capullo ese Abel.

–No solo eso, tío. –Hace una pausa para encenderse otro cigarro y Liam acepta el que le ofrece–. Está bastante jodido de la cabeza. Lo he visto hacer cosas que ni te imaginarías.

Liam suelta humo por la boca y la nariz.

–Ya, mejor tenerlo siempre de buenas.

–Búfalo acojona, pero no es impulsivo. Lo que hace, lo hace porque se lo mandan, o siguiendo una lógica, pero ¿ese pavo? Podría romperte las piernas porque no le gusta cómo lo has mirado. Por suerte, le caigo bien.

De pronto se oyen unos pasos y una chica irrumpe en la cocina, con la respiración acelerada. Es mayor que Aline, pero todavía tiene cuerpo de niña, lo que hace suponer que no ha llegado a los catorce.

–Hola, Liam –lo saluda con mucho entusiasmo.

–¿Qué hay, Jana? He visto lo que le has hecho a Aline, te ha quedado genial.

–¿De verdad te gusta? –dice. La alegría se desborda en su mirada.

–A Jana le gusta Liam, a Jana le gusta Liam –empieza a cantar alguien desde atrás. En la cocina no cabe ni un alfiler, pero de todos modos un niño larguirucho consigue asomar la cabeza, sin dejar de canturrear.

–¡Cállate! –protesta Jana.

–Se van a casar. Jana se quiere casar con Liam.

–¡Que te calles! –chilla ella, pegándole un manotazo. El niño se pone a dar vueltas por el pequeño comedor, chinchando a Jana, que corre tras él con la mano abierta.

–Dile que se calle, Jordan –se queja ella.

Jordan, que ya se había puesto en pie, sale para poner paz. Pero la faena se le acumula cuando llegan otros dos críos, todavía más pequeños que el resto. Uno llora, con los mocos cubriéndole toda la cara, quejándose de que el otro le ha tirado los juguetes por la ventana, y el acusado se defiende diciendo que estaban saltando de un avión para cumplir con la misión que había encargado el capitán *Cupcake*, que se lo ha explicado un montón de veces, pero que no quiere entenderlo. Liam observa la escena con la boca abierta. Y, antes de que pueda interceder para hablar con el primero, aparece Aline y le pide que se acerque. Liam se agacha cuando comprende que quiere decirle algo al oído.

–Jana dice que eres muy guapo. –Sonríe, vergonzosa, y, de nuevo al oído, añade–: No le digas que te lo he dicho, pero le gustas.

La voz de la autoridad, al parecer la única que hay, se impone y Aline corre hacia su hermana para cogerla de la mano, sin dejar de mirar a Jordan con respeto.

—Callaos todos un momento. —Jordan se toca la sien—. Kelian, deja de tocarle las narices a Jana. Jesse, ve ahora mismo fuera y recoge los juguetes que has tirado, y pídele perdón a tu hermano.

Liam se cruza de brazos observando a su amigo con orgullo.

—Pero el capitán *Cupcake*...

—No me repliques —dice Jordan, levantando el dedo índice a modo de advertencia—. No lo repetiré otra vez —añade. Entonces Jesse murmura una disculpa y sale al patio, rechistando.

Milagrosamente, la estancia vuelve a quedar en calma y Jordan le explica a Jana que tiene que salir y que le traslada la responsabilidad de los demás. Ella está más que acostumbrada, porque asiente sin poner objeciones, y le dedica una mirada a Liam que pretende ser madura, pero que se queda a medio camino entre la adoración y la obsesión.

Cuando salen en dirección al coche de Jordan, Liam le reconoce el mérito que tiene por encargarse de todo.

—No me queda otra —dice, encogiéndose de hombros—, pero lo hago encantado. Ya sabes que mis tíos nos dejaron tirados, los muy mamonazos.

Se sientan en una tartana verde botella y Jordan le da al contacto unas tres veces antes de que logre arrancar.

—¿Dónde están?

—A saber, son unos yonquis. Ella aparece de vez en cuando para pedir pasta.

—Menuda mierda. Y yo me quejo de lo mío.

—Tu mierda no huele mejor —dice, sonriendo irónicamente.

—¿Ya es la hora? —pregunta Liam.

—En un cuarto de hora tenemos que estar en el desguace. Le impresionará que lo hayas vendido todo, tío. No era poco.

—Sí. —Se ríe. Es una risa nerviosa—. Encima me quedé corto. No sabes la de peña que había allí.

Cuando Jordan aparca, Liam bromea sobre el estado deteriorado del coche y pregunta si no sería mejor dejarlo ahí y sacarse unas perrillas para montarse una juerga con todos los colegas. Jordan lo manda a tomar por culo, acariciando la carrocería de su preciado vehículo, y, cuando se sientan en el capó, le advierte de que no le deje una abolladura con su culo de novato. Liam se burla, replicando que el novato ha vendido más mierda que él en dos semanas, y se pelean en una lucha amistosa, casi como un baile de *capoeira*, hasta que el sonido del móvil de Jordan los pone alerta.

–Estará aquí en dos minutos –informa Jordan.

Liam asiente, revisando sus mensajes para hacer tiempo.

Bambi:
> Cómo estás hoy?

A Liam se le escapa una risa agria.

Liam:
> De puta pena.

Bambi:
> Q t pasa? Yo tengo bastante resaca 😖 Sospecho q fue tu cocktail.

> Me estás acusando?

> X supuesto.

> Prueba a tomar café con sal.

> Q asco! Ni d coña.

> Ese s mi consejo. Lo tomas o le dejas.

> Pq estás de puta pena?

Pulsa el botón de atrás y abre el mensaje de Lara.

Lara:
> Ayer fuiste sensación.

Liam:
> Ya ves, estoy sin producto!

> Entonces son buenos clientes, n?

> Sigo sin fiarme mucho d los pijos.

Yo soy muy pija.

> Jajaja, es verdad.

Podria vender yo, con un porcentaje, claro.

> Ni hablar. No t voy a meter en esta mierda + d lo q estás. Si yo acabo en el talego nadie me echará d -

Ahi t equivocas. Mi coño se quedaria muy solo.

> 😂Voy a mandarte un número de teléfono. Dáselo a tus contactos y cuando me llamen tienen q decir Omega 100.

Jajaja q coño es eso?

> Es 1 clave. Q digan eso y ya recibiran instrucciones.

No me pagas lo suficiente.

> Yo diría k nos colocamos y follamos suficiente.

Cierto. Ok, capisci.

La mirada de ojos saltones de Abel le pone todos los músculos en tensión. Liam se guarda el móvil con torpeza y cierra las manos para volver a abrirlas después en un intento de reducir el temblor. Abel y Jordan se saludan dándose la mano y tocándose el hombro, pero el de la gorra no hace lo propio con Liam; en lugar de eso, echa la cabeza de atrás hacia delante con chulería, como si estuviera buscando pelea. Se cruza de brazos poniendo las manos bajo las axilas, sobre las cadenas de oro, y espera, separando las piernas de pantalones anchos y caídos.

Liam le da el sobre y, a media voz, le hace saber que está todo, hasta el último céntimo. Luego añade que el material está colocado. Abel sigue sin pronunciar palabra y eso hace que el ambiente esté mucho más tenso. La visera de la gorra esconde sus facciones mientras cuenta uno a uno los billetes. La máquina del desguace está parada y el único sonido que hay es el del bufido de dos gatos que están disputándose un trozo de chóped que debió de caerse del bocadillo de algún trabajador. Abel vuelve a repetir el recuento del último fajo de billetes chasqueando la lengua y Liam lo observa sin poder ocultar su inquietud. De pronto, Abel se da la vuelta en dirección a los dos gatos que luchan por su porción, y como un loco enajenado se planta en dos pasos. El felino al que le falta un ojo no reacciona a tiempo y se gana una patada en la barriga que le hace volar unos metros, con un chillido lastimero. Le ha dado tan fuerte que al estrellarse se ha quedado sin fuerzas para escapar, medio muerto. Liam mira a Jordan sin poder ocultar su temor. No sabe qué hacer cuando se cruza con la mirada fría de Abel. Sus ojos parecen salírsele aún más de las cuencas, mientras hace una señal para que se acerquen.

Por su expresión, Liam parece tener claro lo que va a ocurrir a continuación e intenta que Abel no se dé cuenta de lo mucho que lo asquea. Desvía la mirada a Jordan y logra imitar la postura insondable de su amigo.

–Odio a los putos gatos –dice Abel con una sonrisa de una perversidad absoluta.

–Yo también –añade Jordan, dándole otra patada.

Liam se fuerza a seguir mirando cuando Abel levanta el talón del pie para acabar con lo que ha empezado. Y, a pesar de haber logrado ocultar su miedo, su reacción ante el sonido del pequeño cráneo al crujir lo delata.

–No has probado bocado –le dice Abigail a Liam mientras se sirve un segundo plato–. Espero que no los encuentres malos.

–No, qué va. –Mira los macarrones, pero acaba por alejar el plato–. No tengo hambre.

Lilian tampoco ha comido y observa su cena como si estuviera contando cuántos macarrones hay. El señor Tucker engulle, deteniéndose solo para beber cerveza y eructar. El ambiente es de esos que podría cortarse con un cuchillo.

–¿Has ido al médico, Lilian? –pregunta Abigail con una sonrisa color bermellón.

—Me ha llevado mi marido –contesta, contemplándolo embelesada. Tiene el pómulo amarillo y morado.

Liam suelta aire por la boca mostrando su rechazo.

—¿El médico no te ha hecho preguntas? –dice–. No hay que ser un puto genio para darse cuenta.

—Le he dicho que me tropecé y me di con la esquina de un mueble –responde su madre–. Y eso es lo que pasó –añade, convencida.

—Ah, sí. La típica fase de negación –contesta Liam con sarcasmo.

—Lo importante es que no se vuelva a repetir, ¿verdad? –interviene Michael, mirando a su padre con severidad.

Eructo.

—Yo nunca le he puesto una mano encima a tu madre. Ha sido ese cabrón –señala a Liam con el tenedor, sus ojos del color de una ciénaga desafiándolo–. Yo ni siquiera estaba en esta pocilga.

Liam aprieta la mandíbula y las aletas de la nariz se abren.

—No creo que Liam hiciera algo así –salta Abigail en su defensa.

—Se le fue la mano por la mierda que se mete. ¿No os enteráis? Es un puto camello y su madre lo encubre –dice, rabioso.

Liam abre los ojos entre alarmado y sorprendido.

—¡No digas gilipolleces! –le grita Michael.

—¿Ah, no? Que te enseñe sus cartones de tabaco especiales –masculla, sin apartar la mirada de Liam, que aprieta las manos en puños–. Venga, enséñale a tu hermano tu colección.

—Liam, ¿de qué está hablando? –se preocupa Michael.

—Debería tomarme la pastilla ya. Abigail, cariño, dame la pastilla –ruega Lilian.

Abigail observa la escena sin poder pronunciar palabra.

El señor Tucker suelta una risita grave.

—¿Has vuelto a entrar en mi habitación? Hijo de puta.

Pero el señor Tucker sigue comiendo macarrones como si nada.

—¡Te he hecho una pregunta! –grita Liam dando un golpe en la mesa. El sonido de la vajilla resuena en el minúsculo comedor.

–¿Qué está diciendo? ¿A qué se refiere? –insiste Michael.

–Tranquilos, chicos. Todo está bien. –La dulce voz de Lilian está completamente fuera de lugar–. Liam, no seas así con tu padre. Haced las paces, vamos.

–No me hables como si fuera un niño –le dice a su madre, blandiendo el aire con el dedo.

–¿En qué andas metido? –inquiere Michael.

–En nada. Es un puto mentiroso.

–A mí no me parece que ahora esté mintiendo –protesta Michael.

–¿Crees que yo le pegaría a mi propia madre? –atrona Liam.

–Eso no. Lo de los cartones.

–No es tu problema. Ya no vives aquí.

–Resulta que sí que lo es porque soy tu hermano mayor y me preocupo por ti –dice, subiendo el tono.

–¿Por qué os ponéis así? Hacía tiempo que no cenábamos en familia. Deberíamos estar alegres –comenta Lilian, totalmente desconectada de la discusión.

–Liam, por favor. No seas así con tu hermano, él no es el problema –conviene Abigail.

–Cierra la puta boca. Tú no eres de la familia –le espeta el señor Tucker. Abigail descuelga el labio inferior, incrédula, y Michael se levanta de manera tan brusca que la silla cae al suelo.

–No le hables así, maldito hijo de puta.

Lilian empieza a llorar, pidiendo urgentemente sus pastillas.

–Lárgate de mi casa –aúlla el señor Tucker–. Y llévate a tu putita roquera.

Abigail se levanta y Michael, hecho una furia, va lanzado hacia su padre.

–¿Cómo la has llamado? –grita Michael, pero Liam lo detiene sujetándolo desde atrás.

–Déjalo. Eso es lo que quiere, provocarnos para hacernos daño. Es un puto amargado –le susurra–. Iros.

–Vámonos, Abigail –dice Michael, mirando a su padre con odio.

Liam los despide en la puerta, abrazándolos, con el mismo aspecto de quien está recibiendo un pésame en un velatorio.

–Queda en pie esa cena, ¿no? –le pregunta a Abigail. Ella asiente lánguidamente.

Liam cierra la puerta y vuelve a sentarse en silencio, sin dirigirle la palabra a ninguno de los dos.

–Hijo mío –musita, Lilian–, ¿me acercas la pastilla?

14

No pude ocultar durante más tiempo el resultado de las notas y me gané una semana de castigo, la primera de las vacaciones. No protesté demasiado, porque ya me imaginaba las consecuencias. En lugar de eso, me pasé los tres primeros días estudiando sin parar y eso sorprendió mucho a mi madre, que finalmente redujo la condena a la mitad, como en la cárcel, por buen comportamiento. Mirándolo por el lado bueno, tuve bastante tiempo de escribir. Acabé el capítulo y avisé a Liam para quedar, pero no me contestó. No sé nada de él desde que nos vimos en la fiesta.

Repaso el texto una vez más antes de salir con Connie.

Lamar tenía la garganta tan seca que hasta la saliva se quedaba atascada. En la cena había fingido que se bebía el vino, pero solo se había mojado los labios. Necesitaba estar lúcido cuando se encontrara con Alliette; solo los dioses sabían qué pasaría entonces, porque él no lo recordaba.

No hubo guarda que le parara los pies desde que emprendió la marcha en el gran comedor hasta que llegó al salón, que parecía esperarlo con los brazos abiertos. La luz era tenue, olía a rosas y cítricos. Junto al candelabro de la mesita de centro había una jarra plateada y dos copas del mismo material con cuidados grabados.

Entonces su espalda se tensó como una vara al oír el crepitar del fuego. Una imagen le vino a la mente: el cuerpo desnudo de Alliette. Pero no estaba seguro de si correspondía a esa misma noche o era un recuerdo posterior. ¿Dónde estaba Lamia? Sería de gran ayuda que lo guiara como un bastón a un ciego, porque de otro modo solo se daría cabezazos contra las paredes. Aunque hubiera viajado al pasado, seguía siendo un hombre de carne y hueso.

Una puerta se abrió a sus espaldas y Lamar temió darse la vuelta, tenía el corazón desbocado.

—Como mago sois único, pero como intérprete no dais la talla —canturreó Alliette.

Lamar se volvió y comprobó que la imagen que hacía un momento lo había acechado era aquella. Las llamas le daban un tono anaranjado a su piel. Llevaba un brazalete de oro, una decena de anillos en ambas manos y, en el cuello, una cadena cargada de rubíes que daba tres vueltas. Nada más.

El Moro le había contado que aquellos que poseían grandes riquezas las llevaban encima y solo se desprendían de esos tesoros cuando dejaban las inmediaciones del castillo, para evitar saqueos. Era un modo de marcar su estatus y, en los casos como el presente, probar si un amante era digno de confianza o si, por el contrario, se dejaría llevar por la codicia y se haría con las joyas durante la noche.

Alliette sirvió vino en ambas copas y le ofreció la suya con una sonrisa conquistadora.

—Me temo que mis expectativas no eran tan altas, mi señora —dijo Lamar haciendo una reverencia—. No soy más que el hijo de un humilde granjero —añadió, y acto seguido se mojó los labios con el líquido rojo.

Alliette le tocó la entrepierna y alzó una ceja.

—Hum. A veces no se necesita un título noble, sino un buen instrumento.

Lamar acalló un gemido. Maldijo cuando advirtió que empezaba a perder el control. No sabía cómo salir del entuerto o si debía siquiera. Según Lamia, su error había sido yacer con esa mujer, pero rechazarla sería una ofensa que podría costarle igualmente cara.

–Desnudaos. Os espero en la habitación –gorjeó, dándole un lametón en los labios. Lo arrastró hacia los aposentos y Lamar la detuvo junto a un mueble.

–Se me ocurre otra cosa. –Sabía que había sido él quien lo había dicho porque era su voz, pero las palabras salieron sin haberlas pensado antes.

Alliette mostró su irritación torciendo la boca y clavándole los ojos como dos estacas. Se preguntó cómo pudo enamorarse de ella.

Lamar sacó la batuta del bolsillo y la expresión de Alliette cambió de enfado a interés. Al fin y al cabo, eso era lo que quería de él. Había otros cientos de plebeyos que podía llevarse a la cama, solo había utilizado esa baza para lograr aquello que parecía estar ocurriendo. Lamar entrevió una sonrisa ambiciosa bajo la sombra que cubría su rostro y, con orgullo, se supo victorioso de aquella encrucijada, pues había empezado a tejer con hilos distintos un nuevo futuro y, por primera vez, se sentía dueño de su destino.

Lamar aprovechó que Alliette se encontraba de espaldas a sus aposentos para volverse al mueble, y con un movimiento fugaz, propio de los que han tenido que buscarse la vida en la calle, se hizo con unas cuantas monedas de plata. Pensó que con la cantidad de dinero que tenía, no echaría de menos unas pocas piezas.

Cuando ella se giró a mirarlo, impaciente, Lamar apuntó con su batuta a la chimenea y logró concentrar la ansiosa atención de la noble en las cenizas. De pronto, una flamante ave fénix nació de los rescoldos, crepitando como haría cualquier hogar, pero con un toque mágico que envolvió la estancia en colores naranjas y dorados, acompañándolos de una melodía mística y hechizante que salía del pico de la criatura. Lamar miró de soslayo a Alliette y, observándola con nuevos ojos, se dio cuenta de que no le impresionaba la belleza del ave en sí, sino el provecho que pudiera sacar del animal. Ahora sabía reconocer esa mirada anhelante de poder. Si algo le interesaba, era únicamente para su propio beneficio, y si no era así, no era digno de su atención.

La piel del color de la porcelana de Alliette quedó bañada en tonos cobrizos, así como las pecas de su rostro, que parecían moverse por el reflejo de las llamas. De pronto, alzó las manos, se colocó en la alfombra que quedaba entre la chimenea y la mesa de centro y, totalmente desnuda, comenzó a moverse sensualmente en un exótico baile de contoneo de caderas y vueltas, que llevó a la máxima elegancia extendiendo las manos. Las cruzaba por delante del rostro cuando estaba a punto de dar una vuelta y las ponía por encima de la cabeza cuando había completado el giro. Los giros eran cada vez más rápidos y la pierna derecha se elevaba más y más hasta que consiguió tocar la oreja derecha en el último. Y eso no era lo más impresionante, Lamar había visto elaboradas danzas anteriormente, sino que lograra coordinar los pasos con una melodía que le era totalmente desconocida, como si la hubiera practicado docenas de veces. Las dudas empezaron a asaltar a Lamar mientras contemplaba la repetición de los pasos. Dejó de ver peligro en aquella preciosa figura que había logrado conectar con el ave al mismo nivel en que lo había hecho él. Se decía que las personas dotadas de buen corazón y sensibilidad eran capaces de confraternizar con un animal hasta el punto de comunicarse con él, y ella estaba comunicándose con la criatura a través de la música. ¿Era posible que no hubiera sido Alliette la causante de su encierro? Quizá la habían utilizado para llegar a él, porque hasta que se vio en la celda habría jurado que lo amaba. La Estirge le había confirmado la traición, pero no podía descartar que la hubiera malinterpretado. En la corte hay que tener mucho cuidado y fingir para no acabar sin cabeza. Era una especie de ajedrez temerario y Alliette debió aprender las reglas del juego desde niña. Ahora que lo miraba con una sonrisa casta mientras volteaba, creía verla de verdad, sin capas de despotismo; y se quedó maravillado por su dulzura.

Alliette se acercó a él como un grácil ángel y dio una vuelta antes de pegarse a su cuerpo, creándole una gran confusión. Lamar acababa de mostrarle lo que ella esperaba y estaba seguro de que le pediría que revelara su secreto, pero allí estaba, mirándolo como si realmente sintiera algo por él. Contempló esos preciosos ojos grandes, de gitana, y comprendió que para ella no era un simple objeto sexual, era algo más. Entonces dejó de escuchar a su conciencia, a Lamia, y al motivo por el cual había vuelto a aquel lugar, y la besó. La besó una, dos y tres veces hasta que yació con ella en la misma alfombra donde minutos antes había representado el baile más hermoso que jamás habría visto.

–¿Cómo descubristeis vuestro don? –le preguntó ella un rato después, cuando la intensidad del fuego del ave se había debilitado como el del sol al atardecer. Estaban abrazados sobre el felpudo como dos enamorados sacados de una obra de Nigeratti, maestro del arte escénico.

La confusión volvió a oprimirle la garganta: no sabía si esa pregunta, hecha con el tono más inofensivo que le había procurado hasta el momento, escondía el veneno que se le presumía, o era sinceramente inocente. Resolvió que no haría daño explicárselo.

–Por entonces solo contaba diez años. Pero, si retrocedemos un poco, empezaré por explicaros que mi madre murió al dar a luz, y mi padre era un borracho que frecuentaba más las tabernas que su puesto de trabajo. Un día decidió abandonarme en una de ellas y jamás supe de él.

–Mi más sentida compasión por su desdicha –dijo Alliette.

–No tiene importancia, es algo que queda muy lejos. –Ella asintió y Lamar continuó con su historia–: Tuve la suerte de que el hombre que regentaba la taberna tenía buen corazón y me adoptó. Pero no fue fácil, os lo aseguro. Sandov, así se llama mi padre adoptivo, no pensaba gastarse ni una moneda de plata en mi manutención, así que tuve que ganarme mis monedas tan solo con cinco años.

–¡Oh! –exclamó Alliette–. ¿Cómo hizo tal cosa?

–Sandov no tenía un pelo de tonto y supo ver mi potencial como ladronzuelo. Me hice un experto… –Lamar se frenó recordando las monedas que acababa de robarle a la noble y decidió continuar por otros derroteros–. Pero voy a centrarme en la parte que más interés nos aporta. Un día, cuando contaba diez años, llegó a la taberna un grupo de cazadores de dragones, y enseguida quedé impresionado por la idea. Estaban en Riba Pantano porque se habían avistado dragones por la zona y pensaban quedarse una temporada. –Hizo un inciso–. Como podréis suponer, no es sencillo cazar un dragón.

–Me lo figuro –convino Alliette con una sonrisa sincera. Lamar no pudo contener el gesto cariñoso y afianzó un poco el abrazo. Ella se acomodó más en su hombro y Lamar sintió que el calor le subía por el cuello.

–¿Puedo haceros una pregunta, mi señora? –Aunque fueran amantes, el estatus debía permanecer intacto, las clases eran las clases, y Alliette seguía siendo su señora.

–No dudéis, granjero –contestó ella, marcando todavía más las diferencias.

–¿Cómo conseguís comportaros como una tigresa e inmediatamente después mostraros como un cisne inofensivo?

Alliette le dedicó una de sus sonrisas felinas.

–Nunca sabréis quién soy exactamente, es un modo de protección. Comprenderéis que estoy rodeada de cobras –explicó, verificando lo que Lamar suponía. Quizá realmente fuera un cisne y la obligaran a ser feroz–. Y ahora me gustaría que continuarais con vuestra historia, si no os importa.

–Por supuesto, mi señora.

El vocabulario protocolario enfrió la postura y Alliette no tardó en incorporarse y vestirse con una bata de seda. Lamar hizo lo propio, y hasta se calzó. Después preguntó a su señora si se le permitía servirse otra copa de vino. Concedido el capricho, ambos se sentaron en el confortable diván.

–Volviendo a la historia; la sola idea de cazar dragones se instaló en mi cabeza y no podía pensar en otra cosa. Estuve más de mes y medio insistiéndole al líder del grupo, un hombretón de origen árabe, que aceptó por hartazgo. –Lamar se detuvo para soltar una risotada y Alliette lo acompañó con una sonrisa de deleite–. Dijo que no quería ser responsable de mi muerte y firmó un acuerdo con Sandov según el cual, si se producía un accidente, mi padre adoptivo sería el único responsable. Pero yo estaba seguro no solo de que sobreviviría, sino de que sería yo quien cazaría al dragón.

—Erais un tanto engreído para ser tan pequeño —comentó Alliette, no como una crítica sino como un signo de admiración.

—Quizá fuera ciega locura, mi señora, pero algo en mi interior rugía con furia, repitiéndome que debía cazar a ese dragón, que no había otro cometido en mi vida. Era como si hubiera encontrado en ello la razón de vivir. —A Lamar le brillaban los ojos—. Lo sorprendente fue que no iba nada desencaminado. En mitad de la cacería sufrimos una emboscada, esas criaturas son más listas que un ejército al completo, y cuando creímos que habíamos arrinconado a uno, aparecieron cuatro en la retaguardia y nos acorralaron. Todos se lamentaban, pero yo no; los observé con serenidad, levanté las palmas de las manos y las alcé —Lamar hizo ese movimiento mientras lo describía—, y los dragones también alzaron el vuelo. Después eché las manos hacia delante como si estuviera lanzando algún objeto lejos y se marcharon, dejándonos a su compañero en bandeja de plata.

—Por los dioses —se sorprendió Alliette—. Y ¿creéis que es algo innato u os fue entregado?

—No sabría decir, señora. Pero a partir de entonces no hubo cacería a la que yo no acudiera. Así me enriquecí y, por extensión, también Sandov prosperó.

—Es una historia increíble, sois vos un dios para las bestias.

—Me halagáis, pero no creo que sea tal cosa.

—¿Acaso conocéis a otro como vos?

Lamar negó con la cabeza.

—Os nombraré maestro de entretenimiento de la corte.

Aunque Lamar sabía que eso iba a ocurrir, pues Alliette había querido tenerlo cerca para succionarle el poder, reaccionó de la misma forma y le agradeció mucho la oportunidad, visualizando las montañas de monedas que vendrían.

—Tendréis espectáculo asegurado en cada uno de los palacios nobles de todo el valle de Espino.

—Muchas gracias, mi señora. No sé cómo podría agradeceros tan bondadosa diligencia hacia mi persona.

—No se merecen. Considero imprescindible sus servicios por lo especial de su consecución.

Lamar abrió la boca para hablar, pero ella se le adelantó, de nuevo convertida en la tigresa que se suponía que debía evitar.

—También os requiero en mis aposentos como mínimo dos veces por semana y espero de vos una destreza igual o superior a la de esta noche.

Lamar se quedó sin palabras. Siete meses atrás se había referido al asunto del mismo modo artificial y condescendiente, como si hubiera vuelto a ponerse un escudo del que se había deshecho durante gran parte de la velada.

—Como gustéis, mi señora —logró articular, haciendo una reverencia antes de retirarse y salir de la estancia y, posteriormente, de palacio.

No acaba de gustarme el final. Debería añadir algo más de intriga, pero ahora mismo no se me ocurre qué.

Miro hacia arriba pensando en David. Estos últimos días con él han sido todo lo que había soñado en mucho tiempo. Ha venido a buscarme a casa todos los días, tal como dijo. Hemos ido a los recreativos, al mercado retro, a ver *The Gay & Stoned Band* y nos hemos reído mucho con la letra de las canciones. También quedamos con Stacey y Simon y nos lo pasamos muy bien en el centro comercial y en el cine. Acerté eligiendo *Her*. Creo que lo mejor fue comentar la película los cuatro sentados en un banco al lado del río. Simon dijo que no estamos muy lejos de esa realidad, que la tecnología avanza a pasos agigantados; David estuvo de acuerdo con él y comentó que para sus primos pequeños, de dos y tres años, las pantallas táctiles ya son algo natural. Stacey, en cambio, se mostró bastante preocupada con el mensaje de la película; lo interpretó como un apocalipsis social y remarcó que ella ya era una adicta y que se imaginaba perfectamente encerrada en su casa hablando con un ordenador.

No dejo de preguntarme por qué ha sido ese el mejor momento. ¿No debería ser cualquiera de los que he pasado a solas con David? Lo cierto es que esa sensación de vacío no me ha dejado desde la fiesta. David me gusta mucho y no es que no haya habido oportunidades de ir más allá, pero me ha parecido que insistía demasiado en el tema. Supongo que es normal, pero la idea de que eso es lo único que quiere de mí y que después de hacerlo me ignorará en el instituto sigue dando vueltas en mi cabeza. Aunque lo que realmente me preocupa es que yo no me haya dejado llevar. Hay momentos en los que el cuerpo manda sobre la mente, los sentimientos lo controlan todo, y, aunque todavía noto escalofríos cuando me toca y me besa, no me siento como creía y no sé muy bien qué está fallando.

–Ponte ahí. No, más a la izquierda –digo apuntando a Connie con la Polaroid–. Vale, ahí creo que está bien. Ahora mira a las nubes. –Connie sigue mis instrucciones y justo cuando el viento le remueve un poco el pelo hago la foto.

Connie se acerca corriendo y esperamos con impaciencia a que se seque la foto para ver qué tal ha quedado.

–Estas son un poco de relleno, ¿no? Prefiero que salgamos las dos –opina.

–¡Qué va! Saldrás genial. Ahora nos hacemos una juntas.

–¿Le pedimos a alguien que nos la haga? –pregunta, buscando al candidato ideal con la mirada.

–Nooo, unas *selfies* –digo riéndome.

–¿Te has traído el pintalabios rojo? –pregunta.

–¡Claro! Aunque yo me pondré el rosa, que si no parezco un payaso.

–¡Qué exagerada!

Nos encanta hacernos fotos con los labios pintados como las *pin ups*. Hasta nos hemos traído pañuelos de topos.

–Pero las *selfies* con el móvil –dice.

–No, que entonces no podemos montarlas en el álbum.

–Pero si salen mal, ¿qué?

–A veces las que salen mal también molan. Es la gracia de lo retro, tía.

–Si tú lo dices... –contesta, haciéndole el nudo al pañuelo encima de la cabeza–. Pero yo pienso hacer alguna para Instagram y así le pongo filtros.

–Como quieras, pero no me digas nada de los comentarios, porque paso.

En lugar de contestar, se pinta los labios mirándose en un espejo de bolso con la imagen de una mariposa en la tapa.

–No puedo creer que ya haya pasado una semana de vacaciones –dice.

–Pues sí, pasa muy rápido –respondo con fastidio.

–Tengo ganas de ir a casa de mis tíos. Solo serán tres días, pero me irá bien –comenta.

–Nosotros no nos vamos. Mi padre no tiene vacaciones y mi madre hasta la semana que viene tampoco. Y ya veo lo que me espera.

–¿Qué?

–Pues mi madre se pone muy coñazo con lo del golf. En cuanto tenga tiempo libre empezará a taladrar otra vez. Es lo único que le importa, sus amigas del golf y lo que piensen de ellos si no aparecen por allí.

–Pfff.

–Ya te digo.

Nos hacemos fotos por todo el parque y no paramos hasta que se acaba el papel de la cámara. Entonces nos sentamos en el césped, donde a veces quedo con Liam para leer, y sacamos el álbum, los rotuladores, los *stickers* y el sello que acabamos de comprarnos en una tienda de *scrapbook*. Emocionadas, hablamos de cómo vamos a organizar las fotos y qué decoración pondremos en cada página.

–¡Esto mola mucho más que Facebook! –chilla Connie cuando rellenamos las primeras tres páginas con fotos de Los Espejos y del concierto.

–¿No quieres quedarte con una foto del alemán?

Pone cara de pena.

–¿Qué pasa?

–Hans ha dejado de responderme a los emails.

Dejo el álbum a un lado para centrar toda mi atención en el tema.

–Tía, no le des tanta importancia. Es normal que acabe en nada. Ya pasa cuando te enrollas con un tío de aquí, imagínate con uno de fuera.

–Ya, bueno. Es el único chico al que le he gustado. Mi primer beso –responde, bastante afectada.

–Connie, solo fue una noche.

–En realidad, lo vi dos veces más –confiesa.

Abro los ojos como platos.

–¡¿Qué dices?! ¿Se puede saber por qué no me lo has contado antes?

Se encoge de hombros.

–No sé. Bueno, no hemos hablado tanto estos días. No quería explicártelo por WhatsApp.

–Ya, lo siento mucho, tía. Me he pasado los días con David y no te he hecho ni caso. Vaya amiga soy.

–Bah. No te preocupes. Te entiendo.

Le doy un empujón amistoso.

–¡Cuéntamelo ya!

–No hicimos nada, si eso es lo que quieres saber. –Parece que recordarlo la ha animado, en parte.

–Quiero saberlo to-do.

–Nada especial. Bueno, para mí sí que fue especial, pero para cualquier otra persona como tú que ya has tenido líos supongo que es algo muy normal.

–¡Qué más da! Lo importante es que fuera especial para ti.

Connie sonríe al recordarlo, se le ilumina la cara de repente, ilusionada.

–El día que fuiste a la excursión quedamos para tomar algo. Hablamos bastante, y aunque su inglés es un poco malo –se ríe, mirando las nubes con ensoñación–, nos hicimos entender. Es tan mono, tía...

–Sí, estaba bien.

—Ya sabes que me gustan mucho los rubios.

—Sí. Nunca nos pelearemos, a mí me gustan los morenos y a ti los rubios.

—Unos ojos azules que cuando me miraba, me faltaba el aire. Y eso que ya nos habíamos enrollado.

—Ya, sí. —Esbozo una sonrisa. Últimamente la he visto muy pocas veces alegre y estoy tan contenta por ella que llamaría yo misma a ese Hans y le pagaría un billete de avión para que viniera.

—Pues nada, nos tomamos unos helados y hablamos de muchas cosas, de música, de qué suele hacer él allí, cómo es el instituto. Porque no tiene nada que ver con el nuestro —aclara—. No le conté nada de mis problemas porque, claro, tampoco nos conocemos tanto.

—¿Volvió a besarte?

—Paseamos cogidos de la mano y me besó al despedirse.

—Y ¿luego dices que volvisteis a veros?

Asiente.

—Se iba al día siguiente, así que nos vimos para que pudiera decirle adiós.

—Y ¿no te invitó a su hotel ni nada? —pregunto, dándole con el codo y guiñándole un ojo.

—Supongo que se dio cuenta de que no iba a sacar nada. Corté cualquier acercamiento que fuera de ese palo.

—¡Connie!

—Me daba mucho corte que supiera que soy virgen.

—No vuelvas a machacarte con eso.

—¿Que no? Voy a cumplir dieciséis y ni siquiera he visto nunca un pene —se lamenta—. Debo de ser la única.

—Venga ya, no exageres. ¡Como si tuviéramos veinticinco! Además, eso es porque no quieres, podrías haber visto un pene alemán si hubieras querido.

—Ya sabes que mi primera vez quiero que sea con alguien serio, pero no he tenido novio ¡nunca! Ni siquiera un lío que dure más de tres días, y ¿dices que no soy la única?

—¿La única en el mundo? —pregunto, alzando una ceja.

—Tú no lo entiendes —musita—. No sé si alguien me va a querer, ¿sabes? —Me acerco y la abrazo.

–Yo te quiero.

–Gracias. –Ríe en mis brazos. La miro como si se tratara de mi hermana pequeña y fuera mi responsabilidad cuidar de ella. En realidad podría verse así, soy seis meses mayor y desde que la conozco he sido bastante protectora con ella.

–Yo tampoco es que haya podido salir con todos los que me han gustado del instituto.

–¿David, dices?

Abro la boca, pero no digo nada. Suspiro sonoramente.

–No es bueno obsesionarse con las cosas. Le das demasiadas vueltas a todo. Deja de preocuparte por el tema y ya verás como vendrá solo, tienes toda la vida por delante.

–Pero tú eres muy guapa. ¿Yo? Soy menos que del montón.

La miro muy seria y ella se echa hacia delante, abrazándose las rodillas.

–Escúchame y créetelo: Connie Clark, eres muy guapa. –Hago una pausa–. Berta me dijo algo una vez, dijo que para que te quieran otros primero debes quererte a ti misma. Y tiene razón, ¿sabes? No podemos dejar que lo que digan esos capullos nos afecte tanto.

Un *frisbee* pasa por encima de nuestras cabezas. Me doy la vuelta y unos chicos me piden disculpas con un gesto.

–A ti también te afecta, ¿no? Lo que te hicieron en el parque, si me lo hubieran hecho a mí, no habría salido de casa en un mes.

Suelto aire pacientemente por la nariz.

–Fue una mierda y lo pasé fatal, es verdad. Pero empiezo a pensar que quizá no sea yo, ¿sabes? Que no seamos nosotras.

–¿Qué quieres decir?

–Pues yo qué sé. Que igual el problema lo tienen ellos, no nosotras.

–Eso es porque David es uno de ellos y eso te ha subido la autoestima. Pero yo, ¿a quién tengo?

–Me tienes a mí, a tus padres, y tienes una oportunidad, eso es lo que tienes. Un nuevo colegio, con nuevos compañeros.

–Pero yo sigo siendo yo.

Frunzo el ceño, confundida. Con la mirada pido que se explique.

—No creo que cambie nada, porque yo no he cambiado.

—Tú no tienes que cambiar —mascullo.

—Pues yo creo que sí, pero no puedo. Volverán a reírse de mí. —Se muerde el labio.

—Muy bien, pues vale, volverán a reírse de ti. ¿Qué quieres que te diga? Ya no sé qué decirte para que me hagas caso.

—¿Cómo va con David? —pregunta poco después, en un tono que parece pretender que la perdone por algo.

—Bien.

—¿Solo bien?

—Nos entendemos bien, me gusta.

—¿Pero?

—Me parece que solo busca llevarme al catre.

—¿Por qué lo piensas?

—No sé. Parece que no me escucha cuando le hablo. Y si es sobre lo que he escrito, aún menos, ¿sabes?

—Hum, quizá no es un tema que le interese mucho.

—Pero da igual. Si fuera mi novio tendrían que importarle las cosas que yo hago y sobre todo si es algo que significa tanto para mí, ¿no?

—Pero a ver, ¿tú lo escuchas cuando habla de motos?

Me quedo un momento callada. La miro sin contestar y sonríe.

—¿Ves?

—Pues no lo había pensado. Es verdad, cuando habla de motos solo digo que sí, pero no tengo ni puñetera idea de lo que me está contando. —Me río—. Por cierto, hablando de David, este fin de semana hemos quedado para ir a un local que tienen. ¿Quieres venir?

—No sé.

—No seas tonta. Te llamo, ¿vale?

—Pero ¿qué quiere decir un local? ¿Qué hacen ahí?

—Yo qué sé, no he ido nunca. Están ahí varios, tienen una tele y una Wii.

—Ya veré.

Nos levantamos del suelo y me sacudo los pantalones. Es la hora de comer y mi madre estará esperándome.

–¿Estás mejor? –le pregunto.

–Sí –contesta.

–¡Ay, mi Connie! Ya verás como todo se arregla. –La abrazo.

–Eso espero.

–Oye, ¿quién se lleva el álbum?

–Quédatelo tú. Ya seguimos el próximo día.

–¡Vale!

Nos damos otro abrazo, más fuerte que el anterior, y, como todavía no la veo del todo animada, le doy un beso en la mejilla y vuelvo a repetirle que todo le irá genial en el nuevo instituto. Que ahora disfrute de los días en la costa.

Me sirvo ensalada de pasta y carne rebozada mientras veo las noticias. Mi madre está sentada a mi derecha, muda. Me he pasado el día fuera y, sorprendentemente, no me ha pedido que ponga la lavadora, la secadora, que limpie o la ayude a preparar la comida, como acostumbra a hacer cuando Berta se toma el día libre. Solo la he oído hablar por teléfono, pero no he prestado atención a lo que decía.

Desvío la mirada de Obama a mi madre, que mastica con la vista clavada en algún punto de la mesa. No estoy muy segura de si quiero saber lo que le pasa. Normalmente, cuando está a punto de tener vacaciones, expone todos sus planes, la mayoría relacionados con ir de compras y con el golf. Se pone a hablar como una cotorra y eso quiere decir que está contenta. De repente, me pregunto si ha pasado algo grave en la familia, si alguien está enfermo, y empiezo a preocuparme de verdad. Así que, muy a mi pesar, decido que lo mejor es preguntarle.

–¿Pasa algo?

Corta un trozo ridículo de carne y está a punto de metérselo en la boca fingiendo que no me ha escuchado, cuando suspira sonoramente. Se aparta el flequillo de la frente; deja el tenedor y me mira muy seria. Estoy empezando a asustarme.

–¿Qué pasa? –insisto.

–Tu padre llegará de un momento a otro.

Sonrío a medias porque me lo ha dicho como si eso fuera una mala noticia. Lleva más de tres semanas en el extranjero, así que debería ser una alegría para las dos.

–¿Al final le han dado vacaciones?

–Podría decirse así –masculla.

Quizá mi madre se ha cansado de que viaje tanto y quiere que cambie de trabajo, pero a mi padre le da seguridad y mucho dinero, así que podrían haber discutido por eso.

–Qué bien, tengo muchas ganas de verlo.

Tuerce el gesto y murmura un «ya», que claramente esconde un «pues yo no», pero se abstiene de decirlo.

–Cuando venga, hablamos.

La miro confundida.

–¿De qué?

–Que te lo cuente tu padre –dice, con enfado–. Mejor dicho, que nos lo explique a las dos.

–¿A qué viene tanto misterio? –pregunto con irritación. A veces pienso que tiene un don especial para mosquearme. Cada vez que habla o que entona de esa manera tan suya, fría y autoritaria, me pone de los nervios.

–¿Con quién hablabas por teléfono cuando he llegado? –inquiero.

–Con Kimberly –responde.

–¿Kimberly? ¿La de los cinco abortos?

–Sí, y solo fueron dos.

–Solo, dice. Alguien debería explicarle a esa mujer lo que es la píldora –murmuro.

–Esa mujer –remarca entre dientes– fue la que le dio trabajo a tu padre.

–Pensaba que había sido Roger.

–Roger es su marido. Y sí, también fue gracias a él.

Su plato sigue lleno, no ha comido nada; en cambio, el mío está limpio.

–¿Hay que dejarle algo a papá? –pregunto mirando las fuentes. Me muero de hambre.

–Ya has comido suficiente –contesta. Eso me pone de mal humor.

–Qué pesada con las putas calorías.

–No hables como si fueras la verdulera de la esquina –me reprende.

–A lo mejor la verdulera de la esquina es más feliz hablando así que con un pepino en el culo como las del golf.

Mi madre me fulmina con la mirada, pero no responde. Parece superada por la situación y me pregunto si no estoy pasándome mucho con ella. Ni siquiera sé de qué va el asunto. Si mi padre fuera culpable de lo que quiera que tenga que contarme, sería muy mezquino por mi parte continuar hablándole así.

Me levanto de la mesa, cojo mi plato sucio y mi madre me da el suyo, murmurando que guarde el resto. Recojo la mesa en silencio, meto los platos en el lavavajillas y desde la cocina le pregunto si quiere café. Su respuesta llega al mismo tiempo que el sonido de las llaves en la puerta.

–¡Ya está aquí! –anuncio corriendo hacia la entrada para recibirlo con un abrazo.

Pero, cuando veo su cara, todo se desvanece.

–Papá, ¿estás bien?

Parece que no haya dormido durante días. Tiene bolsas bajo los ojos, que están rojos de haber llorado, su expresión es una mezcla de tristeza y decepción. Nunca lo había visto así de hundido.

–No es nada –responde, arrastrando la maleta de ruedas como si estuviera cargada de piedras.

–Papá, mírame –le pido–. Por favor, dime qué pasa. –La inquietud me oprime el estómago.

–Mamá está en casa, ¿verdad?

–Está en el comedor.

Asiente apesadumbrado y camina hacia allí como si fuera el corredor de la muerte. Alguien me ha pinzado el corazón, porque si respiro hondo, me duele.

Nada más poner un pie en el comedor, mi madre empieza a atacar:

–¡Ah! Ya ha llegado el hombre de la casa. ¿Le has dado la noticia a tu hija?

Observo a mi padre confundida, pero en lugar de devolverme la mirada y decirme lo que sea que tenga que saber, le contesta:

–Por favor, Marlene, no saques las cosas de quicio.

–¿Que no saque las cosas de quicio? –responde, incrédula–. No me lo puedo creer. –Se levanta teatralmente y saca un paquete de tabaco del cajón de la mesita auxiliar del salón. Coge un cigarro y se lo enciende. Hacía mucho tiempo que no fumaba.

–¿Puede decirme alguien qué está pasando aquí?

–A tu padre –lo señala con un dedo acusatorio– lo han despedido.

Por un momento no sé si echarme a reír, pero en lugar de eso valoro las consecuencias en silencio. Es cierto que papá trae mucho dinero a casa, pero mi madre cobra casi lo mismo que él y solo con su sueldo podremos asumir todos los gastos. Además, a papá no le costará nada encontrar otra cosa, con la experiencia que tiene. No entiendo por qué le dan tanta importancia.

–No te preocupes por eso. Encontrarás algo pronto, eres muy bueno en lo que haces –le digo, y lo abrazo.

–Desde hace tres meses –añade mi madre en tono gélido.

Sigo abrazada a él y por eso no ha visto la cara de sorpresa que se me ha quedado. ¿Tres meses? ¿Qué quiere decir con tres meses? Ha estado viajando mucho durante todo ese tiempo, ¿dónde ha estado? La hipótesis empieza a tomar forma en mi mente. Tiene una aventura muy lejos de aquí y va a dejarnos para irse con la otra. Va a dejarme. Me deshago del abrazo y lo miro temiendo la respuesta.

–Pensaba que encontraría otro trabajo a tiempo –se justifica–. Ya sé que no está bien, pero no quería preocuparos.

–¿Es solo eso?

–Solo eso –responde un tanto extrañado.

–Dios, ha sido horrible. He quedado como una idiota con Kimberly. Qué vergüenza –continúa mi madre, mientras se fuma el cigarro con ansia. La miro con rabia, ¡qué egoísta! Solo piensa en ella. Aunque he de reconocer que mi padre no ha estado brillante. Con los hombros caídos, mi padre se sienta en la butaca. –Ahora soy la única que cobra algo en esta casa. Tu padre –lo señala con tanto desprecio que se le retuerce el rostro– es tan inteligente que ¡ha estado gastándose el dinero en hoteles de la ciudad para que pensáramos que estaba fuera! ¡Ingresando sus ahorros en la cuenta común para que no me diera cuenta!

Desde el otro lado de la mesita de centro, mi padre contempla la alfombra que hay bajo sus pies. Está muy avergonzado. Me acerco a él y me siento en el brazo del asiento, apoyando mi mano en su espalda para reconfortarlo.

–Entiendo por qué lo ha hecho –digo.

Mi madre gesticula como si hubiera soltado la locura más extraordinaria.

–¿Dices que entiendes que nos haya estado mintiendo durante todo este tiempo por miedo a enfrentarse a sus problemas? ¿Por cobarde? Hacía tres meses que lo sabían en el club. ¡Tres meses! Y lo primero que me dice Kimberly cuando la llamo es que lo siente, que la empresa se vio obligada a hacer recortes. Y ¡yo no tenía ni idea de qué me estaba hablando! –Le apunta con las largas uñas, la manicura francesa está recién hecha–. No querías ir al club porque ya lo sabían. ¡Qué estúpida he sido!

–¡No quería enfrentarse a ti porque eres una nazi! –chillo.

–¡¿Qué has dicho?! –exclama, poniendo la espalda recta y mirándome con indignación, los labios rosas medio despintados.

–He dicho que eres una nazi.

–Si no eres capaz de afrontar esto como una adulta, ya puedes irte ahora mismo a tu habitación. Ya hablaremos luego –amenaza.

–No pienso moverme de aquí –chillo con la mano aferrada al hombro de mi padre.

–Bambi, vete a tu habitación –me pide ahora mi padre, en un susurro.

–Pero, papá… –protesto.

–Tu madre y yo necesitamos estar a solas –concluye con expresión afable. Me acaricia el pelo–. Después subo a verte, ¿vale?

Media hora después, cuando mi padre sube a mi habitación, ya es oficial. Van a divorciarse.

15

Las gotas de lluvia repiquetean en las ventanas mal selladas del edificio. Los truenos sierran el cielo con violencia y, en las calles, corrientes de agua arrastran los desperdicios que la gente ha dejado abandonados en el pavimento.

En uno de los pisos interiores de la novena planta, el sonido del televisor se escapa por el resquicio de la puerta. Es la número quince. Hay un mantel en la mesa del salón, iluminado únicamente por la luz de una lámpara vieja, dos platos a rebosar de fajitas y una fuente con trozos de carne, verdura y frijoles. Liam esparce la salsa barbacoa en la primera fajita y, a su lado, su madre lleva a cabo el mismo procedimiento momentos después. En la pantalla, un presentador sujeta una tarjeta cuya parte posterior muestra el nombre del concurso con enormes letras blancas y azules.

–¡Qué cena más divertida! –comenta Lilian, más jovial que de costumbre–, ¿dónde has aprendido a cocinar esto?

–Me enseñó un colega. Es un plato mexicano –sonríe él.

–Y ¿ahora qué tengo que poner?

–Lo que quieras, mamá. Yo suelo poner los frijoles al final –explica, señalándolos al mismo tiempo.

–Lo haré igual que tú, entonces –contesta, mirándolo con cariño. Se queda un rato así.

–¿Qué pasa? –pregunta Liam, extrañado, pero alegre.

—Eres el mejor hijo del mundo –le dice, apoyando la palma de la mano en su rostro.

—Yo no diría tanto –dice, humildemente–. Cuando papá no aparece en unos días las cosas mejoran. ¿Te das cuenta?

Lilian mira su plato sin responder. En su lugar, el presentador anuncia con voz afectada que el concursante no ha acertado. La respuesta a «¿Cuál es el país más pequeño del mundo?», es el Vaticano. Lilian observa al concursante taparse la cara con las manos, había dicho Mónaco, y el presentador dice que ha estado cerca porque es el segundo más pequeño.

—Yo tampoco lo habría adivinado –dice Lilian, sirviéndose solo verduras.

—Ya, no –responde él–. Hoy no te han hecho falta las pastillas –insiste.

—Espera, quiero escuchar la siguiente pregunta –le dice, haciéndolo callar con un gesto, y enrolla la fajita, muy pendiente del televisor. Es evidente que no quiere hablar sobre el tema, pero la mejoría en su aspecto salta a la vista. Su pelo moreno y rizado no está tan encrespado, y tiene menos ojeras.

Liam se prepara la siguiente fajita sin añadir nada más, y lo hace así sucesivamente, mientras el marcador de los concursantes va variando de puntos. De pronto, su madre hace alusión a la observación de Liam y, por su expresión, este ya no lo esperaba.

—Sé que no lo entiendes, hijo, pero lo que siento por tu padre es incontrolable. No puedo evitarlo, es como una droga.

—Las drogas se pueden evitar. Podemos irnos lejos. Lejos de él.

Lilian niega con la cabeza, quita el volumen de la tele y lo mira a los ojos.

—Cariño, no quiero dejar a tu padre. Él solo se aleja cuando le parece, aunque sepa que eso me hace sufrir, pero estoy muy tranquila, ¿sabes por qué?

—¿Por qué? –dice él, sin rastro de emoción.

—Siempre vuelve. Porque me quiere, nos quiere.

—Joder, es increíble. ¿Cómo puedes engañarte así?

—No lo entiendes. Sin él me moriría, Liam. Me da vida...

—¿Te da vida? —la interrumpe.

—Me la da y me la quita, no sé explicarlo. No puedo estar con él, pero tampoco sin él.

—Eso no tiene lógica.

—Es una contradicción, es mi contradicción.

—Mamá —la toma de las manos—, podemos irnos. Dentro de unos meses tendré suficiente dinero ahorrado. Empecemos de nuevo, puedes encontrar a cualquier otro tío mejor que ese cabrón.

—Es que no quiero encontrar a ningún tío. ¿Qué va a ser de tu padre cuando llegue aquí y no haya nadie? No podría vivir con la culpa.

—Me la suda lo que le pase. —Liam resopla, irritado, y se acaba la última fajita en silencio.

—¿Qué me dices de ti? ¿Cuándo vas a traer a esa chica de la que tanto hablas?

—Nunca —contesta.

—No seas tan radical. Tengo ganas de conocerla.

—Ya no nos vemos.

—Ah. —Reubica un frijol y un trozo de verdura, pero no parece que tenga intención de comérselo—. ¿Puedo saber por qué?

—No... es igual, mamá. Se acabó y punto. —Se levanta con su plato vacío en la mano—. ¿Ya estás?

—Sí, puedes llevártelo.

Liam lleva los platos al fregadero y empieza a fregarlos con el estropajo, pensativo. Lilian aprieta el botón de información del mando a distancia.

—Mira, van a hacer *Mensaje en una botella*, ¡me encanta esa película!

—Yo paso de cursiladas.

—No seas tonto, Liam, que ninguno de tus amigotes te va a ver. Anda, ven aquí.

Liam acaba de secar los platos y, a regañadientes, vuelve a sentarse en el sofá. Cuando empiezan los créditos la mira un momento y logra volver a sonreír al ver a su madre ilusionada por algo, viva, por fin.

Abel conduce despacio entre callejuelas que cualquiera evitaría hasta un callejón sin salida. Jordan le pregunta si está seguro de que es por ahí y Abel le dirige una mirada que hiela la sangre. El coche se detiene justo antes de la intersección y el conductor señala una puerta metálica que parece la puerta trasera de algún local. Después, saca su móvil y hace una llamada.

—El fontanero —dice Abel al teléfono. Acto seguido, cuelga y dos minutos después alguien sale por la puerta trasera.

No hay luz en la calle, el hombre lleva la capucha de la sudadera puesta y prácticamente no se le ve la cara. En dos zancadas se detiene frente al contenedor y arroja una bolsa de basura al suelo. Inmediatamente después, vuelve a entrar en el local, dejando la puerta entreabierta.

—Tú. —Abel apunta a Liam y después a la puerta que se ha quedado entornada, mientras Jordan sale a por la bolsa. Antes de entrar, Liam espera a que Jordan revise la bolsa y le dé una señal. Cuando levanta el pulgar, Liam desaparece tras la puerta. Jordan mete el dinero en el maletero y corre al asiento del copiloto. Junta las manos, se las lleva a la boca y exhala aire.

—Joder, ¿qué pasa hoy? Tengo las bolas congeladas, tío.

La visera de la gorra baja cuando Abel se enciende un cigarro y fuma sin hacer ningún comentario.

—¿Esos tíos son de fiar? —pregunta Jordan instantes después.

—Esa no es la pregunta —responde Abel. Jordan no se vuelve para mirarlo—. La pregunta debería ser si ese Liam es de fiar.

—Ya lo ha demostrado —dice.

El humo sigue llenando el salpicadero.

—¿De qué lo conoces?

—Ya sabes, de por ahí, del barrio.

A Abel se le dibuja una sonrisa sádica y Jordan se da cuenta de que la preocupación se le marca en el ceño, pero rectifica a tiempo y Abel no lo ve.

—Me juego todo lo que hay en esa puta bolsa —señala el maletero— a que no le reventaría la cabeza a un traidor si se lo pidiera. No tiene lo que hay que tener.

—Los chavales de su zona dicen que curra bien. No llama la atención, sabe dirigir el tema —responde, apático.

Abel lo mira con un brillo de locura en los ojos.

—Entonces es cuando de verdad se ve quién es fiel —se da golpes en el pecho, cerca del corazón—, cuando haces lo que te pide el jefe sin tocar los cojones, sin parpadear, como nosotros. Los jiñados no sirven de una mierda, y si yo te digo que no me fío de ese chaval, es porque me he cruzado con unos cuantos que iban de duros y a la hora de la verdad se cagan en los pantalones.

—Ya se verá —dice Jordan, encogiéndose de hombros.

—Cuando le chafé la cabeza a esa mierda de gato tendría que haber ido a por el otro, pero miró a otro lado como un puto mariquita.

—Ya viste cómo le dejó la cara al cabrón ese. Dale tiempo.

Cinco minutos después, Liam vuelve al coche con pasos ligeros, mirando al suelo por si acaso hubiera cámaras en alguna parte. Cuando entra en la parte trasera del coche, nadie emite un sonido.

—La han probado y han dicho que es cojonuda —informa, pero ninguno contesta—. Hemos hecho un buen negocio hoy —añade, y está a punto de seguir hablando cuando Jordan se vuelve en su asiento y le pide con la mirada que cierre el pico. Liam obedece, con los músculos en tensión.

El siguiente cuarto de hora transcurre en un silencio angustioso que Abel empeora echando miradas furtivas e intimidantes a Liam desde el retrovisor.

Poco después, cuando las luces traseras del coche desaparecen, Liam se permite volver a respirar. Saca un cigarro del interior de la chaqueta y camina en dirección opuesta a la calle donde lo han dejado. Fumando compulsivamente por los nervios, cruza el semáforo en rojo hacia otra manzana, expulsando el humo. Toda la tensión que se ha guardado durante el trayecto está aliviándose en ese cigarro. El portal del número cincuenta y seis está a oscuras, alguien ha destrozado el aplique de luz que hay encima de la puerta. Liam tarda unos instantes antes de llamar al décimo primera. Se queda un rato de pie, observando los números que hay en el panel, de abajo arriba y de arriba abajo. Va hacia el otro lado de la pared, apoya la cabeza en el cemento, como si estuviera castigándose por algo.

—Soy un puto suicida —musita, echa la cabeza hacia atrás y vuelve a darse con la pared—. Joder —dice más alto, como para liberarse de algo que lo aprieta muy dentro.

Solo cuando está más sereno, decide llamar al timbre.

—¿Santo y seña? —responde la voz de Michael.

—Déjame entrar, soplapollas.

—Correcto —contesta, y la puerta se abre.

Liam aprieta tres veces el botón del ascensor hasta que este reacciona y se oye el mecanismo en algún piso superior. Mientras desciende, se abre una puerta y la voz en falsete de Michael hace eco en el hueco de la escalera.

—¿Has traído vino, cielo?

Liam se echa a reír y se asoma al hueco levantando la cabeza.

—Se me ha olvidado, nena, pero traigo un buen nabo y un par de huevos.

Las carcajadas suben y bajan la escalera.

Liam señala el ascensor y Michael gesticula que lo coja.

Mientras sube, observa las paredes verdes que están cubiertas de pintadas: el dibujo de un pene, el típico corazón y dentro «Jenny & Alan», un «Jason, te quiero». Liam se ríe cuando lee la de «aquí se ha follado el 7/03/12» y después escruta una de difícil lectura. Cuando llega al último piso entiende que dice «tonto el que lo lea».

Empuja la puerta hacia fuera y la cierra tras de sí, encaminándose hacia la parte derecha del pasillo. El felpudo de la entrada le da la bienvenida diciendo: *Come back with a warrant*, y sonríe negando con la cabeza.

–¿Se puede? –pregunta con un pie dentro, mirando a Abigail, que está trajinando tras la encimera de la cocina americana.

Instantes después, Michael aparece por una de las dos puertas que hay y, por el sonido de la cadena, se hace evidente que es el baño. Michael le da un abrazo a su hermano y le pregunta si quiere una cerveza.

–¿No vais a enseñarme el piso? –dice, sentándose en el taburete de la barra.

–Pues no hay mucho que ver –responde Abigail de espaldas a ellos, pelando patatas en el fregadero. Michael saca dos latas de cerveza de una nevera pequeña y la cierra con el pie.

–Ese es el baño –dice Michael, señalando la puerta por donde acaba de salir–. Pero ahora es mejor que no entres –añade. Le da la cerveza y toma un trago de la suya–. Y allí está la habitación. –Liam bebe cerveza y gesticula un «¿ya está?».

–¿Para qué queremos más? Las necesidades básicas están cubiertas –dice Michael.

Liam señala la habitación con la cabeza y le guiña el ojo.

–Todo el día ahí, ¿no? –murmura. Se ríen.

–¿Qué estáis tramando? –pregunta Abigail–. Que os oigo, ¿eh? No critiquéis mi comida antes de tiempo.

Más risas.

–Oye, y ¿a mí no me pones cerveza? –espeta Abigail, dándose una palmada en la pierna.

–Menudo carácter –se queja Michael, ladeando la cabeza en dirección a su hermano–. Haces bien quedándote soltero.

–También tiene sus cosas buenas. Ya me dirás quién te iba a alimentar si no –contesta Abigail, al tiempo que coge la cerveza.

–Tranquila, sobreviviría. Creo que tendría menos riesgo de intoxicación.

Los hermanos rompen a reír y Abigail les dedica una mueca burlona.

–Si fuera por ti, irías con la ropa sucia. ¿Te puedes creer que todavía no sabe cómo funciona la lavadora? –le dice Abigail a Liam.

–Me lo creo –responde este con una sonrisa.

—¡Mira quién fue a hablar! El que le da la vuelta a los calcetines para no tener que lavarlos —responde Michael.

—¡¿Qué?! —suelta Abigail con un gritito. Deja el cuchillo y la patata a medio pelar en el fregadero—. ¡No me lo creo!

—Con que vamos de trapos sucios, ¿no?

—Nunca mejor dicho —apunta Abigail, riéndose.

—A ver, para empezar, eso solo fue una vez, que no lo cuenta todo el cabrón este. ¿Quieres jugar? Juguemos, que yo tengo unas cuantas.

—¿Ah, sí? —responde Michael, cruzando los brazos y levantando la barbilla.

—Esto se pone muy interesante —dice Abigail, quitándose el delantal. Coge un taburete y se sienta, prestando toda la atención a Liam.

—¿Sabías que tu novio no se perdía ni un solo capítulo de la telenovela que nuestra madre se tragaba todas las tardes?

—¡Anda ya! —exclama Abigail, palmeándose las piernas—. ¿Cuál era?

—Eso ha sido un golpe bajo. ¡Tener hermanos para esto! —Michael se echa las manos a la cabeza.

—En serio, ¡dime cuál era!

—¿Le digo cuál era? —pregunta Liam, reprimiendo una sonrisa.

—Ni se te ocurra —le advierte Michael con un dedo levantado.

—*Pasión en la hacienda*. Retransmisión.

Liam y Abigail se desternillan de risa y chocan los cinco. Michael los observa con cara de pocos amigos.

—¿Tú no tienes que hacer algo en la cocina, mujer? —le suelta a Abigail. Y esta le da una colleja—. ¡Ay! Es igual, yo creo que preferimos pizza, ¿no?

—No lo sé, vaquero —responde Liam guiñándole un ojo, a lo que vuelven a troncharse de risa.

Michael abre la boca a punto de protestar, pero vuelve a cerrarla y sonríe.

—Pues Liam tuvo una vez una novia que le tomó el pelo como a un tontolaba —anuncia—. Mira que eras inocente.

—No me importa que lo cuentes.

–¿Qué le hizo? ¿Por eso no has tenido más novias? –pregunta Abigail, y bebe otro trago de cerveza tan pendiente de lo que va a decir Michael como quien ve un programa de cotilleos.

–Exacto, fue el trauma que le dejó PENÉLOPE –dice Michael marcando todas las P para exagerar el nombre–. Alias «Pene» –añade, haciendo las comillas con los dedos.

–¿Pene? ¿No es un poco fácil? –comenta Abigail con decepción.

–Ah, no, no, amor mío –añade Michael, balanceando el dedo de un lado a otro muy cerca de su cara para molestarla. Abigail lo aparta riendo–. Era su alias por algo.

–No puede ser, ¿era un tío? –Abigail abre los ojos como platos y se pone las manos en la cara con la boca abierta, como un emoticono.

–¡Que no era un tío! –se defiende Liam–. Esa no es la historia, imbécil.

–¿Le viste la almeja acaso?

–No tenía nuez, gilipollas.

–Esto mejora por momentos –interviene Abigail–. Lástima que no haya palomitas.

–¡Tú ponte a cocinar ya! –exclama Liam.

–Ah, así que ahora quieres que cocine, ¿eh? –se pica Michael.

–Me muero de hambre, joder.

–La vi mear de pie.

–¡Acabas de inventártelo, mamonazo!

Risas. Esta vez de Michael y de Abigail.

–La venganza es un plato que se sirve frío, *my love* –dice Abigail lanzándole un beso de labios rojos.

Abigail se recoloca las gafas de pasta, se levanta, abre uno de los armarios de la cocina y saca una bolsa de patatas chips. Luego abre la nevera y se hace con otras tres cervezas. Lo dispone todo sobre la barra y mira a Michael.

–Dispara.

Michael tarda unos segundos en empezar para ponerle más emoción y, cuando Abigail insiste pellizcándole, comienza con un quejido:

–A Liam dejó de molarle la tía esa, bueno, no me extraña, parecía un tío, o lo era... quién sabe.

—No seas cabrón. Lo exagera mucho, ¿eh? —dice Liam en un inciso—. La tía hacía natación y tenía buenos brazos, ya está —puntualiza. Abigail los mira divertida.

—Total, que a Liam ya no le gustaba tanto la chica y ella se dio cuenta. Pues antes de que pudiera dejarla se inventó que tenía cáncer y estaba a punto de morir.

—¿Qué dices? —se escandaliza Abigail—. Pero ¡hay que estar muy mal para inventarse algo así!

—Claro, la chica estaba como una chota.

—Parecía muy normal —dice Liam a la defensiva.

—Cuando dices normal, ¿te refieres a los brazos de Hulk?

—Hostia, Abigail, tía. Te juro que está flipando, ¿me ves a mí saliendo con una tía así?

Pero, antes de que Abigail conteste, Michael continúa con la historia.

—Y claro, ¿cómo iba a dejarla después de eso?

—Dijo que quería morir en París.

—¡Dios mío! —Abigail se tapa la cara, alucinando—. ¡Pobre Liam! Pero esa chica, qué fuerte. No se puede mentir sobre esas cosas.

—Ya te digo —responde Liam—, y la tía no quería que la acompañara al médico, ¿sabes?

—Con razón. Qué fuerte. Y ¿cómo te enteraste de que era mentira? —pregunta Abigail, de nuevo en el fregadero.

—Al final me lo confesó, la psicópata.

—Y ¿cómo te quedaste? —pregunta Abigail con la patata en la mano.

—Petrificado, joder, imagínate.

Abigail asiente acompañándolo con un «increíble».

—Pero yo no soy el único que ha estado con locas, ¿eh? ¿Qué me dices de Rebeca?

—¿Quién? —se interesa Abigail, y vuelve a la barra con la patata aún sin pelar—. ¡No me has hablado de esa!

—No hay nada que decir.

—Oh, Michael contigo siento que he encontrado al hombre de mi vida.

—¡Calla, idiota!

—Oh, Michael —dice Liam con voz afeminada—, ¿qué es eso? ¿Qué tienes entre las piernas?

A Abigail se le cae la patata de la risa.

—¡No me toques con esa cosa tan fea! Que quiero llegar virgen al matrimonio.

—¿En serio? ¿Decía eso?

Michael no puede evitar reírse a carcajadas.

—Algo así. Es verdad.

—Pues yo soy bastante normal después de todo —concluye Abigail.

—Oye, tíos, son las diez de la noche. ¿Cuánto vas a tardar en hacer el mejunje ese? —pregunta Liam.

—¡Las diez ya! —exclama Abigail. Los chicos asienten—. Pues las patatas tardan mucho —dice, y suelta un suspiro—. Michael, enciende el horno y pon las pizzas que están en el congelador.

Michael levanta los brazos, victorioso, y murmura un «¡Bien!».

Las pizzas no tardan en hacerse y Abigail corta la de *pepperoni* y la de cebolla en seis trozos y las lleva a la esquina de la barra. Todos tienen un platito y van sirviéndose sus porciones.

—Y esa Lara, ¿qué? —pregunta Michael, y se come un buen pedazo de pizza.

—Sí, eso, eso —dice Abigail con la boca llena.

—Nada —contesta Liam, comiéndose el *pepperoni*—, es una amiga.

—Pero hay algo más, ¿no? —Michael sonríe.

—Nada serio.

—Pero si en el fondo eres un romántico, hermanito.

—¿De verdad? —se sorprende Abigail.

—Vaya que no. El tío se mete unas pajas mentales en su libretita que alucinarías.

—¡Quiero leerla! —se ilusiona Abigail.

—No se la dejo ver a nadie —contesta Liam.

—Es verdad, yo hace años que no he leído nada suyo. Pero, aunque no lo parezca, es más sensiblón que yo.

Liam sonríe mirando su plato y no ve las señas que Abigail le está haciendo a Michael para que hable. Este asiente, y está a punto de hablar cuando Liam se le adelanta:

—Hay una chica —hace una pausa; no le está resultando fácil confesarlo porque no levanta la mirada— que me gusta. Me gusta mucho.

Abigail está tan asombrada que el trozo de pizza que iba a llevarse a la boca se queda a medio camino, suspendido en el aire. A Michael lo ha pillado igualmente desprevenido, porque no consigue articular palabra. Al ver que nadie contesta, Liam alza la cabeza.

—¿Qué?

—Nada. Y, bueno, ¿desde cuándo? —pregunta Michael.

—Desde cuándo no, tonto. ¿Quién es? ¿La conocemos? —Abigail ha vuelto a olvidarse de la cena. Liam se encoge de hombros.

—He hablado de ella alguna vez.

—¿Por qué se vuelve tan tímido de repente? —le pregunta a Michael.

—Y ¿cómo quieres que lo sepa? No estoy en su cabeza.

—Estás prendado, ¡por eso! —resuelve con una sonrisa de oreja a oreja. Le da un golpecito con la mano—. ¿Quién es? Que aunque no te lo parezca, has hablado de unas cuantas.

Liam aparta un poco el plato y se apoya en la barra.

—Es Bambi.

—¿Bambi? ¿Bambi, la que escribe? —inquiere Michael.

—¿También escribe? ¡Qué bien! Mi Liam enamorado, esto hay que celebrarlo. —Abigail corre hacia la nevera y saca otras tres latas de cerveza.

—Y ¿todavía no se lo has dicho? —se interesa Abigail mientras coloca las latas frente a cada uno. El sonido del gas al abrirlas es lo único que se oye durante un instante.

—No voy a decírselo.

—¿Qué? —dicen los dos a la vez.

—Pues que no, sus padres me odian y yo no soy para ella, no...

—Madre mía, esto te afecta —le dice Abigail, apoyando la mano en el hombro—. ¿Qué importan sus padres? Es ella la que tiene que decidir con quién quiere estar.

—¿Por qué no ibas a ser para ella? —pregunta Michael muy serio.

—Joder, ¿conoces a nuestra familia?

–No son tus padres los que estarán con ella –dice Abigail.

–No solo eso, joder, es igual. Que lo mejor es que no lo sepa y ya se me pasará.

–Liam. No será por todo ese asunto que dijo papá, ¿no?

–¿Qué asunto? –Abigail observa a Michael con el ceño fruncido. Después desvía la mirada a Liam.

–¿De dónde coño quieres que saque el dinero, Mike? ¿Del pub? Además, ya no curro ahí.

–Me dijiste que no necesitabas nada –contesta entre dientes. Abigail mira hacia otro lado, resoplando.

–Es verdad, no necesito nada porque me las apaño como puedo.

–¿Vendiendo?

–Como puedo.

–Chicos, vamos. No empecéis, que estábamos muy bien.

–Ahora me dirás que no puedes buscarte cualquier otro curro por las mañanas y dejar esa mierda.

–Esa mierda, como la llamas, da mucha pasta. Pago el alquiler, los gastos del coche de papá, las putas pastillas de mamá, los arreglos que necesita ese agujero de piso –protesta con los puños apretados.

–Liam, Michael tiene razón...

–O sea, que lo admites. ¿Se te ha ido la olla o qué? –la interrumpe Michael, colérico–. Esto es increíble. –Se tapa la frente con la palma de la mano–. Y a ti te parece tan normal. Como si estuvieras vendiendo, yo qué sé, neumáticos.

–Es la ley de la oferta y la demanda –replica en tono despreocupado.

La cara de Michael se contrae tanto que parece otra persona. Abigail le pone una mano en el brazo para calmarlo, pero él no aparta los ojos de su hermano.

–¡Vete a la mierda, Liam! Tienes razón, es mejor que Bambi no lo sepa. De hecho, aún diría más. Es mejor que no vuelvas a verla.

–Michael –empieza a decir Abigail.

–No, en serio –se vuelve un momento a mirarla–, ni a ella ni a nosotros.

—¡Michael!

Liam recibe esas palabras con dolor en la mirada.

—Yo no quiero mezclarme en eso, ¿tú sí?

—Hablemos con calma, por favor —le pide Abigail.

—Estoy muy calmado —contesta Michael, cruzando los brazos y torciendo la boca.

—Ya lo veo. Ahora cállate un rato y déjame hablar a mí. —Le acaricia el antebrazo con ternura y mira a Liam—. A ver, recapitulemos. Ahora entiendo por qué no quieres contárselo a Bambi. Crees que eres una mala influencia para ella. —Liam asiente sin dejar de mirar a su hermano, con enfado—. Por lo que has contado, lo siento, pero no te falta razón.

—Joder, ya me dirás cómo cojones lo hago en casa. Él se fue por patas a la mínima oportunidad —responde, señalando a Michael. Este está a punto de contraatacar, pero el dedo levantado de Abigail lo frena.

—La solución no es tan complicada, Liam, de verdad. Todos sabemos que tus compañías nunca han sido las mejores, es culpa del barrio, te lo acepto. Que alguno de esos colegas tuyos te haya metido en esto, lo entiendo. Pero no digas que no tienes otra opción porque eso no es verdad. Apártate de eso.

—No tenéis ni puta idea de los gastos que hay.

—Vale, vale. Dinos los gastos y lo arreglaremos juntos.

—El problema es que le mola ese rollo. Siempre se ha escudado en el típico rebelde sin causa.

—Vete a tomar por el culo —lo insulta Liam. Abigail intenta volver a poner paz, pero Liam sigue atacando—. No he visto ni un duro tuyo desde que te fuiste.

—Tampoco ganamos tanto, tenemos nuestros gastos —dice Abigail.

—¿Ah, sí? Como el coche que acabáis de compraros, ¿no?

—¡Yo también tengo derecho a vivir! —grita Michael—. No tengo por qué ahogarme en la mierda de casa.

—Y yo, como si me muero, qué más da.

Abigail aprieta los labios y el rojo parece intensificarse.

—¡Liam! Ni se te ocurra volver a decir eso. También sufrimos, ¿vale? Por ti, sobre todo. —Se le humedecen los ojos. Michael se acerca a ella y la abraza por detrás murmurando un «cariño» que se apaga entre sus cabellos berenjena–. No, se lo voy a decir yo.

Liam los observa sin saber a qué atenerse. Con arrugas de preocupación marcadas en la frente, sigue con la mirada las manos blancas de la novia de su hermano, que acaban envolviendo las suyas.

–¿Recuerdas las prácticas que te dije que me quedaban para acabar la carrera? –Silencio–. Voy a hacerlas en Alemania. –Liam no reacciona para bien o para mal, se muestra impasible–. Y Michael va a venir conmigo.

Liam mira a Michael arrugando el entrecejo.

–Tenemos que vivir nuestra vida –se justifica Michael–. Abigail tiene familia allí y pensaba quedarse bastante tiempo. Yo... me parecía una muy buena oportunidad para empezar una nueva vida juntos.

–Acabáis de empezar una en este piso –contesta Liam con un hilo de voz.

–Aquí no vivimos, hermano. Necesito irme lejos de este país, lejos de papá y mamá...

–Y de mí –acaba Liam–. Lejos de los problemas. No es nada nuevo.

–Liam, escúchanos.

–Joder, ya he escuchado suficiente. –Se levanta del taburete.

Abigail no puede contener las lágrimas.

–Y ¿vosotros me decís que lo deje? Dejad de fingir de una puta vez, ¿vale? –aúlla–. Os importo una mierda. Si no, ¿cómo os ibais a pirar cuando sois lo único que me queda?

Abigail dice algo, pero solo es un gemido. Lo agarra de la manga, pero él se aparta y camina hacia la puerta.

–Liam, espera, joder –grita Michael.

Liam se detiene un momento y sin darse la vuelta dice:

–Buen viaje.

16

Liam. últ. vez ayer a las 2:30.

Bambi:

No se nada d ti. Estás bien? Joder, no me hagas esto, contesta.

Liam. En línea.

Liam! Contestame. X lo menos dime q estás bien.

Liam. Escribiendo… En línea… Escribiendo…

Liam:

Estoy bien.

Vale. Gracias x la info.

A veces te comportas como un puto egoísta, lo sabías? 😒 1 amigo está ahí para los suyos, n dsaparece d repente. Hace días q quiero verte y hablar o leer o lo q sea.

No soy psicólogo o profesor de literatura.

Abro la boca sin dar crédito a lo que estoy leyendo. No puede ser la misma persona, Liam nunca me ha tratado así. Todo lo contrario, con él es como si pudiera conectar con esa parte de mí que me gusta y, no sé cómo, dejo de ser esa persona insegura y triste.

> Joder, q borde. No sé q te pasa, pero no lo pagues conmigo.

> La verdad es k no tengo ganas d escuchar lo q haces o dejas de hacer con tu novio.

> Vete a la mierda gilipollas.

Tiro el móvil en la cama y rebota cayendo al suelo, en la alfombra. Me siento en la silla del escritorio y miro en el corcho la tira de fotos que nos hicimos cuando acabó el curso. Siempre ha tenido problemas en casa, pero las cosas deben de haber empeorado; si no, ¿por qué me hablaría así? No he hecho nada que pudiera molestarlo. En la fiesta estuvo un momento raro, pero después volvió a ser el de siempre. ¿Qué puede haber cambiado en una semana?

¡Mierda! Nunca se me había pasado por la cabeza lo que sería perder a Liam. No pensaba que fuera a ocurrir. Desde que nos conocemos hemos estado ahí el uno para el otro. Me concentro en el último pensamiento. ¿He estado yo para él? Quizás ha sido más a la inversa. Si hago memoria, casi todas las conversaciones han girado en torno a mí. Dios, sé muy poco de su vida. ¿Es posible que se haya cansado de que siempre hablemos de mí? Pero cuando le pregunto nunca quiere decirme nada, así que en realidad no es culpa mía, ¿no?

Unos golpes en la puerta me sacan de mis pensamientos.

–*Sielito*, ¿puedo pasar? –Hoy es el último día de trabajo de mamá antes de vacaciones y, a pesar de ser festivo, le ha pedido a Berta que venga solo unas horas para adelantar algunas tareas domésticas.

–Claro que sí.

Berta entra con el delantal puesto y el trapo colgado del hombro. Ese es el uniforme que lleva siempre en casa.

–Su madre ha llamado y *dise* que llegará tarde.

Con el dorso de la mano se seca las perlas de sudor de la frente.

—Vale —contesto. Casi siempre llega tarde, así que no me sorprende.

Berta se acerca, coge el taburete del tocador y lo pone a mi lado. Se sienta con las piernas abiertas como si hubiera un respaldo invisible que no le permitiera juntarlas. Está dos palmos más baja que yo. Le doy a la palanca de la silla de escritorio y me pongo a su altura.

—¿Qué le preocupa? —me dice.

—¿Cómo sabes que me preocupa algo?

—Ah, tesorito. Lo sé porque tiene la marca allá. —Señala y después se toca la parte superior de la ceja derecha para indicarme el punto exacto—. Se le arruga un poquito, pero solo en ese lugar, es muy lindo.

—Nunca me había fijado —digo, extrañada.

—Ahora se le marcó más. —Suelta una risita—. A ver qué es. ¿Es por su *hombresito*?

Niego con la cabeza y señalo la fotografía.

—¿Liam? ¿Qué *hiso* ahora ese golfillo? Me recuerda a los que corrían por mi barrio cuando era niña. ¡Uy! No habría querido usted estar ahí, *mijita*. Pero ¿sabe lo que echo de menos?

—¿El qué?

—El ritmo, mamita. Cantidad de música alta por todas partes. —Mueve los brazos de un lado a otro—. Siempre fui la hispana más rara porque tuve una mamá negra que le gustaba mucho el blues. Y me llamaban Negrita.

—¿Ah, sí? Nunca me lo habías contado —respondo con una sonrisa.

—Hay muchas cosas que usted no sabe de mí, pero algún día se lo contaré y escribirá mi vida. Hará usted una biología, ¿no?

—¿Una biografía?

—Ajá, eso. Ahora dígame, ¿qué le pasa al *moso*?

—No tengo ni idea.

Me levanto, cojo el móvil de la alfombra y le enseño el WhatsApp. Berta lo lee con detenimiento y suelta un «hum» mientras lo analiza. Parece un médico intentando averiguar

qué tiene el paciente, o un detective elaborando una hipótesis a partir de una prueba.

–Bueno, ¿qué? Me estás poniendo nerviosa.

–¡Ah! –dice como si hubiera sacado los números para bingo. Deja el móvil encima de la mesa y escruta la fotografía–.
No sé si debería *desirle* esto, *sielito*. Es un chico problemático
–empieza–. A sus papás no les gusta y yo creo que acabará
mal. Los chicos de mi barrio acabaron todos en la *cársel* o
bajo tierra, así fue.

–Pero él no es como ellos. ¡No puedes dejarme así! ¿Qué
has visto tan claro que yo no veo?

Cojo el móvil y lo leo una, dos y tres veces.

–A mí me parece que está siendo un imbécil.

Berta sonríe ampliamente. Aprieta mis carrillos hacia dentro con su mano en un gesto cariñoso.

–Qué *inosente* es aún, niñita.

–¡Corta el rollo! –exclamo, molesta–. Dímelo ya.

–A este chico le gusta usted.

Abro mucho los ojos negando con la cabeza lentamente.
Entonces pienso en todas las veces que hemos estado juntos.
Es verdad que me lanzaba indirectas, de hecho bastante direc-
tas, pero siempre en coña. Tenía que estar bromeando, porque
él sale con muchas chicas. ¿Por qué iba a fijarse en mí? A él
le gusta esa rubia con la que estaba. Despampanante, directa
y muy sexual. Ese es el tipo que le gusta a él, y yo no tengo
nada que ver con eso.

–Yo creo que debe de estar pasándolo mal ahora, y ya dicen
que cuando pasas una mala racha siempre lo sufre la gente más
cercana. Me dijo que su madre estaba mal. –La mirada de Berta me distrae. Me está escuchando, pero sus ojos me dicen que
no estoy en lo cierto–. Es la clásica mala leche de estar pasando por mucha mierda, y… y mis problemas deben de parecerle
un chiste, ¿sabes? Claro, comparados con los suyos son gilipolleces de primaria y… –Berta me frena, levantando la mano.

–Se lo *dise* muy claro en el mensaje, mire. –Me señala la
parte en la que dice que no tiene ganas de escuchar lo que
hago o dejo de hacer con mi novio.

–Pero no, eso es porque... porque no le cae nada bien –suelto, pero al mismo tiempo me doy cuenta de que no tiene sentido lo que acabo de decir. Ni siquiera ha hablado con él–. Bueno, en la fiesta, David estuvo hablando mucho con su chica –añado, asintiendo con seguridad.

Berta apoya las manos en sus muslos con los codos hacia fuera y me dice:

–Eso es lo que a mí me *parese*. Pero sí, tal *ves* esté equivocada. –Se levanta.

–Sí, yo creo que...

–Solo que, en este caso, no lo estoy –dice, encaminándose hacia la puerta con una sonrisa–. Voy a seguir con la plancha, bonita, ¡es una sauna! –Ríe sonoramente–. ¡Ja! Me pagan por estar en una sauna.

Cierra la puerta y yo me quedo sentada, sin mover ni un músculo. Cuando vuelvo en mí, miro el mensaje otra vez. Toco la pantalla con el dedo para leer los antiguos.

Bambi:
Joder, esta puta clase es 1 infierno, tío.

Liam:
Si quieres 1 hombre en el k llorar, ya sabes. Pero avisame primero para k me dé 1 ducha fría jajajaj

Pervertido!

T gusta, admitelo, Bambina.

A ti te pone hasta una muñeca hinchable.

Están diseñadas para eso. K me dices de tu consolador? De q color es?

Yo no tengo eso!

No? Joder, pues ya se q regalarte para tu cumpleaños.

Jajajaj noooo.

Le doy a cargar mensajes antiguos.

> Quedamos mañana para leer?

> En tu casa o en la mía?

> Nunca has querido decirme dónde vives!

> Q llevas puesto?

> Jajaja centrate!

> No he escrito nada.

> Yo tengo un relato.

> Vale. Me paso x tu casa a las 4?

> Ok!

Sigo hacia arriba.

> Has pensado alguna vez quien serias si pudieras elégir ser otra persona?

> Uf, así d repente no se me ocurre.

> A mí me gustaría ser un broker d esos. Sí, joder, un tío sin escrúpulos. Hay k tener un par de huevos para hacer eso y ganar pasta. Imaginate la adrenalina, los telefonos sonando, todos pendientes de si ha bajado, ha subido. Un montón de titis a tus pies.

> A mi no me gustaría seguro. Creo q si pudiera elegir seria Stephen King.

> Stephen King? Pero es un tío.

> Pero me has dicho q podía elegir, no?

> No había pensado en el cambio d sexo. Pues entonces sería 1 modelo. Solo hay q ir paseándose x ahí cambiándote de vestido y luego t casas con un futbolista o un cantante y te divorcias y t quedas la pasta.

> Ah! No subestimes el trabajo. Es muy difícil mantener el peso y llevar tacones, llevarlos bien mientras todos piensan q eres tonta.

> Pq nunca llevas tacones?

> Me gusta ir plana.

> Lo plano no es sexy.

> No creo q mi problema sea no llevar tacones.

> No me tires d la lengua.

> Q quieres decir?

No respondió a eso. Recuerdo lo que pensé en ese momento: que iba a hacer una lista de mis verdaderos problemas. Pero no le pedí explicaciones, me olvidé del mensaje. No se me pasó por la cabeza otra cosa, porque él siempre me habla de sus experiencias con chicas, y yo estoy muy lejos de todo lo que me cuenta. Estaba segura de que eso era lo que le gustaba, estar con muchas tías sin comprometerse con ninguna. Vuelvo a mirar la tira de fotos con la boca abierta. Me planto de un salto en la puerta, la abro rápidamente y grito por el hueco de la escalera:

–Joder, joder, ¡le gusto!

–Ya lo creo –contesta Berta desde el comedor–. Todo lo de la lectura era una excusa para verla, cariñito.

–Y ¿ahora qué hago? –grito.

–Depende de lo que sienta usted, *mijita*.

Llevo todo el día dándole vueltas a lo que me ha dicho Berta esta mañana. Estoy hecha un lío por lo de Liam. Pero, cuanto más lo pienso, más segura estoy de que Berta lo ha malinterpretado todo, porque, si fuera verdad, Liam me lo habría dicho. No hay nadie más directo que él en ese sentido. Cuando quiere algo se lanza a por ello y, como es un ligón, suele salirle bien. Si le gustara, ¿qué iba a impedirle decírmelo bien claro? No tiene pelos en la lengua. Niego con la cabeza pensando en que he estado a punto de llamarlo más de una vez para decirle alguna estupidez. Menos mal que me han podido la prudencia y la inseguridad.

–¿En qué piensas? –me pregunta Connie. Estamos en el metro de camino al local.

–Fantasías –respondo.

–¿Para tu novela?

–Sí –miento.

–¿Cómo la llevas?

–Liam dice que tengo que trabajar en el personaje principal.

–Ah. Y ¿qué piensas tú?

–Que tiene razón.

–¿Me dejarás leerla?

–Es la primera versión, no está acabada. Cuando la acabe, serás la primera en recibirla.

–A Liam se la envías –protesta.

–Con él es diferente. –Hago una pausa repitiendo en mi cabeza lo que acabo de decir. «Con él es diferente»–. Fuimos juntos al taller, y allí siempre lo leíamos todo. Estoy acostumbrada.

–Vale, vale.

Quedan tres paradas y caminar durante unos diez minutos. De repente, tengo miedo de que todo el tema con Liam estropee las cosas con David. Si Berta no hubiera dicho nada, todo habría seguido su curso, pero ahora las cosas se han movido de sitio, como si estuviera caminando por tierra firme y de repente esta se convirtiera en arenas movedizas. De Liam=amigo a Liam=amigo y ¿algo más? Y de David=novio a David=¿novio? Porque, aunque no crea que a Liam le importo en ese sentido, de alguna manera ha afectado a mis sentimientos.

–En serio, Bambi, ¿siempre te concentras tanto cuando piensas? Das miedito –se burla–. Si fuera por ti, nos pasaríamos la parada. Ya llegamos, es la siguiente.

–¡Ah!

—Te va a explotar la cabeza. —Ríe, imitando el sonido de una bomba y los sesos cayendo al suelo.

—Payasa. —Le saco la lengua.

Salimos al andén y decido que es una tontería no contárselo:

—Berta cree que a Liam le gusto.

—Sí.

Me detengo. Connie anda unos pasos y se da la vuelta cuando se da cuenta de que no la sigo.

—¿Qué quieres decir con «sí»?

—Que yo también lo creo.

La reprendo con la mirada.

—¿Qué pasa? —pregunta sin entender.

—Y ¿cuándo pensabas decir algo?

—Bueno, no parecías nada interesada en él. No dejabas de hablar de David, y de él decías que tenía muchos problemas y que era mejor no fijarse.

—Es verdad, pero eso no quiere decir que tuviera ni idea de que él... pero tú, ¿cómo lo sabes? ¿Por qué estás tan segura?

—No sé, visto desde fuera es fácil darse cuenta, supongo —se encoge de hombros—, por cómo te miraba en el pub y eso.

—Y ¿cómo lo describirías?

—Como un corderito degollado. —Se echa a reír—. Pero entonces, ¿te gusta?

—No me conviene —respondo.

—Ya, bueno, pero, aparte de eso, ¿te gusta?

La miro indecisa.

—No lo sé. No he tenido tiempo de hacerme a la idea.

—Pues yo creo que no hay mucho que pensar. O te gusta o no te gusta —dice, haciendo balanza con las manos—. ¿Has pensado cómo sería acostarte con él?

—No digo que nunca haya fantaseado con eso, pero de ahí a pensar que pueda pasar...

—¿Qué?

—Pues que hay un abismo.

Continuamos la marcha, pero no estoy atenta al camino, me limito a seguirla. Ni siquiera tengo ganas de ir. Estoy bastante baja de ánimos, el ambiente en casa, con los trámites de divorcio en marcha y mi padre durmiendo en la habitación de invitados, es bastante deprimente como para pensar en diversión. Dios mío, tampoco tengo ganas de estar con David, pero no puedo echarme atrás después de haber convencido a Connie.

–Mis padres se van a divorciar. –Suelto la bomba y Connie se para en seco y me mira con los ojos muy abiertos.

–¿¡Qué dices!?

Asiento, apesadumbrada, y reiniciamos la marcha mientras se lo cuento todo. Le digo que entiendo que mi padre lo ocultara porque mi madre es muy exigente en todo y era difícil que pudiera encajar un despido sin echarle la culpa a él despectivamente. También le digo que no tengo muy claro todavía con quién ir a vivir.

–No te va a gustar lo que voy a decir, pero yo estoy más de acuerdo con tu madre.

–Eso es porque no la conoces –contesto, sin poder evitar sonar enfadada.

–En serio, Bambi. Es normal que al principio le diera palo contárselo, por lo que dices y eso… pero ¿tres meses? Se le fue bastante de las manos, ¿no?

–Eso puede pasar –lo defiendo–, lo vas dejando y cada vez la bola se hace más grande.

–No sé, yo no lo veo muy maduro. Parece un niño escondiendo una travesura a sus padres.

–Pues vale –digo molesta, y sé que estoy siendo injusta con ella porque es solo su opinión, pero supongo que en el fondo sé que tiene razón y yo siempre he tenido a mi padre en un pedestal.

–Perdona –se excusa Connie, y eso me hace rectificar porque no tiene que disculparse por decir lo que piensa, se lo he dicho un montón de veces. Le paso un brazo alrededor de los hombros y le doy un beso.

–No, tía. Es verdad, tienes razón, mi padre se ha pasado diez pueblos.

Andamos un rato más hasta que llegamos a la calle.

–¿Era el veintitrés?

–Sí –respondo, ausente.

–Pues ya estamos cerca –indica, mirando Google Maps en su móvil.

Llamamos al timbre de la planta baja y esperamos a que nos abran. Tengo el corazón en un puño.

La única luz que hay en la habitación es la de la Wii. Están jugando al Mario Kart y de fondo hay música electrónica. La estancia se compone de una estantería donde hay juegos y varios DVD, una neverita, un ordenador antiquísimo en una esquina, un sofá que parece rescatado del contenedor, una tele pequeña de las de antes y la consola. Simon, Stacey y David están sentados en el sofá, y en el suelo hay otras dos chicas demasiado arregladas para el plan que hay. David se levanta de un salto y se acerca con los labios por delante. Le doy un pico y después me presento al resto. Connie hace lo propio. Me siento un poco incómoda porque no me apetece mucho estar aquí.

David y Stacey nos ceden sitio en el sofá y Simon me acerca un porro.

–¿Quieres?

Asiento y fumo una calada. «Esto ayudará», pienso. Toso cuando noto una de las semillas en la garganta y se lo ofrezco a Connie.

–Paso de drogas –dice rápidamente.

–Connie, esto es una droga blanda, no es adictivo –le explico. Drogas, otro de los motivos por los que no es una buena idea estar con Liam, aunque se diera la posibilidad. A saber lo que no habrá probado ya.

Connie coge el porro, aspira y enseguida se pone a toser como loca.

–¿Nunca has fumado? Si no has probado ni el tabaco, esto es un poco duro –comenta Simon, pero Connie vuelve a darle una calada cuando ha dejado de toser. Parece que le ha gustado. Sonrío en su dirección.

–Toma. –Stacey le da un vaso de agua y ella se la bebe mientras le pasa el porro a una de las chicas, que observa la partida como si fuera lo más emocionante que ha visto en su vida.

–Mejor paramos de jugar, ¿no? Se van a aburrir –sugiere David acariciándome la pierna desde el suelo.

–Eso lo dices porque estás perdiendo –se mofa Simon.

–Callaos y acabemos la carrera de una vez –dice Stacey, que tiene el tercer mando. Simon le da al play.

–¿Quiénes sois? –se interesa Connie apuntando a la pantalla.

–Yo soy Mario –contesta David, a la vez que Stacey dice que es Tod, la seta, y Simon, Peach.

–¿Peach? –pregunto, sorprendida.

–Sí, ¿qué pasa?

–Nada, nada.

–Pues que eres un mariquita, tío –dice David. Las chicas se ríen a carcajadas, no sé si por efecto de los porros o porque realmente les ha hecho tanta gracia.

–Oye, Peach tiene un carro que no veas, ¿eh? Os recuerdo que voy segunda.

–¿Segunda? –repite la que tiene el porro.

–Segundo.

Todos nos echamos a reír.

–Toma, ¡cómete esa! –exclama Stacey, tirándole un caparazón rojo a David, que va tercero. Es un torpedo que lo persigue hasta que choca contra él y le hace dar vueltas.

–¡Cabrona!

Stacey imita la risa de un villano mientras adelanta a Simon y a otro coche, colocándose en primera posición.

–¡Qué juego más guay! –opina Connie.

–Ah, tú eres de las mías. Te gusta putear –le dice Stacey.

–Me quitáis todas las cosas, mamones. Siempre pillo lo más malo –se queja Simon, que ahora está en sexta posición con tres caparazones verdes dando vueltas alrededor de su coche rosa.

–¿Qué hay de malo con los verdes?

–Que tienes que apuntar y no estoy ahora para apuntar.

–Pues entonces no mees en el baño –suelta Stacey.

Risas. Stacey me cae bien.

Ya han completado una vuelta, al igual que el porro, que vuelve a estar en mi poder. Fumo tres caladas seguidas y no tardo en relajarme. Sonrío feliz y ya no recuerdo qué problema tenía hace un rato.

—¿Hay algo de beber? —le pregunto a David, tocándole el pelo con suavidad.

—Agua. Tienes la botella ahí. —Señala un lado del sofá sin girarse del todo.

—Me refiero a «bebida».

—No, no. Mezclar alcohol y porros no es la mejor idea. Es una cosa o la otra, hoy era la noche de María.

Me río tontamente por la broma. La risa sale sola.

—¡Eh! ¿Dónde está ese porro? —pregunta Simon.

—¡Que rule, que rule! —exige Stacey.

—Sí, que huele a uña —se une David, a lo que Connie suelta una buena carcajada.

—Huele a codo —añade Simon, y Connie, que lo pilla treinta segundos más tarde, casi se cae del sofá llorando de la risa.

—¡Vale! —Se lo paso a Connie, está a punto de acabarse.

—¿Hay más? —pregunta Connie sin saber cómo sostenerlo—. Me voy a quemar.

—¡Espera! —dice una de las chicas. Agarra un bolso que hay en la mesa del ordenador, rebusca y vuelve con unas pinzas de depilar.

—¡Ah! —sonríe Connie.

—¿Quién lía otro? —pregunta Stacey mientras se mueve de un lado a otro como el coche de la seta.

—Yo misma —se ofrece la de los tacones. La de las pinzas lleva botines. Coge un recipiente redondo y abre la pequeña tapa plateada. Es la María. Después mete la mano en el bolsillo y saca papel, tabaco, lo mezcla todo y empieza a liar, con arte.

—¡Rayo! —exclama Simon, alegre.

—¡Ah!, maldito —grita Stacey.

Simon se ríe vengativo mientras a todos los coches les cae un rayo y se hacen más pequeños, menos el de Simon, que logra superar tres coches.

–¡Tengo la estrella! Perdedores –se congratula David, y su coche avanza a toda velocidad, parpadeante, hacia la meta.

–¿Dónde lo tiro? –pregunta Connie, que se ha acabado lo que quedaba ella sola. Tacones le pasa un cenicero y lo apaga aplastándolo con el dedo.

David llega a la meta y suelta el mando alzando los brazos.

–Toma, ¡chupaos esa!

–Tu novio no es nada competitivo –ironiza Simon.

Suelto una risita y David se lanza sobre mí.

–Ahora quiero mi premio.

–No –respondo, alargando la o. Me río mientras jugamos a pelearnos en el sofá. Connie se levanta.

–Mira, has echado a Connie –me quejo sin dejar de reír. Nos besamos durante largo rato. Tengo la sensación de que el tiempo pasa más lentamente.

–¡Eh, tíos! Cortaos un poquito, que hay público –protesta Simon cuando parece que la cosa se calienta más de la cuenta.

–Pues a mí no me vendría mal que me diera un poco el aire –observa Stacey.

–Lo dice para dejaros solos –aclara Connie entre risas– y así –me guiña un ojo–, ¿eh?

–Venga, ven, que creo que todo el mundo lo ha pillado –espeta Stacey.

–¡Oh! ¿Jugamos a las películas? –propone Connie.

–¡Buena idea! Puede ser un puntazo con el morado –contesta Simon.

–Yo voy con Stacey –se apresura a decir Connie.

–Vamos fuera –añade Simon con un gesto.

–Espera, una prueba –agrega Connie, extendiendo los brazos y poniéndose de puntillas. Habla como si estuviera borracha, va moradísima.

–Esa es muy fácil, *Titanic* –dice Stacey abriendo la puerta.

–Pues no, era *Superman* –se ríe Connie.

–Ah, no la habrían adivinado ni de coña. Ganaremos –concluye Stacey, cogiéndola por el brazo para llevarla fuera.

–¿Jugamos? –le pregunto a David.

—No me apetece mucho —responde mirándome con una sonrisa de colmillo.

La puerta se cierra y de repente me siento indefensa. David me coge y me sienta a horcajadas encima de él. Me mete la lengua en la boca, está caliente. Todo el cuerpo me cosquillea cuando noto su erección.

—David —digo en su boca mientras mete la mano por debajo del sujetador y me pellizca un pezón—. David —repito.

—¿Qué? —contesta sin perder del todo la concentración.

—¿Aquí? No sé.

—Bambi —se separa—, ¿qué quieres de mí? —me pregunta un poco enfadado.

—¿Cómo?

—No es la primera vez que me paras los pies en pleno calentón.

—Bueno, lo haremos si quiero, ¿no?

—¿Quieres? —pregunta con seriedad.

—Bueno, no sé, es solo que... —Sin dejarme acabar la frase, David me abre los botones del pantalón y mete la mano dentro de mis braguitas.

—Yo diría que quieres. —Sonrisa otra vez.

Asiento y vuelvo a besarlo sin pensar en nada ni en nadie.

Estoy en la cama y el techo me da vueltas. No sabría decir si esta vez ha sido peor que mi primera vez. Iba muy morada, aunque he llegado al orgasmo, a diferencia del día en que perdí la virginidad, me he sentido casi forzada a hacerlo. Como si fuera una obligación, porque eso es lo que hay que hacer si sales con alguien. Pero ya no sabía qué contestar cuando se ha quejado de que lo he dejado más de una vez con las ganas. Aunque de alguna manera ha roto el momento y lo que siento por él. En realidad, no le importan mis sentimientos, si no, habría escuchado lo que tenía que decirle. Tampoco ha pensado mucho en mí mientras lo hacíamos, no me ha preguntado si estaba bien o si quería cambiar de postura, sino que se ha limitado a penetrarme hasta que he llegado al orgasmo, y he tardado bastante, gracias a María. Poco después se ha corrido dentro del preservativo. No, definitivamente David no es como esperaba. Parece que tenga dos caras completamente distintas, porque podría asegurar que el David de hace unas horas no era la misma persona que conocí en el parque, antes de lo de la piscina. Vuelvo a pensar en mi teoría: me quería para un polvo y en el instituto no me va a hacer ni caso.

Antes de estirarme en la cama he visto su WhatsApp. «Ha sido genial», pero ya no dice de quedar otro día. Menuda idiota he sido.

Cierro los ojos, pero la cabeza sigue dándome vueltas. He fumado demasiado, así que me levanto y enciendo el ordenador.

Bambi Peterson peterson.bambi@gmail.com
Domingo, 1 de abril de 2014
A: Liam
Asunto: ¿Qué cojones te pasa?

Hola, Liam:

Como parece que no quieres quedar conmigo, he pensado que igual respondes a este email.

Si he hecho algo para cabrearte, dímelo, porque la verdad es que no tengo ni idea de por qué te pusiste así conmigo o por qué no me contestas a los WhatsApp. ¿Desde cuándo no puedo hablarte de lo que hago con un tío? Siempre nos hemos contado esas cosas.

Te noté raro en la fiesta, no sé, como más triste. Cuéntamelo, los amigos están para eso. Nunca has querido profundizar demasiado en lo que pasa en tu casa, pero si es por eso, me gustaría ayudarte, aunque solo sea para que lo saques de dentro. Es muy malo guardárselo. Uno mismo siempre lo dramatiza todo más, por eso va muy bien tener otro punto de vista, alguien que lo vea desde fuera.

Si te sirve de consuelo, yo tampoco estoy saltando de alegría. En casa se lio la de Dios, mis padres van a divorciarse y todavía no tengo ni idea de dónde voy a vivir a partir de ahora. Y con David no funciona. Creo que a lo mejor lo tenía tan idealizado que la realidad ha sido una decepción. No tenemos nada en común, en algunas cosas coincidimos, pero no en las importantes. ¿Sabes que nunca ha leído un libro por placer? ¡Ni uno!

Lo he hecho con él, pero no me ha gustado. Me parece que eso era lo único que quería de mí, porque siempre que nos veíamos lo intentaba y me he sentido obligada. No es que me forzara ni mucho menos, pero no quería hacerlo aún y se ha mosqueado. Me hizo sentir mal y por eso lo hice. Después ni siquiera me ha escrito para volver a quedar, así que es lo que me imaginaba: solo me quería para eso. Pensaba dejarlo, pero no creo que haga falta. Él solito ya se ha apartado.

Me siento fatal, usada y rechazada al mismo tiempo.

Espero que me contestes. Una vez me ofreciste tu hombro para llorar, ¿recuerdas? Me gustaría hacer uso de él, ¿tienes un bono tique de esos?

Como siempre, te adjunto texto nuevo, es lo último que he escrito, justo lo que viene después del espectáculo de las bestias. Espero que te guste.

Un beso.

Antes de cerrar Gmail y caer rendida en la cama, vuelvo a leer el último email que me mandó.

Liam Tucker <liam.fuckingtucker@vision.com>
Miércoles, 19 de marzo de 2014
Para ti
Asunto: Puto cuervo

Hola, Bambina:

Por fin tengo acabado el relato del cuervo, y como digas otra vez que se parece al pajarraco ese de tres ojos de *Juego de*

Tronos, te mato. Que a ver, me molan mucho los libros de Martin, pero joder, que yo no plagio. He añadido más cosas para diferenciarlo, ya verás. El mío ve parte de las vidas de los ahorcados mientras les come los ojos y luego guía sus almas al otro barrio, tía. ¡Nada que ver! Como si los putos cuervos no existieran de antes.

¿Quedamos la semana que viene y lo comentamos?

P. D.: Háblale a ese David de una vez, que no es tan difícil. Dile: hola David, mira yo tengo vagina y tú tienes algo que encaja ahí ¿sabes? Como un puzle 😂

Besos húmedos.

Documento adjunto:

LA SONRISA DEL CUERVO

Cuán sordos son los oídos de los hombres que habitan esta tierra creyendo dominar hasta sus confines. Si supieran interpretar mis potentes graznidos, sentirían el terror en sus orgullosos corazones. Comprenderían al instante lo insignificante que es su vida desde el punto de vista del Universo. Su paso por el mundo es tan fugaz como el batir de mis alas. Si me escucharan de verdad, se volverían locos de atar. Andarían cabizbajos, mirando en todas direcciones por temor a ser avistados por un ave de plumaje negro; animal de mal agüero. «¡Nunca miren a un cuervo directamente!», rezongarían, «o recibirán un mal de ojo y aullidos de muerte», clamarían. Y con el paso de los siglos se les arquearía la espalda por el eterno intento de pasar desapercibidos. Empero, mi atención únicamente reciben cuando ya no son nada, solo pasto de gusanos; pues ahí comienza mi labor.

A kilómetros huelo la pestilencia que expide su cuerpo inerte mucho antes que el olfato humano. Tanto es así que puedo afirmar que ha empezado a enfriarse y hace un minuto estaba caliente. Volaré hasta toparme con sus restos colgados de la soga. Qué momento más dulce para cualquier ser de mi especie, observar esos ojos perdidos en el abismo, que ya no son foco de lo que los rodea, sino una proyección de lo que han visto durante toda su vida. Mas las imágenes que destilan solamente un cuervo puede contemplarlas y sonreír.

Erizadas tengo las plumas del pescuezo cuando distingo la pequeña figura que se balancea en la distancia, pues injusta se me antoja su sentencia a tan corta vida. «¡Malditos sean los hombres por siempre!», chillo. Lo más vil que ha dado la existencia. Desde el cielo plomizo observo las anchas espaldas del que ha apartado de un puntapié el soporte que sujetaba sus piececitos mugrientos, y sé que tiene el corazón más negro que la pez. Los cuervos solo podemos leer a los muertos, pero ver su boca desdentada y ese aire hediondo que sale de sus tripas formando una risa confirma mi certeza. «Hipócrita bandada despreciable de humanos», aúllo a los que alzan las manos bajo la plataforma con sed de sufrimiento. El que es vitoreado como un héroe repite su acción con una mujer que gimotea junto a la criatura, con las manos sujetando la cuerda que rodea su cuello. El último soplo de aire que ha espirado es un haz de luz dorada para mí. Se tambalea y sus ojos, ¡oh, sus ojos!, se hacen grandes y relucientes hasta que pierden la intensidad que los hacía vivaces, y son sustituidos por pupilas mortecinas. Qué poco valorados están esos ojos cuando llegan a ese estado; sin embargo, para los cuervos es el estado de gracia. El clímax que da sentido al cosmos.

Emprendo el vuelo cuando los excrementos llamados humanos abandonan mi tesoro. Esos glóbulos preciosos. Revoloteo frente a mi botín, pequeños ojos como monedas que proyectan la más pura de las inocencias. Este es un momento mágico, pues su alma comprende mi lenguaje, mas no está rodeada de masa mundana. Fue un niño obediente que amó a su madre y a sus hermanos, me dice su vocecita asustada, y yo respondo que no tenga miedo. Fue un niño pobre que pasaba mucha hambre, añade su vocecita, y yo respondo que nunca más volverá a pasar hambre. Tuvo que robar para llenarse el estómago, dice con temor, y yo respondo que no es mi cometido castigarlo, sino guiarlo hacia el abrazo de la eterna luz. Asiente con repentina calma y le digo que es muy valiente. «Deberás darme tus ojos para el viaje, mas solo ellos nos mostrarán el camino», explico. Me pregunta si su mamá estará con él, que siente culpa por su muerte, que no sabe si estará enfadada, y yo respondo que todo ha sido obra de la barbaridad de los hombres, que si su mamá me da sus ojos, estará con él. «Te los dará si le prometes que estará conmigo», concluye dándome permiso. Un cuervo no puede apoderarse de unos ojos que no son suyos sin consentimiento.

Robó a un terrateniente codicioso, observo, y las rigurosas leyes del feudo los sometieron a él y a su mamá, al primero por robo y a la segunda por engendrar a un ladrón.

Sus cuencas vacías marcan el inicio de la travesía, extiendo las alas en el firmamento y sonrío.

17

En la manzana interior del conjunto de edificios de hormigón hay un parque de arenilla con tres bancos que siempre frecuenta el mismo grupo de chicos, y, si no fuera por el continuo vaivén de adictos al crack, podría considerárselos de lo más inofensivos; jóvenes que pasan el rato allí como en cualquier otro lugar.

A plena luz del día, las pústulas del hombre que está hablando con Liam son difícilmente eludibles a la vista. La voz es un arrastrar de palabras entonadas con el nerviosismo propio de la desesperación, pero también con el sonido característico de los que viven en la más absoluta miseria.

–Lo siento, tío. No es suficiente –vuelve a repetir Liam.

El hombre tiene los brazos de color violeta de la cantidad de veces que se ha inyectado, y con ellos agarra a Liam, suplicándole que acepte ese billete para una papelina, o por lo menos para la mitad de la papelina, justificándolo con que él es un asiduo, como si por ello pudieran darle una tarjeta de fidelización.

Liam se ve obligado a empujarlo cuando lo agarra con más fuerza, pero el hombre está tan débil que pierde el equilibrio y las manos se le quedan clavadas en la arena. La espalda de la camiseta blanca está negra de haber dormido a la intemperie, el pelo, ya gris, cae grasiento por encima de los hombros.

—Tendrás que traerme más —añade, y coge el dinero de una mujer, que le sonríe con los dientes podridos de chupar coca. Pero el aludido no se levanta, se queda en el suelo lamentándose, llorando.

Liam le hace una señal a uno de los chicos, que, aunque corpulento, no debe de contar con más de quince años, para que se lo lleve.

—No te pases con él —le advierte Liam.

El otro asiente y, como puede, lo arrastra a un lado hasta que el drogadicto se levanta y se marcha por su propio pie.

—Cuidado con ese. No tiene ni un chavo, seguro que la próxima vez viene con billetes falsos. Estos se las saben todas —le indica Liam al chaval cuando vuelve a pasar por su lado, para después acompañar a la mujer de dientes negros hacia la parte donde esconden la droga. Liam mira al hombre de nuevo y no puede evitar dedicarle una mirada de pena cuando lo descubre observándolos como un niño pobre al que privan de un bollo de crema.

Coge el móvil y vuelve a entrar en su cuenta de email por tercera vez desde que se ha despertado por la mañana. Hay tres emails de respuesta guardados en el borrador. Vuelve a meterse el móvil en el bolsillo para seguir recaudando, una, dos, y diez veces más hasta que ve un rostro conocido que le devuelve la sonrisa.

Liam llama a un chico que viste de un modo muy similar a Abel, pero con gorra de lana, para que lo sustituya, y se sienta con Jordan en el banco.

—¿Cómo va? —pregunta su amigo.

—Es muy deprimente, tío —contesta Liam.

—¿Qué esperabas? ¿Glamur? —se ríe Jordan sacando un cigarro del paquete.

—No me quejo, la pasta me compensa —responde, pero su mirada no dice lo mismo.

—Espero que puedas soportarlo, porque esto es lo que hay, ya te dije que una vez que entras ya no puedes salir.

—Yo no he dicho que quiera salir.

—Vale. Solo te lo recuerdo.

Liam abre una nevera de camping que hay detrás del banco, saca dos latas de cerveza y le ofrece una a su amigo, que la abre con el cigarro en la boca, cerrando el ojo para que no le entre el humo.

–¿No importa que estos chavales vean que somos más que conocidos? –pregunta Liam echando una mirada al que está sustituyéndolo.

–Estos chavales y yo –los señala con la cabeza– somos como hermanos, la mayoría están aquí por mí y les he enseñado todo lo que saben, como he hecho contigo. Además, ellos no tratan con Búfalo ni con Abel, para eso estás tú.

Sigue un silencio que dura el tiempo que tarda el cigarro de Jordan en consumirse.

–Cuando estás con ellos no te reconozco, tío –apunta Liam.

–Es supervivencia –lanza la colilla–, y tú tendrías que hacer lo mismo.

–¿Qué quieres decir? –Los nervios se hacen visibles en el tono de alerta que esconde la pregunta.

–Creo que esto te acojona y se nota.

–¿De qué hablas? –Jordan no contesta enseguida, y parece que Liam entiende a qué puede estar refiriéndose porque añade–: ¿Qué pasa? ¿Que tengo que ir cargándome gatos para ganarme el respeto?

–Aún tienes que ganarte el respeto –se limita a contestar.

–¿Cómo lo hiciste tú? –pregunta, instantes después.

La respuesta de Jordan tarda en llegar.

–Un chaval que conocí cuando llevaba poco en esto tomó una mala decisión. –Liam no pregunta de qué decisión se trataba, parece haber llegado a la conclusión solo–. Era un riesgo para la banda. –Jordan acaba la historia ahí, no hacen falta palabras para saber qué tuvo que hacer para ganarse el respeto.

Jordan desvía la vista a uno de los chicos de la banda, que está dándole el material a una adolescente demacrada.

–Por aquí bien, ¿no?

–La pasma lleva unos días por nuestra zona –dice Liam–. Van de paisano, pero se los ve a la legua, tío. Si se disfrazan de yonquis, por lo menos podrían ensuciarse un poco, yo qué sé, aparentar estar más jodidos.

–Pff.

–Y ¿cómo va lo del negocio aquel con los Big West Boys?

–De eso quería hablarte, tío. Después de una buena temporada de guerra abierta con esos cabrones hemos llegado a un acuerdo. Pero es porque su mierda ha perdido calidad.

–Y ¿eso?

–Los maderos cazaron a los cocinillas.

–Vaya putada. Pero mejor para nosotros, ¿no?

–Supongo. –Desvía la mirada a los bloques–. Estamos esperando a que nos digan un sitio para hacerles la primera entrega.

–¿Conocen a nuestros cocinillas? –inquiere, dando un sorbo a su cerveza.

–Pues no tengo ni puta idea, espero que no, porque si llegan a ellos, nosotros ya no pintaremos una mierda en este negocio. Aunque todo el mundo, por lo menos los que están metidos en temas turbios, conocen a Búfalo y su reputación. No creo que nadie se atreva a joderlo.

–¿Quién decide el territorio que lleva cada uno?

Jordan suelta una risita aguda.

–Esto es la jungla, aquí nadie gobierna. Es la ley del más fuerte, una puta película de John Wayne.

–Sí, qué pregunta más tonta.

–No, tío, pregunta lo que quieras –dice, repentinamente serio.

–¿Te pasa algo?

–No. –Su risa carece de energía–. Esta mañana uno de los enanos me ha preguntado si podía ir al colegio a explicar a lo que me dedico.

La mirada que se cruzan hace que las palabras sobren. Jordan no ha mencionado el asunto de la imposibilidad de salir de la banda para recordárselo a Liam, sino a sí mismo.

–Y ¿qué le has dicho?

–Pues que iría. No me he visto la cara, pero Jana sí. –Se ríe amargamente–. No tiene un pelo de tonta, sabe exactamente en qué andamos metidos y ha salido del paso mejor que yo. Le ha dicho que ahora no curro, pero que podría aprovechar para hablar de lo jodido que está el sistema en palabras que los críos puedan entender. Me ha dejado alucinando, tío.

–Jana llegará lejos. Es muy lista –comenta Liam–. Estudiará Derecho, como mínimo.

–Ya me dirás cómo cojones voy a darle yo un futuro. A cualquiera de ellos –dice, suspirando–. Cualquier día me meten en el talego o me pegan un tiro.

–Joder, ¿a qué viene tanto pesimismo, colega?

Sigue un silencio y Jordan lo rompe cuando, después de echar un vistazo alrededor, dice en voz queda:

–El otro día me dio por pensar en la típica frase esa de que la vida es corta, ¿sabes? –Liam asiente–. Haciendo esto lo es más. Parece de cajón, ¿no? Pero cuando lo haces porque no tienes otra, no lo piensas de verdad.

–¿Qué quieres decirme, Jordan?

–Nada, solo que me vino a la mente, pensé en las cosas que me gustaría hacer y mierdas así.

–¿Sabes algo que yo no sepa? –susurra Liam, preocupado.

–Que no, joder. No te lo digo para acojonarte. Es una reflexión, a ver si tú vas a ser el único jodido filósofo aquí.

Se ríen.

–Y ¿qué te gustaría hacer?

Jordan reprime una sonrisa, pero enseguida vuelve a ponerse serio.

–Voy a ir al grano. Quiero probar los melones de Lara. –Liam suelta una carcajada–. No estoy de coña, colega, es algo que me muero de ganas de hacer, catar a ese pibón. ¿Hablarás con ella?

–Ella los elige, yo no tengo nada que ver –asegura, riéndose.

–Tráela un día al bar de Joe, a ver si se rinde a mis encantos –dice, limpiándose los labios con la lengua exageradamente, y gruñe como los cerdos para enfatizar lo malo que se pone solo de pensarlo.

–Bueno, tío –dice Liam riéndose–. Me voy a poner en marcha, que ya llevan un rato sustituyéndome.

–Oye, no me has dicho qué te molaría hacer a ti.

Liam se queda un momento callado, pensando.

–Me molaría sacar a mi madre de ese agujero de mierda.

Jordan asiente.

–Te entiendo. –Liam abre la boca para decir algo, pero vuelve a cerrarla frunciendo el ceño, como si hubiera caído en algo–. Eh, tío, –Jordan agita la mano delante de los ojos de Liam para traerlo de vuelta.

–Cuando dices que todo el que está metido en temas turbios conoce a Búfalo, ¿te refieres al vicio?

–Sí, drogas, putas, juego...

–Juego, putas –repite Liam, pensativo.

–¿A qué viene eso?

Liam mira al cielo observando a un grupo de pájaros negros volar formando una V, y sonríe.

Junto a un concesionario de ocasión hay un puticlub que se llama Luna Roja. Las luces rojas y lilas están apagadas por la mañana, aunque Liam parece saber que está abierto porque abre la puerta sin problema y entra en el ambiente eternamente nocturno. Solo con echar un vistazo, puede adivinarse que el servicio no es de lujo. El local es una nave, que originariamente debía ser construida para albergar un almacén, con una barra arrancada de un bar de barrio, una moqueta que la baja intensidad de las luces salva de mostrar toda la mugre, una mesa de billar con una de esas lámparas rectangulares que iluminan el tapiz verde y manchado, y la decoración más hortera imaginable; tan cargante como debe serlo el aire viciado en un lugar como ese, una mezcla de olor a tabaco, sexo y alcohol.

Las prostitutas lo observan mientras avanza hacia el camarero, que fuma un puro tras la barra. Pero parecen ser conscientes de que no sacarán nada de él, porque ignoran su presencia. Liam se planta delante del hombretón vestido con una camiseta interior blanca, amarillenta, que le marca la gran barriga hinchada de whisky.

—¿Dónde está? —se limita a preguntar. No es la primera vez que Liam pasa por allí, ni la primera vez que el camarero le contesta con un gruñido. El puro apunta a la escalera metálica que lleva al piso de arriba, donde están los cubículos de las prostitutas y que, originariamente, debía alojar los despachos donde se llevaba el control del almacén.

Liam sube los escalones de dos en dos y recorre el único pasillo rápidamente. Los gritos de éxtasis y las risas embriagadas atraviesan las puertas de chapa. También las órdenes de clientes, a los que se puede calificar de violentos solo oyendo sus voces.

Liam abre de una patada la última puerta del pasillo y las paredes parecen ceder también. Quizá porque están tan mohosas que no costaría mucho esfuerzo deshacerlas.

En la cama, boca abajo, su padre duerme la mona. Ni siquiera la prostituta se ha dignado acompañarlo. Liam lo mira con tanto odio que nadie podría asegurar que sus intenciones no fueran otras que acabar con él. Liam lo despierta agarrándolo del pelo desde atrás y tira en su dirección, su padre se sobresalta, y Liam se acerca a su oído.

—Tengo malas noticias para ti —le susurra.

Su padre, que enseguida reconoce la voz, se desprende de su agarre retorciéndose en la cama como una culebra y se da la vuelta, rojo de rabia.

—¿Qué coño quieres, pedazo de mierda?

Liam se pone en pie y, guardando la compostura, tranquilo como un sicario, se sacude los vaqueros.

—El dinero que me robaste —empieza a decir.

—Yo no te he robado nada, ¡piérdete de mi vista si no quieres que te muela a palos! —exclama. La vena se le marca en la frente.

—Cállate —le ordena—. Ese dinero es de droga.

Su padre se baja de la cama, torpemente.

—Es un farol —dice.

—¿Ah, sí? En el juego todo el mundo se conoce.

Su padre escupe en el suelo.

—He dicho que te largues. No me hagas repetírtelo, hijo.

—Yo no soy tu hijo —dice, entre dientes—. Nunca más vuelvas a llamarme hijo, cabrón desgraciado. —La falta de respuesta de su padre le hace dibujar una sonrisa en que se intuye peligro—. Ese dinero es de gente importante y tú te lo has pateado en putas y priva. Los tíos para los que trabajo lo saben —la sombra del miedo surge en el rostro de su padre—, y están esperando a que aparezcas por casa para colgarte de los huevos y abrirte las tripas.

—No me creo una mierda.

—Se lo dije y lo han comprobado, porque el dinero estaba marcado, gilipollas.

Liam coge el móvil de concha y se lo enseña.

—Puedo llamar a Búfalo. —Se regodea en su nombre y, por lo mucho que le ha hecho abrir los ojos a su padre, queda claro que sabe de quién está hablando—. Seguro que no tiene ningún problema en llenar más de mierda este tugurio —agrega, abriendo la tapa, ya dispuesto a marcar.

—¡Espera! —le pide él. Su tono es ahora conciliador—. Se lo devolveré todo. —Se lleva el dedo anular a la boca, mordiéndose una pielecilla con nerviosismo—. Dame una semana.

—Ni hablar. Lo quieren ahora.

El miedo lo domina por completo, tiene la cara descompuesta y el cuerpo tan encogido que parece estar en medio de una tormenta de nieve.

—No lo tengo. ¡No me queda nada!

Liam se ríe con ganas y su padre lo mira como si de repente no conociera a la persona que está en la habitación.

—¿Qué puedo hacer? —Se acerca, con la palma de la mano levantada para señalar que no tiene intención de atacarlo. Han dejado de ser padre e hijo, Liam se ha convertido en el esbirro de un traficante dándole un aviso a un moroso de la peor calaña.

—No vuelvas a casa —responde—. Desaparece ahora si no quieres que te abran en canal.

18

Empezar el instituto con clase de Matemáticas es el peor castigo después de las vacaciones, sobre todo para los que han tenido un final de vacaciones tan pésimo como el mío, con sus padres a punto de divorciarse.

Entro en clase sin saber cuál es la fuerza que me está arrastrando hacia mi pupitre, porque me parece imposible estar haciéndolo por voluntad propia. Connie era quien me animaba a seguir adelante, pero ahora estoy sola. Entonces, ¿cómo he logrado levantarme esta mañana?

Las odiosas risas que tanto conozco me llegan desde la última fila. Sé que van dirigidas a mí por lo que pasó en la excursión, pero intento ignorarlas. Debería ir con auriculares y no quitármelos hasta que empezara la clase, sería una buena manera de aislarme de esta mierda. En el momento en que lo decido, llego a mi sitio y, cuando veo lo que hay encima de mi pupitre, una ola de impotencia recorre todo mi cuerpo. Risas. Dicen algo, pero ni siquiera le encuentro el sentido, ahora no entendería a alguien que me dirigiera más de dos palabras seguidas. Tengo los músculos agarrotados de la tensión y la nariz empieza a picarme, mientras leo, una y otra vez, la palabra «guarra» escrita en rotulador permanente negro de lado a lado de la mesa. Y, de regalo, una compresa de alas abierta, pegada encima del insulto. Más risas.

Eludo mi primera reacción, que es salir corriendo de clase y enclaustrarme en el baño a llorar. No sé cómo logro quedarme en el mismo lugar, pero aquí sigo, dándome cuenta de que nunca había dejado pasar el tiempo suficiente para reaccionar de cualquier otra manera. Siempre que lloro es por impotencia, pero luego viene el enfado, y con el enfado, la defensa. ¿Qué gano dándole patadas a una papelera o a una puerta? Nada, porque nadie me ve. A pesar del vértigo, la rabia hace que la sangre, helada por la conmoción, hierva. Cojo la compresa arrugándola en una mano y me doy la vuelta. Las lágrimas son visibles, pero no me importa. Observo a Valerie sentada encima de su mesa, y tanto ella como las otras dos se sorprenden al ver que voy hacia ellas con mirada asesina. Como no esperaban que hiciera nada, ni Carol ni Erika me paran a tiempo cuando cojo a Valerie del pelo y tiro con fuerza. Antes de que intervengan, Valerie abre la boca para quejarse y le estampo buena parte de la compresa dentro. Todo esto sin decir una sola palabra, como si no fuera yo misma y algún parásito vengativo se hubiera introducido en mi cuerpo.

Carol me pega un empujón. Hay muchos insultos y gritos, el barullo de la pelea atrae a los morbosos, que se acercan a tiempo de ver a Valerie escupir la compresa y saltar de la mesa, lanzándose hacia mí. Su manaza está a punto de aterrizar en mi cara, pero consigo frenar el ataque cogiéndola del brazo, y con la mano que me queda libre vuelvo a tirarle del pelo. Ella también hace lo mismo y uno de los mirones intenta separarnos mientras Carol y Erika vitorean a Valerie, animándola a que me rompa la cara. La persona que ha intervenido, ni siquiera sabría decir quién intenta aflojar el agarre. Creo que le he arrancado un mechón a Valerie, y ella también me ha arrancado pelos, pero la cólera minimiza el dolor; tengo tantas ganas de hacerle daño que no sé si me lo está haciendo a mí. El chillido horrorizado de la profesora de Matemáticas es lo único que da por terminada la reyerta. Y, cinco minutos después, ambas estamos sentadas en el despacho de la directora.

—Este comportamiento es absolutamente intolerable —nos reprende la directora, marcándose por el enfado sus ya afiladas facciones—. No somos bárbaros, por el amor de Dios.

—Los adultos resuelven sus diferencias hablando —interviene el profesor Roberts, pero no me está mirando a mí, sino a Valerie. Él mejor que nadie sabe que he sobrepasado mi límite.

—Os habéis salvado de la expulsión gracias al profesor Roberts —dice la directora, señalándolo con la cabeza—. Pero tú —mira a Valerie— vas a quedarte después de clase y vas a limpiar la mesa de tu compañera. Y me da igual que se te caigan las uñas, ¿entiendes? Quiero que esté reluciente.

—Y ella, ¿nada? —protesta Valerie.

La directora apoya el peso sobre los codos, en la mesa donde hace las reuniones.

—Tengo entendido que ella lleva bastante tiempo aguantando vuestras humillaciones. Una alumna se ha marchado de este instituto por ello. —Su tono de voz se alza en esta última explicación—. Lo de limpiar es un castigo muy blando. Tú y tus amigas tenéis suerte de que no os expulse permanentemente. Y si me entero de que volvéis a las andadas, olvidaos de volver aquí. Os echaré por conducta delictiva.

A Valerie se le escapan las lágrimas y mi venganza aparece en una pequeña sonrisa de triunfo.

—No te rías —me advierte la directora.

—Podéis volver a clase —concede el profesor Roberts.

De camino hacia allí, un silencio de respeto mutuo nos acompaña, uno que es extensible a Carol, Erika y Alec; y que dura hasta el final del día. Pero nadie puede asegurarme que mañana no volverá a ser como siempre.

Todo está cambiando. En casa, mis padres han acordado que firmarán los papeles la próxima semana, coinciden en que lo mejor es hacerlo cuanto antes, pero yo necesito más tiempo para pensar. ¿Con quién voy a ir a vivir? No tengo ni la más remota idea. Encima no se lo puedo contar a Liam porque no contesta, y ya me he cansado de irle detrás. David no apareció en todo el día de ayer, seguramente está evitándome. No me ha dicho nada desde que lo hicimos en el local. En realidad, me alegro, porque creo que habría sido un momento bastante incómodo. Me imagino qué tipo de conversación habríamos tenido:

David: Hola, Bambi, ¿cómo estás?

Yo me encogería de hombros y diría que bien.

David: He estado muy liado estos días. (Y esto lo diría rascándose la parte trasera de la cabeza, signo clásico de excusa barata.)

Bambi: Yo también. (Una gran mentira. He estado bastante aburrida porque Connie se ha ido a casa de sus tíos y Liam no ha dado señales de vida.)

David: Quedamos un día de estos, ¿no?

Y aquí es cuando mi imaginación empieza a desvariar.

Bambi: Sí, bueno, ya me dirás cuándo te va bien metérmela por segunda vez y no llamarme después.

Entonces él pondría cara de «quiero salir de aquí ahora mismo» y yo gesticularía restándole importancia.

Bambi: Tranquilo, no me importa, la verdad es que disfruto más con la masturbación que con tu pene, es como menos experimentado, ¿sabes? Es como un astronauta que llega a Venus y explora la zona, pero no tiene ni idea de cómo actuar en ella. Pero no te lo tomes a mal, he tenido peores.

David se quedaría sin palabras.

Bambi: La zona uno, dos y tres están exploradas, que no explotadas, pero te faltan unas cuantas y no tienes ni idea de cómo llegar a ellas, ¿verdad?

David: Se te va mucho la pinza.

Bambi: Ahora soy una loca, claro, muy conveniente para ti. «Houston, tenemos un problema» es lo que tenía ganas de decir mientras me la metías.

David: No tiene gracia.

Bambi: Ah, no pretendía que sonara gracioso.

David: No hace falta que seas tan cruel, ya te he dicho que he estado liado.

Bambi: Sí, claro, y yo soy hija ilegítima de David Bowie.

David: Mira, mejor lo dejamos.

De repente pongo cara de que voy a echarme a llorar y cuando veo que eso lo ha asustado y ahora sí que le encantaría desaparecer, vuelvo a mirarlo con indiferencia.

Bambi: ¡No me digas!

Alzo la vista del dibujo de las enredaderas que he hecho en el margen de la libreta hacia el profesor Roberts, pero no consigo concentrarme en la explicación de la Revolución francesa. Así que, mientras escucho la influencia que tuvieron Voltaire, Rousseau y Montesquieu en la opinión popular y lo que ello significó para la sociedad de nuestros días, echo una mirada furtiva al mensaje del móvil.

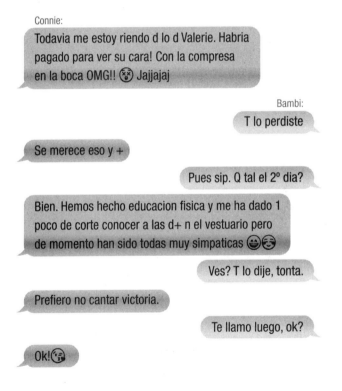

Connie:
Todavia me estoy riendo d lo d Valerie. Habria pagado para ver su cara! Con la compresa en la boca OMG!! 🤢 Jajjajaj

Bambi:
T lo perdiste

Se merece eso y +

Pues sip. Q tal el 2º dia?

Bien. Hemos hecho educacion fisica y me ha dado 1 poco de corte conocer a las d+ n el vestuario pero de momento han sido todas muy simpaticas 😄😊

Ves? T lo dije, tonta.

Prefiero no cantar victoria.

Te llamo luego, ok?

Ok!😚

Estoy en el comedor, en una mesa con gente de un curso inferior que se ha limitado a fingir que no estoy. De momento, el día ha sido muy tranquilo. Nadie me ha dicho nada, pero, al igual que Connie, tampoco quiero cantar victoria. Miro la hamburguesa con desgana, no tengo hambre, hace días que la comida no me entra. No estoy en mi mejor momento, lo reconozco. Me siento sola sin Connie y, aunque la indiferencia es mucho mejor que ser el blanco de las burlas, tampoco ayuda a levantarme el ánimo. Hace tiempo que pedí ser invisible, pero no me gusta serlo. Me siento como si hubiera pedido un deseo y ahora que me ha sido concedido me diera cuenta de que eso no era lo que realmente deseaba. No sé qué es lo que quiero. La escritura siempre ha sido mi vía de escape, lo único que me recuerda que sirvo para algo que vale la pena, pero sin Liam no es lo mismo. No debería ser así, mi escritura no debería depender de otra persona, pero esa es la realidad. No sé avanzar sin saber su opinión sobre lo que ya llevo escrito, cosa que hace que me sienta tremendamente insegura en la única cosa que creía dominar. Soy consciente de que si sigo en esa línea de pensamientos, voy por muy mal camino, de cabeza a la depresión.

Entro en la bandeja de entrada de Gmail y con fastidio compruebo que solo tengo emails de *newsletters* con descuentos en viajes, ropa y productos de belleza. Si alguna vez pensé que Liam sentía algo por mí, ya puedo ir quitándomelo de la cabeza. Pero eso no es lo que de verdad me preocupa, sino la posibilidad de haber perdido su amistad. Si es así, tengo derecho a saber por qué. Si al menos supiera dónde vive...

Tiro las sobras de la comida y coloco la bandeja sobre otras sucias en una parte de la barra. Después salgo al patio y me siento en uno de los bancos más alejados de la pista de fútbol para leer un rato. Me he traído uno de los volúmenes de *El Ciclo de Terramar*, de Ursula K. Le Guin. Me viene muy bien alejarme de este mundo por un rato, así que no dejo pasar ni un minuto para acabar lo poco que me falta del libro.

De pronto, de soslayo, veo que alguien se acerca y abro mucho los ojos cuando David viene hacia mí. Los nervios me presionan el pecho, no sé qué decirle.

–¡Eh! ¿Dónde te habías metido? –me pregunta, sentándose en la parte superior del respaldo del banco, junto a mí. Yo no contesto porque me he quedado sin palabras. ¿Puede ser que me esté hablando como si no se hubiera pasado una semana entera sin llamarme ni mandarme un mensaje?–. Te he estado buscando todo el día. Y ayer tampoco te vi.

–Pues ya me has encontrado –me limito a decir, mirándome los pies.

–Ya –contesta con precaución, dándose cuenta de que estoy enfadada–, pues que sepas que he perdido el móvil.

Yo me vuelvo y lo miro sintiéndome culpable, pero no tardo en decirle que ya sabe dónde vivo.

–Lo perdí en la playa, estuve fuera con mis padres y, claro, no me acordaba del número de memoria.

–Ah.

Me coge de la barbilla.

–No me dijiste nada de que te ibas con tus padres –se me ocurre decir. Me sonríe.

–Es verdad, lo siento –dice sin dejar de sonreír–. La verdad es que no he dejado de pensar en ti estos días. –Se acerca para besarme, pero yo me aparto–. ¿Pasa algo?

–No, nada.

–Ya, entonces ¿por qué no quieres besarme?

–No me creo eso de que no me encontraras –contesto, enfrentando su mirada azul–. Sabes perfectamente dónde están mi taquilla y mi clase. Lo que pasa es que has esperado a que no estuvieran Alec ni los otros.

David arruga el ceño.

–Eso son paranoias tuyas.

–Me parece demasiada casualidad.

No sé por qué me pongo así, cuando lo que debería decirle es que no me siento como creía con él, que lo mejor es que solo seamos amigos, si quiere. No sé qué es lo que me lo impide. Quizá las ganas de que los demás se enteren de la verdad, de que sepan que alguien me desea, y no cualquiera, David.

–Si quieres, quedamos al salir y nos vamos a tomar algo.

–No –digo con contundencia–. Quiero ver cómo le dices a Alec que estamos saliendo –agrego, pero enseguida me arrepiento. No puedo pedirle eso y luego dejarlo.

—Menuda tontería –dice–. Alec ya lo sabe.

Lo miro sorprendida.

—No me lo creo.

—Pues créetelo. Me lo ha preguntado hoy en plan de coña y yo le dicho que era un gilipollas. Por lo visto, Valerie iba por ahí diciendo que te habías inventado que estábamos juntos.

No puedo creer lo que estoy oyendo. Casi he abierto la boca de la sorpresa. Ahora no soy capaz de decirle cómo me siento, así que, cuando vuelve a acercarse, le devuelvo el beso, que dura hasta que suena el timbre.

—¿Quedamos luego? –me pregunta.

—No sé –digo–, la profe de Mates ha puesto un montón de deberes y, además, pensaba escribir algo, que no he hecho nada en toda la semana.

David se muestra decepcionado.

—¿Qué te parece si quedamos el miércoles? –¿Por qué le estoy proponiendo otro día?

—El miércoles tengo entrenamiento. ¿Qué me dices del jueves?

—¿Te importa si está Connie? Es que había quedado con ella –miento. Debería poder cortar con él el jueves en lugar de alargarlo, no sé por qué lo estoy haciendo.

—No me importa –finge. Por el tono se nota mucho que esperaba estar conmigo a solas.

Caminamos juntos a la salida del patio.

¿Qué es lo que me pasa? Hace menos de un mes estaba loca por este chico y ahora estoy inventándome excusas para no verlo. Creo que habría preferido que fuera un cabrón, eso facilitaría mucho las cosas.

—Estás rara conmigo, ¿he hecho algo mal? –me pregunta. Yo fijo la mirada en el suelo.

—No, qué va. Es que… mis padres van a divorciarse. –Es lo primero que se me ocurre. Es la primera verdad.

—Oh, vaya –responde rodeándome con el brazo–. Lo siento mucho.

—Es igual, creo que es mejor así –continúo sin mirarlo.

Llegamos a la planta donde están las clases y antes de irse a la suya me da otro beso. Me siento fatal.

Toca clase de Arte y el señor Williams, que siempre mira a las alumnas con un «¿te hace tirarte a tu profesor?», nos divide en grupos para hacer un ejercicio que se parece bastante al Pictionary. Por lo visto, ha decidido amenizar la última hora de la tarde para evitar muerte por constante aburrimiento, y, como la suerte nunca suele estar de mi parte, me toca con Carol. Ella también muestra su desagrado con un gesto teatral. Nos ha tocado con tres que, como yo, son repudiados por los populares. Uno huele un poco raro y se echa una colonia muy fuerte, y los otros dos son adictos a juegos de rol y los consideran demasiado *frikis* para los estándares que ellos tienen fijados.

Hemos movido los pupitres y nos hemos puesto en círculo en seis grupos de cinco personas. Los turnos van en el sentido de las agujas del reloj, y después de los dos primeros grupos, nos toca adivinar la palabra que dibuja el equipo anterior. Si la adivinamos, son dos puntos para nosotros y tres para el que dibuja, si no, ninguno se lleva los puntos. El dibujo es un monigote con una cara horrenda. Williams le da la vuelta al reloj de arena y todos empezamos a decir la nuestra a la vez. Casi no se entiende.

–Chicos, hay que organizarse y colaborar. Por orden, tenéis una oportunidad cada uno. Y ¡tiempo!

–Un alien –dice uno de los amantes del rol.

–Sabía que iba a decir eso o Gollum –murmura Carol, enrollándose un mechón rubio en el dedo, todavía fastidiada por que le haya tocado nuestro grupo.

Erika, que lo ha dibujado, niega con la cabeza y su grupo se ríe leyendo la palabra que hay escrita en la tarjeta.

–Un demonio –dice el chico de la colonia.

Erika vuelve a negar y empieza a ponerse nerviosa al ver que la arena de la parte superior escasea. Si no la adivinamos, perderán los puntos que acababan de ganar y nosotros no ganaremos ni uno.

–Yo qué sé, alguien muy feo –dice Carol.

–¡Que no! –exclama Erika.

Yo miro el reloj donde la arena ya está agotándose, le dedico una sonrisa ladeada a Erika y digo:

–Tu madre.

De repente, todo es silencio. Erika tuerce el rostro en una mueca. El tiempo se ha agotado y cuando pienso que todas van a darme una paliza a la salida, Carol se echa a reír. Inmediatamente después, toda la clase rompe a carcajadas, menos Erika y el profesor Williams, que intenta poner orden.

–Bambi, un respeto a los compañeros –dice.

–Lo siento, Erika –digo; se me ha contagiado la risa–, es que era imposible de adivinar.

Erika me fulmina con la mirada.

–¿Qué era? –pregunta Carol, todavía sonriendo.

–Enfado –contesta Erika, como si fuera obvio.

Las carcajadas vuelven a la clase y, por primera vez en estas cuatro paredes, me río con ganas. Aunque sea solo este momento y luego vuelva a ser como siempre, quiero disfrutarlo.

–Vale, calma. Ahora os toca –dice Williams señalando nuestro grupo, o las tetas de Carol y las mías.

–¿Quién dibuja? –pregunta Carol, eufórica.

–A mí se me da fatal –digo–. Pinto como si tuviera siete años.

–No puede ser peor que el de Erika –se burla, y nos reímos. ¿Es posible que estemos teniendo algo de complicidad?

–Yo dibujo cómics –dice uno de los jugadores de rol, recolocándose las gafas metálicas.

–Te ha tocado –interviene el otro.

–Vale, dame la tarjeta –pide, y Carol la lee antes de entregársela.

–Uf, ¿se puede pasar? –le pregunta al profesor.

–No –contesta–. Va contra las reglas.

–¡Mierda! –exclama Carol, dejándomela leer y pasándosela luego al chico.

Lo observamos con cara de preocupación y cuando la lee nos devuelve la mirada con una amplia sonrisa. ¿Cómo piensa dibujar un olivo y pretender que alguien lo adivine? El chico empieza a garabatear muy deprisa, pero como está tapando la pizarra no podemos ver si lo que está haciendo parece un árbol o no. Cuando el profesor dice que ya es hora de acabar,

Carol empieza a meter prisa. Entonces se aparta y nos quedamos maravillados con el resultado. Ha dibujado un árbol casi perfecto con olivas colgando y después una flecha que señala una botella donde ha puesto una etiqueta solo con el dibujo de la oliva.

–¡Tiempo!

–Aceite.

–Aceituna.

Todos señalamos el dibujo del árbol.

–¡Olivo! –dice una chica.

–¡Genial! –le digo a mi compañero, chocando los cinco. Los chocamos todos.

–Bien ganados esos tres puntos –nos felicita Williams.

Llegamos hasta la segunda ronda y fallamos de nuevo. Como ya solo quedan cinco minutos para acabar la clase, se decide que el grupo ganador es el que lleva más puntos hasta el momento, el equipo de Alec. Este no tarda en pasearse por la clase reclamando aplausos, que sin duda llegan, pero sorprendentemente no de la mano de Carol.

–¡Maldito cabrón! –dice Carol entre dientes. No sé si me lo ha dicho a mí, pero estoy al lado, así que respondo.

–¿Quién, Alec? ¿No estabais saliendo?

–Ya no –se limita a decir con la misma sequedad de siempre. Después me mira y con la nariz arrugada, añade–: Que me haya reído de tu broma no quiere decir que ahora seamos buenas amigas. –Dicho esto, agarra su pupitre y lo mueve hacia donde estaba.

No me sorprende, la gente no cambia así como así. Me encojo de hombros y arrastro el mío a la tercera fila, dándoles las gracias a los otros miembros del equipo por haber jugado tan bien.

Con la mochila a la espalda bajo la escalera y alguien pasa por mi lado diciéndome que lo que he dicho ha sido muy bueno. Otro habla de la cara que se le ha quedado a Erika y una última, que ha sido la mejor respuesta. No suelen ir con Carol, pero forman parte de aquellos inalcanzables que no hablarían con alguien como yo. Cuando llego fuera tengo una sonrisa de oreja a oreja. En el porche de la salida está el grupito de Carol fumando, pero ni siquiera se han dado cuenta de que estoy aquí porque están mirando hacia otra parte.

—¿Quién es ese? —pregunta Valerie con admiración.

—Y ¿a quién espera? —se suma Carol.

Aparto la mirada de ellas y observo el pequeño aparcamiento de coches que está a unos metros. El estómago me da un vuelco cuando veo de quién están hablando. Encima del capó está Liam con su chupa de cuero y un cigarro en la mano. Me sonríe con ese aire de disculpa que a veces pone cuando sabe que se ha pasado de la raya.

—Es un amigo —digo en alto, orgullosa.

Dejándolas con cara de bobas, me acerco a Liam y nos damos un abrazo.

—¿Qué haces aquí? —le pregunto.

—He pensado que era mejor venir a verte que contestar un email. Me parecía muy aburrido, Bambina, sin roces ni nada.

Me río y abro la puerta del copiloto.

—¿Adónde me llevas?

—Mi primera respuesta sería al huerto, pero como tengo que compensarte por haber sido un gilipollas, te dejo elegir.

Suelto una carcajada. Está como siempre y eso me alivia.

—Vamos al Ángelus Café.

Liam hace el gesto de un soldado obedeciendo a su capitán y, mientras arranca, aprovecho para mirar al porche, donde veo a una Carol envidiosa y a una Valerie sorprendida. No sé si me ven, pero les dedico una sonrisa tipo «jodeos» y salimos del aparcamiento.

Mi batido de fresa y plátano llega junto al café solo de Liam. De camino hacia allí se ha disculpado por haber sido tan borde y lo ha justificado poniéndome al día sobre su situación familiar. Me ha contado mucho más de lo que nunca me había dicho y estoy muy agradecida por su confianza. Yo, por mi parte, también le he hablado de mis padres y de David.

—Entonces, a ver si lo entiendo. ¿Te molestó que David te metiera presión y se enfadara porque lo dejabas siempre con la bragueta caliente?

—Eso mismo —respondo, sorbiendo.

—Pero, Bambina mía, en eso te equivocas.

Dejo de beber. No me esperaba que me dijera eso. Pensaba que estaría de mi parte.

—No me equivoco, si fuera una persona que se preocupara por mis sentimientos, tendría que haberse aguantado.

—Pero ¿qué te pensabas? ¿Que iba a jugar a las casitas contigo?

—Claro que no.

—Pues ahí lo tienes. Está muy claro que no te gusta lo suficiente y tendrías que haberlo mandado a la mierda ya. Aunque me apiado del pobre chaval.

—Bueno, ¿eres mi amigo o el suyo?

—Los amigos también están para dar un toque de vez en cuando y en esto no estoy contigo, lo siento. Ya te dije una vez que los huevos duelen cuando retienen mucho.

—Capullo. —Sonrío—. Vale, pues ahora me toca a mí darte un toque. Tú tampoco tienes razón sobre lo de tu hermano.

—Ahora te estás vengando, no me jodas.

—Liam, si en lugar de tus padres fueran niños menores de edad, entendería que tuvieras que responsabilizarte de ellos, pero son adultos.

—Y ¿qué mierda quieres que haga? ¿Que pase de mi madre sabiendo que ni siquiera puede hacerse la comida?

—¿Crees que no puede?

—¿Qué quieres decir con que «creo»? Lo sé, joder, lo he visto.

—Pues yo creo que si estuviera sola sí comería. No digo que se esté aprovechando de ti, pero quizá da por hecho algunas cosas. —Liam me mira con el ceño fruncido y niega con la cabeza—. Mira, Liam. Entiendo que te preocupes por ella, pero no por eso debes dejarte arrastrar. Independízate también, vive tu vida.

Liam observa el líquido negro de su taza durante un rato.

—Y ¿si le pasa algo? —dice con voz queda—. No me lo perdonaría. No puedo dejarla sabiendo que ese hijo de puta puede volver en cualquier momento.

–¿Crees que si sigues viviendo ahí, lo vas a cambiar? Que no estés viviendo con tu madre no significa que no puedas llamarla para saber cómo está, y si vuelve, llamas a la policía.

Liam me mira asintiendo ligeramente y, por su expresión, sé que está reflexionando sobre lo que acabo de decirle. Me alegro mucho de poder ser yo quien da el consejo, para variar.

–Y ¿qué hay de tus padres? ¿Van a divorciarse? –pregunta instantes después. Mi batido está por la mitad.

–Sí. Quiero que sean felices y creo que juntos no lo son desde hace mucho tiempo.

–¿Sabes con quién vivirás si pasa?

Me encojo de hombros.

–Creo que con mi padre. Me llevo mucho mejor con él, pero a veces pienso que mi madre es todo fachada y que en el fondo sufre mucho las cosas. No es tan fácil decidir, no sé.

–Yo paso de casarme, tener hijos y toda esa mierda.

–No me sorprende viniendo de ti.

–Es como que lo impone la sociedad y luego la mitad de las familias están jodidas.

–Pues yo no estoy de acuerdo. Muchos se casan porque quieren afianzar su relación y tienen hijos porque quieren tenerlos y luego son padres ejemplares.

–Joder, Bambina, ¿de dónde has sacado eso, de un panfleto religioso o qué?

–Idiota. –Pongo una mueca–. Bueno, a mí me gustaría vestirme de blanco, pero es verdad que vale demasiada pasta y que hoy en día no tiene mucho sentido.

–Si quieres, puedo vestirte de blanco.

Hago una bola con la servilleta de papel y se la tiro.

–Cerdo.

Nos reímos durante un rato y cuando nos acabamos las bebidas Liam paga en caja. Le doy las gracias por la invitación.

De camino al aparcamiento hablamos sobre mi novela y le cuento que el plan es acabar la primera versión y pelearme después con los detalles que le faltan. Él insiste en que nunca empezaría sin tener fichas de personajes y la trama resumida en detalle. Finalmente, ya en el coche, resolvemos que cada uno debe hacer aquello que le funciona mejor y le prometo que me pasaré a su técnica si la mía acaba siendo un desastre; él se ríe, diciendo que tarde o temprano me rescatará del lado oscuro.

Busco el móvil en el bolso esperando el sonido del motor, pero no llega, en su lugar hay silencio. Un silencio que, sin saber cómo, logro identificar; no es uno cualquiera. Es esa clase de silencio que es capaz de parar el tiempo, que te habla, te dice que algo está a punto de pasar y notas lo intangible del momento: química, atracción. Siento un calor repentino, pero no me atrevo a mirarlo o a preguntar por qué no arranca. Si lo hiciera, rompería el silencio y lo que quiera que le siga. Me quedo mirando el bolso, petrificada y aguantando la respiración. De alguna manera consigo dejarlo en los pies y con el corazón revolucionado vuelvo la cabeza. Me topo con sus ojos verdes y no hacen falta palabras. Desliza su mano del cambio de marchas a mi pierna y me acaricia sin dejar de mirarme con intensidad. Mi cuerpo se convierte en un tiovivo de sentimientos que van dando vueltas en mi interior: euforia, éxtasis, pánico, felicidad, timidez, amor. Quiero coger su mano y guiarla donde la están reclamando con muchas ganas, pero el miedo me lo impide. ¿Con cuántas chicas mucho más experimentadas que yo ha estado? A una de ellas ya la he conocido, ¿qué seré yo al lado de ellas?

La otra mano cubre parte de mi mejilla y con la yema del dedo pulgar me hace cosquillas en los labios mientras los mira mordiéndose el labio inferior. Me atrae hacia sí suavemente, nuestras miradas se cruzan un momento y sé que esto es algo de verdad, no es ningún juego. El tacto de sus labios hace estallar fuegos artificiales en mi estómago. La otra mano continúa en la pierna y no dejo de pensar que quiero que me toque, que me desnude, quiero sentirlo en mi interior y nunca he estado tan segura de algo en mi vida. Dejo entrar su lengua y acaricia la mía con delicadeza, sabe cómo moverse para que mis ganas de que nuestros cuerpos desnudos se toquen aumente. Es como si hubiéramos estado saliendo juntos desde siempre, pero no hubiéramos disfrutado el uno del otro y ahora tocara recuperar el tiempo perdido. Se separa un momento para mirarme de nuevo con esos ojos que me dicen que está loco por mí, que está enamorado, y creo que mi mirada transmite lo mismo. Nos acercamos más, abrazándonos mientras nos besamos, notando cómo suben los grados. Quiero recorrer cada centímetro de su piel con mis dedos. Deslizo mi mano por su torso y estoy a punto de tocarlo cuando se separa con brusquedad, cortándolo todo de repente.

—¿Qué pasa? —pregunto.

—Me he dejado llevar —dice mirando el volante.

—Y eso no está mal, ¿no? —respondo acariciándole el pelo. Me mira con aire triste.

—No quería que pasara. —¿Tan pronto va a hacerme daño?

—¿Qué quieres decir? —Aparto la mano y me recoloco en el asiento. Ha acabado tan de repente que cuesta creer que hace un momento estuviéramos a punto de llegar al siguiente nivel.

—Pues que tú deberías estar con un tío que estudie para arquitecto o alguna mierda así, que les mole a tus padres y te dé un futuro.

La comprensión me hace sonreír, me acerco de nuevo hasta que me mira.

—¿Es que no me conoces? ¿Desde cuándo me importa una mierda lo que les guste a mis padres? —Lo beso—. No me importa estar con un arquitecto, un camarero o un basurero si es la persona con la que quiero estar. —Vuelvo a besarlo—. Tampoco influye la familia que tenga si esa persona me importa. —El beso es ahora más largo.

—Joder, Bambina, creo que aunque quisiera ya no podría estar contigo sin besarte o tocarte.

—Ah, pensaba que íbamos a jugar a las casitas.

Nuestras risas son diferentes, no sabría explicar, tienen otra tonalidad, como si también hubieran pasado a otra fase. Me siento encima de él, de lado, para estar más cerca, y me viene a la mente lo que le dije sobre los momentos dulces y amargos. Está claro que no existe una felicidad constante, pero no me importa haber pasado por todas esas situaciones amargas si ahora estoy con él. Abrazándolo estoy abrazando ese contraste que hace que me olvide de todo lo que me rodea. Besándolo estoy besando lo más dulce que he probado en mi vida. Y así nos quedamos durante lo que me parecen horas, conociendo esa otra parte que nunca nos habíamos atrevido a explorar. Memorizando la forma de nuestros labios, la complicidad de nuestras lenguas, lo mucho que cambia nuestro rostro cuando solo está a unos milímetros de distancia, lo profunda que puede llegar a ser una mirada. Y lo hablamos, nos contamos cómo nos sentimos y coincidimos en que es así como queremos sentirnos a partir de este momento, aunque eso pueda hacer peligrar nuestra amistad. «Vale la pena», nos susurramos entre beso y beso. «Nos arriesgaremos», repetimos, riéndonos, tocándonos. La felicidad está en este coche, aquí y ahora.

19

Una gran sala con columnas, lámparas de araña, moqueta roja y gigantescos armarios atestados de libros. Liam avanza por el pasillo que hay entre las alargadas mesas donde los estudiantes revisan sus apuntes concienzudamente. Sube la escalera y llega a los reservados rodeados por vitrinas cerradas con llave. Con aire divertido, se planta delante de un escritorio de cerezo, coge un libro de macroeconomía que reposa encima de la mesa, y lo abre aleatoriamente.

–«El modelo de oferta y demanda agregada es el modelo que trata de explicar la realidad económica, analizando la producción de un periodo y el nivel de precios existente a través de las funciones de oferta y demanda agregada, y proporciona el esquema necesario para comprender la evolución de las magnitudes agregadas básicas» –lee Liam en voz alta.

Lara se quita las gafas estilo profesora y lo mira entrecerrando los ojos con severidad.

–Chis. Baja la voz.

Liam se sienta enfrente, mirándola con sorpresa.

–Uy... qué seria que te has puesto. El estilo secretaria te sienta bien. –Lara esboza una sonrisa–. ¿Crees que mi aparato sexual es oferta o lo demandan? –Lara se tapa la boca para no reírse muy alto–. Eh, no, no. –Liam se pone las gafas y suelta un «joder, me mareo» antes de añadir–: Es un examen, señorita. Responda.

–Yo diría que la demanda fluctúa mucho según el mercado y la competencia.

–Ajá –asiente, mirándola por encima de las gafas–. Y ¿qué me dice del esquema de este producto? ¿Su evolución es satisfactoria?

–Últimamente hay deflación –responde, arqueando una ceja con ironía. Liam cierra el libro y se quita las gafas dando por finalizado el acto.

–De eso quería hablar.

–Joder, y ¿eso corre tanta prisa? –protesta–. Dentro de dos días tengo un examen, por si esto –señala la superficie cubierta de apuntes y gruesos libros– no te daba suficientes pistas.

–No me bufes, gatita. –Sonríe–. Digo yo que podrás tomarte un café, ¿no?

–Diez minutos –advierte, levantando el bolígrafo.

–Te lo juro –contesta.

Liam la sigue hasta que llegan a la cafetería de la planta baja, un gran espacio rodeado de arcadas y paredes de piedra. La barra es de madera y la vitrina despide una luz azul brillante. Piden los cafés y Liam lleva la bandeja hasta la mesa más apartada. Lara se echa sacarina a su café con leche y le da vueltas con la cucharilla esperando a que hable.

–Aquí no se puede fumar, ¿no? –pregunta Liam.

Lara niega con la cabeza y su mirada parece decir que lo sabe de sobras.

–Y ¿bien?

–¿Te acuerdas de Genevieve?

–¿Cómo olvidarla? –responde–. Aunque no sé quién es en realidad; mientras que no sea yo, todo bien.

–No.

–Uf –dice, limpiándose un sudor imaginario de la frente–, ya sabes que yo no estoy en esa onda por ahora.

–Ya lo sé.

–Vale, pues qué.

–Nunca he querido decirle a esta tía que me mola, ¿vale? Porque con ella no es rollo aquí te pillo aquí te mato.

—A ver, déjame adivinar. ¿Con ella es escribirle poemas de amor a la antigua y recitarlos bajo el balcón?

—Joder, no te chotees de mí antes de tiempo, que todavía no he acabado.

—Guardas lo mejor para el final. Vale. —Lara hace el gesto de cerrarse la boca con una cremallera, pero enseguida agrega—: No se llama Genevieve de verdad, ¿no?

—Qué va.

—Menos mal, empezaba a pensar que te estabas tirando a un cadáver de la época victoriana.

Liam suelta una risa.

—Déjame hablar —dice—. Quería estar seguro antes de decírselo porque ya sabes que el rollo compromiso me acojona. —Lara asiente—. Pues al final nos liamos.

—Ajá, ¿y?

—Pues que prefiero que dejemos de vernos.

Un rastro de decepción le ensombrece el rostro.

—Quieres ir en serio con ella.

—Sí.

—Pero tú no eres así, no te engañes. Eres como yo, por eso nos entendemos tan bien.

—No lo sabes todo de mí, Lara. Y no me refiero a que no quedemos, solo que no follemos.

—No lo sé, Liam. Nunca hemos hecho otra cosa. Va a ser raro de cojones.

—No tiene por qué.

—¿Ah, no? Contigo siempre ha sido drogas y sexo, y ¿ahora de repente quieres que sea una charla con té y galletitas? Tú te chutas o algo.

—Joder, Lara. Parece que tengas celos.

—¿Celos? No eres el centro del universo —dice, enfadada.

—No seas cría.

Liam se echa un chorro de ron de la petaca y se bebe el café de un sorbo. Levanta las cejas en dirección a Lara.

—Voy a echar de menos nuestras juergas. —Se le dibuja una sonrisa.

—Así es la vida.

–¿Qué tal uno rápido de despedida? –pregunta con voz seductora–. No es justo que me digas esto sin previa notificación. ¿Ahora quién me quita el calentón que llevo encima? Me mola la idea de hacerlo en la biblio.

–Oye, en serio, tía. Cada vez tengo más claro que tu único objetivo es follar en diferentes sitios y apuntarlos en una lista como un reto personal o algo así.

–Cómo me conoces. –Sonríe y se levanta–. Vale, lo pillo. Ahora vete a tomar por culo y déjame empollar.

Liam:

Quieres quedar? Tengo ganas de verte.
N me reconozco, Bambina, es la primera vez k me pasa esto con 1 tía, en serio

Bambi:

Yo tmb tengo ganas de verte 😍🙈. Quedamos a las 8 en el Starbucks? El d al lado del instituto

Ok. Has cortado ya con pijolis?

Todavía n, n lo he visto

Jugando a 2 bandas? No me lo espraba d ti 😂

Hasta luego 😘

😘

El sol del atardecer se filtra a través de los cristales rotos de las ventanas de la antigua fábrica de costura. En algunos tramos las paredes están derruidas, y el ladrillo, desparramado por la maleza que cubre el terreno. El solar es tan extenso como las dos manzanas de edificios que hay al otro lado de la vía. La puerta de la entrada está tapiada, pero el acceso es posible por cualquiera de los huecos que dejan al descubierto paredes y suelos grises. Hay tres bicicletas cerca de la entrada, puestas de cualquier manera, aparcadas con prisa.

Por las rendijas de las tablillas surge una voz de niño que

imita a un fantasma, provocando un grito a continuación y unas risas inmediatamente después.

Tras unas viejas y enormes bobinas, un niño asustado avanza vacilante en pos de otros dos más altos que él.

—Greg, vámonos a casa —dice.

El pelirrojo se da la vuelta.

—¿Qué te pasa, Nicholas? ¿Eres un gallina? —Empieza a cacaraquear, y el otro, que es exactamente idéntico al primero, se suma a la mofa.

—¡Parad ya! Yo me voy a casa.

—Y ¿si te encuentras con un fantasma? —pregunta el que no es Greg, con un tirachinas en la mano. La cara de terror del niño se hace más evidente. Sin pensárselo mucho, vuelve a ponerse en marcha.

—¿Alguien ha visto un fantasma aquí? —balbucea.

—Mi primo Jason me dijo que había visto a una mujer en la parte de atrás. Donde guardaban las máquinas de coser —explica Greg.

—Yo no quiero ver ningún fantasma.

—Entonces, ¿por qué has venido? —replica el gemelo del tirachinas.

Nicholas traga saliva.

—Coge la cámara, que estamos llegando —ordena Greg.

El niño saca una cámara digital del bolsillo de los tejanos, se ata el cordel en la muñeca y la aferra temblando. Llegan a un pasillo largo y Greg anuncia que al final está la habitación maldita.

—¿A qué esperas? Haz fotos —le pide el otro, con el tirachinas a punto—. Solo se pueden ver con el flash.

Nicholas enfoca la cámara hacia la parte del corredor que ya han dejado atrás y, sin parar de temblar, aprieta el botón. Al mismo tiempo, se oye algo corretear en una de las salas y el niño suelta un grito.

—¡Cállate! —exclama Greg, tapándole la boca con la mano—. Eres un cagado. Si no haces fotos, nunca más volverás a jugar con nosotros.

Con los ojos bien abiertos, Nicholas empieza a hacer fotos a todo lo que hay alrededor, incluso al techo. Greg se para un momento para ver si ha captado algo, cambiando el botón de cámara a vista previa, y le dice a su hermano:

—Todavía nada.

—¿Crees que tenemos que invocarlos o algo así?

—No —susurra Nicholas, pero lo ignoran.

—Yo no sé cómo se invoca un fantasma.

Entonces llegan al almacén. Todavía hay máquinas de costura cubiertas de polvo, bobinas y telas que han perdido todo color. Una fila de ventanas rotas rodea la estancia y deja pasar la luz anaranjada. Bajo las mismas, un gran portón de madera podrida se cae a pedazos.

—Ahora tenemos que esperar a que se nos aparezcan —comenta Greg—. Nicholas, haz fotos —insiste, empujándolo hacia delante.

Nicholas se pone en el centro de la sala mirando todos los rincones y, horrorizado, va haciendo fotos que salen completamente movidas. Entonces se oye un rugido de motores en el exterior y el niño vuelve con sus amigos corriendo.

—¡Viene alguien! —exclama, y los tres se esconden detrás de unos rollos de tela.

El gran portón se abre en un chirrido y numerosos fragmentos de madera caen al suelo. Búfalo entra acompañado de Jordan, Abel y Liam. Cada uno de ellos lleva una bolsa de basura. Las colocan en el centro.

—Me cago en la puta, tío —le dice Búfalo a Liam, quitándose las gafas de sol para contemplar el lugar—. Este sitio es cojonudo.

Liam aprieta los labios como si quisiera ahorrarse lo que estaba a punto de decir.

Vuelven al maletero del coche y cogen más bolsas, repitiendo la misma acción, mientras Búfalo se pasea por los alrededores fumando. Con los pantalones sujetos a la cadera, mostrando la mitad de los calzoncillos, Abel abre una de las bolsas y empieza a sacar paquetes blancos colocándolos en montones. Cuando Jordan y Liam traen los últimos, hacen lo propio.

–Joder, mirad esta mierda –dice Búfalo tocando los rollos de tela con asco–. Debe de ser un puto nido de ratas. Pero es cojonudo, está en el culo del mundo.

–¿Cuándo está previsto que aparezcan? –pregunta Liam.

–Esos jamaicanos me tienen hasta los cojones –protesta Búfalo–. Se pensaban que iban a ser los putos reyes del Sur jodiéndonos el territorio, y ahora nadie quiere comprar su mierda. Es una basura –dice, y escupe.

–Sí, tío. Ahora tienen que comprarnos a nosotros para no perder el Oeste, esos cabrones –añade Abel.

–Búfalo, tío –dice Jordan–. A mí esto me da mal rollo, deberíamos habernos visto en otro sitio, nos la tienen jurada.

–Está todo controlado, no me toques los cojones.

De repente se oye un siseo electrónico y Búfalo coge la pistola, como un resorte.

–¿Qué coño ha sido eso? –pregunta Abel, alarmado. También lleva un arma.

–Viene de ahí –contesta Búfalo, señalando con la pistola unos rollos de tela y avanzando en esa dirección.

–Debe de haber sido una rata –observa Jordan.

–Sí, una puta rata biónica –dice Abel.

Liam observa la escena, mudo. Búfalo está a punto de asomarse por detrás cuando a lo lejos se oye el motor de un coche.

–Ya están aquí –anuncia Abel.

Búfalo se olvida de las telas y en dos zancadas se coloca junto a ellos. Observa el coche acercarse a toda velocidad y, sin guardar el arma, dice:

–Tened las pipas a punto. Esto no me gusta.

–¿Por qué? Pensaba que... –Abel se interrumpe, concentrado en quitarle el seguro a su pistola.

De repente, un hombre sale por el techo solar del coche.

–¡Mierda! Meteos en la fábrica –grita Búfalo.

Instantes después de la advertencia, las balas empiezan a perforar las telas, haciendo estallar las viejas máquinas de coser. Pero los tres han logrado huir a tiempo y están en la habitación contigua.

—Hijos de puta –brama Búfalo–. Han tenido los cojones de joderme –añade, corriendo a la vez que marca en su teléfono. Se pone el auricular en el oído e informa sobre la situación con la palabra «rojo», como si estuviera apretando el botón para activar una bomba. Pero los refuerzos no llegan todo lo rápido que cabría esperar y Abel señala ese hecho a cada minuto que pasa, con la mirada de un exmilitar perturbado.

Los disparos no tardan en reanudarse, haciéndose audibles desde las vías. En la entrada de la fábrica solo queda una bicicleta, las otras dos han desaparecido, conducidas por dos pelirrojos a quienes no se les puede apreciar las pecas del pánico. Pedalean a toda velocidad, uno llorando y el otro en estado de shock, como quien acaba de ver a un fantasma.

—Le han dado a Abel en la pierna. Tiene mala pinta –apunta Liam desde el otro extremo de la sala. Búfalo cuelga el teléfono, moviendo con el pie el peso muerto de uno de los jamaicanos. Ha cancelado los refuerzos, no han hecho falta después de que Abel abriera fuego como un descosido, demostrando que no le teme a la muerte. Jordan le quita el chaleco antibalas, tiene el pecho amoratado.

—Estás bien, colega –le dice, pero ha perdido mucha sangre y solo murmura cosas inconexas.

—Hacedle un torniquete –ordena Búfalo. Después, le pega un disparo a un jamaicano que, herido, todavía respiraba.

—Hay que llevarlo al hospital –contesta Jordan. Casi no le sale la voz.

—El torniquete no es suficiente –añade Liam.

—Recoged la puta droga. No nos vamos a ninguna parte hasta que esté en el maletero –atrona Búfalo.

Abel está en la parte trasera del coche, tapado con un trozo de tela bajo la cual todo se tiñe de rojo. No para de temblar. Jordan y Búfalo discuten porque el primero insiste en llevarlo al hospital y el segundo le grita que le volará la tapa de los sesos como se le ocurra hacerlo, que si pretende acabar con el culo en chirona se lo agujereará antes de que eso pase.

Son las ocho y media y la única luz que los rodea es la de los faros del coche. Liam observa los paquetes de droga que han sobrevivido al tiroteo con la cara como la cera, y va negando con la cabeza mientras el móvil le vibra en el bolsillo. La camiseta está manchada de sangre de Abel. Búfalo dice que tienen que deshacerse de la ropa y de las armas, pero Liam está muy lejos de allí. Se mete en la parte del conductor del coche y enciende las largas. Sale del coche y avanza con dos bolsas de basura hasta colocarse sobre los paquetes. Con rapidez los mete dentro e intenta guardar la compostura, apretando la mandíbula. Cuando recoge el segundo montón, se da cuenta de que hay algo metálico que brilla al fondo del almacén. Frunce el ceño, extrañado; está tras los rollos de tela. Se pone en pie y, sacando la navaja que tiene en el bolsillo trasero del pantalón, se acerca. El móvil vuelve a vibrar, pero está muy ocupado intentando adivinar qué es.

–¿Qué cojones estás haciendo? –suelta Jordan, cabreado–. Joder –dice entre dientes mientras camina hacia Liam, dispuesto a propinarle un golpe, pero la repentina reacción de Liam lo frena. Está observando algo tras la tela con los ojos muy abiertos por la impresión. Se tapa la boca con el dorso de la mano y se aleja, en tal estado de conmoción que no se aguanta de pie.

Aquello que había sonado momentos antes debía de ser el objetivo de la cámara digital que hay tirada en el suelo. El cordel atado a la muñeca de un niño. Tras el rollo, el cuerpecito cubierto de sangre por el impacto de las balas está apoyado en la pared, un cerco de orín en los pantalones, la cabeza ladeada y el miedo impreso en sus facciones.

–¡Hostia puta! –grita Jordan, apartándose–. ¡Mierda, Búfalo! ¡Joder! –exclama, tapándose la cara con el brazo, sin poder evitar que la máscara de tipo duro se le caiga delante de Búfalo.

Liam no dice nada.

–¿Qué coño te pasa? –pregunta Búfalo acercándose desde la puerta.

Jordan señala los rollos, apenas puede respirar, parece que está a punto de darle un ataque de ansiedad.

Búfalo mira al niño y parece que un signo de pesar le ensombrece el rostro, pero es tan fugaz que pronto se hace imperceptible y lo sustituye la habitual pose hermética.

–Hay que deshacerse de él.

–¿¡Qué!? –suelta Jordan, y la mirada enfurecida de Búfalo parece recordarle quién es cuando está con la banda y lo devuelve a su papel, llevándolo de nuevo a donde yace el cuerpo.

Liam observa un punto de la estancia sin pestañear.

–Y ¡tú! –grita Búfalo en dirección a Liam–. Levántate y mete la mierda en el coche. –Liam no reacciona–. ¿Qué coño le pasa a este tío? –le pregunta a Jordan, que ya sostiene el cuerpo del niño–. Si no espabila, se queda fuera, ¿te enteras? –Jordan asiente sin energía. Su mente parece haberse evadido de la realidad, porque tiene la mirada extraviada y no trasmite ninguna emoción, como si fuera poco más que un robot. Y, caminando del mismo modo que lo haría alguien a quien manipulan con control remoto, se pierde en la oscuridad de la noche.

Liam arrastra los pies por el pequeño salón de casa sin mirar a ninguna parte en particular, parece no oír la voz ausente de su madre, que se lamenta porque no es su marido quien acaba de entrar. Dice algo sobre que debería estar a punto de volver, que nunca ha estado tanto tiempo fuera de casa.

Liam no dice nada y camina en dirección a su cuarto con el torso desnudo y la camiseta hecha una bola en la mano. Las deportivas están manchadas de barro y va dejando un rastro a su paso. A pesar del signo más que evidente de que algo horrible acaba de suceder, su madre, atontada por las pastillas, no se preocupa por averiguarlo.

Liam cierra de un portazo, se acerca a la mesa de camping y barre todo lo que hay encima: un plato sucio con cubiertos, un lapicero, papeles, cuadernos; todo cae al suelo con gran estruendo, acompañado por un aullido desesperado que surge de lo más profundo de su garganta.

En el salón, Lilian tiene demasiado fuerte el volumen del *reality* y no está lo suficientemente lúcida para escuchar otro sonido que el de la presentadora hablando con los concursantes.

Liam continúa arrojando al suelo todo lo que encuentra en las estanterías: libros, CD, DVD, marcos, todo. Llora desconsoladamente, la nariz le gotea, los ojos están rojos, las pestañas se han juntado por la humedad. Coge su móvil, iluminado por las notificaciones, y el aparato describe la misma trayectoria que el resto de las cosas. Después aprieta con fuerza el otro móvil, el de concha, en la palma de la mano. Abre la tapa y, apretando los dientes, lo parte por la mitad. Lanza contra la pared un trozo y luego el otro, gritando como si estuviera combatiendo contra un enemigo en la guerra, una guerra que le ha hecho perder la razón. Tiene el pelo alborotado y la cara roja. Se quita el calzado y los pantalones y se deja caer a plomo en la cama. Las sábanas viejas bajo su cuerpo sudoroso, convulsionándose. Cierra los ojos y ladea un momento la cabeza para comprobar si la única foto que continúa en la pared lo reconforta. Bambi lo observa con una sonrisa feliz y esta vez no produce el efecto esperado. Se aprieta los ojos con los nudillos y grita de nuevo.

20

El timbre me devuelve a la realidad. Pero no solo a la realidad del presente, sino a la de este último par de semanas. Desde que Liam me dejó plantada en el Starbucks con mi medio litro de café con vainilla, no ha vuelto a decirme nada. No responde a mis mensajes o llamadas y, aunque al principio me volví loca de preocupación, acabé aceptando que yo no era tan diferente para él como pensaba. Cuando vi que estaba en línea en el WhatsApp y ni siquiera así fue capaz de contestarme, me obligué a admitir la realidad: soy una más para él. Eso es lo que hace con el resto de las chicas, por eso tiene tantos rollos por ahí. Qué ilusa.

La verdad es que no estoy tan mal como pensaba. Desde que me fui con él el día que vino a buscarme, las cosas han empezado a mejorar mucho en clase. Todo por influencia directa de Carol. No tardó ni dos días en preguntarme si estaba saliendo con «el malote de la chupa», como lo llama ella, y, al tardar más de medio minuto en contestar, continuó hablando de lo guapo que era, de lo interesante que parecía y de que había tenido un flechazo nada más verlo. Cuando acabó de idolatrarlo me pidió su número de teléfono y no encontré ninguna excusa para negarme. Después de todo, a Liam le gusta tirarse a todo lo que se mueve, menos a mí, por lo visto, así que supuse que no tendría problema alguno en que le escribiera una desconocida. Le di el número de teléfono y me abrazó por primera vez en mi vida. Después, me invitó al rincón donde siempre se sientan a criticar a los demás, y allí me presenté a la hora del patio. Sorprendentemente, todas me recibieron con los brazos abiertos y nos pasamos el rato hablando de por qué lo había dejado con David y si le había echado el ojo a algún otro.

Es muy posible que juntarme con ellas sea no valorarme lo suficiente, sea perder la dignidad, como afirmó Berta, un poco decepcionada. Pero lo cierto es que ahora más que nunca necesito sentirme aceptada. Estar integrada en este grupo me ayuda a no caer. Me siento como una funambulista sin experiencia ni red de protección. Ahora mismo logro mantener el equilibrio porque las cosas funcionan en el colegio, pero, si rechazara su amistad, ¿qué me quedaría? Berta tenía una respuesta muy firme a eso, y me hizo sentir muy mal. Connie, me queda Connie. Pero ella no está conmigo cada día, me defendí. Ese argumento no le sirvió de nada a Berta, que continuó echándome la bronca por no haber cancelado la salida al centro comercial con Carol y las demás para estar con mi mejor amiga.

He sido una amiga horrible porque, desde que Connie me dijo por teléfono que las burlas volvían a repetirse en el nuevo instituto, no he quedado ni un solo día con ella. No sé muy bien el motivo. Creo que me siento tan débil que el solo hecho de oírlo puede acabar por hundirme. Ahora que las cosas van bien en clase no quiero seguir con la misma dinámica. Que si en Facebook no sé qué, que si este me ha dicho aquello y creo que es verdad, que no valgo para nada, soy fea y nadie quiere saber nada de mí. No tengo fuerzas para eso ahora mismo. No puedo ayudarla. Ni siquiera puedo ayudarme a mí misma. Ahora prefiero vivir en un mundo feliz, aunque sea irreal, aunque dure lo que Carol tarde en cansarse de Liam o él de ella.

Lo dejé con David en el mismo banco en el que nos encontramos después de las vacaciones. Le dije que no me sentía como creía que debía sentirme y que seguramente era cosa mía. Él contestó que era por Liam, que no lo tratara de imbécil porque le quedó claro desde el día de la fiesta. Luego, con los ojos vidriosos, dijo que la gente se equivocaba al decir que era una pava, que en realidad era una zorra. No tuve tiempo de contestar porque se levantó y se fue hecho una furia. Yo me quedé allí plantada mirando el suelo y sintiéndome fatal por cómo había llevado el asunto. Pero se me pasó rápido, porque me acordé del calor de Liam, de sus labios, de su olor a *aftershave* con un ligero tufo a tabaco, y del sabor salado de su piel. Esa misma noche, Liam no se presentó.

Ahora David me ignora con desprecio, pero no me afecta, no lo dejé por otro, sino que el recuerdo del momento que compartí con Liam me dio valor para hacer aquello que debería haber hecho. En cambio, Alec ha dejado de meterse conmigo y me mira con renovado interés. En su caso, ya podrían darme todo el oro del mundo que jamás sería amiga suya. Él tiene la culpa de lo que le está pasando a Connie. Se encargó de decirles a todos sus amigos, también compañeros de clase de Connie, la tradición que debían preservar, y los mensajes incendiarios no tardaron en llegar a su nueva cuenta de Facebook. Intenté convencer a Carol de que le hiciera entrar en razón, pero se negó. Me dijo que no quería volver a hablar con ese cabrón en su vida. Al parecer, le puso los cuernos durante las vacaciones.

En casa las cosas también están más calmadas. Al final mis padres firmaron los papeles del divorcio y afrontamos la situación más unidos que nunca. Imagino que estamos de acuerdo en que es lo mejor. Ahora todas las cosas de mi padre están en cajas a la espera del camión de mudanzas. Y yo creo que ya he tomado la decisión de irme con él. Al contrario de lo que pensaba, mi madre no me presiona en este aspecto y está más de buen humor que de costumbre.

–¿Te vienes a la bolera? –me pregunta Valerie.

Yo la miro un poco ausente y, pensando en Berta, me convenzo de que debo hacer lo correcto.

–No, he quedado con... –iba a decir Connie, pero me lo pienso mejor–, he quedado.

–Vale –contesta guiñándome un ojo–. Ya nos contarás quién es –agrega, y se da la vuelta balanceando su cola de caballo. La falda del uniforme, que lleva más corta de lo normal, se levanta ligeramente por la fuerza del viento y vislumbro sus braguitas. En dos zancadas se une a las demás y les cuenta algo en un cuchicheo; todas se ríen en mi dirección. Erika levanta el dedo pulgar.

Solo se me ocurre pensar en cómo han cambiado las cosas en tan corto espacio de tiempo. ¿Es posible que puedan cambiar 180° en dos semanas? Parece ser que sí. Esta vez no auguro ningún plan conspiratorio. Las cosas se han desarrollado de manera natural desde la clase de Arte. Desde Liam. Niego con la cabeza. Liam no, no quiero pensar en él.

Bambi:

Quedamos en la cafetería Lagune?

Connie:

Cuál s esa? A q hora?

Yo voy tirando parayá. T mando ubicación, ok?

Ok.

Bajo nuestros pies se extiende un grueso cristal, que imita una laguna y ocupa la parte central de la cafetería en forma de invernadero. En el agua hay peces de colores. También hay jardineras con plantas exuberantes que desprenden un olor tropical. El café que sirven aquí es uno de los más caros de la ciudad, pero mi madre tiene vales de descuento porque la revista le hizo un artículo.

–Qué sitio más raro –dice Connie mirando a su alrededor.

–¿Raro? Pensaba que te gustaría.

–No sé, parece que estemos en el Capitolio de los *Juegos del Hambre*. Casi espero que la camarera lleve un peinado verde lima.

Suelto una risa.

–Pues sí que parece futurista –le digo, señalando la pantalla desde donde suponemos que debe hacerse el pedido. Pasamos páginas electrónicas con el dedo hasta que llegamos a las bebidas y pedimos dos cafés con leche.

–¿Cómo estás? –pregunto, y Connie se encoge de hombros–. Ya. No sé qué decirte, tía. Menuda mierda.

–Dímelo a mí. Estoy sola todo el día. Antes por lo menos te tenía a ti.

–Pero ¿seguro que no hay nadie con quien puedas juntarte?

–No. Estuve unos días con una chica que no habla nada y además huele un poco mal.

Arrugo la nariz.

–Pero... ¿qué te dicen?

Para traer los cafés sí que viene una persona de carne y hueso. Lo único que lleva la camarera es un uniforme floreado, pero ningún peinado fuera de lo normal. Y las bebidas también son de lo más comunes.

Connie se echa tres sobres de azúcar y me mira con ojos de animal herido.

–Lo de siempre –dice. La barbilla le tiembla–. Me llaman adefesio y eso.

–Pero no lo entiendo, decías que habían sido muy simpáticas el primer día.

–Yo qué sé. Supongo que van detrás de alguno de los amigos de Alec y ellos son los que la liaron en Facebook. Lo pasé fatal, tía. Hicieron montajes y pusieron mi cara en un montón de cosas, no sé, no las miré todas. En una tenía patas de insecto, en otra le pusieron mi cara a una mierda de perro.

–No derrama ni una lágrima, pero yo noto que corren ríos por dentro.

–¿Por qué te has abierto otra cuenta en Facebook? –es lo único que se me ocurre preguntar, y enseguida me doy cuenta de que ha sido una pregunta estúpida, ella no tiene la culpa de lo que le está pasando, pero la verdad es que no sé qué aconsejarle.

–Pensé que podría empezar de nuevo. Todo el mundo tiene Facebook.

–Yo no.

–Ya, bueno. A mí me gusta, en condiciones normales. No sé qué hacer conmigo misma. Si fuera por mí, no saldría de casa en absoluto. –Dios mío, me siento completamente impotente, no sé cómo consolarla. Ahora ya no existe la opción de cambiarse de instituto. ¿Qué va a hacer? ¿Cambiarse de ciudad? ¿De país?–. No tengo ganas de levantarme por la mañana. No sé cómo lo consigo, ¿sabes?

–Porque eres más fuerte de lo que tú te crees –contesto con una sonrisa.

–Ahora mis padres no dejan de discutir porque mi madre no lo soporta más, quiere irse al pueblo de mi tía, pero mi padre se niega. Dice que estas cosas van como van y que podría ir a cualquier otro colegio y que me pasaría lo mismo, como en este nuevo. Él ya dijo que podría ocurrir y tenía razón, entonces ella se enfada porque dice que eso me hace sentir peor a mí. Respira entrecortadamente–. He ido a muchos psicólogos, pero no me funciona. ¿Qué saben ellos lo que es esta tortura?

–Ya, pero tampoco es para quitarte las ganas de vivir –respondo.

–Ya, supongo que no.

–He traído el álbum –digo, sacándolo del bolso. Por lo menos se le dibuja una sonrisa.

–¿Llevas los *stickers*?

–¡Claro! –Abro la página que dejamos a medias–. Mira, también he comprado un sello de una ardilla. Es superchulo, y para las fotos del parque quedará genial. –Connie observa la palabra *smile* que está junto a su foto, vestida de fiesta.

–Me gusta mucho cómo quedó esta.

–Estás guapísima. Tenemos que repetirlo –digo, pero me interrumpo al pensar en Los Espejos, porque me lleva a pensar en Liam. No puedo evitar mirar con dolor la foto en que hacemos de monstruos.

–Bambi. –Connie me coge del brazo–. Olvídate, ha demostrado ser un auténtico capullo. No se merece que sufras por él.

—Es que no me lo esperaba, todo parecía muy sincero. Debe de ser un cabrón profesional.

—Es raro. La verdad es que parecía muy colado por ti —se extraña Connie, mirando la hoja de las pegatinas. Ha conseguido evadirse de su problema—. Quizá le haya pasado algo.

—No. Yo también lo pensaba, pero ha estado en WhatsApp.

—No sé, yo tampoco lo entiendo, pero no te tortures, en serio. No vale la pena.

«Vale la pena», suena en mi cabeza. Nuestras risas, nuestros besos. Las lágrimas acuden a mis ojos. Intento controlarme respirando hondo.

—Es verdad, no vale la pena. —Señalo unas cerezas y unas gafas de sol estilo *pin up*—. Creo que estos *stickers* quedarán bien. ¿Te llevas tú el álbum? —pregunto, dándoselo. La respuesta se hace esperar más de lo necesario—. ¿Connie?

—Ah, no. Quédatelo tú. Tienes más sitio en tu habitación.

Me extraña su respuesta, en realidad toda la idea era para que se lo quedara ella, pero no pongo objeciones.

—Supongo que Hans nada, ¿no?

Connie niega con la cabeza.

—¿Quieres que vayamos luego a dar una vuelta por el parque? —le propongo.

—Vale —responde con una sonrisa de enferma terminal.

Cuando nos acabamos los cafés, pagamos con el código de descuento, introduciendo las monedas en una máquina.

—¿Cómo te va en la academia? —pregunto, una vez salimos a la calle.

—Bien. Como siempre. Ahora estoy preparando una versión de *Magic*, de Coldplay.

—¿En serio? Es bonita —comento, aunque no sea mi estilo—. Muy comercial.

—Lo comercial no tiene por qué ser malo —protesta, esbozando una mueca—, ¿cuántas veces tengo que decírtelo?

Subimos la escalera que lleva al parque y cruzamos la gran verja de hierro.

—Venga, tía, que hay cantantes que con cualquier mierda mueven a las masas. Yo no me considero un borreguito.

Connie suelta una risotada.

–Pues yo sí, soy un borreguito –dice, y se pone a cantar *all the single ladies, all the singles ladies, put your hands up*, instándome a levantar la mano y enseñar que no tenemos anillo.

–Pff. Payasa –me río. Las dos nos hemos animado un poco. Hace sol y me apetece mucho un helado. Señalo un quiosco y le propongo comprarnos uno.

–Tendríamos que buscarte un novio –digo, saboreando mi Magnum blanco, sentadas a la sombra de un árbol. Connie da un sorbo a su Coca-Cola, suelta un eructo y se tapa la boca enseguida.

–O quizá no –respondo con una sonrisa.

–El gas –se excusa.

–Qué marrana –digo, dándole un golpe amistoso.

Connie bebe, pensativa.

–Me gustaría adelgazar un poco. He pensado muchas veces en apuntarme al gimnasio, pero no me gustan mucho las máquinas.

–No lo estarás pensando por lo que dicen, ¿no? No hagas caso de esos cabrones.

–No, bueno, es que... no me gusta mi cuerpo.

La miro negando con la cabeza, pero decido no echarle la bronca; ahora es lo último que necesita.

–Y ¿qué hay de clases dirigidas?

–¿Aerobic y esas cosas?

Asiento.

–No sé, me da vergüenza.

–Qué chorrada.

–Estoy muy gorda para llevar mallas.

–¡No estás gorda! Y ¿quién ha dicho que haya que ir con mallas?

Connie no contesta.

–Podrías hacer Aquagym.

–Sí, hombre, no tengo setenta años.

Me río.

–Y lo del novio –empiezo con picardía–, se puede arreglar.

–¡Qué estás tramando!

—No sé si alguna vez te fijaste en Ernest, dibuja muy bien. El otro día, en clase de Arte, Carol y yo nos quedamos flipando.

—¿Carol y tú?

Mierda. No puedo decirle a Connie que hablo con ellas, la destrozaría. Pensaría que solo a ella le salen mal las cosas, yo soy su compañera de lamentos.

—Sí, hicimos una actividad y nos tocó en el mismo grupo. Ya sabes, es tan zorra como siempre.

Connie tuerce un poco el labio inferior. Creo que no se lo cree. Miento fatal o me conoce demasiado bien.

—El otro día dijiste que habías quedado con alguien —dice cuando estoy a punto de continuar con mi historia—. Estuve pensando quién podría ser, ¿sabes? Liam no es y tampoco podían ser Stacey o Simon porque cortaste con David.

—Pues claro que podrían ser. Aunque no esté con David...

—Su mirada hace inútil acabar la frase.

—No tienes por qué contármelo, pero cuando has dicho lo de Carol, no sé, nunca habías hablado de ella riéndote.

Suspiro con el helado a medias. Lo meto en su envoltorio.

—Ahora me hablan. Me hablan bien.

—Y ¿quedas con ellas? —pregunta, incrédula. No me da tiempo a contestar—. ¿Quedaste con ellas en vez de conmigo? —añade con los ojos abiertos por la sorpresa. Mi silencio le da la respuesta y me mira como si la hubiera traicionado.

—Sigues siendo mi mejor amiga —le digo mientras se abraza las rodillas con la cabeza entre ellas—. Solo fue ese día, no somos amigas.

—No es eso —dice con un hilo de voz—. Puedes ser amiga de quien te dé la gana, aunque sea de gente que ha estado amargándote la vida, tú misma. —Alza la cabeza, enfadada—. Pero ¿que prefirieras ir con ellas?

—Connie, yo necesitaba...

—¿Necesitabas? —me interrumpe, alzando la voz. Nunca me ha hablado así antes—. Yo te necesitaba y tú estabas con las tías que me insultan por Facebook cada día. —Se levanta, indignada. Yo me levanto de un salto farfullando que no tenía ni idea. Ella me mira, dolida, murmura un «no me lo puedo creer» y se aleja.

–Connie –la sigo unos pasos–, por favor.

Con un gesto me dice que la deje. Vuelvo a sentarme resoplando, y maldigo arrancando unos hierbajos.

Bambi:
Tiens razón, he sido 1 idiota, 1 amiga
d mierda. Prdóname, tía.

Hace más de dos horas que le he escrito ese WhatsApp, pero no me ha contestado. Ahora estoy sentada frente al ordenador y solo he escrito «Lamar». Ni siquiera sé cómo sigue la historia, porque no estoy segura de que me guste lo anterior. Estoy atascada. Inevitablemente, pienso en Liam. Cojo el móvil y, a pesar de que me digo cien veces «no le escribas», caigo de nuevo en la tentación porque me fijo en que lleva sin conectarse desde la última vez que lo vi en línea, hará más de una semana. ¿Es posible que le pase algo?

Bambi:
Me tienes preocupada. Nunca te has tirado
tanto tiempo sin contestarme.

Vuelvo a la pantalla de Word. Capítulo cuatro: Lamar. Mi mente empieza a dar vueltas. Lamar, Lamar, Lamar, Lamar, Lamar, Liam, Liam, Liam. Miro la pantalla. Sigue sin conectarse. Lamar, Lamar, Lamar, Lamar. Suena un mensaje en el móvil y lo cojo como un rayo.

Carol:
Q le pasa a ste tío?

Tardo un instante en ubicarme.

Bambi:
A Liam?

Carol:
Si al makrra con chupa, no me cont

302

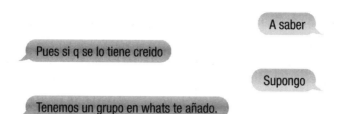

> A saber

> Pues si q se lo tiene creido

> Supongo

> Tenemos un grupo en whats te añado.

No contesto, pero me añade igualmente.

De repente, estoy en un grupo que se llama: tíos, tíos y... tíos. La foto de grupo es de un chico sin camiseta. Creo que es el actor que va a hacer de Grey en 50 sombras. Me quedo un rato pensando en Connie. Si tuviera agallas, me saldría del grupo, pero no quiero pasarme el resto de los días que me quedan de instituto sufriendo porque a mi amiga le siente mal que vaya con ellas. ¿Por qué voy a desaprovechar la oportunidad de caerles bien?

Carol:
> Akbo de añadir a Bambi

Valerie:
> Ola Bambi!

Erika:
> 😄

Un número que no conozco y el nombre de Sandrine al lado.

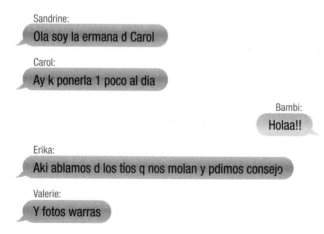

Sandrine:
> Ola soy la ermana d Carol

Carol:
> Ay k ponerla 1 poco al dia

Bambi:
> Holaa!!

Erika:
> Aki ablamos d los tíos q nos molan y pdimos consejo

Valerie:
> Y fotos warras

Erika:
Jajajajja

Carol:
😂 videos tmb

Sandrine:
😦

Bambi:
Jajajaj

No sé qué otra cosa poner.

Carol:
El hotro dia Erika colgo la foto d 1 poya y pnsamos k es d su novio😬

Erika:
N era mi novio

Valerie:
Eso lo dics pq dijimos k era pekeña

Carol y Sandrine:
Jjajajajjajajaj

Bambi:
N quiero verla

Carol:
Cuántas as visto

Bambi:
Mmm

Erika:
Yo e prdido la cuenta

Valerie:
Yo tmb

Carol:
Y 1 mierda no me lo creo abeis visto 5 como muchi

Erika:
10 creo

Bambi:
2 pero bien gordas

Carol:
😂😂 + vale 2 gordas q 5 delgadas y cortas

Bambi:
Jajajaja

Erika:
Eh! K las mías tmb eran grands

Valerie:
😂 q buena Bambi 1 es d David, n?

Bambi:
😉

Valerie:
Me voy corriendo a x el 💪

Carol:
Jajjaja. Y de q va el makrra de chupa.
N me a contestado tias 😭

Valerie:
Q rabia 😒

Carol:
Si siempre me contestan los tios

Bambi:
Pasa de él. Es idiota

Erika:
No sabe lo q se pierd

Carol:
Pues si k le den

Resoplo. Me siento mal. Estoy intentando caer bien todo el rato y no soy yo. Pero necesito esto, lo necesito.

Bambi:
Os habéis leído 50 sombras?

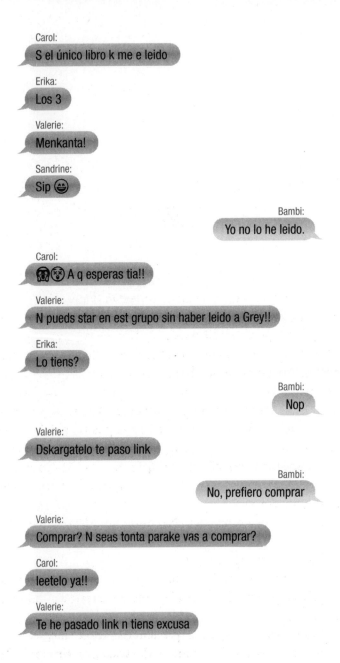

Carol:
S el único libro k me e leido

Erika:
Los 3

Valerie:
Menkanta!

Sandrine:
Sip 😁

Bambi:
Yo no lo he leido.

Carol:
🙈😱 A q esperas tia!!

Valerie:
N pueds star en est grupo sin haber leido a Grey!!

Erika:
Lo tiens?

Bambi:
Nop

Valerie:
Dskargatelo te paso link

Bambi:
No, prefiero comprar

Valerie:
Comprar? N seas tonta parake vas a comprar?

Carol:
leetelo ya!!

Valerie:
Te he pasado link n tiens excusa

Me llega un email de Valerie y sonrío sin ganas. Connie no responde y Liam tampoco, y ellos son con los que realmente quiero hablar.

21

La mesa del diminuto comedor propiedad de los Tucker parece estar limpia después de mucho tiempo. La luz de la escalera entra por las pesadas cortinas que, después de lavarlas, todavía huelen a tabaco. El humo del cigarro de Lilian escala hasta el techo. Abigail, con una bayeta entre las manos, la observa en silencio. Mantienen la misma pose hasta que la puerta se abre y Michael entra apresuradamente. Abigail se levanta y le da un beso rápido. Michael señala el pasillo con la cabeza y Abigail masculla «sigue igual». Entonces se vuelve hacia su madre, que está fumando de un filtro muerto. Michael suelta un improperio, coge la colilla que no puede llamarse colilla, y la tira al cenicero.

–Nos vamos en un mes. No podemos dejarlo así –dice, apretándose la frente con la palma de la mano.

–Lo sé –contesta Abigail.

–Creo que a tu padre le ha pasado algo –dice su madre, y coge otro cigarro, lo enciende, inhala y expulsa el humo sin mirarlos, perdida en su mundo.

–Mamá –insiste Michael poniéndose frente a ella.

Los ojos verdes de Lilian se desvían por fin hacia Michael.

–No respondía al teléfono y ahora está apagado. No ha vuelto. Seguro que le ha pasado algo.

–Olvídate de papá. –Michael se vuelve hacia Abigail resoplando con impotencia.

Lilian parece seguir el consejo, porque no vuelve a mencionarlo. En su lugar, dice que vaya a ver a su hermano, que ha hablado de un niño, pero que nada de lo que decía tenía sentido. El tono de preocupación queda amortiguado por el efecto de los tranquilizantes.

–Joder –replica Michael al darse cuenta ahora de lo ordenado y limpio que está todo. Mira a su novia–. Tampoco hace falta que te encargues de arreglar el piso.

–Quiero ayudar –dice ella, dándole un beso en la mejilla.

Michael camina hacia la habitación de Liam. Abre la puerta con dificultad y descubre que es por los trastos que hay por en medio. No hay nada en su sitio, todo está desparramado por el suelo, en el mismo lugar en el que estaba cuando Lilian les pidió que fueran. Por la reacción de Michael al entrar, parece que la única diferencia es que cada vez apesta más. Con un quejido, abre la ventana que da al patio de luces. Algo de claridad se filtra por ella.

–Levántate –dice dirigiéndose a su hermano, que se encuentra tumbado en la cama mirando hacia la pared, de espaldas a él. Está cubierto por una andrajosa sábana–. Abigail me ha contado que no has querido que limpie aquí. Huele a tigre.

No hay respuesta.

Con un suspiro se sienta en el borde de la cama y pone una mano en el costado, intenta darle la vuelta, pero Liam se resiste.

–¿Vas a contarme de una vez qué mierdas te pasa? –Sigue sin haber respuesta–. ¿Qué dice mamá de un niño?

–Lárgate –gruñe.

Michael lo coge por el brazo y estira. Liam empuja hacia su lado con fuerza y Michael prueba a cogerlo con las dos manos. Entonces Liam se da la vuelta, solo lleva puestos los calzoncillos, y lo empuja con virulencia. Michael se pasa la lengua por los labios, con el pulso acelerado. Se aparta la melena de la cara, se hace un moño atándolo con una goma que tiene en la muñeca y vuelve a intentarlo. Forcejean un rato encima de la cama.

—¡He dicho que te largues de aquí! —grita Liam, encajando el pie en el pecho de su hermano. Le da una patada y Michael se cae de la cama.

Con la cara roja de rabia le dice:

—Pues quédate ahí hasta que la mierda te llegue al cuello, gilipollas.

La puerta se cierra con un golpe seco y los pasos de Michael se hacen igualmente audibles.

—Es cabezón y subnormal —sentencia, furioso. Va hacia la cocina y saca una cerveza de la nevera.

—No hables así de tu hermano —replica Lilian—, está cansado.

Michael mira a Abigail acallando un grito de impotencia.

—No sé si podemos hacer algo —responde Abigail—, quizá tiene que pasar por esto antes de remontar.

—Ayudaría mucho que dijera qué cojones le pasa.

—Ya, pero no quiere.

Michael se sienta a la mesa.

—¿Desde cuándo está así? —le pregunta a su madre.

—No estoy segura, dos o tres semanas, no lo sé porque no sé ni qué día es hoy.

—¿Tardaste dos semanas en llamarnos? —se enfada Michael. Abigail le pide que se calme con un gesto—. Quizá no nos haga caso a nosotros, pero sí a otra persona.

—¿En quién estás pensando? ¿En Bambi? —inquiere Abigail.

Michael niega con la cabeza. Saca el móvil de Liam del bolsillo, la pantalla está rota.

—Bambi no. Si le gusta esa chica, no querrá que lo vea así. Estaba pensando más bien en Lara.

—¿Por qué ella? Pensaba que era una amiga con la que se liaba de vez en cuando.

—A Lara la conozco yo. Estuvo una vez aquí, muy maja esa Lara —los interrumpe Lilian con una sonrisa ida. Después expulsa humo.

—¿Ves? —le dice Michael a Abigail.

–No sé. Quizá tampoco quiera que lo vea así, después de todo tienen algún tipo de relación.

–A Bambi no la conozco, pero la quiere, sí, mi pequeño Liam la quiere mucho. Me lo dijo. –Lilian vuelve a sorprenderlos.

–¿Está desvariando o qué? –pregunta Michael. Abigail extiende los labios rojos y contemplando a Lilian dice:

–No, creo que le cuenta más cosas que a nosotros.

–¿Quieres decir que sabe lo que le pasa?

–No lo sé –responde distraída–. Si lo sabe, no suelta prenda.

Otros dos días se suceden sin cambios. Lilian se alimenta a base de garbanzos enlatados que se lleva a la boca directamente del tarro, con la misma mirada de derrota que adoptó cuando comprendió que su marido no iba a volver. La esperanza la mantiene pegada al móvil, pero la llamada nunca llega.

Los pasos que a ratos se oyen en el pasillo no son los de su marido, y, cuando abre el bote de pastillas para aliviar su dolor, ni siquiera le quedan. Lilian coge su móvil con la debilidad de un enfermo y llama a su hijo mayor, pero no le responde. Se detiene en el contacto de Abigail y pulsa la tecla de llamada. Cuando contesta, la señora Tucker le pide que vaya a buscar pastillas, que tiene la receta en casa y se encuentra muy mal sin ellas. Hay silencio al otro lado. Nada de lo que Abigail o Michael le han dicho durante las últimas semanas ha servido para que se dé cuenta de que su marido es de quien menos debería estar preocupándose. Pero hay algo en la contundencia de las palabras que Abigail dice a continuación, una mezcla de hartazgo, de pena y decepción, que provoca un ligero temblor en sus labios. El piso está en silencio y la voz de Abigail se oye alta y clara a través del auricular.

–No más pastillas, Lilian –suspira–. No te entiendo, por mucho que lo intente no consigo entenderte. Tienes un hijo que te quiere hecho trizas a dos pasos de ti y tú te preocupas por un hombre que no te ha mostrado más que desprecio, que no hace otra cosa que humillarte. No más pastillas, Lilian. Despierta de una vez, por favor –concluye rompiéndosele la voz.

Los pitidos del corte de la llamada acompañan la rápida respiración de Lilian, que, con los ojos anegados en lágrimas, no es capaz de alejar el móvil de la oreja. El propio teléfono finaliza la conexión automáticamente, y solo entonces se da cuenta de que todavía estaba sosteniéndolo. Lilian se queda durante horas en el sofá, horas de reflexión en las que parece olvidarse de lo que la mantenía en vilo. De pronto, como si algún tipo de mecanismo inexistente hasta el momento le diera de nuevo la vida, se deshace de la manta que ha sido como la bolsa de plástico que cubría un cadáver, se pone en pie y camina en dirección a la habitación de Liam.

Liam está tumbado en la cama, de espaldas. Cuando todo lo que le llega a Lilian son gruñidos, empieza a ordenar la habitación sin decir nada, recolocando cada objeto en su lugar, dejando a un lado aquello que ha quedado inutilizable. Bajo un montón de libros, encuentra un cuaderno arrugado y, antes de decidir qué hacer con él, lo abre. Cuando ve que es la letra de su hijo, deja lo que está haciendo y se sienta en la silla. Lo sujeta observándolo como si fuera una exploradora que, a pesar de su escepticismo, ha hallado lo que estaba buscando.

–¿Qué has escrito aquí? –pregunta. Al no recibir respuesta, se va a la última página y lee en voz alta:

Eres como una flor de primavera en un campo helado. Hay algo extraño en el color de esos pétalos, son bellos e incautos a la par. ¿Qué hace algo tan frágil expuesto al temporal?

Se nota que no está acostumbrada a leer, porque no sabe hacer las pausas donde deberían hacerse y trastabilla constantemente con las palabras. Sin embargo, no aparta la mirada de esas páginas arrugadas y se muestra inmensamente conmovida por ellas.

Las lágrimas caen por las mejillas de Lilian mientras su vocecilla trata de confirmar si su hijo es el autor del texto. En lugar de contestar, Liam se pone la almohada encima de la cabeza. Su madre pasa las hojas hasta el inicio y sigue leyendo, ahora para ella, porque no es capaz de hacerlo en voz alta.

—Nunca me habías enseñado tus cosas —susurra, aunque sabe que no le han dado permiso.

Cuando acaba, se acerca a su hijo, se estira a su lado, lo abraza y llora.

—Dios mío, lo siento, cielo. Por favor, perdóname. No me he dado cuenta de nada. He estado ciega, he sido una mala madre.

Liam no consigue articular palabra y mantiene los ojos fijos en la pared.

—Escúchame, eres bueno. No eres como tu padre, no importa lo que haya pasado, cariño. No importa lo que hayas hecho, no eres como tu padre. Tú no tienes la culpa de nada, ¿me oyes? —se interrumpe, llorando—. Levántate y vive, por favor. Cambiaré, hijo mío, pero por favor no te rindas.

La puerta de la habitación de Liam se abre y este se remueve inquieto en la cama, pero no levanta la cabeza, ignorando todo lo que sucede a su alrededor como si fuera un elemento disfuncional que de pronto ha dejado de encajar en su realidad. Se ha convertido en todo aquello de lo que intentaba salvar a su madre, dejándose llevar por la espiral autodestructiva que en sus escritos describía como «la maldición».

Las deportivas blancas y redondeadas de Jordan se hacen camino hacia la cama. Arruga la nariz.

—Tío, hueles a muerto. ¿Qué coño te pasa? —La respuesta de Liam es un gruñido tan débil que ni siquiera podría clasificarse como tal—. No puedes desaparecer así sin más y dejar toda la mierda sin vender. Los chicos y yo no podemos cubrirte el culo más tiempo.

Liam sigue sin reaccionar y Jordan le da un golpe en el brazo.

—¡Contéstame, joder! Búfalo se va a enterar y querrá saber dónde cojones te has metido, ¿me oyes? —dice subiendo el tono de voz, con el rostro congestionado por la rabia y la preocupación.

Nada. No hay respuesta. Jordan lo zarandea.

—Olvídame, tío —dice Liam con un quejido desganado.

Jordan apoya la rodilla en el colchón agarrándolo como si estuviera a punto de hacerle una llave, y lo arrastra fuera de la cama con más éxito del que tuvo Michael. Solo lo suelta en el momento en que Liam se pone en pie y lo enfrenta con la mirada.

—¿Me has oído? —vocifera Jordan.

—Lárgate de una puta vez. —Liam pretende sonar contundente, pero el temblor en la voz lo transforma en lamento.

—¿Tú te crees que esto es un juego o qué coño te pasa? Te dije que había que tener sangre fría y lo primero que haces es pirarte cuando te entra el acojone.

—¡Se han cargado a un niño! —grita Liam con los ojos llenos de lágrimas.

—Déjalo ya, ¿vale? El chaval estaba donde no tenía que estar, y punto. —Lo dice haciendo uso de esa coraza que insensibiliza su expresión—. Fue un accidente.

—¿Un accidente? —dice Liam con una sonrisa irónica y desazonada.

—Sí, un accidente —repite Jordan—. En este negocio estas cosas pasan y hay que seguir, ¿me entiendes? Sabías dónde te estabas metiendo.

Liam lo mira como si de pronto fuera su peor enemigo.

—Esto no es lo mismo que partirle la cara a un matado, ¿vale? Tú no eres como ellos, un tío sin escrúpulos al que le suda la polla que se carguen a un niño, Jordan. ¿Quién cojones eres? Y si fuera uno de los tuyos, ¿te importaría entonces? Es eso, ¿no? Mientras no tenga nada que ver contigo te importa todo una mierda.

Liam se gana un puñetazo, y después de la sorpresa inicial, se limpia la sangre de la boca con el dorso de la mano, riendo histéricamente, con los ojos todavía anegados en lágrimas. Parece haber perdido la razón o que no le importe lo más mínimo su destino, pero si algo ha conseguido Jordan es que vuelva a conectar con su entorno, con su realidad.

—¡No tienes ni puta idea de lo que dices! —grita Jordan, mirándolo con rabia.

—Eso, pégame, Jordan. Dame una paliza y reviéntame la cabeza como a un puto gato callejero.

—¡Cállate! —Sigue un breve silencio que se ve interrumpido por la respiración acelerada de ambos—. ¿Quieres salir de esta mierda así? —le advierte con una expresión inescrutable—. Tú verás lo que haces.

Dicho esto, Jordan se da media vuelta y sale de la habitación. Cuando nadie lo ve, se libra de la coraza. En su rostro, repentinamente expresivo, se lee con claridad el temor y la pena, como quien acaba de perder a un ser muy querido.

El espíritu perdido de Lilian Tucker parece haber recuperado su lugar, como un viejo coche seco de gasolina cuyo tanque llenan después de mucho tiempo. Sale de casa para tirar la basura y lava los platos sucios del fregadero mientras los concursantes dan la vuelta a la Ruleta de la Fortuna, esperanzados. El reloj del comedor marca las nueve y después de un sueño reparador Lilian se ha levantado con energías renovadas.

Los huevos y el bacon se fríen en la sartén y Lilian les echa un vistazo mientras se bebe su café con leche. Sonríe al oír que la puerta del fondo del pasillo se abre. Después de más de cuatro semanas, Liam se deja ver fuera de su habitación. Se acerca a la cocina con pasos torpes y, al pasar por el comedor, se hace visera con la mano para protegerse los ojos de la luz que entra por la ventana. Lilian ha descorrido las cortinas y ha abierto para ventilar el piso.

Liam observa a su madre con extrañeza, pero no pronuncia palabra. Se acerca al fregadero y bebe agua. Después abre la nevera y busca algo, rascándose la entrepierna.

—Dúchate —le dice su madre dándole un beso en el cogote.

—¿Qué te pasa hoy? ¿Te has dado un golpe o qué? —pregunta, malhumorado. Coge un zumo de naranja y bebe directamente del *tetrabrik*.

—Se ha acabado el amargarse —responde.

—Ya... —Liam se muestra escéptico—. Te durará hasta que te acuerdes de que tu marido no ha vuelto.

—Dúchate —repite.

—Joder, déjame tranquilo.

Lilian se encoge de hombros, despreocupada, y cuando Liam emprende su camino de vuelta a la habitación, suelta:

—Tú mismo, he invitado a Lara a desayunar.

—¿¡Qué!? —Liam se da la vuelta, enfadado—. ¿Estás loca o qué?

—Michael y Abigail me han dicho que así te espabilarás.

—Llámala ahora mismo y cancélalo. No sé en qué coño estáis pensando.

Lilian está a punto de responder, pero el timbre la deja con la palabra en la boca.

—Parece que es demasiado tarde.

22

Todas las cosas de mi padre ya están en su nuevo apartamento y mi madre me recuerda, apenada, que debería ir pensando en preparar las mías. No esperaba que fuera tan duro, porque al fin y al cabo casi nunca estábamos juntos. Además, no es que mi madre y yo hayamos tenido muy buena relación, pero lo cierto es que dejarla aquí me duele. Tener que decidir entre los dos es una mierda.

–Pero puedes tomarte el tiempo que quieras –aclara, sirviéndome un plato de huevos revueltos con tomate. Le sonrío.

–No estábamos tan bien desde que murió el abuelo –digo, refiriéndome a las reuniones familiares de los domingos, cuando éramos la familia idílica. Pero todo era gracias al abuelo.

–Sí –concede–, las personas cambiamos y a veces eso supone que de repente una pareja deje de ser compatible. Lo mejor en ese caso es acabar en los mejores términos.

–Supongo que sí. –Hacía tiempo que no hablábamos sin discutir. A ver lo que dura–. ¿Todavía lo quieres?

–Claro que sí. Son muchos años juntos, pero es otra clase de cariño.

–¿Crees que pasa lo mismo con padres e hijos? –Mi madre frunce el ceño, sin comprender–. Quiero decir que si yo cambio, podamos ser compatibles. –Sonrío. Es mi manera de disculparme.

—Así lo creo. Y yo también debería hacer un esfuerzo. Siento mucho no haberte apoyado más con tu problema, cariño. Si quieres, podemos hablar de cambiarte para el próximo curso, ¿qué te parece?

Remuevo los huevos con el tenedor. Ya no sé si quiero cambiarme, tampoco tengo ni idea de qué es lo que quiero estudiar, este último mes ha sido demasiado turbulento.

—Bueno, ya lo hablaremos —concluyo—. Ahora las cosas van mejor.

—Me alegro mucho. —Bebe un sorbo de zumo de pomelo—. Y ¿qué tal está Connie? —se interesa.

—Mal. También se meten con ella en el nuevo instituto y yo ya no sé qué decirle.

—Vaya. ¿Ha probado a ponerse en contacto con alguna asociación o algo así?

—Ha ido a mogollón de psicólogos, no sé —respondo con desazón—. Esas cosas no se resuelven así como así.

—Y ¿cómo lo has resuelto tú?

—Me pegué con Valerie.

—¿Qué? No me han llamado del instituto —responde con sorpresa.

—Ha sido por el profesor Roberts. Evitó represalias.

—Lo llamaré para darle las gracias.

—Pero lo mío también ha sido por casualidad —digo, pensando en la visita de Liam con un nudo en la garganta.

—Connie debería enfrentarse también. No digo liarse a porrazos, pero plantar cara de alguna manera —opina mi madre.

—Mamá, no es nada fácil cuando media clase está en tu contra. Lo que pasa es que siempre son los mismos los que provocan y los otros están de relleno, pero Connie no plantará cara. No se atreve.

—Entonces entiendo que no sepas qué decirle.

Justo en este momento entra Berta, disculpándose por haber llegado tarde. Dice algo sobre que su hijo provocó un pequeñísimo altercado la noche anterior y tuvo que ir a buscarlo a la comisaría y pagar una fianza. No nos dice exactamente qué fue lo que hizo, pero el hecho en sí nos arranca una sonrisa cómplice a las dos, porque si alguna vez hemos cotilleado, ha sido para hablar del hijo de Berta.

—Vamos, te llevo al instituto —dice mi madre, recogiendo la mesa.

—Bambi, *sielo*, acuérdese de traer los moldes para *haser* pasteles cuando regrese, que me los descuidé.

—Vale —le digo ya en la puerta, guiñándole un ojo.

Nos subimos al coche, y después de mucho tiempo, creo que la última vez fue cuando tenía once años, mi madre pone *Video Killed the Radio Star* y empezamos a cantar como locas ochenteras. No espero que me dé un gran abrazo, un beso sincero, ella no suele demostrar el cariño de ese modo, pero viéndola cantar con esa alegría comprendo que por fin hemos enterrado el hacha de guerra.

Bebo agua de la fuente y la retengo en la boca sin perder de vista mi objetivo. Mis ojos sonríen cuando me descubre, corre a esconderse, pero no encuentra dónde. Expulso toda el agua de la boca y le mojo el polo azul marino. No sé cómo se llama porque va a otra clase, solo sé que esto es una guerra de sexos y la finalidad es mojar todo lo posible a los tíos.

Hoy los chicos de nuestro curso han hecho una excepción y han cambiado la pelota de fútbol por el agua. Viendo cómo se transparentan las camisetas de las chicas, no me parece nada raro.

Suelto un grito cuando noto que alguien me moja por la espalda y se me humedece el cuello del polo blanco, también me ha mojado las puntas del pelo. Debería habérmelo recogido, me digo mientras me doy la vuelta con una sonrisa para ver quién me ha atacado. Es Alec. La sonrisa se me borra de la cara y no puedo evitar mirarlo con odio.

—No te pongas así. Es parte del juego —dice a la defensiva.

Yo no me molesto en contestar, sino que corro de nuevo hacia la fuente para preparar la munición.

Cuando ya he cargado me vuelvo para identificar a mi nueva presa y a unos metros veo a David mojando a Valerie. Ésta suelta un gritito de satisfacción, tontean un momento y se besan.

Dos semanas después de cortar, David le pidió salir a Valerie. No estoy segura de si su intención era vengarse de mí, pero la verdad es que no podría importarme menos. Y eso no fue lo que más me chocó, sino que ella me preguntara si me jodería que le dijera que sí.

Contra todo pronóstico, he sido aceptada en el grupito de las chicas más populares de clase. Carol podría haberme eliminado del grupo de WhatsApp en el mismo momento en que dejó de interesarse por Liam, pero en lugar de eso me he enterado de todos los detalles de su nuevo rollo, un tío de segundo de bachillerato. Ahora vamos juntas a todas partes: de clase al baño para maquillarnos, de clase a la esquina del patio donde tenemos la reunión presencial del tema tíos y sexo, de clase al laboratorio para la lección de Química, de clase al vestuario, de clase a la sala de Arte, de clase al porche; juntas como uña y carne.

No es que no me importe lo que piense Connie; de hecho, hablé con ellas del asunto de Facebook al día siguiente de quedar. Les dije que me molestaba mucho lo que le estaban haciendo a Connie, que estaba muy preocupada por ella, y les hice prometer que dejarían de insultarla.

Cuando mi mejor amiga decidió hablar conmigo por fin, confirmó que habían cumplido su promesa. A pesar de eso, Connie no está mejor. Aunque los de mi colegio hayan dejado de meterse con ella, los de su clase le han cogido el gusto y no hay nada que pueda hacer para que paren. Ahora ni siquiera quiere quedar porque dice que pasa de ser un disco rayado y amargarme. Y yo ya me he cansado de insistir. Cuando se recupere, ya me avisará. No puedo pasarme los días intentando convencerla de que su vida no va a ser siempre así.

Erika se acerca corriendo, con los mofletes hinchados por el agua, señala a tres chicos que están volviendo a la fuente y corremos para atacar. Cuando nos ven, intento no reírme de la cara de susto que ponen para no perder el agua, pero se me escapa un poquito y me mojo la barbilla. Me seco con el dorso de la mano y salto en el banco para descargar encima del que se ha escondido detrás. Erika y yo nos reímos y chocamos los cinco.

—Creo que vamos ganando —dice.

—Pues no sé qué decirte —contesto, contemplando los polos blancos de las chicas—. Los tíos tienen un premio añadido —agrego, señalando el sujetador fucsia de Erika, que se ve solo en la parte donde la han mojado.

—Pues es verdad —comprueba, riéndose.

El timbre anuncia el fin de la hora de recreo y nos reunimos todos para felicitar a nuestros oponentes. Minutos después, en clase, el profesor Dremond pregunta, divertido, si venimos de un parque acuático.

Con disimulo miro la pantalla del móvil, la luz azul está parpadeando. Abro el WhatsApp y con el ceño fruncido analizo un número que no conozco. La foto de perfil es un chihuahua. La primera frase que leo bajo el número de teléfono es: «Hola, soy Lara».

Me fumo el cigarro sin doblar los dedos de la mano, con la palma extendida y la cabeza ligeramente ladeada. Acto seguido, expulso el humo como tantas veces he visto hacer. Solo hace tres días que he empezado a fumar y las chicas se ríen de mi postura. Los ojos ámbar de Erika me observan como si fuera un gato que espera a que le den de comer.

—Relájate, tía —maúlla—. Mira, tienes que cogerlo así —me muestra, sujetándolo entre los dedos índice y corazón, flexionando los demás.

De repente Carol empieza a reírse a carcajadas. Todas nos sumamos a ella, que intenta parar para explicarse, sin éxito.

—¿De qué te ríes tanto? —pregunta Valerie.

—No, es que —continúa riéndose— estaba pensando si... Bambi: cuando se la chupas a un tío, ¿también se la coges así?

No puedo evitar echarme a reír también y el humo que me estaba tragando me hace toser.

–Qué buena –se ríe Valerie.

–¿Habéis estudiado para el examen oral? –pregunto después de un momento.

Todas se ríen pensando que sigo hablando de felaciones.

–En serio, el de francés.

Las risas se intensifican y entonces me doy cuenta de lo que acabo de decir.

–No se puede hablar de otra cosa con vosotras –protesto con alegría.

–Es que lo pones a huevo –se defiende Erika.

–¿Habéis oído lo de Penny? Qué fuerte –empieza a decir Carol, cambiando de tema. Las demás se acercan más a ella, muertas de curiosidad.

–No me he enterado –comenta Valerie.

Yo aprovecho para mirar el móvil. No me gusta cuando se ponen a chismorrear porque me recuerda a lo que hacían conmigo. Mientras Carol les cuenta que vieron a la tal Penny morreándose con un tío trece años mayor que ella, repaso los mensajes de Lara sin decidirme todavía a contestar.

Hola, soy Lara:

Nos conocimos en la fiesta de mi primo, te acuerdas?
Liam está fatal. No quiere contarme q coño le pasa,
pero su madre dice q lleva casi 1 mes sin salir. Lo + k he
conseguido s k se duche regularmente, pero ya no se q +
puedo hacer. Su hermano se va a vivir fuera dentro d poco
y no conozco a nadie +

–Y me han dicho que ¡el tío tenía hasta canas! –Carol suelta la bomba final y todas muestran su disgusto con respuestas como «qué asco», «seguro que la tiene muy arrugada», «o no se le levanta». Risas.

–Chicas, voy al autobús, que tengo que hacer una llamada –me excuso, bajando la escalera.

Las chicas se despiden sin prestarme demasiada atención y continúan criticando a destajo a la pobre Penny.

Cuando estoy lo suficientemente lejos de ellas toco la pantalla donde está el número de Lara y me aparece la opción de llamada. Me pongo el auricular en la oreja y espero, muy nerviosa, a que conteste. Pero salta el contestador. Cuelgo y aprieto el móvil en la mano. A Liam le pasaba algo de verdad y no me costó ni una hora perder la fe en él. Tendría que haber actuado como una amiga y no como una despechada. No sé muy bien qué podría haber hecho, pero seguro que algo más que enfadarme como una niña y optar por hacer lo imposible: olvidarme de él.

Cuando empiezo a elaborar hipótesis de lo más rocambolescas, suena el tono de *Pulp Fiction* y descuelgo con un ligero temblor en los dedos.

–Hola, Bambi –saluda Lara.

–Hola –respondo, mirando a izquierda y derecha antes de cruzar el paso de cebra en dirección a la parada de autobús–. ¿Qué pasa?

–Ya ves, no tengo ni la menor idea de qué le ha pasado. No me cuenta nada. Solo me dice que me vaya. Te juro que he estado a punto de matarlo.

Me quedo en silencio tanto rato que Lara me pregunta si sigo ahí.

–Sí, sí. Estoy intentando pensar qué puede ser. ¿Es por sus padres?

–No, no es eso. Es algo más chungo. Nunca lo había visto así. Su hermano tampoco.

–Pero ¿no sale de casa?

–Peor. Apenas se levanta de la cama.

Me quedo pensando en el día que me escribió para quedar. Todo seguía como siempre, incluso me preguntó si había cortado con David. Algo ocurrió después, pero no se me ocurre qué puede ser.

–¿Bambi?

–Sí, perdona. Yo hace mucho que no lo veo. Quedamos en el Starbucks hace, no sé, mucho tiempo. No se presentó y luego no he sabido nada más de él. No creo que quiera verme. Si no, me habría dicho algo.

–No. No lo entiendes, Bambi. No le dice nada a nadie. Estamos todos muy preocupados.

–Y ¿qué quieres que haga?

Silencio.

–Mira, mejor lo hablamos en persona.

Tardo un rato más en contestar.

–Vale.

Esta vez el medio litro de café con vainilla no es en vano. Lara entra por la puerta con la elegancia de una modelo de lencería y se recoloca el bolso de marca en el hombro. Se ha cortado el pelo, la melena lisa y rubia le llega ahora por encima de los hombros. El suéter turquesa y los vaqueros estrechos que marcan su figura hacen juego con las sandalias. Los finos tacones repiquetean en el suelo de linóleo. Lara asiente con la cabeza en un gesto de reconocimiento cuando me ve en uno de los sofás marrones. Sin molestarse en pedir, se sienta en el sofá de enfrente. No se anda con rodeos.

–Tenemos que hacer algo –dice con urgencia.

–Un momento –le pido–. En serio, no acabo de entender por qué me necesitas. Ni siquiera me ha dicho nunca dónde vive.

–A mí me costó lo mío.

–Ya –respondo con recelo.

–Mira, Bambi. No sé qué le ha pasado, pero, sea lo que sea, tú eres la única que puede ayudarlo.

La expresión de mi cara no debe de haber sido suficiente, porque sigue argumentando:

–Cuando todavía era él mismo, porque ahora no sé lo que es, te aseguro que ese tío no es Liam –hace el inciso con exagerados gestos que me recuerdan a mi madre–, vino a la biblio a tocarme las narices mientras estudiaba, para decirme que no podía seguir viéndome y no sé qué cursiladas más me contó de ti.

Sin quererlo, estoy en el coche de Liam, el tiovivo de emociones ha vuelto a ponerse en marcha. Intento que Lara no se dé cuenta, pero lo cierto es que lo que acaba de decir me hace muy feliz. Llevo semanas reprimiendo lo que siento por él y pensaba que explotaría si no sabía nada de él pronto. Le importo, a Liam le importo. De repente, el muro de contención se rompe y me permito sentir.

—Llévame a su casa —digo con firmeza.

Haré lo que sea necesario para recuperarlo.

Lara conduce su Mercedes por el extrarradio de la ciudad. Aquí los edificios son bloques de hormigón de más de trece pisos, sin balcones; solo ventanas cuadradas y pequeñas. El color gris de las paredes ensucia el paisaje urbano y le da un aspecto triste, pobre. En las calles, el ambiente no es menos desolador: grupos de chavales que de lejos se ven problemáticos, una señora mayor con la espalda encorvada que empuja como puede el carro de la compra, una adolescente vestida con un chándal rosa y deportivas de plataforma insultando a los chicos que fuman porros mientras pasea a su bulldog.

Mi cara debe de ser un poema, porque Lara me da la bienvenida al barrio marginal y añade que, después de la sorpresa inicial, acabas acostumbrándote.

—Pero imagino que tú no eres de por aquí. —Parece evidente por cómo viste y el coche que tiene. Por un momento pienso si no será la hija de algún traficante millonario.

—No. Pero he follado con muchos tíos de esta zona —responde con soltura.

No sé qué contestar a eso, de modo que continúo observando por la ventana. Parece que hasta el cielo es más grisáceo y el aire menos puro. Es curioso. Entiendo por qué Liam nunca quiso que fuera a su casa, pero al mismo tiempo me repatea que pensara que no podría sobrellevarlo como hace Lara. De hecho, ella es muchísimo más pija, por lo menos vistiendo, y yo ni siquiera creo que lo sea, simplemente mis padres tienen dinero, pero no me hace falta ostentarlo por ahí. No es que Lara me caiga mal, porque solo he intercambiado algunas palabras con ella, pero reconozco que tengo celos de la relación que tiene con Liam. Para empezar, ¿por qué ella se ha enterado de todo antes que yo? Sabe dónde vive, conoce a sus padres y a su hermano, pero a mí me ha dejado fuera de todo eso. Entonces no sé qué pinto aquí y por qué Lara tiene tan claro que soy la única que puede ayudarlo.

–¿Sabías que Liam escribe? –Parece un intento de romper el hielo.

La miro y tardo unos instantes en contestar. Su pregunta me ha pillado desprevenida porque no esperaba que Liam no le hubiera hablado de nuestras sesiones literarias. No sé a qué se debe, pero si de verdad son tan amigos, y se supone que está tan colado por mí, debería saberlo, ¿no?

–Sí. Solemos quedar para leer nuestros textos.

–¿Ah, sí? –pregunta esbozando una mueca, como quien acaba de confesar algo rarísimo–. Entonces, ¿te ha leído lo de Genevieve?

Yo la miro con el ceño fruncido, no tengo ni idea de a qué se refiere.

–Ah, ya me extrañaba –suelta, y noto cómo la sangre me hierve en las venas. ¿Le ha leído cosas de las que yo no tengo ni idea? Es verdad que siempre ha sido un poco misterioso, y esa es una de las cosas que me atraen de él, pero no pensaba que me escondiera sus relatos y menos que los compartiera con otra. Casi me siento traicionada en el plano literario, si es que eso tiene algún sentido.

–¿Por qué te extraña? –pregunto, intentando no sonar enfadada. Se respira cierta tensión entre nosotras.

–No, por nada. Parecía muy privado. Yo se lo cogí a escondidas y se picó un poco cuando saqué el tema.

El alivio destensa mis articulaciones. Por lo menos no es como yo pensaba. Me concedo cierto triunfo sobre ella y enseguida me reprendo por ello, recordándome que debo actuar como una amiga para ayudarlo a salir del agujero. No hay tiempo para rivalidades.

–Ya le pediré que me lo lea. Me parecía raro que no escribiera desde hace tanto tiempo.

–Bueno, yo no tengo ni puta idea, nunca hablamos de eso. Últimamente solo leo sobre inflación, primas de riesgo y producto interior bruto. No tengo tiempo para leer por diversión.

–¿Qué estudias?

Por fin una conversación más relajada. El nudo de la garganta ya está menos tirante.

–Administración y Dirección de Empresas.

–Uf. Eso es lo que mi madre quería que estudiara, pero a mí no me gusta nada.

–Dímelo a mí. Es una gran mierda, pero mi padre tiene una empresa y me tira bastante más la pasta que estudiar lo que me gusta.

Me permito una risita.

–Supongo que yo prefiero trabajar de lo que me gusta.

–Y ¿qué es?

–Cualquier cosa que tenga que ver con la literatura. Todavía no lo tengo claro. Sería genial dedicarme solo a escribir, pero es imposible.

–Yo voy a clases de teatro en mi tiempo libre y me encantaría ser actriz, pero el artístico es un mundo muy jodido y no tengo ganas de ponerme a currar de camarera mientras espero a que me seleccionen en alguna audición.

–¿Lo has intentado alguna vez?

–¿Presentarme a un *casting*? –pregunta, mirándome un momento. Asiento–. Qué va. Mi padre me dejó muy claro que si quería trabajar en su empresa, ya podía olvidarme de todo ese rollo.

No contesto. Yo también tengo una pasión, pero sé que no me dará dinero, de modo que en ese sentido me pasa como a Lara. Una cosa sí sé: cuando decida qué estudiar, tendrá que ver con las letras y no con los números. Nada de dirección de empresas.

–No tiene por qué saberlo –digo. Lara me mira sin comprender–. Quiero decir que puedes presentarte sin que lo sepa. Qué más da, el no ya lo tienes, y si te dicen que sí, todavía estás estudiando, no trabajas para tu padre.

El silencio se alarga durante unos instantes.

—Puede que tengas razón –dice finalmente–. Ya estamos llegando –añade, tomando la calle de la izquierda.

Aparca el coche en un hueco que hay entre otros dos y señala el portal.

—Sobre todo, pasa de lo que te diga –me aconseja.

—¿A qué te refieres?

—Pues que te dirá que te largues, que lo dejes en paz, que no lo toques, que no quiere verte. Mil historias. Es porque está muy jodido. Ni caso, ¿vale?

Suspiro largamente. No tengo ni idea de cómo voy a lograr recomponerlo.

—Entendido.

23

Lilian abre la puerta a las dos jóvenes con la sonrisa exagerada de quien no ha recibido visitas en mucho tiempo. En el brillo de sus ojos se puede adivinar la inestabilidad emocional que la euforia con la que las saluda reaviva, acabando todas las frases con un signo de exclamación. Tiene los dientes amarillentos del tabaco y algunas arrugas, pero conserva los rasgos atractivos que sus hijos han heredado.

–¡Así que tú eres Bambi!, ¿no? –le pregunta. La melena negra y rizada le cae en cascada por encima de los hombros. Bambi asiente–. Soy Lilian, la madre de Liam. –Le da un apretón de manos con las uñas lacadas de azul eléctrico, que ya se ha descascarillado en algunas zonas–. Tenía muchas ganas de conocerte –agrega con entusiasmo.

Bambi no parece saber qué decir o cómo actuar y desvía la mirada.

–¿Está en la habitación? –pregunta Lara.

–Sí –responde Lilian distraídamente.

–Voy a sacarlo de ahí –anuncia, caminando ya por el pasillo.

–Liam me ha hablado mucho de ti, y ahora ¡por fin nos conocemos! Me alegro mucho –continúa, apartándose un paso para alcanzar el paquete de tabaco.

–Yo también me alegro de conocerla, señora Tucker. –Bambi le devuelve la sonrisa.

–Llámame Lilian. Nada de señora. –Bromea con un gesto y se enciende el cigarro. Bambi espera unos instantes y balbucea si puede pasar a verlo.

–¡Oh! Claro que sí. Qué tonta soy –contesta, señalando el corredor–. ¿Quieres algo de beber?

–No, gracias. Quizá luego.

–De acuerdo, por aquí estaré.

Bambi avanza por el pasillo con indecisión hasta que ve una puerta entreabierta. Con extrañeza, sujeta el candado abierto que cuelga de un pasador.

–Lara, ¿puedo entrar? –pregunta con cautela.

–Pasa.

La habitación está a oscuras, salvo la poca luz que se filtra del patio de luces. En un vistazo, Bambi contempla la estancia ordenada y se detiene en la cama. Liam está sentado en el borde mirando al suelo y Lara, a su lado, insta a Bambi a que se acerque.

–Hola, Liam. –Lo saluda vacilante, de pie frente a él.

–¿Os habéis puesto de acuerdo para aparecer sin avisar? –pregunta, irritado y sin apartar la vista del suelo.

Lara y Bambi intercambian una mirada de apuro.

–No seas gilipollas, Liam. ¿Por qué no te cambias y nos vamos a dar una vuelta? –dice Lara. Liam lleva una camiseta vieja y unos pantalones de deporte.

–Sí, podemos ir al centro –añade Bambi.

–¿Qué haces aquí? –le pregunta entre dientes–. ¿Qué cojones hace ella aquí? –le grita a Lara. Por un momento no sabe qué contestar. A juzgar por su expresión, no esperaba que se lo tomara así.

–Liam, ¿qué te pasa? No sé qué he hecho para que no quieras verme –interviene Bambi, dolida.

–Lárgate de aquí –se limita a decir.

Bambi niega con la cabeza.

–No.

Liam retuerce la sábana con las manos a la vez que lo hace su rostro, y con la mandíbula en tensión le pide a Lara que los deje solos. Ella obedece y aprieta el brazo de Bambi deseándole buena suerte con la mirada. Cierra la puerta tras de sí.

—Si hubiera querido que vinieras, te lo habría pedido. —La voz de Liam es monótona, se hace extraña.

—Pero estoy aquí.

—Es mejor que te vayas.

Bambi suspira y se sienta a su lado. Acerca una mano con intención de tocarlo, pero se lo piensa mejor y vuelve a dejarla apoyada en la cama, con prudencia.

—¿Qué te pasa? —repite. Su voz es dulce, quizás en un intento de suavizar la sequedad con la que se está comportando él.

—No importa.

—Liam —empieza Bambi—, no pasa nada si te dejas ayudar, eso no te va a hacer parecer más débil o...

—No tiene nada que ver con eso —la interrumpe, todavía sin alzar la vista, escupiendo las palabras con desgana.

—Entonces, ¿con qué? —inquiere.

—No lo entenderías —dice después de suspirar, molesto por las preguntas.

—Pruébalo. Sé que me he rendido muy rápido, que no he estado para ti, y lo siento. Desde que desapareciste el día del Starbucks pensé que ya no querías verme, que al final no te había gustado estar conmigo, pero que a lo mejor no sabías cómo decírmelo y... —Bambi se arriesga y acerca la mano a su rostro— tenía mucho miedo de tener razón.

Liam no demuestra ningún tipo de sentimiento, ni siquiera se inmuta cuando lo toca, ni se vuelve cuando ella se acerca buscando su mirada.

—No todo gira en torno a ti —responde, y Bambi aparta la mano como si la piel de Liam se la hubiera quemado.

—Yo no he dicho eso —contesta en un tono menos comprensivo.

Liam se levanta de la cama y enfrenta su mirada con una rabia que no va dirigida a ella pero que inevitablemente amenaza con arrollarla.

—Sí que lo has dicho. No aparecí por algo que tiene que ver con cómo me siento contigo, porque mis problemas son los mismos que los de cualquier niñato de instituto que solo piensa con la polla. ¿Es así como me ves?

—Solo te he dicho qué fue lo que sentí, lo demás lo dices tú.

—Crees que solo quiero follarte como David, porque todos los tíos son malos y quieren aprovecharse de Bambi.

—¡Vete a la mierda!

—Mis problemas son mucho más jodidos que un lío de bragas.

—¿Un lío de bragas? ¡¿A qué te refieres!? —Bambi se pone en pie elevando la voz a la altura de la de Liam.

—No quieres escucharlo, ¿vale?

—Sí, sí que quiero escucharlo —grita con lágrimas en los ojos—. Dime qué es lo que te hace tratarme de esta manera. Me estás haciendo sentir peor de lo que nunca me han hecho sentir en clase. Y de todas las personas que conozco —solloza—, eres la última que hubiera pensado que... —No puede seguir hablando.

Liam se aprieta los ojos con los dedos de ambas manos en un intento desesperado de tragarse sus lágrimas. Le da la espalda a Bambi y se deja caer contra la pared con los puños por delante. La superficie escarpada le abre la piel y la sangre le cubre los nudillos. Durante un rato solo se oye las inspiraciones de Bambi y la incapacidad de Liam de explicarse traducida en exhalaciones afanosas.

—Es un tema de drogas —logra articular, pero tan bajito que se ve obligado a repetirlo—: Estoy metido en una banda que trafica con drogas.

La habitación se queda en completo silencio. Bambi lo observa con cara de estupefacción, y no hay nada que haga suponer que vaya a decir algo en los próximos instantes.

—La he jodido con algo y cualquier día me dejan hecho un puto colador.

—¿Qué? —musita, incrédula, dejándose caer en la cama para no perder el equilibrio, como si estuviera buscando un punto de apoyo para comprobar que lo que acaba de oír es real.

—Ahora ya puedes irte y enrollarte con otro niño pijo.

El estado de Bambi, de total desamparo, no parecía dar pie a la cólera, pero lo que acaba de decir Liam la enciende y vuelve a levantarse, como un resorte.

–Hablas de cómo te veo yo. Y ¿tú? ¿Cómo cojones me ves tú, eh? –Liam no responde–. Me juzgas por el dinero que tienen mis padres, como si fuera una zorra superficial que se lía con un tío de un barrio de mala muerte por rebeldía, para tener algo interesante que contar a sus amigas pijas. Pues te diré una cosa –chilla–, yo nunca le he dado importancia a nada de eso, ¡nunca! –subraya, enarbolando el dedo–. Estoy enamorada de ti por lo que eres y no por lo que tienes o dejas de tener.

Como si todos los miedos de Liam se hubieran presentado ante él y le hubieran caído a plomo encima, se quiebra y, flexionando las rodillas, esconde el rostro entre las manos, llorando. Bambi se acerca a él y lo abraza.

Durante largo rato, Liam es como un niño asustado entre sus brazos y, estirados en la cama, se dan calor como único remedio a su desconsuelo. Después, cuando ambos están más calmados, Bambi vuelve a intentar que Liam hable. A diferencia de antes, la conversación se desarrolla en susurros. Frente a frente, tocándose los alientos.

–¿Es verdad lo que has dicho? ¿Van a hacerte daño?

La respuesta tarda un rato en llegar.

–No es fácil salir. –Hace una pausa, suspirando. Bambi no lo ve porque está mirando hacia abajo, pero durante esa pausa la sombra del miedo ha cruzado por su rostro, como si un cuervo hubiera sobrevolado el techo de la habitación.

–¿Por qué no vas a la policía?

–Eso sería mucho peor –asegura.

–Pero ¿qué hiciste, Liam?

–No hice nada, vi algo.

–¿Qué viste?

–Es mejor que no lo sepas. –Liam le da un beso en la frente como para zanjar la cuestión. Bambi cierra los ojos y se le llenan de lágrimas.

–Tienes que salir de eso.

–Ya te lo he dicho. No es fácil.

—Hazlo por mí, Liam. —Se incorpora y mira hacia otra parte, el dolor impreso en su expresión—. Hazlo por ti. No puedo... —se detiene, tratando de parar otro aluvión—, no puedo estar con alguien que no sé si veré mañana, alguien que está metido en todo eso.

Liam asiente, compungido.

—Y yo no voy a pedírtelo.

—Sigo siendo tu amiga, pero quiero estar contigo, tener una vida juntos y sabiendo esto... necesito tiempo para pensar. No sé qué más puedo decir.

—Lo entiendo.

Bambi encaja la puerta suavemente y se tapa la boca con el puño, cerrando los ojos. Después camina rápidamente por el pasillo, sin molestarse en mirar a Lara o a la madre de Liam, que se han levantado esperando a que aporte algo de información. Cuando Bambi abre la puerta de entrada sin mirar atrás, comprenden que no ha ido bien y, antes de salir, susurra:

—Lo siento.

El aeropuerto está atestado de gente. Hombres y mujeres trajeados que viajan con maletas de mano, familias que esperan a que lleguen otros familiares y azafatas que se preparan para subir a sus respectivos aviones.

Una semana después de la visita de Bambi, Liam parece haberse recuperado y habla con su hermano mientras esperan su turno para las tarjetas de embarque. Detrás, la señora Tucker comenta algo que hace reír a su nuera.

—¿En serio vas a aprender alemán? —pregunta Liam alzando una ceja y con las manos metidas en los bolsillos de los tejanos negros.

—No veo por qué no. Voy a apuntarme a una academia mientras busco algo de lo mío —responde Michael con una sonrisa alegre.

—Y ¿un grupo también? —añade, ahora con un poco de burla.

—Eso puede esperar.

—Ya no podré ayudarte con la letra de las canciones, pero puedes seguir cantando en inglés y meter alguna erre muy marcada por en medio.

Los hermanos se ríen. Michael le da un golpe amistoso en el hombro.

—Voy a echarte de menos, hermano.

Se abrazan y Liam afianza ese abrazo como si fuera el último.

—Por lo menos, ahora me voy tranquilo. No sé qué te pasó, pero me alegro de que estés mejor. —Sonríe y Liam le devuelve una sonrisa menos intensa.

—Tenías razón —reconoce.

—¿Sobre qué?

—Sobre mamá. Ella es la única que puede ayudarse —dice.

—Ya. Mírala —ambos se vuelven para mirarla—, lo superó para cuidar de ti. ¿No te flipa?

—Son ciclos —murmura—. Ha pasado antes. No te extrañe que dentro de un par de meses vuelva a arrastrarse por él y se vaya a buscarlo donde sea.

Michael asiente mirando la cola que hay delante. Hay un grupo de jóvenes hablando en francés, gritando y riendo.

—¿Estarás bien?

—Supongo.

—¿Qué harás ahora? —Liam responde con una mueca despreocupada dando a entender que no lo sabe—. Me alegro de que hayas decidido apartarte de esa mierda. Lo que fuera que pasara, fue lo mejor porque sirvió para que te dieras cuenta.

Liam suelta un «ya» que esconde mucho más.

—No será demasiado complicado encontrar algún curro —comenta Michael.

—Ya miraré —contesta, pero nadie más se da cuenta del matiz del tono en el que lo ha dicho, que en realidad es un «qué más da».

—Seguro que sale algo.

—¿De qué habláis? —pregunta Abigail, que aparece entre los dos. Los rodea con los brazos y mira a ambos lados.

—Liam va a buscarse un curro legal.

Liam no lo confirma.

—Consigue uno, fijo —asegura Michael.

—¡Seguro que sí! —exclama Abigail con exageración—. Y ¿qué hay de Bambi? ¿Has hablado con ella?

La pregunta provoca un repentino silencio, interrumpido por el barullo que hay alrededor. Lilian se ha separado de la cola para hacer una llamada. Abigail se descuelga de los dos y mira a Michael instándole a que añada algo.

—Por lo menos para saber cómo está —dice Michael.

—Es mejor para ella que no volvamos a hablar.

—Ya, pero ahora que estás bien tendrías que currártelo un poco para recuperarla. Eso si de verdad te importa —aconseja Abigail, sonriendo.

—Ya le he escrito un email, pero no me ha contestado —se excusa Liam.

Dos jubilados recogen sus tarjetas de embarque y el grupo de franceses se apiña en el mostrador.

—Es lo menos romántico que he oído en mucho tiempo —contesta Abigail—. ¿Un email? ¿En serio? —repite, agudizando la voz.

—No te quejes tan rápido, a lo mejor era un email romántico. Una carta de amor —se burla Michael.

Liam no parece estar muy a gusto con el tema de conversación.

—Es igual, la chavala pasa de mí y lo entiendo. Fin de la historia.

—Joder, Liam; podrías luchar un poco por ella. Me esperaba más de ti. —Abigail le da un codazo suave en las costillas. Liam la mira desafiante y ella le aguanta la mirada.

—Vale, la llamaré, ¿contenta?

—Mucho. Pero si fueras a verla, estaría extasiada. —Se ríe con Michael.

—Tío, tiene razón, ve a verla. Llévale flores, regálale una caja de bombones, yo qué sé, haz algo.

—No te enteras, Mike. ¿Qué voy a hacer contigo? —le dice Abigail levantando la mano con la palma extendida y amenazando con pegarle una colleja. Michael se cubre la cabeza con las manos, pero en lugar de eso Abigail baja el brazo y vuelve a fijar su atención en Liam–. Mira, vosotros compartís algo muy guay, la escritura. Entonces aprovéchalo. Ve a verla y llévale algún relato bonito que hable de ella, no sé. Yo creo que eso la emocionará, y si aún siente algo por ti, te la ganarás seguro.

Los ojos de Liam se llenan de tristeza y le dicen que está a tiempo de volver con ella, pero esa no parece ser su única preocupación.

Liam le da un abrazo a su cuñada y Abigail abre los ojos, sorprendida, como si fuera la primera vez que Liam le dispensa un gesto tan cariñoso. Abigail levanta el dedo pulgar en dirección a Michael, que esboza una sonrisa.

–Ya nos toca –anuncia Michael.

El grupo de franceses se va cantando una canción más propia de un bar de copas, y Michael y Abigail avanzan con dos grandes maletas de ruedas y dos mochilas colgadas a la espalda, de esas que llevan los que recorren Europa de albergue en albergue.

Liam se queda rezagado y se hace a un lado para dejar pasar a los demás, buscando a su madre entre la gente. Cuando Lilian cuelga el teléfono, se acerca a él con una amplia sonrisa.

–Era Priscilla –dice con alegría desmedida–. Hace muchísimo que no nos vemos y hemos dicho: ¿por qué no hablarlo todo en persona? Así que hemos quedado para cenar.

–Me alegro, mamá. –Se guarda el móvil en el bolsillo trasero del pantalón.

–No la veo desde que trabajábamos en la pelu.

–Pues sí que hace tiempo –comenta–. ¿Queda algo en casa para cenar?

–Sí, he descongelado pechugas de pollo y tienes patatas congeladas para freír.

–Vale. –Lilian le arregla el pelo con los dedos y él se aparta con un quejido, murmurando que no lo despeine–. Salgo a fumarme un cigarro. Cuando acaben, me avisas.

–Ya hemos acabado –dice Abigail detrás de él.

—Entonces, ¿esta es la despedida? –pregunta Lilian, mirando a Michael ya con lágrimas en los ojos.

—Mamá, no llores –le pide Michael, pero eso hace que llore aún más.

—No dejes de llamar, cariño.

—Llamaré. –Michael la abraza con fuerza.

Cuando los hermanos se miran, Liam sonríe con ojos tristes y empieza a cantar:

—*When you're gone baby girl...*

Abigail suelta una carcajada e inmediatamente se une a la voz, y Michael, resignado, se pone a tocar una guitarra invisible mientras cantan a coro:

—*Leave you're spare key ou ooo. Fill the freeze ou ooo. Take you're cat with ya ou ooo. 'Cause baby when you go, I will be all alone. The bed will be my paradise, and the flat will be all mine. At last I am a free pal, yeah, baby now that you're gone.*

Repitiendo el mismo estribillo tres veces más, se separan en el control del aeropuerto.

Lilian y su antigua compañera de trabajo han salido a cenar y, por primera vez en mucho tiempo, el sofá del salón está libre de pena. Sin embargo, la inquietud de Liam aleja cualquier signo de normalidad. Está viendo la tele con la espalda envarada y los pies descalzos en el suelo. Desde que Jordan se fue, no ha vuelto a relajarse, pero tampoco ha hablado con él. Su comportamiento es contradictorio, como si se supiera libre de la banda por no haber vuelto a aparecer, quizá salvado por Jordan, y al mismo tiempo tuviera miedo de las consecuencias. De cualquier modo, el incidente del niño parece haberlo dejado sin fuerzas para buscar una solución.

Un rejuvenecido Bruce Willis descarga toda su furia en Jeremy Irons, y Liam desvía un momento la atención para echar un vistazo a la bandeja de entrada del móvil, pero no le ha llegado nada. Elige la opción de escribir un nuevo mensaje y pone la dirección de Bambi, pero se lo piensa mejor y otro email en blanco se guarda en el borrador.

Bebe un trago de la cerveza que ha dejado encima de la mesa y, antes de volver de nuevo la atención a la película, llaman a la puerta. Liam arruga el entrecejo. Da la impresión de que el cuervo está merodeando por el piso esperando a picotearle los ojos, o por lo menos eso es lo que parece estar pensando Liam por cómo apaga el televisor y se levanta.

—¿Quién es? —pregunta, pero nadie contesta. Vuelven a llamar.

Liam abre, y la puerta se queda a la mitad. Con las manos levantadas murmura un «joder» que se queda suspendido en el aire. No le ha sorprendido toparse con lo que está a punto de pasar; al parecer, le ha sorprendido ver quién está tras la puerta, por lo menos durante unos segundos. Liam retrocede unos pasos al tiempo que Jordan abre del todo, apuntándole con el cañón de un revólver. Tiene la frente perlada por gotas de sudor y le apunta con las manos temblorosas.

—Baja el arma —intenta calmarlo Liam, de pie entre el comedor y la salita; frente a la realidad que temía, pero que, por sus actos, parecía tratar de convencerse de que no sucedería—. Vamos a hablar.

—¡Cállate! —grita, quitando el seguro con dedos temblorosos. A juzgar por su expresión, le duele en el alma hacer lo que está a punto de hacer.

—Jordan, soy yo, tío. Por favor, aparta eso y escúchame —le pide Liam. Con los ojos aterrorizados, coge el respaldo de una silla, procurando no hacer movimientos bruscos.

—¡Cierra la puta boca! —grita Jordan. Sus mundos se cruzan, quiere olvidarse de que Liam es Liam, pero no parece estar consiguiéndolo.

—Vale, tío, vale —contesta, apartando la mano de la silla. Tiene la respiración acelerada, y la certeza de cuál será su destino se refleja en cada arruga de su rostro.

La pistola le tiembla tanto en las manos que podría fallar el tiro aunque estuviera a unos centímetros de distancia.

—Hace mucho que nos conocemos, Jordan. ¿Qué pensaría Jana? —dice. La voz es un hilo que se zarandea como una hoja al viento.

—He dicho que te calles de una puta vez —aúlla, apuntando a la cabeza.

Liam cierra los ojos.

Genevieve, besaste a este escritor maldito que no atina a pedirte que te alejes, mas todo cobró sentido cuando probé el dulce de tus labios. Algo se resquebrajó en mi interior cuando hermosas lágrimas descendieron por tu piel, describiendo la húmeda decepción. ¿No es acaso un crimen provocar el llanto de una ninfa? Quise besar esa pena, mi ángel rosado, bebérmela para sufrirla en mis entrañas como solo merece el peor de los hombres.

¿He mencionado que vi al cuervo merodeando por el tejado de mi morada? Sus alas negras me recordaron la oscura pez que corre por mis venas. No es mi intención que el lector me crea; empero, bien despierto estaba cuando su pico golpeó el cristal de mi ventana. Saludé a la muerte guiñándole un ojo.

Genevieve, le has dado esperanza a la desdicha, fortuna al miserable, cobijo al desamparado. Al fin, este náufrago halló un navío y está dispuesto a navegar contra viento y marea, a sobrevivir ante la furia de la tormenta en busca de esa tierra prometida que, sin duda, será bañada por los rayos del sol. Sé que me esperas allí, mi dulce amada. Confío en que lo lograré.

24

Me llevo la copa de vino tinto a los labios, bebo un sorbito y no tardo ni dos segundos en arrugar la nariz y decirle a mi padre que no insista más, que el vino es asqueroso. Él sonríe, recupera su copa, que me ha dejado para probar, y brinda con mi madre. Brindan por un nuevo comienzo, los dos encantados. Cuando decidí irme a vivir con mi padre, mi madre se lo tomó mejor de lo que me esperaba y bromeó sobre montar fiestas con las de la revista aprovechando que estará sola en casa. Dijo algo sobre Brie de *Mujeres Desesperadas* y se le escapó una risita de satisfacción. Acordamos hacer la mudanza cuando acabe el curso, porque será mucho menos estresante para todos.

Me como el último trozo de carne bañado en salsa de foie sin dejar de pensar en el email de Liam. De hecho, no he pensado en otra cosa desde que lo leí, pero todavía no le he contestado. Ni siquiera estoy segura de entender el mensaje. Por un lado, dice que estuvo metido en asuntos feos, pero que lo ha dejado porque quiere estar conmigo, quiere ser la mejor versión de sí mismo, por mí. Y por otro, repite que no es fácil salir, pero que no cree que vayan a hacerle daño, porque si tuvieran esa intención, ya lo habrían hecho. Por mucho que lo lea, es todo tan irreal que me cuesta empatizar con él. Quizá Berta tiene razón y el motivo es que formamos parte de mundos muy diferentes. Una parte de mí quiere entregarse a él con todas sus consecuencias, pero la parte más racional me dice que no me conviene y que acabará destruyéndome.

Intento olvidarme de ello para no volver a llorar y oigo a mis padres de fondo, hablando sobre el desastre financiero que provocaron los bancos años atrás. Trato de meterme en la conversación, pero no puedo dejar de pensar en él. Pienso en que creía conocerlo, pero me equivocaba; no ha elegido tener los padres que tiene, ni vivir en ese barrio, pero lo de la banda sí, uno no se mete a traficar sin quererlo.

Si tenía alguna duda, Berta y Connie acabaron de convencerme. Connie me dijo que sería mucho menos doloroso olvidarme ahora que casi no habíamos estado juntos, y que no me convenía meterme en todo eso. Y Berta también me aconsejó que me olvidara de él, repitió que era exactamente el mismo camino que habían recorrido muchos chicos de su barrio. «Este chico va a acabar muy mal, *mijita*. Aléjese ahora que puede. No se imagina lo que sufren las pobres que tienen que visitar a su hombre en la *cársel*. No es bueno para la salud, *sielito*.» Luego dijo que yo no estaba hecha para aguantar eso, que las chicas que van a ver a sus novios a la cárcel han crecido en barrios similares y ya están curadas de espanto.

—¿No te parece increíble? —me pregunta mi madre.

—¿El qué? Perdona, no estaba escuchando.

Se miran un momento y mi padre dice:

—Que los bancos vendieran paquetes financieros fraudulentos a personas que llevaban ahorrando toda su vida. Y lo sabían perfectamente. No les enseñaban la letra pequeña, los muy hijos de... su madre. Hay que tener pocos escrúpulos, la verdad.

—Ya —contesto—. Sí que es muy fuerte, y que se les deje hacer lo que les dé la gana a los bancos.

—Yo estoy convencida de que hay unos cuantos que deciden, hombres poderosos, porque seguro que son hombres —opina mi madre al tiempo que corta su carne en trocitos minúsculos—. Nos controlan a todos —añade, y después se lleva el trocito, que ya debe de estar frío, a la boca.

El restaurante está lleno, es de aquellos en los que hay que hacer reserva un mes antes, pero mi madre siempre tiene enchufe por sus artículos. Me encanta el sitio; el estilo rococó de los muebles, las pinturas de las paredes y el techo me recuerdan a un palacio de esos que se pueden encontrar en Francia o Venecia. Podría quedarme a vivir aquí.

–¿Quieres ir a dormir con papá esta noche?

–¡Vale! ¿Me llevas mañana al instituto?

–Ningún problema, tengo que ir a una academia de por ahí cerca para apuntarme a un curso de contabilidad.

–¿Contabilidad? –preguntamos mi madre y yo al unísono.

–Exacto. –Mi padre muestra una de esas sonrisas que preceden a una de sus bromas–. Voy a pasar de ser un culo inquieto a un culo cuadrado.

Mi madre y yo nos miramos, ella poniendo los ojos en blanco y yo con una mueca de vergüenza ajena.

–Deberías apuntarte al club de la comedia, papá –le sugiero, burlona.

En ese instante llega una camarera con el carro de postres. Va vestida con un elegante uniforme de falda de tubo y blusa de cachemir; parece una azafata atendiendo a los pasajeros de primera clase.

–¿Señores? Aquí tienen –empieza, señalando el trozo de pastel que queda a la izquierda–: tarta de queso con arándanos y espuma de lima, *vichyssoise* de yogur con salsa de frambuesa y pistachos, *mousse au chocolat*, *crème brûlée*, milhojas de manzana con salsa de vainilla, *coulant* de chocolate blanco y negro con moras borrachas, peras al horno bañadas en vino y copa de helado con chocolate caliente.

–Yo no puedo comer ni un bocado más –responde mi madre con cara de sufrimiento–. Un té verde, por favor.

–¡Qué difícil elegir! –dice mi padre sin apartar la mirada del carrito–. La tarta de queso tiene buena pinta –añade, alargando el brazo para coger el platito.

–Señor, disculpe –la camarera lo frena con un gesto y la sonrisa imborrable–, esos son platos de muestra. Dígame lo que quiere y se lo traerán en breve.

–¡Ah! –El repentino silencio de mi padre confirma su bochorno.

–¿La tarta de queso, señor?

–Eh, sí, sí.

–Tu padre parece el mismo chico de la universidad que no sabía hablarles a las mujeres –me susurra mi madre. Yo me río por lo bajo. La camarera desvía la mirada en mi dirección.

–Para mí el *coulant*, gracias.

Me parece un derroche que esta chica solo se ocupe del carrito de los postres. Aquí prácticamente cada mesa tiene un camarero asignado que se ocupa de los entrantes y segundos, otro para bebidas, y una última para los postres, ¿habrá otro que solo sirva los cafés y licores?

De repente, la melodía de *Pulp Fiction* surge del bolso. Mi madre me mira con severidad, diciéndome sin palabras que en un sitio como este queda vulgar. De modo que me apresuro a contestar para hacerlo callar. Ni siquiera me da tiempo a ver quién llama.

–¿Sí?

Mi madre gesticula para que salga y, con una mueca de fastidio, me voy hacia la puerta de entrada.

–Soy Lara, ¿qué tal?

–Ah, hola. –No hablamos desde que salí del piso de Liam sin explicarme, así que me sorprende un poco que me llame–. Bien, y ¿tú? ¿Algo va mal? –Como no dice nada se me activan todas las alarmas–. ¿Qué pasa? ¿Liam está bien?

–Perdona, es que he entrado en la habitación porque no tenía mucha cobertura. ¿Eh? Sí, he hablado con él esta mañana y me ha dicho que estaba acompañando a su hermano al aeropuerto. Lo peor ya ha pasado.

Estoy tan aliviada que parece que mi cuerpo pese menos.

–Ah, vale. Me alegro por él. Me mandó un email y ya me imaginé que estaba mejor.

–No me lo dijo. Bueno, solo llamaba para que te quedes tranquila.

–Gracias, Lara.

–Oye, sobre eso de las drogas...

Tuerzo la boca, ¿es posible que Liam le haya pedido que me llame? No es muy propio de él, pero quizá no sabía qué otra cosa hacer.

—¿Qué pasa con eso?

—Liam pasa de ese rollo, dice que se cargó el móvil al que lo llamaban esos cabrones.

—Me parece muy bien —respondo, más seca de lo que me gustaría.

—Quizás esté tirando piedras contra mi propio tejado… qué coño, estoy tirando piedras contra mi propio tejado porque no hay otro como él en la cama, joder. —Estoy a punto de decirle que no necesito tanto detalle, pero la dejo continuar—. El tío está colgado por ti. No ha vuelto a tocarme el muy mamón.

—Puedes decirle que a mí no me importa, nosotros ya no estamos juntos. Bueno, creo que nunca hemos llegado a estarlo.

—Bambi, en serio, esto lo hago por él, ni por mí, ni por ti; por él. Déjale que se explique, escúchalo.

Me he quedado sin palabras. En parte tiene razón, debería dejar que se explicara por lo menos por el cariño que le tengo como amiga, pero si lo veo otra vez, no seré capaz de dejarlo y tengo miedo de meterme en un terreno pantanoso. De repente se me ocurre qué contestar.

—Dile que necesito un tiempo. Cuando pueda demostrarme que está limpio de todo eso, lo escucharé.

La piel de Jordan ha perdido toda intensidad, parece haber muerto en el mismo instante en que ha apretado el gatillo. El sonido del disparo no ha encontrado límites para traspasar las paredes del piso. Ha escalado a las plantas de arriba, ha descendido a las de abajo y se ha colado por las ventanas, llevando consigo el desconcierto y el miedo a quienes lo han oído. Hoy Jordan no es un invitado, hoy no ha entrado en casa de su amigo para llevárselo de copas, es un intruso que debía cumplir una orden, y, observando el arma con estupefacción, está haciendo un gran esfuerzo por ubicarse.

Hay trozos de pared esparcidos por el suelo, detrás de Liam. El estruendo ha dado paso al silencio, que pronto se ve interrumpido por la respiración atropellada de Liam y Jordan. El arma desciende lentamente y Jordan no aparta la vista de ella.

—Joder, no puedo.

Se cubre la cara con el antebrazo donde lleva la pistola. Liam, con la tez blanca y los ojos exageradamente grandes, se acerca a él con mucha cautela. Alarga un brazo y, por la inestabilidad de sus movimientos, se intuye que tiene el pulso desbocado. Coge el arma con delicadeza hasta que Jordan afloja la mano y entonces se la arranca como quien acaba de desactivar una bomba de relojería. Liam pone el seguro de nuevo y la deja en la mesa del comedor, con un sonido sordo. Coge de la nuca a su amigo, que se ha quedado con la expresión congelada, y lo sienta en una de las sillas. Jordan desvía la mirada a las cortinas.

—No puedo —repite.

Liam suelta un suspiro de alivio y se sienta a su lado, apoyándole una mano en el hombro.

—Ha sido Búfalo, ¿no?

Jordan asiente.

—Abel... —Mira a Liam de tal modo que sus ojos podrían compararse con el objetivo de una cámara que trata de enfocar—. Sigue jodido de la pierna, yo me ofrecí.

—Él no habría dudado.

Jordan asiente de nuevo. Entra poco a poco en la conversación, como si acabara de despertar y necesitara un tiempo para aclimatarse.

—Búfalo está convencido de que largarás a la pasma sobre el crío —explica.

—¿Le has contado tú que estaba rayado por eso?

—Joder, Liam. No me hizo falta. ¿El crío la palma y no vuelves a aparecer? Ya te vio jodido esa noche, solo hay que sumar dos más dos.

—Y ¿por qué ahora?

—Ha habido represalias. Que hayas estado jodido en tu casa no quiere decir que fuera las mierdas no pasen —se queja Jordan–. Mientras tú estabas llorando como una nenaza, los jamaicanos se cobraron su precio. Por eso Búfalo no ha tenido tiempo de pensar en un matado como tú hasta ahora.

–Y ¿van a creerse que me has pelado? –pregunta Liam sin apartar la vista del arma, que ahora tiene más cerca.

–No saben que tú y yo somos colegas y tampoco sería la primera vez que lo hago, así que no lo cuestionarán –contesta, hermético–. Se fían de mí.

–Pienso muchas veces en lo que pasó con el crío, pero no voy a cantar.

–Ya lo sé.

Ambos se quedan unos instantes en silencio, como si lo hicieran en honor al desafortunado destino del niño.

–He estado a punto de… A ti, como si fuera un puto sicario –dice Jordan, de nuevo lejos de allí.

–Pero no lo has hecho.

Se miran un momento sin decirse nada y cuando Jordan va a responder se oye el zumbido de las sirenas.

–Los maderos.

–Jordan –le dice Liam cuando su amigo se levanta, entregándole el arma en señal de confianza–. ¿Seguro que estarás a salvo con esos cabrones?

Jordan asiente. Sigue muy afectado por lo que ha estado a punto de pasar. Coge el arma y se la pone por dentro de los calzoncillos, sujeta con la goma.

–Tú desaparece de aquí, ¿vale? Esta guerra entre bandas no ha hecho más que empezar, mejor que no te pille en medio.

–Ya pensaba pirarme.

–No estoy de coña, tío –dice muy serio–. Déjate barba o algo, y no vuelvas por aquí.

Aunque es muy posible que esa sea la última vez que los amigos se vean, Jordan no se despide, ni siquiera espera a que Liam conteste. Abre la puerta y se aleja, corriendo por el pasillo.

25

La frecuencia con la que Lamar ofrecía espectáculos a los miembros de la corte y nobles del valle hizo remontar su economía, que llevaba tiempo castigada por la gran sequía de dragones. Durante una época, él y el Moro habían ganado una gran suma de monedas de plata como resultado de las cacerías, pero hacía más de cuatro años que no se veían dragones y el resto de las criaturas no estaban ni la mitad de cotizadas, de modo que Lamar tuvo que vender sus propiedades y volver donde se dijo que jamás volvería: Riba Pantano. La vida en el valle de Espino era demasiado agradable como para cambiarla por las chozas infectas de la región en la que creció. Pero Lamar había resultado ser un derrochador, y se gastó todas sus riquezas en absurdas apuestas de carreras de centauros, tierras que no necesitaba, un palacete excesivamente grande para él y Sandov, carros chapados en oro y mujeres. Cuando escasearon los dragones, tuvo que venderlo todo y, aun así, no supo administrarse bien.

Consiguió el espectáculo en el palacio del conde gracias a un contacto del Moro y sacó gran provecho de ello. O eso creyó hasta que se encontró encerrado en la celda con una Estirge.

Lamar volvió a contratar, porque sabía que de eso no se había arrepentido, los servicios de un tesorero de la corte ya retirado. El viejo contaba las monedas con gafas hechas con cristales de lupa, tan gruesos que le habían destrozado el puente de la nariz. Además, era de tan baja estatura y estaba tan arrugado que parecía un grotesco topo. Sin embargo, Lamar sabía que dentro de exactamente sesenta días, cuando fuera a la cofradía tesorera a pedir un préstamo para instalarse de nuevo en el valle, cerca del palacio del conde, el amable señor de peluca blanca le daría la buena noticia de que tenía suficientes monedas para efectuar la compra íntegramente, y de inmediato sus reticencias con respecto al anciano medio ciego se disiparían.

Lamar, que montaba un precioso corcel negro, obsequio de la corte, reconoció el atasco que se produjo en mitad de la vía cuando observó a dos granjeros discutiendo por quién de ellos debía ceder el paso al otro. Era de obligado cumplimiento que aquel que tuviera la carga más ligera debía retroceder y el que contenía la mercancía más pesada, quien debía pasar, pero ambos decían tener la mayor carga. Los carromatos eran inmensos y no había quien pudiera hacerse un hueco entre los dos, o bordearlos; ni siquiera un simple caballo.

En su día, Lamar decidió arreglar el asunto razonando con ellos, pero acabó siendo empujado a un charco de barro por el más robusto de los dos, manchándose uno de los trajes de más calidad que tenía. De modo que, esta vez, decidió dar media vuelta y recorrer el camino más largo, rodeando la villa por una vía alternativa. A partir de ahí, todo lo que pudiera ocurrir era nuevo para él.

Alliette no había vuelto a quitarse la coraza en los encuentros que siguieron al primero. Todo se había desarrollado del mismo modo que recordaba y, malhumorado, reconoció que no era buena señal. Debía hacer algo, pronto. Se planteó contárselo todo al Moro, pero desechó la idea por inútil, pues no conseguiría otra cosa que las burlas de su amigo. Él llevaba mucho peor que Lamar la escasez de dragones y se había dado a la bebida. A veces recorría cientos de kilómetros a lomos de su caballo con una gran cogorza, llamando a los dragones a voz en grito. Pero el Moro había sido y seguía siendo un ídolo para Lamar, quien no pensaba renunciar a él.

Mientras daba vueltas al modo de seguir a Alliette sin que lo descubriera, para así poder adelantarse a sus movimientos, oyó unas voces masculinas y unos gritos. Se ayudó de los estribos para erguirse un poco en la montura y vislumbró un grupo de hombres dándole una somanta de palos a un pobre diablo, que se quejaba y retorcía en el suelo. Lamar hizo trotar el caballo hacia allí, y cuando los hombres lo vieron acercarse dejaron de pegar patadas, pues reconocieron en su chaleco el noble blasón del conde de Espino.

—¿Qué sucede aquí? ¿Cómo osáis golpear a un siervo del valle?

—No es un siervo, mi señor. Es un extranjero —comentó uno de ellos con la cabeza gacha.

—¿Cómo estáis tan seguro? —preguntó Lamar, alzando una ceja. Todavía no veía con claridad a la víctima, solo su corta estatura. Habría pensado que era un niño de no ser por las gruesas manos que, heridas y manchadas de tierra, se contraían débilmente.

—Porque solo tiene un ojo —intervino otro—. Es un castigo de los dioses. Ha llegado para devorar nuestras cosechas.

Lamar vio al pequeño hombre levantarse con dificultad y cuando se volvió comprobó que era cierto, lo miraba con un solo ojo, coronado por una poblada ceja tan recta que parecía irreal.

—Nadie puede hablar en nombre de los dioses sin pertenecer al ilustrísimo Claustro, plebeyo. —Ahora era Lamar quien se dirigía a ellos en tono condescendiente. Le molestaba mucho que se hubieran cebado con ese pobre desgraciado solo porque no pudiera defenderse—. Si es un castigo de los dioses, así debería hacerse su voluntad y permitir a este enviado cumplir su cometido.

Nadie osó contradecirlo y, con preocupación en la voz, preguntaron si serían castigados por sus acciones. Lamar pensó que, aunque merecían un escarmiento, prefería que lo recordaran por su misericordia y les hizo saber quién era para que corriera la voz por la villa.

Cuando se marcharon, Lamar bajó del caballo y se acercó a su protegido, observándolo con interés.

—¿Qué hacéis tan lejos de vuestras tierras, cíclope? —le preguntó.

—Me he escapado de un circo de excéntricos.

—No tengo el placer de conocer tal cosa.

—Es un circo de monstruos, mi señor. Porque no solo soy un cíclope, sino que, además, tuve la mala suerte de nacer enano.

Lamar asintió con comprensión. No deseaba dejarlo a la merced del destino que tanto mal parecía haberle hecho, de modo que reflexionó sobre qué podría sacar de él.

—¿Cómo os llamáis, cíclope?

—Rhumj —contestó, haciendo una torpe reverencia.

—Es un nombre de difícil pronunciación. A partir de ahora os llamareis Rum y seréis mi espía.

—¿Vuestro espía? Lamento deciros que no tengo la más mínima experiencia en ese menester, soy mejor asustando.

—Ya lo veo —dijo Lamar con sarcasmo.

—A una audiencia más joven, debería aclarar. No creo que pueda seros útil como espía.

—No veo por qué no, sois muy pequeño y podéis esconderos con facilidad. Yo creo que sois el candidato idóneo. Rum, el espía —aclaró con una sonrisa.

—Y ¿a quién debería espiar?

—¿Qué os parece si

El timbre acaba con mi concentración. «Mierda», me quejo. Ahora que estaba inspirada viene alguien. Abro la puerta de la habitación y le grito a Berta que vaya a ver quién es. Es viernes y está a punto de irse de fin de semana. Mi madre sigue en el trabajo, llegará tarde porque la redacción va atrasada y tienen que cerrar el número sea como sea.

Dejo la puerta entreabierta, por eso oigo a Berta cuando dice: «No te verá, chico. No vuelvas por aquí».

Con el corazón en un puño, me levanto como un rayo y salgo de la habitación gritando:

—¡No! Espera, Berta. ¿Es Liam?

Bajo la escalera más rápido de lo que lo he hecho en la vida, y en cero coma un segundos tengo el interfono en la mano. La cámara muestra a Liam y el estómago me da un vuelco. Oigo a Berta protestando por detrás, pero no entiendo ni quiero entender lo que dice. Si está aquí, es porque puede demostrarme que está limpio.

—Hola —digo con la respiración entrecortada por la carrera.

—¿Es aquí el club de lectura *stripper*?

Suelto una carcajada al mismo tiempo que le abro. Me doy la vuelta y Berta me mira con los brazos cruzados y los labios apretados en una delgada línea.

—A *veses* pienso que lo que le digo le entra por un oído y le sale por el otro.

—No, Berta, querida —canturreo, dándole un mimoso abrazo—. ¿Podrías decirle a tu hombrecito que se fuera así sin más?

—Ah, no, no puede usted comparar —dice—. Y no me haga la pelota, niña —añade, deshaciéndose del abrazo—, que no soy tonta. No pienso dejarla sola con ese gamberro.

—No digas tonterías, solo viene a leer.

Berta suelta una risa irónica.

—De verdad se cree que *nasí* ayer —murmura, quitándose el delantal y dejándolo en el mármol de la cocina.

Llaman a la puerta.

—Berta, por favor, déjame a solas con él. Lo conoces, es buen tío.

Me devuelve una mirada reprobadora con los brazos en jarras.

—Porfa. —Le hago morritos mientras voy hacia la puerta—. Dime que sí y haré lo que me digas. Cualquier cosa. Me lo merezco, he sufrido mucho.

—Usted sí que sabe pedir, es una niña mimada, eso es lo que es.

Abro la puerta y la sonrisa de Liam provoca una reacción eléctrica en mi cuerpo. No sé cuánto tiempo ha pasado desde la última vez que lo vi, ¿tres meses? Nos abrazamos y el olor a *aftershave* inunda mis fosas nasales. Nos separamos y sonreímos.

–¿Se permite la entrada a rufianes reformados?

Me río.

–Solo a los rufianes reformados que escriben.

Liam pasa al recibidor y me pregunta si hay alguien. Yo le digo que está Berta y, elevando la voz a propósito, añado que está a punto de marcharse. Cuando entramos en el comedor, Berta ya se ha puesto la rebeca y se ha colgado el bolso.

–Que no me entere yo de que se porta mal con ella, ¿eh? –le advierte con un dedo levantado, midiéndolo con los ojos–. Si no, le haré vudú –amenaza. Y, mascullando algo ininteligible, camina hasta la puerta, cerrándola tras de sí.

–¿Vudú? –pregunta Liam.

Me río con ganas.

–Con Berta nunca se sabe.

–Joder, me ha dejado con los huevos por corbata.

–Tranquilo, no creo que tenga que recurrir a eso.

Durante un instante nos quedamos callados, cada uno mirando a un lado, repentinamente cortados, como si fuera una primera cita. Tenemos muchas cosas de las que hablar, pero de momento ninguno de los dos ha dicho nada.

–¿Quieres tomar algo?

–Hum. ¿Qué tienes?

–Mi padre me enseñó a preparar *gin-tonics* el otro día. Me dio una clase magistral.

–Genial, entonces lo probaré.

Dispongo todos los ingredientes en el mármol de la cocina sin quitarle el ojo a Liam. Estoy como un flan y no me gusta la sensación, porque nunca he estado así de nerviosa con él.

–¿Pongo música? –pregunta desde el mueble de la tele.

–Vale.

–¿Qué tienes que valga la pena?

–Esos son los discos de mis padres, bueno, de mi madre.

–¡Ah! Otis Redding.

−Pero ¿eso no es un poco para viejos?

−No blasfemes, Bambina. La música lloró por su muerte. Un poco de cultura.

−No tengo ni idea de quién es −respondo, cortando un limón a rodajas.

−No sigas hablando −dice entre risas−. ¡Dios! ¿Cómo puede ser que no sepas quién es este hombre? No me lo creo. Esta canción tienes que conocerla.

Entonces, una voz de tono suave sale de los altavoces. Por la manera de cantar está claro que el cantante es negro.

Sitting in the morning sun
I'll be sitting when the evening comes
Watching the ships roll in
And I watch'em roll away again

Sitting on the dock of the bay
Watching the tide roll away
I'm just sitting on the dock of the bay
Wasting time

−Creo que la he oído alguna vez −digo, saliendo de la cocina con dos copas de balón−. Básicamente es un vago sentado en un muelle que mira los barcos.

Liam se ríe.

−Tú sabes cómo buscarme las cosquillas, ¿eh? −Coge el vaso repasándome con la mirada. Yo ignoro sus intenciones y me siento en uno de los sillones orejeros.

−Entonces, ¿estás reformado de verdad? −pregunto, cortando toda la atracción que se respira en la sala. Él se sienta en el sofá. Bebe un sorbo y califica el *gin-tonic* de excelente.

−Del todo.

−Y después de todo este tiempo sin saber de ti, ¿qué ha cambiado? ¿Dónde has estado?

−Bambina. −Se echa hacia delante, con el vaso entre las piernas cogido con la yema de los dedos, mirándome serio−. De verdad que cuanto menos sepas mucho mejor.

No sé qué responder, fui yo la que le dijo que tenía que pensar, quería que saliera de todo eso, y no es justo que encima le pida explicaciones. Pero al mismo tiempo me imagino que a Lara se lo habrá contado todo y eso me duele.

–¿Has podido salir sin más?

–Sin más, no. –Suspira, removiéndose incómodo en el asiento–. Había una guerra entre bandas y se cargaron a algunos peces gordos. Digamos que eso me ha ayudado bastante. Llevo un par de meses currando en la cafetería de St. George. –Alzo ambas cejas y bebo un poco de mi vaso. De fondo, Otis Redding sigue perdiendo el tiempo en el muelle–. ¿Sabes que ofrecen a los trabajadores una beca de estudios en la universidad y facilitan la entrada a la residencia de estudiantes?

–Qué bien –contesto, complacida. Parece que lo ha dejado. No quepo en mí de alegría–. Y ¿vas a irte de casa de tus padres?

–Sí, ya me he ido. Mi padre se piró y no ha vuelto.

–Ah. Y tu madre ¿cómo está? –pregunto, preocupada.

–Mejor que nunca. Nos hemos mudado los dos. Yo estoy de okupa en uno de los pisos de la residencia con un colega hasta que empiecen los estudios y pueda estar de legal. Y ella, en un estudio bastante cerca.

–¿Qué dices? Madre mía, estás tan cambiado que ni te reconozco. –Bebo un buen trago porque quiero acabar con la tensión que me agarrota los músculos–. ¿Ya sabes lo que vas a estudiar?

–Sí, literatura comparada.

–¡Uau! Es genial. Ya me dirás qué tal, quizá me ayude a decidir.

–Vale. –Bebe un trago–. Hablando de literatura, ¿cómo está mi amigo Lamar?

Tengo la bebida a la mitad y ya quiero lanzarme a sus brazos.

–Bien, muy bien. Ahora ha conocido a un cíclope enano y lo utiliza para espiar a Alliette.

Por fin me noto relajada. Parece que hablar de nuestras novelas devuelve la normalidad a nuestra relación.

–Un momento, un momento –dice, con aire divertido–. ¿Un cíclope enano? Te choteas de mí, ¿no?

–¡Que no! Es un cíclope enano.

Me río sin parar notando ya los efectos del alcohol. He cargado mucho las bebidas, intencionadamente.

–Y ¿qué defecto más tiene? ¿Es un eunuco?

–Pues no lo había pensado.

–¡No, no! No tortures más al pobre tío.

Nos reímos.

–Y tú ¿cómo lo llevas?

–No he hecho mucho.

–No me mientas, Liam.

Su mirada penetrante enciende los puntos estratégicos.

–No te miento.

–Sí. Lara me habló de Genevieve.

Por un momento se ha quedado sin palabras.

–Así que te habló de ella, ¿eh? –Observa con interés la bebida. Yo me levanto y me siento a su lado.

–¿Por qué no me has leído ese relato? –pregunto, suavizando al máximo el tono.

–Lo he traído. Quería enseñártelo.

–¿Ah, sí? –contesto, ilusionada–. Venga pues, empieza ya.

–Es un poco deprimente, aviso.

–No importa. Luego te leo lo mío y nos reímos un rato con el cíclope desfigurado.

–¿También lo has desfigurado?

Me río.

–No, lo digo en coña.

–¡Ah! Estaba a punto de llamarte «Bambina, la sádica».

–Va, ¡lee ya!

Liam asiente y busca el cuaderno en su chupa.

No puedo evitar emocionarme cuando acaba de leerlo. Es lo más bonito y triste que he oído nunca. No sé cómo interpretarlo. ¿Genevieve es un amor? ¿Simboliza la muerte misma? No tengo la menor idea.

–Es una pasada. Siempre consigues que me calen hondo.

–¡Bah! No es para tanto. Eso eres tú, que eres muy sensible –dice, acercándose.

Mi corazón empieza a latir a toda velocidad. Me mira de esa manera que tanto me excita, diciéndome que me desea, como en el coche. Mi cuerpo no para de darme avisos, cada vez más insistentes.

–¿Sabes? –añade, acercando sus labios a cinco centímetros–. Genevieve eres tú.

Entonces me besa y me derrito en sus brazos. Genevieve soy yo, pienso en ello mientras acaricia mi lengua con la suya. Soy yo, su amor. Por fin puedo dejarme llevar. Me aprieto contra su cuerpo, notando el suave cosquilleo del estómago. Los besos van volviéndose poco a poco más tórridos y todo mi cuerpo palpita. Me echo hacia atrás, dejando que escale encima de mí. Cuando noto su erección, mis braguitas se humedecen, y mi jadeo se pierde en su boca. Su olor impregna mis sentidos y dejo que su intensidad me envuelva, quiero probar a qué sabe cada centímetro de su piel. Nos separamos un momento y le sugiero que subamos a la habitación. Él asiente sonriendo, pero no se levanta enseguida, dedica unos instantes a acariciarme el pelo, mirándome como si fuera la persona más importante de su mundo, algo bello a lo que admirar y adorar. Y yo creo que lo miro de la misma manera, dándome cuenta de que siempre me he sentido así, pero tenía miedo. Miedo de que no sintiera lo mismo, aterrada por la posibilidad de estar con él solo una noche, porque sabía que, una vez que estuviéramos juntos, unas horas no serían suficiente. Me besa con dulzura, despacio, cerrando los ojos, despacio, dejándolos abiertos. Después recorre mi cuello con los labios y se me pone la piel de gallina; me estremezco con un gemido.

–En mi habitación hay cerrojo –le susurro. Él me dedica una sonrisa de esas tan suyas, irónica y traviesa a la par. Lo guío hacia la escalera, y volvemos a besarnos, como si ya no supiéramos estar más de dos minutos sin hacerlo–. ¿No te parece casi irreal?

–¿El qué?

Subimos los primeros dos peldaños, yo de espaldas.

–Esto. Nosotros.

–No. He soñado tantas veces con este momento que ahora solo pienso en que se ha hecho realidad.

¿Ha soñado muchas veces con este momento? Me siento flotar.

Nos besamos durante más rato que antes y me acaricia los pechos por debajo de la camiseta. Me froto contra él, deseando sentirlo dentro de mí. Creo que todavía vamos por el quinto peldaño, pero no tengo prisa, quiero disfrutar de cada segundo con él.

–¿Por qué no me lo dijiste antes?

–¿Importa eso? –pregunta con la voz ronca.

Lo miro, pensativa. No respondo, es cierto que ya no tiene importancia. Llegamos a la planta de arriba y sus besos alcanzan la oreja. Me lame el lóbulo y los dos jadeamos. Después mete la lengua en la oreja y yo le desabrocho los pantalones para palparle. Por su boca salen sonidos apasionados que me recorren la columna vertebral. Vuelve a besarme con pasión. Bebemos uno del otro. Estamos tan excitados que ni siquiera sabemos hacia dónde vamos, avanzamos con torpeza. Casi pierdo el equilibrio por andar hacia atrás, pero su fuerte brazo me sujeta.

–Si seguimos así, acabaremos haciéndolo en el suelo. –Se ríe.

Le señalo la habitación y entramos como si la vida nos fuera en ello. Cierro con cerrojo y, cuando me vuelvo, el modo en que me mira, esa fiereza que provoca el instinto, me pone tan cachonda que mis besos se vuelven de lo más salvajes. Me subo a la cama y lo invito, desprendiéndome de la camiseta y el sujetador, mordiéndome el labio inferior. Él, prácticamente, salta encima de mí y soltamos una risa.

–Ríete, Bambina. Me encanta cuando te ríes.

Y eso hago, me río de pura felicidad. Hasta ahora, el sexo había sido quitarse la ropa y hacerlo, sin más, pero con él es diferente. Nos conocemos, y al mismo tiempo, somos desconocidos. Queremos tomarnos el tiempo que haga falta en explorar nuestros cuerpos y eso no hace falta decirlo con palabras, simplemente nos desnudamos y nos exploramos con la mirada. Quizá nos habíamos imaginado la forma de nuestro cuerpo debajo de la ropa más veces de lo que estamos dispuestos a admitir. Y ahora que se desvela el misterio estamos disfrutándolo al máximo. Yo paso una mano por sus pectorales y el poco pelo moreno que hay en su pecho me hace cosquillas en los dedos. Él, por su parte, recorre el hueco de mi espalda, de principio a fin, susurrándome que esa era una de las cosas que se moría de ganas de hacer. Verme desnuda y acariciarme. El calentón que llevaba hace un momento sigue de lo más caliente y, observando su miembro erecto, lo toco con las yemas de los dedos. Él saborea ese escalofrío con una sonrisa y dice:

—¿Qué te parece mi amiga? ¿Le ponemos nombre?

El sonido de mi carcajada sacude las paredes de la habitación. Y como siempre, él se contagia, y me besa entre risas, sus dientes chocan con los míos. Noto su miembro en mi vientre y el deseo lo acelera todo. Liam me lame el pezón mientras yo lo estimulo con la mano.

—¿Jugamos a las casitas? —pregunto, riéndome.

—A eso iba —dice sonriendo, y siento sus dedos en mi interior. Un chillido de éxtasis sale de mi garganta. Su lengua se separa de la mía para unirse a los dedos que hunde dentro de mí, y antes de llegar, se deleita marcando el camino desde los pechos, descendiendo por la barriga, hasta probar lo que hay entre los otros labios. Es tan intenso lo que siento que no tengo palabras para explicarlo. Es como si el tiempo se hubiera detenido y pudiera percibirlo todo de una manera más clara, los olores, las sensaciones, todo está al límite mientras su lengua se entierra ahí abajo. Mis dedos se aferran a su pelo, soltando jadeos entrecortados. Entonces me incorporo y lo cojo del rostro.

—Voy a por un condón —digo. Y de un salto me coloco junto a la mesita de noche. Abro el cajón y se lo lanzo. Lo abre rápidamente y se lo pone. Vuelvo a ponerme donde estaba, urgiéndolo con la mirada, y, mostrándome su sonrisa más provocadora, se pone encima de mí. Lo siento entrar. Nuestros cuerpos están más unidos que nunca. Verlo en ese vaivén apasionado me hace reparar en algo, en algo que ya sabía, pero que ahora todavía tengo más claro: estoy enamorada de mi mejor amigo. Quiero estar siempre con él.

—Eres preciosa, Bambina —me dice.

Y cambiamos de postura, se da la vuelta, desciende hasta los pies de la cama y me pone encima. Ahora soy yo la que se mueve sobre él, y la sensación de ser yo quien le proporciona el placer anima a mis caderas a moverse en un baile de lo más sensual. Liam suelta un murmullo apasionado. Aparta mi melena con delicadeza, para después cogerme de la nuca y besarme, casi arrancándome los labios, mientras nos movemos rítmicamente. Estoy a punto de correrme.

—Bambi, me vuelves loco.

Me besa con fruición mientras nos movemos y los jadeos se vuelven más fuertes, la respiración va a toda velocidad. Nunca había disfrutado tanto haciéndolo.

Verlo con esa cara de goce hace que este momento sea el mejor de mi vida. Lo miro intensamente con la respiración entrecortada, perdida en sus ojos verdes, le digo que lo quiero, no con palabras, únicamente con la mirada. Él apoya las manos a ambos lados de la cabeza y me lo dice.

—Te quiero, Bambina.

Estoy casi a punto y, cuando lo digo, me toma de la mano y me lleva a la pared de la habitación. Me pone de espaldas contra ella, agarrándome las piernas, y vuelve a meterlo. Esta vez lo siento tanto que podría pasarme los días repitiéndolo.

Se mueve cada vez más rápido, yo hundo mis dedos en su pelo sin dejar de dar gritos que se intensifican a medida que llego al orgasmo. Sin querer, le araño la espalda y grito:

—¡Me corro!

Él contesta que también y, en una coincidencia que me parece de lo menos usual, tenemos el orgasmo a la vez, nuestros espasmos acompasados. Cuando acabamos, sigue cogiéndome las piernas, me mira y sonríe. Estoy perdidamente enamorada de él y en parte me siento indefensa, porque he dejado mi alma al descubierto, sin protección. Nos besamos con dulzura mientras me deja en la cama.

–Ha sido… no tengo palabras –digo.

Nos fundimos en un abrazo.

–Pues la parte que viene ahora me encanta –confiesa–, en eso parezco más una tía.

–Pues sí –reconozco.

Nos miramos como dos bobos.

–Ahora me parece mentira que no lo hiciéramos antes –digo.

–A mí también.

Se ríe un buen rato.

–¿Qué? ¿De qué te ríes?

–De nada. Estaba pensando que cada vez que leías algo te desnudaba con la mirada, pero como estabas concentrada no podías verme.

Me río también y lo beso.

–Te quiero mucho, Liam.

–Yo también.

Nos besamos de nuevo y al poco nos quedamos dormidos, abrazados. Nunca había sido tan feliz.

El sonido de golpes en la puerta nos despierta con un sobresalto. Ya es de día.

–Bambi, abre.

–Es mi madre –le susurro a Liam.

–Mierda, y ¿ahora qué?

No puedo evitar reírme al ver la cara de pánico que pone.

–Escóndete –le digo mientras me pongo las braguitas y busco un pijama en la cómoda–. Ahí –le señalo el vestidor–. Escóndete ahí.

Liam se pone los calzoncillos del revés, recoge sus pantalones y su camiseta de camino, y corre hacia el vestidor de una forma tan torpe que me hace romper a reír de nuevo.

–Un momento –le digo a mi madre.

Me pongo el pijama y abro la ventana para que se ventile un poco el cuarto. Y con una sonrisa radiante, abro la puerta. Mi madre entra con cautela y mira por todas partes con una ceja levantada.

—¿De quién es la chaqueta de abajo y por qué hay dos vasos con alcohol? —pregunta como un sabueso.

—Ah, es que ayer vino a estudiar un compañero de clase y se la dejó.

Mi madre se da una vuelta por la habitación, observándolo todo con desconfianza.

—¿Qué llevas ahí? —le pregunto para distraerla.

—Es el correo.

—Eso ya lo veo, pero ¿hay algo para mí?

Como si recordara de repente el motivo por el que ha llamado a la puerta, mi madre vuelve su atención a las cartas.

—Sí, hay una de Connie.

—¿De Connie? —me extraño. Mi madre me la da.

—Al principio he pensado que sería una postal de cuando estuvo de vacaciones, pero luego me he dado cuenta de que hace demasiado de eso y, además, no lleva sello —comenta, despreocupadamente. Y sigue mirando alrededor.

—Qué raro. Es verdad que no lleva sello. ¿Quiere decir que ha venido a dejarla ella?

—Eso parece.

—Me extraña mucho —digo.

Nos miramos un momento sin comprender y, pensando que quizá le ha dado por escribirme una carta en plan retro, como lo del álbum, rompo el sobre. Cuando leo la primera línea, siento como si me hubieran arrancado el corazón.

26

–Por favor, mamá, déjame sola –dice Bambi, ahogando un sollozo.

–Hija, me estás asustando.

Bambi la mira con extrema seriedad, los ojos anegados en lágrimas, y su madre asiente llena de preocupación. Camina hacia la puerta lentamente, como si esperara que de un momento a otro le dijera que no se fuese, pero eso no ocurre. Sale de la habitación y cierra la puerta con suavidad. Aunque se queda en el pasillo, con el oído pegado a la puerta.

Torrentes de lágrimas caen por sus mejillas y, sentada a los pies de la cama, Bambi susurra un «no, no, no» que se hace cada vez más audible. Liam se asoma por el vestidor completamente vestido y se acerca con rapidez.

–¿Qué pasa?

–Es Connie –dice levantando la carta, con la cara roja y la nariz moqueando.

–Pero dime qué pasa.

Bambi continúa observando el papel sin contestar, entonces Liam lee por encima del hombro.

Bambi:
Lo siento, es lo único que puedo decir. Lo siento por ser cobarde, por no atreverme a afrontar un día más. Por tener miedo a vivir.

Quiero que sepas que eres una de las personas más importantes de mi vida, aunque no haya sido capaz de despedirme de ti: sabía que te darías cuenta y no me dejarías marchar.

En realidad hace tiempo que pienso en ello, porque sentirse encerrada en una celda en la que no puedes respirar, torturada y humillada, no es vida. Tú podrás entenderlo mejor que nadie, pero, a diferencia de mí, eres luchadora y lo superarás. Ya lo has hecho. Pero yo no puedo soportarlo más, es como una enfermedad que me está consumiendo poco a poco, una muy dolorosa, ¿no querrías que te desconectaran?

No quería hacerte daño, no quería hacerle daño a nadie. Por favor, perdóname, perdóname por no haber sido más fuerte. Llévate lo mejor de mí, ¿vale? No sufras, porque ahora estaré mejor, en otro lugar, sin odiarme por ser como soy. Piensa que era como una mariposa encerrada en un jarrón de cristal, destinada a asfixiarse, pero ahora seré una mariposa que vuela libre. Una de esas con alas de colores imposibles, como me gustan a mí.

Te quiero mucho, Bambi. Eres la mejor amiga que he podido tener.

Besos,
Connie

Liam se queda petrificado y no dice nada, en su hombro Bambi llora desconsoladamente y él le acaricia el pelo en un movimiento automático, pero sin gracia.

Marlene no puede aguantarlo más y entra de nuevo sin llamar a la puerta. Ni siquiera repara en Liam, no lo mira, corre hacia su hija y se agacha delante de ellos. La toma de la mano, se levantan y la abraza.

—¿Qué ha pasado? —pregunta, ahora sí, mirando a Liam.

—Es una carta de suicidio —contesta él, con una voz que no parece la suya.

–Dios santo –responde.

El cuerpo de Bambi se convulsiona en sus brazos.

–Coge el móvil y llámala –le ordena a Liam. Pero él frunce el ceño, completamente desubicado.

Marlene vuelve a repetir la orden, añadiendo que llame al móvil de Connie porque quizás ha sido un intento de suicidio, pero no ha llegado a hacerlo, o a lo mejor sus padres la han pillado a tiempo y ahora está en el hospital.

Liam desaparece por la puerta.

–Mamá, se ha muerto –llora Bambi–, se ha ido. No puede ser, no puede ser.

–Calma, cariño. Chis.

Liam baja de dos en dos los escalones y busca el bolso de Bambi por todas partes. Lo encuentra en el mueble del recibidor y saca el móvil a toda prisa. Lo desbloquea y, con los dedos temblándole, busca a Connie en la agenda. Cuando la encuentra, pulsa llamar. Salta el contestador.

–¡Mierda!

Sube la escalera otra vez corriendo y entra en la habitación.

–Está apagado.

El llanto de Bambi se vuelve un aullido desgarrador. Le fallan las rodillas y su madre la aguanta, también con lágrimas en los ojos. A Liam le tiembla la barbilla.

–Quédate con ella. Voy a llamar a su casa.

–Lo siento, no sabe cuánto lo siento. Mi hija está destrozada. –La voz de Marlene es un murmullo apagado en el comedor.

Nadie se ha encargado de descorrer las cortinas o abrir las ventanas, no ha habido tiempo, como si todo estuviera preparado para el luto.

Liam se acerca despacio, con la cabeza gacha. Observa a la madre de Bambi, que está sentada en una banqueta estrecha mirando el teléfono que acaba de colgar.

–Está descansando –le informa Liam, refiriéndose a Bambi.

Marlene se da la vuelta, consternada.

—No llegaron a tiempo —dice—. Llamaron a la ambulancia, pero no pudieron salvarla.

—¿Cómo fue?

—Su madre es diabética. Se inyectó una dosis de insulina. —Liam agacha la cabeza, derrotado—. Por lo menos no sufrió. Se quedó dormida.

El silencio se alarga durante unos minutos. Liam está de pie detrás del sofá y la madre de Bambi no parece tener fuerzas para levantarse de la pequeña banqueta tapizada.

—Mañana es el entierro. —Suspira—. Tengo que llamar a mi marido, mi exmarido. —Se corrige.

—¿Quiere que me vaya?

—Quizá sea lo mejor, Bambi no está para nadie ahora mismo.

Se levanta tocándose el pecho como si le doliera y después se acerca a él. Liam aguanta la respiración, repentinamente nervioso.

Marlene coge la chupa que está en el respaldo y se la da con una débil sonrisa.

—Muchas gracias por haber estado con ella.

Liam le da las gracias y ambos caminan hacia la puerta.

—Ser esa la única solución que encontró... es horrible —masculla ella.

—Ya, cuesta de creer —contesta Liam en el rellano.

—Por favor, ven al entierro —le pide—, Bambi nos necesita.

Liam asiente lánguidamente y llama al ascensor.

Una moto de gran cilindrada de segunda mano entra en el aparcamiento que hay frente al instituto y se detiene cerca de la entrada. El conductor pone el caballete y una chica baja del asiento trasero. Bambi se quita el casco y se lo da a Liam, que se apea rápidamente, dejando los cascos sobre la moto, de cualquier manera.

—¿Estás segura de que quieres ir? —pregunta, con arrugas de preocupación en la frente.

Bambi asiente sin ánimo.

–Creo que todavía no me he hecho a la idea de que no voy a volver a verla, ¿sabes? –Su voz es apagada y distante, como si estuviera muy lejos de ahí y hablara consigo misma.

–Ya. Es difícil hacerse a la idea, pero la vida sigue, Bambina. –Liam intenta demostrar aplomo, pero su expresión transmite todo lo contrario.

Bambi asiente de nuevo para sí misma; da la impresión de que habla con su conciencia en lugar de con Liam.

–No lo entiendo. Todavía no lo entiendo... –Se echa a llorar.

Liam la abraza.

–No te tortures más. Ella no lo habría querido.

–Le dije que tenía toda la vida por delante para conocer a un chico –solloza.

Liam le coge el rostro con las manos y la mira con cariño.

–No podías saber lo que estaba pensando.

–Eso me dijo Berta.

–No vayas –insiste Liam.

–Quiero ir –contesta Bambi en un resuello.

–Pero mírate, es mejor que te quedes en casa.

Bambi se seca las lágrimas con la chaqueta del uniforme y, sorbiéndose la nariz, dice:

–Tú lo has dicho. La vida sigue.

Liam le acaricia la mejilla con las yemas de los dedos y se miran, los dos sonriendo débilmente. Bambi tiene los ojos muy rojos y, a pesar del corrector que se ha puesto, se adivinan las ojeras. Se acercan y apoyan la frente una contra la otra, ella mirando hacia abajo y él clavando la mirada en sus ojos miel y acariciándole el rostro.

–Si necesitas cualquier cosa, me llamas, ¿vale? Si ves que no puedes aguantar, vengo cagando leches.

–Vale –murmura.

Liam la besa con suavidad.

–Y si tengo que patearle el culo a algún gilipollas, no tengo problema.

Liam consigue lo que parecía pretender cuando Bambi esboza una sonrisa más amplia que la anterior.

—Tendré el móvil cerca —dice con una vocecilla.

Vuelven a besarse y Bambi se despide con la mano.

Liam sale del aparcamiento al mismo tiempo que Bambi cruza el paso de cebra hacia los escalones del porche. Su mirada se desvía hacia la esquina donde siempre se juntan las populares, pero no hay nadie.

Cuando entra en el instituto escruta uno a uno los alumnos que cogen los libros en las taquillas. Se cruza con muchos conocidos, pero no les hace caso. Los cuchicheos, palabras afectadas, condolencias y pésames siguen sus pasos, pero ella hace oídos sordos. Esquiva a todo el que se acerca para hablarle, como si eso pudiera distraerla de su propósito. De pronto, su mirada deja de ser triste para volverse fría, despiadada. Avanza, ignorando su taquilla, la de David, a David y sus atropelladas disculpas. Ha encontrado su objetivo y si tuviera algo con lo que disparar, a juzgar por la rabia que destilan sus ojos, sin duda sería capaz de hacerlo.

Alec cierra la taquilla con un par de libros en la mano mientras habla con su compañero de lo mismo que todo el mundo está comentando. Le dice que no entiende por qué alguien iba a hacer eso por unas cuantas burlas, que la chica no debía de estar muy fina y que en eso él no tiene ninguna culpa. Su amigo fija la mirada detrás de él como señalándole algo, esboza una mueca que sugiere que se calle, pero Alec, sin comprender los gestos, continúa justificándose. Cuando se da cuenta de que no está escuchándolo, repara en que todo el mundo lo observa con expectación. No solo a él, sino detrás de él. Se da la vuelta y se encuentra con Bambi.

La bofetada es tan fuerte que llena el pasillo como una onda expansiva. A Alec se le caen los libros y se cubre el rostro con la mano, sorprendido por haber sido golpeado por una chica. Por un instante se queda quieto, sin saber cómo reaccionar.

—¿Qué coño te pasa? —le grita de pronto. Algunos lo miran negando con la cabeza.

—¡Tú la has matado! Hijo de puta —aúlla con los puños apretados, dispuesta a cargar de nuevo contra él. Pero esta vez Alec la coge de los brazos para parar el ataque–. ¡Al final la has matado! ¿Estás contento? –Si a Alec lo han conmocionado de alguna manera esas palabras, no se refleja en su rostro–. Podría matarte, hijo de puta –vuelve a gritar, con menos intensidad.

La gente se acerca para separarlos, pero Bambi ha perdido las fuerzas y se aparta de Alec con violencia. Se pone de cara a una taquilla y le pega débiles golpes. Algunos espectadores miran hacia otro lado para que no les alcance el sentimiento de pena que se respira en el ambiente, y Carol corre con las demás hacia ella.

–Bambi. –Carol está junto a ella y le habla como si hubieran sido amigas toda la vida–. Vamos al baño –la coge del brazo–, y te calmamos un poquito.

–No me toques. –Bambi se suelta y la mira con odio. Dirige la misma mirada al resto. Carol se muestra ofendida, Valerie observa la escena con sorpresa, pero Erika parece comprenderla–. Que os jodan –dice entre dientes. Después se da media vuelta y gira el pasillo a la izquierda, dejándolos a todos en un silencio de estupefacción.

Ese silencio continúa en clase. Todo parece indicar que este no va a ser un día usual, porque ya han pasado más de quince minutos desde las ocho y no hay ni rastro de profesores. Nadie se atreve a dirigirle la palabra a Bambi, que observa la pizarra con la mirada perdida, los ojos velados en lágrimas.

Más de uno se acerca a la puerta para ver si viene alguien y Bambi se muestra impasible cuando sus compañeros corren a sus sitios murmurando que viene la directora.

Esta entra con un traje de falda y chaqueta bien planchado y un broche de oro en la solapa. Observa a los alumnos con una mirada severa de ojos negros, las arrugas alrededor de los mismos revelan que se encuentra en la cincuentena, aunque todavía conserva una silueta envidiable. Camina hacia el centro de la clase en un silencio imperturbable, seguida por un profesor de gruesas gafas de pasta que suspira al entrar. La directora se detiene frente a la mesa de Bambi y sus facciones se enternecen, flexiona un poco las rodillas apoyando las manos en los brazos de la joven y espera a que Bambi alce la mirada para decir:

–Lo siento mucho, cariño.

El otro profesor secunda a la directora asintiendo y le da un apretón en el antebrazo cuando la mujer ya se ha situado frente a la mesa del profesorado y se ha apollado en ella. El profesor Roberts, por su parte, se queda de pie cerca de la pizarra, mirando a su superiora con solemnidad.

A nadie se le ocurre emitir un sonido. Parece que estén aguantando la respiración, esperando un horrible castigo del que solo Bambi logrará salir indemne.

La directora sigue escudriñando a los alumnos con una frialdad que intimidaría hasta al hombre más corpulento.

–Supongo que todos habréis oído la triste noticia de la muerte de vuestra compañera Connie Clark. –No espera que nadie responda y continúa–: Puedo asegurarnos que cuando sus padres me llamaron me quedé sin habla. ¿Qué podía decir para defender a mi instituto? –De nuevo es una pregunta retórica, pero está calando en los alumnos porque se oye algún gemido–. No pude hacer nada para evitar lo que le estaba pasando, no puedo poneros una pistola en la cabeza y deciros que os hagáis amigos de alguien, ¿no os parece? Les dije a esos pobres padres, preocupados como estaban, que lo único que podía hacer era facilitar todos los trámites para cambiarla de instituto. Quizá tendría que haber hecho más, no lo sé, pero os aseguro que ahora mismo me siento tan avergonzada de representar a este instituto que renunciaría.

Carol, Valerie y Erika, como la gran mayoría, no pueden aguantar las lágrimas. Alec, sin embargo, tiene la mirada fija en su pupitre, como si intentara aislarse de lo que está ocurriendo a su alrededor.

–Me pone enferma pensar que hemos sido en gran parte la causa de la decisión de esa muchacha. Espero que esto sirva para que ampliéis un poco vuestra mente y os enteréis de una vez que atacar en grupo es cosa de animales. No sois más que eso, animales sin ningún tipo de sentido común. ¿Queréis seguir siendo animales o estáis dispuestos a ser personas?

–Hace una pausa y los barre con la mirada, sin dejarse impresionar por las lágrimas de los presentes–. Espero que penséis en ello cada vez que os levantéis por la mañana –resuelve–. La familia ha dejado activa la cuenta de Facebook de Connie, desde donde han hecho público su fallecimiento y las causas. Con ello pretenden concienciar, si es que eso es posible, a las bestias como vosotros. Si tenéis un poco de consideración les pediréis disculpas por Facebook, por teléfono o como creáis oportuno, no me importa. Hoy no habrá clase, pero os quedaréis aquí pensando en lo que muchos de vosotros habéis hecho o dejado hacer a otros.

Dicho esto, la directora vuelve a erguirse, firme como un soldado.

–¿Alguien quiere decir algo? –pregunta.

El profesor pasea la mirada por la clase, pero nadie levanta la mano o muestra signos de querer decir nada.

Cuando parece que el silencio es la única respuesta al discurso de la directora, alguien dice algo, pero es solo un murmullo inaudible.

–¿Puedes hablar más alto? –le pide la directora a Alec.

–Digo que no es justo que nos hable así –dice sin enfrentar su mirada.

–¿No es justo? –pregunta la directora al resto, de nuevo sin esperar respuesta–. ¡Ah! Perdóname, chico. No pretendía herirte, pero creo que lo que no es justo es lo que ahora están pasando los familiares y amigos de esa chica. Lo que está pasando vuestra compañera, que está ahí mismo y que, además, ha sufrido los mismos agravios que su amiga –señala a Bambi–. Y ¿te quejas porque te he llamado bestia? Permíteme que te diga que es lo más suave que se me ocurre en este momento.

–Yo no pensaba que fuera para tanto. Es normal que la gente se ría de alguien en el instituto, ¿no?

Las aletas de la nariz de la directora se abren, pero no dice nada. El profesor abre la boca para contestar y alguien se le adelanta.

–Cállate, Alec. –Es el compañero que antes estaba con él en la taquilla.

Este lo mira incrédulo.

–Sí, cállate –dice una chica–, tú has sido el peor de todos.

–Claro, ahora solo he sido yo, ¿no?

–¡Silencio! –exclama la directora–. No se trata de buscar culpables. Aquí todos somos responsables. Tenéis todo el día para pensar en un detalle para la familia.

–Los que quieran ver a la psicóloga del instituto que vengan conmigo –interviene el profesor.

Erika se levanta y camina hacia él un poco avergonzada, y las otras dos, como si fueran una misma persona, no tardan ni dos segundos en seguirla.

El profesor atrae la mirada de Bambi con un gesto, pero ella niega con la cabeza.

Finalmente, directora, tutor y un grupo de unas seis personas salen de la clase.

Las botellas de cerveza chocan en un brindis, The Killers sonando de fondo. La sala es un pequeño espacio rectangular flanqueado por dos sofás con fundas baratas junto a un gran ventanal desde donde se distingue una gran extensión de césped, en la que se reúnen los estudiantes. El pequeño apartamento no tiene más de cincuenta metros cuadrados con una cocina americana, una habitación en la que a duras penas caben dos camas, un armario, y un baño minúsculo.

–¿Cómo está tu chica? –pregunta Lara, sentada en la mesa de centro, como si el sofá le pareciera demasiado ordinario.

–Reponiéndose todavía –responde Liam.

–Joder, qué chungo. No me lo puedo ni imaginar.

–Ha sido muy jodido.

–Pues qué putada empezar una relación así.

–Ya… pero estas cosas no se pueden prever.

–No, ya, ya. Pero, justo ahora que empezáis… es el momento más dulce en toda relación –dice con seriedad. Después da un sorbo a la botella.

–Y tú ¿qué coño sabes de eso? –bromea Liam.

Lara suelta una risotada.

–Eso es lo que dicen. Yo prefiero que sea dulce siempre.

–Pues sí, ¿para qué esperar a que la relación sea aburrida y rutinaria?

–Eso mismo me pregunto yo, no sé en qué cojones piensa la gente.

Se miran y sueltan una carcajada.

–Tu facultad no queda muy lejos de la de Economía –dice ella–. Todavía estoy flipando, tío. ¿Serás un puto erudito de esos que se llenan la boca de milongas?

Liam esboza una sonrisa.

–Qué va. Solo estudiaré sobre putos eruditos que escribieron milongas.

–Joder –contesta entre risas–, llámame inculta, pero me quedo sobada solo con leer la primera línea de cualquier clásico. Mi padre los tiene a cientos y van de puta madre cuando tengo insomnio.

–Cada uno con sus gustos. A mí si me hablas de los gráficos esos que te empollas, salto por esa ventana.

–Pues, ahora que lo dices, no te falta razón. –Se acaba el resto de la cerveza de un trago–. ¿A qué hora empiezas a currar?

–A las cinco.

–Son las cuatro y media –dice consultando un reloj que parece valer más que tres meses de alquiler del apartamento.

–Vamos tirando.

Liam recoge las botellas de cerveza vacías, va hacia la cocina y las tira en el compartimento de cristal, donde chocan con otras muchas de días anteriores. Lara cierra el Spotify del portátil y lo apaga; al mismo tiempo, la puerta del piso se abre y el compañero de Liam entra.

–Hola, tío –lo saluda Liam desde la cocina, pero su compañero se ha quedado tan impresionado con Lara que no contesta.

Liam sonríe cuando advierte que su amiga le lanza una de sus miradas seductoras.

–No os conocéis –dice Liam–. Paul, esta es Lara, una muy buena amiga, y Lara, este es Paul.

Paul la saluda con la mano.

–Encantado. No sabía que Liam tenía amigas tan guapas.

–Gracias –contesta Lara con falsa timidez. Liam no puede hacer más que sonreír ante su gran interpretación.

–¿Estudias aquí? –pregunta Paul.

–Sí, ADE.

–¡Ah! Interesante. Yo estudio Derecho.

–Lo siento –contesta Lara–. No puedo decir que eso sea interesante, más bien me parece que podría aburrir hasta a las ovejas.

Los dos se ríen de la broma de Lara y ella aprovecha para tocarle el brazo.

–También entrenas, ¿no?

–Sí, baloncesto.

–Lara, ¿vienes o qué? –pregunta Liam desde la puerta.

–Un momento –le dice a Paul–. Enseguida estoy contigo.

Va hacia la puerta y mira a Liam con una sonrisa reveladora.

–Creo que voy a quedarme –le hace saber.

–Eres imparable –murmura Liam, aguantando la puerta.

–Joder, tendré que sustituirte en algún momento, ¿no?

–Ya veo.

–Nadie es imprescindible en mi cama.

–Vale, pero déjaselo claro, ¿eh? Yo paso de ser su puto paño de lágrimas.

–Que sí, que sí. Anda, vete.

La puerta se cierra tras de Liam y diez minutos después *Somebody told me* vuelve a sonar, pero esta vez interrumpida por los gritos extasiados de Lara.

Epílogo

Cierro el grifo de la ducha cuando me doy cuenta de que llevo más de media hora dejando correr el agua caliente; tengo la piel roja y el vapor ha empañado hasta las baldosas de la pared. Parece que esta sauna improvisada es lo único que consigue relajarme, y no los tranquilizantes. Por suerte, estoy mejor y ya no tengo que recurrir a químicos. Solo de pensar en pastillas me entran escalofríos.

Los tres últimos meses de curso han sido los más difíciles de mi vida. Todo me recordaba a Connie. Me habría gustado que fuera una sensación nostálgica, pero ha sido sofocante y angustiosa. Lo peor de todo fue cuando vi la inscripción con rotulador permanente que hicimos en uno de los bancos años atrás: «Bambi y Connie. Amigas para siempre». No sé qué me llevó allí, cómo me acordé de repente, pero al leerlo me dio un ataque de ansiedad tan fuerte que tuvieron que llamar a una ambulancia. Después de eso, ir al psicoterapeuta dejó de ser una opción y, por mucho que me negara al principio, tengo que reconocer que ha sido una gran ayuda. El sentimiento de culpabilidad y la rabia hacia mis compañeros habían anidado tanto en mí que no era capaz de comer, dormir o afrontar el día con energía. Ir al instituto era un esfuerzo hercúleo y apenas hablaba. Pero no he sido la única en sufrirlo: mis padres, Liam y Berta han tenido una paciencia infinita conmigo; no sé cómo han podido aguantar mis cambios de humor. Pero han estado ahí apoyándome cuando ni yo misma sabía quién era. Me miraba al espejo y veía a esa chica que no era yo. Todo eso mejoró gracias a las sesiones.

Salgo de la ducha y cojo la toalla que cuelga del gancho, me seco frente al espejo empañado y, aunque no me vea, sé que tengo mejor aspecto porque las ideas acusatorias ya no me persiguen. ¿Qué pude haber hecho para ayudarla? Hice todo lo que estaba en mi mano, pero no dependía de mí. Ya se acabó el «no hiciste suficiente, tendrías que haberle hecho más caso, no estuviste con ella los últimos días de su vida, fuiste con las personas que más odiaba antes de que muriera, no te comportaste como una buena amiga, o por lo menos no como la mejor que se puede tener». Se acabó el «no le dijiste adiós, no supiste lo que estaba pensando para decirle que no lo hiciera, que no te dejara, que la vida no iba a ser igual sin ella».

Pongo la toalla en el radiador de pared y observo la media sonrisa que se refleja en la parte que ya no está empañada. La mitad del rostro a la vista y el resto bajo una capa informe. Me sorprende que sea así exactamente como me siento: una parte de mí está feliz porque me voy de viaje con Liam, pero otra parte sigue sin estar del todo recuperada, se está curando. Por suerte, cuando estoy con Liam aflora la parte buena, él consigue hacerme olvidar. Hablamos del tema y ya no noto ese gran nudo que me atascaba las palabras, ese gran vacío.

Me pongo una falda de flores con vuelo y una camiseta blanca. Después vacío todos los cajones de la cómoda lanzando la ropa a la cama. Mi habitación nueva no tiene vestidor. Hay un armario para los abrigos, una cómoda, un zapatero y un somier con colchón; no necesito más. De hecho, el piso de mi padre es mucho más acogedor que el de mi madre. Aquí solo falta Berta y sobra un gato. Mi padre no tardó ni un segundo en aprovechar que en su nueva casa nadie era alérgico para comprarse un gato azul. «Sé que te gustan más los perros —me dijo—, pero quiero un gato desde que iba a la universidad.» Mi silencio debió de significar que estaba de acuerdo, pero en realidad no le estaba prestando atención. Después tuvo que soportar mi mal humor.

En la maleta hay una montaña de ropa y no veo cómo voy a poder cerrarla. Hago lo único que se me ocurre: me siento encima. Me doy la vuelta para agarrar la cremallera y consigo cerrarla al mismo tiempo que llaman a la puerta abierta.

—¿Necesitas ayuda? —pregunta mi padre.

—No. Todo controlado —contesto con una sonrisa.

—Berta está aquí. Ha venido a desearte buen viaje.

Le pido que me lleve la maleta a la entrada dándole un beso cuando paso por su lado en dirección al comedor.

Berta está sentada en el borde del sofá, siempre preparada para levantarse en cualquier momento. Si su espalda tocara el respaldo permitiéndole relajarse, me preocuparía. Me sorprendo al ver que se ha traído a su hijo, Miguelito, como lo llama ella, aunque no tiene nada de *ito*, es un hombre hecho y derecho, con la piel del color del café y barriga prominente. En el lado opuesto está *Harry*, el gato. A mi padre le hacía gracia llamarlo *Harry* porque decía que, si hubiera tenido un hijo, lo habría llamado así. Mi madre no está, porque con un solo pelo de *Harry* se le hincharía la cara, pero me despedí de ella ayer.

—¡*Sielito*! —Berta se levanta como un resorte—. ¿Ha visto qué guapa es? —le dice a su hijo, cogiéndome por debajo de la mandíbula.

—Sí, mamá. Muy guapa.

—¡No se muerda las uñas, bruto! —lo riñe cuando se acerca la mano a la boca.

—Vale —responde con fastidio. Qué pesada —añade, y le da un trago a su refresco.

Mi padre baja el último escalón resoplando.

—¿Qué llevas aquí, hija mía? ¿Un muerto?

—Algo así.

—Así somos las mujeres, señor Peterson. Metemos un armario entero en una maletita.

Nos reímos con complicidad y nos abrazamos.

—La echaré de menos, *mijita*.

–Y yo a ti.

–Dos semanas es mucho tiempo –dice.

–Eso creo yo –interviene mi padre.

–¿Adónde va? –pregunta Miguelito.

–A Alemania –le aclaro.

Vamos a Múnich a ver al hermano de Liam y a su cuñada. Tengo muchas ganas de conocerlos y, aunque parezca mentira, no estoy nada nerviosa. Liam me ha hablado tanto de ellos que es como si ya los conociera.

–Pues a mí me parece que dos semanas está bien –opina Miguelito. Mi madre no sabe que estaré dos semanas con Liam, una ya le pareció demasiado, pero convencí a mi padre para que le dijera que él vendría a visitarme y estaríamos juntos la segunda semana.

–A ver si se va usted también y me deja tranquila –contesta Berta–. No puedo estar pendiente de don Martín con usted paseándose por la casa en *calsones* y camisa interior.

–Ay, mamá. No saque el tema aquí –responde, abochornado.

Mi padre suelta una risotada y se muestra de acuerdo con él diciendo que a veces las madres hablan demasiado. A eso le sigue una larga conversación sobre la sobreprotección que hoy en día los padres dispensan a los hijos, lo difícil que les resulta dejarlos a su aire, hasta que suena el timbre.

–¡Su *hombresito* ha llegado! –anuncia Berta.

Le doy un último abrazo a Berta y después a mi padre. Me desean un muy buen viaje, me recuerdan que debo llamarlos cuando llegue, que les envíe fotos y que tenga cuidado con beber demasiadas jarras de cerveza. Miguelito me guiña un ojo diciéndome que haga muchas pesas alzando las jarras, e instintivamente desvío la vista a su barriga. Con una sonrisa me despido en la puerta y arrastro la maleta, cuyas ruedas están bajo una presión indecente, hacia el ascensor.

Liam me recibe abajo con un beso que se alarga desde que me coge en volandas, y me da una vuelta, hasta que me baja de nuevo al suelo.

–Estás guapísima, Bambina.

–Gracias. Tú también estás para comerte –contesto con una risita.

–Si seguimos nos lo vamos a montar en el taxi –responde, señalándolo. El taxista se hace el sordo mientras mete el equipaje en el maletero.

Entramos en la parte trasera y nos besamos de nuevo, contentos por cambiar de aires después de haber pasado una mala temporada. Lo miro pensando que lo quiero más que antes, no pensaba que fuera posible, pero así es. Ha quedado demostrado que sus miedos eran totalmente infundados, porque ha estado a la altura de las circunstancias; mejor que eso, no se ha separado de mi lado.

Liam mete la mano por debajo de la falda.

–¿Qué haces? –Me río por lo bajo sin dejar de mirar al taxista a través del cristal protector–. Que nos va a ver –susurro.

–Y ¿qué? –contesta, mirándome divertido–. ¿Acaso nos lo vamos a volver a cruzar?

Me hace cosquillas en la ingle.

–Para, tonto –mascullo sonriendo–. Guarro.

–Bambina, es que si te pones estas falditas, no puedes pretender que me quede sin hacer nada.

–Luego, cuando lleguemos, ¿vale?

Liam me hace caso y se incorpora en el asiento adoptando una pose de niño bueno. Me mira de soslayo.

–¿Nos conocemos?

Suelto una carcajada.

–No lo creo. Pero igualmente acabas de tocarme un poco la almeja.

–Es como saludamos en tierras bávaras. Somos bárbaros.

Rompemos a reír sin parar y cuando llegamos al aeropuerto me duele el estómago de tantas risas.

La azafata muestra cómo colocarse el cinturón, el oxígeno y el chaleco salvavidas, y yo la escucho con mucha atención. En cambio, Liam se centra en el grueso libro que se ha traído y murmura que no importa nada de todo eso, que si le pasa algo al avión, moriremos de todas maneras. Yo lo fulmino con la mirada y me da un beso en la mejilla. Minutos después, el avión despega y aprieto la mano de Liam con fuerza.

–¿Te has traído un libro? –me pregunta, distrayéndome de la molesta sensación del despegue.

–La libreta. A ver si escribo algo.

–Ajá. ¿Qué viene ahora?

–El cíclope le dice a Lamar que Alliette va mucho a un bazar que no corresponde a su estatus, pero al principio no le da importancia porque allí hay piezas de seda de buena calidad y baratas. Pero cuando la sigue más de cerca ve que entra en una chabola que no había visto antes.

–¡Qué misterio! Y ¿qué hay ahí?

Me hago la interesante levantando una ceja.

–Ya lo verás. Ya te lo dejaré leer cuando lo acabe.

–Vale. Espero que no sea un puticlub de cíclopes.

Le doy un golpe suave en el hombro.

–Qué tontorrón eres.

–Y a ti cómo te gusta que diga tonterías –dice–. ¿Quieres que vayamos al lavabo?

–Cerdo –me río.

–¿No tienes que ir? –contesta muy serio.

–No.

–Vale, vale. –Abre el libro–. Luego nunca podrás decir que lo has hecho a diez mil metros de altura, y no digas que no te avisé.

–Aún no estamos a diez mil metros de altura, acabamos de despegar.

–Lo tomo como un sí –dice con una sonrisa–. Luego me avisas, ¿eh? –Me guiña un ojo.

–Joder, ¿puedes pensar en otra cosa?

–Claro que no, soy un tío. Qué preguntas haces. Déjame que te lo explique. –Se sienta un poco de lado para instruirme–: Cuando pensamos en follar, la sangre del cerebro se acumula en el aparato, y entonces queda poco ahí arriba en lo que pensar. –Lo escucho sin poder ponerme seria–. Te parecerá que somos simples, pero esto se llama efectividad, joder, porque nos concentramos en una cosa y no perdemos el tiempo en gilipolleces, como vosotras, que pensáis en cien cosas a la vez, y, como solo nos concentramos en eso, vamos ahí a piñón, ¡tacatá!

–Ya, pero te olvidas de una cosa –contesto alzando el dedo índice. Liam me mira con interés–. Las multiorgásmicas somos nosotras. Eso sí que es efectividad.

La risa de Liam se vuelve más sonora cuando nos damos cuenta de que he dicho eso justo cuando la azafata se había acercado para preguntarnos si queríamos algo de beber, y me observa aguantándose la risa.

–Una Coca-Cola, por favor –le digo con las mejillas coloradas.

–Un café solo. –Cuando la azafata se marcha y ya no puede oírlo, añade–: ¿Tienes preservativos? Quiero darle una lección a esta chica.

Le doy un suave codazo en las costillas y nos besamos entre risas.

–Liam –digo un rato después, cuando ya tenemos las bebidas–. ¿Crees que les caeré bien?

–No lo dudo, Bambina. ¡Les vas a encantar!

Asiento, satisfecha, y abro la libreta; Liam abre su libro.

–¿Cuándo vas a escribir algo? –le pregunto.

–Cuando acabe de leer a Lovecraft.

–Ya estás tardando –contesto, burlona, y su sonrisa me hace vibrar de emoción.

Lo miro mientras lee, con las cejas ligeramente fruncidas, la mano apoyada en la barbilla angulosa, esos labios que besaría cada día de mi vida y esos ojos que cuando me miran me cortan la respiración. Levanta la mirada hacia mí y me pilla observándolo; le sonrío.

–¿Qué?

–Nada. –Sigo sonriendo. Me acerco y le susurro–: Quiero estar siempre contigo.

–Y yo contigo –contesta, y me coge por la nuca para acercarme a sus labios, porque sabe que eso me pone mucho y ya debemos de estar a la altura adecuada. Cuando nos separamos le digo que no y cada uno vuelve a lo suyo. Debo admitir que la idea me atrae, pero si nos pillaran, me moriría de vergüenza. Por un momento siento una punzada en el estómago al pensar que Lara aceptaría sin pestañear, y se me ocurre la horrible posibilidad de que le parezca demasiado sosa. Niego con la cabeza y comienzo a escribir: «El bazar era un hervidero de…». Me paro. Ahora no puedo concentrarme. No debería hacerlo solo para demostrarle que puedo ser como Lara, debo ser fiel a mí misma, ¿no?

—No te fuerces si no te sale —oigo que dice Liam. Me vuelvo para mirarlo.

—No es eso —digo. Por un momento dudo si contarle lo de Lara, pero me doy cuenta de que, si no se lo digo, la idea estará siempre rondándome la cabeza—. Me preocupa que te canses de mí por no ser tan atrevida como Lara, por lo del baño y eso… —confieso, pero en un tono casual para que no piense que le doy tanta importancia.

Liam cierra el libro comprendiendo enseguida que es algo que realmente me preocupa aunque haya intentado camuflarlo, y por eso lo quiero, porque sabe ver más allá de las palabras; lo adivina mirándome a los ojos y me responde con una sensibilidad que al principio me sorprendió y que me llevó a quererlo más todavía. Liam me pone las manos en las mejillas y me acerca hasta que casi nos tocamos la nariz.

—Ni se te ocurra pensar que podría cansarme de ti. —Me besa—. Tú no eres Lara y por eso estoy contigo y no con ella, ¿vale?

Asiento con una sonrisa y volvemos a besarnos. Después de esto lo único que quiero hacer es quedarme abrazada a él, de modo que lo cojo del brazo y apoyo mi cabeza en su hombro, soñando despierta en cómo me gustaría que fuera nuestra vida juntos a partir de ahora.

Nos sentamos en el extremo de una de las mesas alargadas del jardín de cerveza, y me deslizo por el banco colocando la bandeja delante de mí. He pedido una *bratwurst* con mostaza dulce, chucrut y una jarra de cerveza. A mi lado, Liam se sienta con dos *frankfurter* a las que les ha echado, siguiendo el consejo de su hermano, kétchup y curry, acompañando el plato también con chucrut y una jarra de cerveza negra. Abigail lleva la cestita de los *pretzels*.

—Qué suerte habéis tenido, hoy hace un día estupendo —comenta Abigail.

—Sí, hasta ayer no ha parado de llover —confirma Michael.

—¿Has estado cantando estos días, Mike? —pregunta Liam, y se echa a reír con Abigail.

—Es verdad, hoy no has cantado nada, creo que deberíamos tenerlo en cuenta.

Michael esboza una mueca y me mira.

—¿Ves lo que tengo que aguantar?

—Pobrecito.

—Pues sí. Si te pones de mi parte ahora, por lo menos estaremos empatados.

—Vale —contesto.

—¡Oye! —exclama Liam—. Y ¿te dejas convencer así de fácil? Qué poco me respetas.

—Quiero caerle bien a tu hermano, ¿qué quieres que haga?

Reímos acompasadamente.

—Bueno, Bambi, háblanos un poco de ti —me pide Michael con un gesto. Abro la boca para empezar, pero se me adelanta añadiendo—: Obviamente, te falta un tornillo por haber elegido a mi hermano, pero aparte de eso, ¿qué más puedes contarnos de ti?

Suelto una risa nerviosa y los miro poniendo los ojos bizcos y la boca de pez, como si me faltara un hervor. Michael suelta una carcajada.

—Pues sí que está *pallá*, Liam —confirma Abigail.

—Ahora en serio. No sé qué contar, soy muy normal.

—Eso de normal... —me interrumpe Liam—, todos los escritores estamos un poco locos.

—Todos los artistas —lo corrige Abigail, señalándolo con el tenedor de plástico.

—Me gusta mucho la calavera –le digo a Abigail admirando su tatuaje.

—Sí, ¿eh? –Se lo mira–. Me lo hizo un colega.

—Pues está superbién hecho.

—¿Llevas tatuajes? –me pregunta Michael.

—Pues no. La verdad es que no se me ocurre nada que quiera llevar tatuado toda la vida.

—Podrías tatuarte mi nombre –sugiere Liam.

—¡Anda ya! Ni de coña.

—¿No quieres estar conmigo toda la vida? –se burla.

—Venga, tío. Luego, si lo dejáis, tendría que buscarse a otro Liam –dice Michael.

—Bueno, lo tendría más fácil que yo, si me tatuara Bambi, no sería muy fácil encontrar a otra.

—Sería muy *freak*. –Michael me mira con las manos levantadas–. Sin ofender, ¿eh? Lo digo por lo del cervatillo de Disney.

—Ya, ya, no me ofende –contesto, pero sin querer me he puesto seria y creo un silencio un poco incómodo.

—Y ¿cómo van las prácticas, Abigail? –pregunta Liam.

—Muy bien. Empecé a principios de mes y, aunque el alemán me cuesta un poco todavía, me entienden en inglés.

—Y ¿tú, Mike? ¿Qué tal el alemán?

—Hum. Digamos que me he adaptado muy bien a la comida.

—Sí, dejémoslo ahí –dice Abigail con retintín.

—Es muy difícil. No sé si podría aprenderlo –intervengo–. Eso de las declinaciones y las palabras neutras, uf.

—Sí, la gramática no la entienden ni ellos –opina Abigail.

—Y es muy basto, parece que cualquier cosa que dicen sea un insulto. Por ejemplo, Abigail, ¿cómo se dice «te quiero»? –pregunta Liam.

—*Ich liebe dich*.

—¿Ves? Yo diría, ¿cómo me has llamado? –dice Liam. Ya hemos acabado de comer y bebemos la cerveza entre risas–. En serio, parece que me hayas dicho: vete a tomar por culo.

—Y ¿cómo es en alemán? –pregunto.

—*Leck mich im arsch* —traduce Abigail.

—Suena igual que lo otro —opina Liam.

Soltamos otro alud de risas.

—Eso es lo primero que se aprende de otra lengua, ¿eh? —digo.

—Pues sí, yo tengo una lista de palabras alemanas y a partir de la tercera todo va de eso —explica Michael.

Pedimos más jarras de cerveza y hablamos de la diferencia de culturas, de política y de las pocas oportunidades laborales que se nos presentan a Liam y a mí, si me decido por los estudios literarios. Hablamos hasta que el sol se esconde tras los árboles que hay junto a las mesas. También sale el tema de Connie y me dan el pésame, discutimos sobre el *bullying* y cómo empeora con las redes sociales. Después, empezamos conversaciones paralelas y Abigail me cuenta lo contenta que está de que Liam me haya encontrado porque nunca lo había visto tan feliz. Casi se me saltan las lágrimas de emoción, y le digo que yo me siento igual con él. Entonces Michael nos interrumpe para hacer notar que Abigail bebe como un hombre, ella refuerza sus palabras eructando, y empiezo a notar que la cerveza me está subiendo a la cabeza porque me río estridentemente.

Liam pone el brazo alrededor de mí y en ese instante veo a una mariposa revoloteando cerca. La observo con una sonrisa nostálgica.

—¿Estás bien? —me pregunta Liam.

Le cojo la mano, mirándolo con cariño.

—Sí, solo era una mariposa.

Sus ojos verdes se llenan de comprensión, me acerca a él y todo lo que puedo hacer es sonreír con alegría cuando sus labios pronuncian «Bambina» y me besa.

Nota de la autora

El *bullying* es un asunto muy serio que lamentablemente sigue afectando a muchos jóvenes hoy en día, y lo peor es que ha empeorado con las redes sociales. Ahora el acoso te persigue allí donde vayas y no puedo ni imaginarme lo que eso habría sido en mis días.

En 5º de EGB, cuando tenía once años, empecé en un nuevo colegio. En el anterior tenía muchos amigos, pero el nivel de estudios era mucho mejor en el nuevo. Yo siempre hacía lo que me mandaban, así que no puse objeciones.

La verdad es que no recuerdo muy bien cómo empezó todo, solo sé que mi hipersensibilidad no me ayudó; la facilidad con la que derramaba lágrimas me hacía parecer muy débil a ojos de los demás.

Tengo una imagen grabada en la memoria. Recuerdo que se me cayó el estuche y todo se desparramó por el suelo. Toda la clase se echó a reír, entonces me vino una imagen a la cabeza: me pasó lo mismo en el colegio anterior, y todos se levantaron a ayudarme a recogerlo. Ese detalle, que parecía tan tonto, en realidad no lo era, porque en ese momento me di cuenta de qué clase de compañeros tenía, y qué diferente iba a ser mi vida a partir de ese momento. Y sí, lloré, lloré. ¿A ojos del resto? «Ja, ja, ja», «está llorando porque se le ha caído el estuche». ETIQUETA. Etiqueta que llevé durante siete años, hasta el bachillerato. Creo que desde ese día no dejaron de reírse de mí cada día, llamándome fea y tonta durante la ESO. No podía ni soñar en salir con chicos porque los que me gustaban estaban reservados para las populares.

La tristeza era tan grande y pesada que no sabría cómo describirlo... me sentía como una mierda y creía que todos tenían razón, que era tonta y que era justificable que se metieran conmigo por ello. Cada día llegaba a casa llorando. Mi madre fue a hablar con la directora del colegio y expulsaron a una chica, a la más popular y la que creo que metía cizaña, a saber por qué, algún problema tendría también. La expulsión fue mucho peor. Al día siguiente, un chico me agredió físicamente, no me hizo daño, solo me empujó y caí al suelo, pero su odio era tan grande que no entendía qué había hecho yo para merecer ese infierno. Cuando acabé la universidad me reencontré con aquella chica en un restaurante y se acercó a mi mesa para pedirme perdón por cómo me había tratado en el colegio. Imaginad cómo fue para que ella se sintiera culpable, pero también hace falta tener valor para reconocerlo y pedirme disculpas.

Y ya ni os cuento cuando eso me pasó también fuera del colegio, con el hermano de una de las amigas con las que quedaba los fines de semana. Coincidíamos poco, pero cuando lo veía no desaprovechaba la ocasión para meterse conmigo, y claro, ¿qué iba a pensar yo? Pues que tenían razón, ¿cómo iba a estar tanta gente equivocada?

Existió un David y un parque de atracciones, lo he reflejado en el libro porque significó mucho para mí en esa época, porque no podía creerme cómo a alguien popular podría gustarle, porque fue cuando pensé que quizá sí que la gente estaba equivocada y yo no era tan tonta y tan fea. No pasó exactamente igual que en la novela, pero tuvimos nuestros momentos buenos.

Nunca se supera del todo, es decir, parezco muy extrovertida y lo soy, pero lo paso fatal cuando tengo que exponerme delante de mucho público. Es algo que todavía no he superado: hacer una presentación, ponerme delante de una cámara para hablar, salir en la radio... Lo paso muy muy mal porque los pensamientos negativos me invaden, pienso que soltaré alguna chorrada y todo el mundo se reirá de mí. Pero es la única secuela que me queda. La vida adulta me ha dado todo lo que me quitó la adolescencia. He sido y soy muy feliz, he hecho y conseguido todo lo que he querido, con esfuerzo y dedicación, pero aquí estoy, exeditora de una editorial que nació en mi cabeza, y escritora. Se supera con el tiempo y, por qué no decirlo, con ayuda psicológica.

No diría que el acoso que sufrí me hizo más fuerte, como me dijeron algunos que pasaría, pero es muy posible que sea la razón por la que soy tan exigente conmigo misma, y eso tiene su parte positiva: aprendo rápido porque me obligo y eso me ha ayudado a lograr objetivos grandes en un corto espacio de tiempo. ¡Ah! Y ya no me importa lo que los demás piensen de mí.

Agradecimientos

En primer lugar, debo agradecer al Aula de Escritores de Gracia, Barcelona, el haber sido capaz de escribir esta novela. No habría sido posible si no me hubiera apuntado a los talleres de escritura. También se lo agradezco a mis amigos del Club Bloomsbury, que se formó después de esos maravillosos años. Su apoyo incondicional me llevó a ser mejor escritora. Creo que queda bien reflejado en la novela lo mucho que esa época significó para mí.

Quiero dar las gracias a Laura Gomara, a quien he dedicado este libro, por haber aportado tanto a esta historia y por haberme ayudado en la complicada labor de escuchar incansablemente, darme ideas y opinar. Y a Alejandro Gómez por la portada increíble que hizo para la autopublicación y que tantos comentarios buenos generó.

A mi familia, mis padres y sobre todo mi hermana, Nathalie Rostock, que me ha apoyado desde que empecé. Por comprender que esto era y sigue siendo mucho más que un *hobby* para mí.

También quiero agradecérselo a mi chico: a Xavi Tribó por su apoyo, sus opiniones y consejos, y por su infinita paciencia. Sin olvidarme de mis felinitos: *Gris* y *Nicky*, cuyos ronroneos y cariño siempre consiguen sosegarme en los momentos de más nervios.

Gracias a Alicia Golijov por ayudarme a comprender mejor la psicología de mis personajes y la de sus padres.

Gracias al tiempo en Oz Editorial que me ayudó a formarme no solo como editora, sino también como autora. Si he llegado hasta aquí, ha sido por lo muchísimo que aprendí en la editorial, tanto en la escritura (por lo muchísimo que tenía que leer) como en la promoción. Me llevo muy buenos recuerdos de esa época.

Si no hubiera sido por Lorena Gómiz, Ricard Tapias, Sonia Layola y Seebook, la promoción no habría tenido tanto éxito. Gracias. Muchas gracias a los blogueros que siguen apostando por mí mucho después de haber dejado Oz. En especial a Lucía Arca y Marta Fernández, que siempre están ahí para echarme un cable.

Y por último, gracias a Miriam Malagrida y Plataforma Neo por haber apostado por mí y *Bittersweet*. Espero que juntos consigamos mucho éxito, porque ganas no nos faltan.

Contacto

Si sufres acoso, te sientes solo y necesitas hablar con alguien, escribe a Bambi a:

peterson.bambi@gmail.com

Para asistencia profesional en relación con el acoso escolar, aquí tienes el número de la Asociación No al Acoso Escolar.

info@noalacoso.org
Página web: www.noalacoso.org
Teléfono y WhatsApp: 636 68 53 21

Si sabes de alguien que lo sufre, ayúdalo.

Esperanza de Vida
Hope of Life
Llano Verde, Guatemala

Tu opinión es importante.

Por favor, haznos llegar tus comentarios a través
de nuestra web y nuestras redes sociales:

www.plataformaneo.com
www.facebook.com/plataformaneo
@plataformaneo

Plataforma Editorial planta un árbol
por cada título publicado.

Ambientada en un mundo imaginario,
La maldición del ganador es una historia de conspiraciones,
rumores, secretos y rebeliones en la que todo está en juego
y en la que la verdadera apuesta consiste en conservar
la cabeza o seguir al corazón.

Ser gay puede complicarte mucho la vida. Pero, cuando
las cosas se complican de verdad, el protagonista de esta
historia conoce a un chico de ciudad con una visión
del mundo completamente distinta. Con su ayuda, deberá
escoger entre dejarse consumir por las llamas de quienes
lo odian o renacer de sus propias cenizas.